다정의 세계

다정의 세계
아동청소년문학의 사유와 감각

초판 1쇄 발행 • 2022년 12월 16일

지은이 • 김재복
펴낸이 • 강일우
책임편집 • 정편집실·한지영
조판 • 신혜원
펴낸곳 • (주)창비
등록 • 1986년 8월 5일 제85호
주소 • 10881 경기도 파주시 회동길 184
전화 • 031-955-3333
팩스 • 영업 031-955-3399 편집 031-955-3400
홈페이지 • www.changbikids.com
전자우편 • enfant@changbi.com

ISBN 978-89-364-4834-9 03810

＊ 이 도서는 2020년도 아르코문학창작기금 지원사업에 선정되어 발간된 작품입니다.

다정의 세계

아동청소년문학의 사유와 감각

김재복 평론집

창비

비평 텍스트에 쓰이는 언어는 정확하고 선명하며 사려 깊다. 나는 깊은 이해와 공감에서 생성되는 비평적 사유를 담은 비평적 언어의 질감을 사랑한다. 비평은 이렇지만, 단순하고 결정을 어려워하며 성질이 무른 나는 비평을 하기에 매우 취약한 사람이다. 사람 됨됨이는 글에 고스란히 드러나기 마련이어서 이런 내 성질은 비평하고 싶었던 순간부터 지금까지 나를 괴롭히고 자주 조롱한다. 그렇다 해도 비평을 둘러싸고 벌어지는 상황, 즉 텍스트와 독자 사이에 오가는 마음을 사랑하므로 비평을 그만둘 수는 없다. 나의 비평 쓰기는 일종의 자기 극복 훈련이다.

나는 대개의 아동청소년문학 텍스트가 어린이와 청소년, 그리고 그들이 처한 현실을 잊거나 떠난 적이 없다고 확신한다. 내가 만난 텍스트의 최선을 믿고 있다. 다만 나는 텍스트가 현실을 잘 형상화했는가 하는 것과는 별개로 문학적인가가 중요했다. 아동청소년문학은 언어예술이기에 나는 문장을 탐닉했고 열렬하게 반응했다. 동화적 언어, 동시적 언어, 청소년소설적 언어만이 갖는 특별함과 그것이 담아내는 사유가 좋았다. 나의 비평 쓰기는 그 텍스트와 나누는 기꺼운 대화였다. 그러다 보니 아동청소년문학 텍스트의 1차 독자를 종종 잊었음을 고백한다. 텍스트와 현실 세계, 독자와의 상관관계를 규명하는 것 또한 비평의 의무인데, 자주 취향의 독서에 빠져 버렸다.

언젠가 나는 비평가로서 많은 결함이 있는 사람이기에 더욱 텍스트를 믿겠다는 말을 한 적이 있다. 그렇게라도 비평의 영역에 머물고 싶었던 것 같다. 여전히 실패를 반복하고 있다.

미지의 시간으로 남겨 두었던 평론집 출간은 비평 쓰기의 마침표였지 결코 시작이 아니었다. 이 평론집은 좌충우돌과 시행착오 그 어디쯤에서 헤매는 어느 문학주의자의 얼굴을 하고 있을 것이다.

그래도 분명하게 말할 수 있는 것은 동화와 동시, 청소년소설을 읽고 그것에 관해 글을 쓰면서 나는 조금 다정한 어른이 될 수 있었다는 것이다. 그들 덕분에 정상과 비정상, 인간과 비인간, 현실과 상상을 나누는 이분법적 가르기에 잡아먹히지 않을 수 있었다. 이것이 아동청소년문학의 가치이며 가능성이다.

동화와 동시, 청소년소설이 펼치는 세계의 질감은 온통 다정이다. 이 따뜻하고 친절한 세계는 슬프고 무서운 세계를 이기는 힘이 되어 주었다. 그것은 어린이와 청소년뿐만 아니라 어른에게도 매우 유용하다. 이야기를 통한 사건의 경험, 동시가 전해 주는 정서의 경험은 머리에 쌓이는 게 아니라 마음에 축적된다. 이로써 우리는 단단하면서도 보드라운 사람이 되어 볼 수 있는 방식 하나를 얻는다. 나는 문학, 특히 동화와 동시, 청소년소설만이 주는 어떤 감각이 있다고 보며 그 힘을 신뢰하는 편이다.

이 평론집은 다정함에 대한 불완전한 대화의 기록이다. 그때는 그랬으나 지금은 아니거나 달라진 생각과 말도 있다. 비평적 태도는 허약하고 논리는 빈약하다. 부끄럽지만 그저 어느 문학주의자가 자기 삶의 방편으로 삼았으되 실패하는 글쓰기로 이해해 주기를 바랄 뿐이다.

평론집을 엮으며 크게 4부로 구성했다. 대부분은 지면에 실렸던 글이지만 미발표 글들도 일부 섞여 있다.

1부는 동시에 관해 비교적 최근에 쓴 글이다. 이번에 정리하다 보니 동시에 관한 말을 많이 한 것을 알게 되었다. 의식하지 않았는데 마음이 어디로 기울었는지 드러나는 모양이다. 앞의 글(「동시, 주기와 말하기 사이에서」)은 동시가 무엇이어야 하는지 말해 보고 싶어서 썼던 글이다. 코로나 팬데믹 중에 쓴 뒤의 글(「동시의 북소리」)은 시대와 현실에 대한 우리 동시 문학의 조응을 관찰한 것이다. 덧붙일 필요 없이 동시 또한 시대와 현실에 예민하고 적극적이었다.

2부는 동화가 다루는 사건들을 살펴본 글이다. 동화는 사건적 주체가 어린이이거나 비인간, 소수자라는 점에서 특별한 문학 장르다. 그들은 할 수 없거나 힘들다고 생각했던 일들을 최선을 다해 끝내 해내고 만다. 그들은 약자가 아니라 작은 영웅이고 모험가였다.

3부는 작가론과 작품론의 성격을 띤다. 이들 작가와 시인은 이전의 나와 이후의 나의 변화를 느낄 만큼 나에게 영향을 준 존재들이다. 이들 시인과 작가뿐만 아니라 이들이 발견해 낸 문학적 주체와 사건, 풍경과 상상은 나를 변하게 했고 나에게 위로가 되어 주었다.

4부는 동시집 해설과 서평이다. 서평 쓰기는 텍스트와 독자가 오롯이 마주하는 일이어서 내겐 특별한 글쓰기다. 서평은 그 대상에만 집중하면서 텍스트 외의 것들을 생각지 않아도 되는 글쓰기다. 4부의 글들은 골라서 읽는 것도 방법이다.

나는 아직 누구를 위해 무엇을 할 수 있는 인간이 아니다. 게다가 어린 이라는 구체의 존재는 물리적으로 멀어지고 있어서 내가 계속 여기 있어도 되는지 늘 되묻게 된다. 그렇대도 나는 동화와 동시, 청소년소설에서만 느낄 수 있는 감각이 좋다. 지금처럼 아동청소년문학의 독자로서 텍스트가 하는 말에 마음을 대고 받아 적으며 조금 더 나은 인간이 되기를 바랄 뿐이다. 앞으로도 비평을 계속한다면 왜 이것이 문학적인지, 왜 문학이어야 하는지, 문학적이라는 것이 무엇인지 써 보는 일이 될 것이다.

먼 미래의 가능성이거나 마침표였던 평론집을 펴내며 감사의 인사를 드린다. 삶과 문학의 관계, 문학 하는 자의 태도를 늘 생각하게 하는 최두석 선생님, 지적 생활인의 아름다움을 알게 하는 김영문 선생님, 아동청소년문학 현장에서 갈피 없이 헤매던 때, 길잡이가 되어 주신 이재복 선생님께 감사드린다.

이 평론집에 실린 글을 쓰는 동안 바닥을 치고 올라올 힘이 되어 준 명옥과 미정, 평론집을 내기로 한 뒤 막막하던 때, 걱정을 과정의 일로 이끌어 준 상냥하고 다정한 창비의 한지영 편집자, 산만한 글의 갈피를 잡고 다듬어 준 정편집실에 고마움과 존경의 마음을 보낸다.

제 몫의 삶을 잘 살아 내고 있는 김동렬과 김현성에게는 특별한 마음을 담아 고맙다는 말을 전한다.

내가 읽었던 동화, 동시, 청소년소설은 지금 여기, 우주의 시간 속에서 아주 잠깐 머무는 우리에 관한 특별한 이야기였다. 나의 다정하고 고귀한 동무들, 고맙습니다!

2022년 겨울
김재복

차 례

3부

4부

1부

동시, 주기와 말하기 사이에서

심화와 확장의 경계에서

동시 창작이란 알다시피 어린이 혹은 어린이다움이라든가 동심에 대해 어른 시인이 발견하고 발명한 것을 동시 언어로 번역하는 과정이다. 매우 어려운 번역 결과물로서의 동시는 우선 어린이에게 발송될 것이다. 어린이와 어린이의 현실은 동시 발생의 토대이고 독자로서도 어린이는 오랫동안 권위를 인정받고 있기 때문이다. 그런 탓에 오늘도 동시는 발견의 내용을 담아내는 언어를 고르는 데 있어 어린이다움이라거나 어린이와의 소통 가능함이라는 기준을 두어 선택과 배제의 과정을 겪는다. 이런 규율이 동시 창작의 자유로움을 막고 결과적으로 동시가 확장될 기회를 막는다는 생각이 영 틀린 것만은 아닐 것이다.

동시 쓰는 자와 동시 읽는 자의 거리가 너무 먼 데서 오는 갈등이 전에 없었던 것도 아니다. 1960년대와 70년대에 '본격동시' 담론 논쟁을 거쳤고, 2007년 '해묵은 동시'를 벗어 버리고 '빨간 내복의 관습'에서 탈출하려는 시도는 그 연장이었다. 이런 과정을 거친 이후에 '동시 독자'라는 동시문학의 향유 계층으로서의 독자를 확정하기에 이르렀다. 동시가 다수의 어린이를 향해야 한다는 것은 동시를 문학으로서 향유한다기보다 가르치고 배워야 하는 도구로 더 유용하다는 인상을 갖게 했다. 지금 다시 동시 독자를 이야기하는 것은 동시의 문학적 정체성을 회복하는 움직임으로 보아야 할 것이다.

그래서일까. 최근 우리가 맞이하고 있는 동시는 '동시 독자'를 넘어 '소수 독자'를 향한다는 느낌이 들 정도로 이전의 동시를 심화하면서 자신을 다시 갱신한다.

김개미의 경우, 이 자기 갱신의 결과가 이전의 자기 동시를 딛고 확장하는 것이어서 귀 기울여 듣게 된다. 송현섭과 김창완은 동시의 울타리를 걷어 내 버리고 싶은 것 같다. 특히 송현섭은 거의 몇 해 전 김륭의 등장만큼 동시단을 술렁거리게 했다. 송현섭과 김창완의 어떤 동시들은 분명 동시의 관습을 이전에 없던 방식으로 깨트렸고, 그 결과 동시의 외연을 고민하는 계기를 제공했다. 고백건대 두 시인의 동시를 처음 만났을 때 독자로서 나는 어리둥절했다. 기쁨과 당혹스러움이 섞여 들었고 어떤 동시에는 심지어 약간 짜증이 나기도 했다. 하지만 그들이 쓴 동시가 동시집이라는 텍스트로서 나타났고, 그렇다면 동시 읽는 자로서 최선을 다해 맞이하는 게 옳다. 게다가 이들이 내놓은 동시는 현재의 동시 너머를 생각하게 했고 동시의 심화와 확장의 경계에서 해석되어야 할 무언가가 있는 것으로 보였다.

이들의 동시가 주기의 방식으로 오지 않고 말하기의 방식으로 왔다는 것에 주목하고자 한다. 주기의 방식은 선물의 내용과 비슷해서 주기의 동시는 좋은 것, 선한 것, 아름다운 것, 고운 것, 순한 것 등 긍정과 밝음의 마음을 담기에 적절하다. 이러한 마음의 상태가 동식물의 아름다움, 작고 소박한 것들의 의외의 가치, 약자와 타자들을 향한 연대의 마음, 비가시적인 것들의 의미 있는 가시화 등으로 표현되었다. 우리는 이런 동시를 읽고 그 동시를 읽기 전보다 조금 기쁘고 행복해졌고 어쩌면 그것이 동심인 것 같았다.

말하기의 방식은 조금 다르다. 말하기의 동시들은 독자를 적극적인 대화의 상대로 동시 앞에 데려다 놓는다. 그것은 마치 의견을 묻는다는 듯 독자를 더 바투 끌어당기며 자신을 해석하기를 바란다. 특별히 독자를 신경 쓰지 않는 태도도 엿보인다. 이런 태도는 많이 낯설다. 그뿐인가. 이들 동시는 그동안 우리가 읽어 왔던 동시가 어떤 것의 전부가 아니었을지 모른다고 말한다.

동시를 어린이에게 '주기' 위해 창작해야 한다는 태도는 여전히 강력하다. 그런 동시를 요구하는 독자층도 분명히 존재한다. 익숙한 것들이 있고서야 새롭고 낯선 것들은 빛난다. 또한 오늘 새롭고 낯선 것들은 언젠가는 오래된 것들이 된다. 그러므로 지금 여기 새롭고 낯선 얼굴로 찾아온 동시들이 가장 빛날 때, 환대와 두려움 사이에서 다만 너무 늦지 않게 맞이해 보려고 한다.

심화와 확장의 깃발을 들고 나타난 동시들은 무엇으로 동시를 삼고 말하며 오는가.

현실, 서사의 강화: 김개미의 경우

김개미의 『레고 나라의 여왕』(창비 2018)은 한 아이가 겪는 가족의 해체와 그에 따른 내면의 상처 그리고 회복의 과정을 보여 준다. 각각의 동시들이 전체로 꿰어지듯 구조화되어 있어 한 편의 이야기를 읽은 것 같다.

서사는 크게 세 부분으로 구성되어 있다. 1부의 동시들에서 우리는 어떤 사정인지는 모르지만 혼자 노는 여자아이의 일상을 엿보고 엿듣게 된다. 그 아이가 자신을 재투성이 신데렐라라고 말하고 인형을 갖고 노는 것(자기 고백과 내면의 발설)으로 보아 자기 이해와 그 마음을 표현하는 것이 가능한 여자아이로 추측된다. 이 아이가 갖고 노는 놀이도구로는 막대 인형, '코야'라는 이름까지 붙여 줬던 인형, 레고 등이다. 이를 통해 우리는 이 아이가 혼자 놀아야 하는 처지임을 자연스럽게 이해한다. 인형과 레고는 자기 욕망을 풀어놓을 수 있는 대상물이다. 이미 짐작한 대로 아이에게는 인형이나 장난감 말고는 자기 말을 들어 줄 사람이 없다. 상상 속에서 혼자 중얼거리는 욕망이어서 더욱 안타깝고 그것이 이루어지기 어렵다는 것을 알기에 아이도 독자도 같이 우울하다. 「어이없는 놈」(『어이없는 놈』, 문학동네 2013)으로 생기발랄한 웃음을 전해 주었던 김개미였기에 이런 변화가 더 특별하게 다가온다. 이전의 어떤 동시들에서 얼핏 짐작은 했으나 이번 동시집에서는 원래 하고 싶었던 말이 이것이었다는 듯 장난기 없이 슬프고 쓸쓸해졌다. 1부의 시들에는 이렇게 아이와 인형(내면), 아이와 친구 말고 다른 인물이 없어, 오로지 이 아이가 처한 현실과 내면에 몰입할 수 있게 되었다.

2부는 약간의 변주가 생기는데 동생이 등장하고 부재 직전의 아빠도 보인다. 서사의 흐름으로 볼 때 두 번째 국면의 중심은 이유는 분명하지 않지만 아빠가 결국 부재하게 되었다는 사실이다. 아빠의 부재 이유를 유추할 수 있는 사유가 많지는 않다. 리모컨을 독점하듯 가족을 포함한 일상을 조종하는 아빠(「아빠에게 따지자!」)이거나 술주정 정도다(「엄마가 술을 먹고 들어왔다」). 저 두 사건을 '가부장적 독재와 가정 폭력의 현실'로 확장하는 것은 무리일까, 아니면 일상의 저 아빠의 행위는 명백한 폭력임에도 불구하고 문제로 느끼지 못하는 무감각한 우리가 문제일까. 김개미가 아빠의 부재 이유를 충분히 밝히지 않은 이유는 알 수가 없다. 어쩌면 우리가 짐작하는 그런 폭력적인 사태로 인한 부재가 아니라 재결합을 위한 잠깐의 별거라거나 먼 여행(긴 출장)에 따른 것일지도 모른다.

　그럼에도 아빠의 부재 이유에 자꾸 신경이 쓰이는 까닭은 가령 「인형의 집」 같은 작품 탓이다. 이 동시를 통해 우리가 알게 되는 것은, 어떤 이유인지 알 수는 없으나 '나'와 엄마가 가난해져서 인형이 사는 집처럼 작은 집으로 이사 와 몸도 마음도 인형처럼 작아졌다는 사실이다. 절망적인 상황에 처해 있는 것 같은데 '나'의 다짐이 의외다. '나'는 "내일,/(…)/작고 단단한 인형으로 다시 태어날 거"라고 다짐하는데 '인형의 집'은 일찍이 여성주의 희곡을 대표했던 헨리크 입센(Henrik Ibsen)의 작품 제목이 아닌가. 남성 중심의 가부장적 가족구조 속에서 인형이기를 거부하고 인형의 집을 탈출한 내용을 담은 희곡과 동일한 제목인 이 동시에서 시적 주체인 '나'는 어쩌자고 '인형의 집에서 인형으로 다시 태어나겠다'면서 절망인지 복수인지 알 수 없는 생각을 하는 것일까. 이런 말을 하는 '나'의 마음을 알 것도 같지만 더 많이 이해할 수 없어서 그냥 '나'의 다짐을 그의 것으로 인정할 뿐이다.

쓸쓸함과 우울, 절망감 같은 정서로 꼭꼭 문을 닫고 가라앉을 것만 같아 불안하던 이 동시집의 아이는 간신히 기운을 차린다. 이야기의 결말쯤에 해당할 텐데 가족의 해체와 아빠의 부재가 아빠의 귀가로 안정을 찾는데 이 지점이 김개미가 동시로 삼는 지점일 것이다. 한국 사회에서 가족 해체는 굉장히 다양한 이유로 일어난다는 것을 우리는 알고 있다. 게다가 여전히 어려운 현실이기는 해도 아빠의 부재가 절망적일 만큼 남성 의존적인 시대도 아니다. 물론 이 동시의 화자가 침대 갖는 게 간절한 소망일 만큼 경제적 사정이 여의치 않은 것은 여성의 노동가치가 남성보다 낮은 현실의 결과라는 점도 분명하다. 하지만 김개미가 하고 싶은 말은 남성 가부장으로서가 아니라 어느 날 사라진 가족 구성원으로서 아빠의 부재였던 듯하다. 가난은 분명 불편하고 많은 것을 그저 상상으로만 꿈꾸게 하여 절망적이지만, 가난의 원인이 아빠의 부재 탓은 아니다. 그래서 아빠가 원망의 대상이 아니라 그립고 기다리는 '수염 요정'이 되었고, 그 아빠가 돌아온다고 했을 때 비로소 아무도 다치지 않는 복수를 계획하는 '나'의 마음에 우리가 덩달아 동참하게 되는 것일 테다. 그것은 가난한 현실과 아빠의 부재로 절망적이어서 차라리 인형처럼 무생물화되기를 바랐던 아이가 터뜨리는 울음 같은 것이다. 안도와 기쁨으로 계획하는 복수의 말은 이렇다.

내일은 외출을 할 거야.
아빠는 돌아오자마자 나를 찾겠지.
그때 내가 달려 나가 안기면
아빠는 환하게 웃을 테지만
아빠를 기쁘게 하지 말아야지.

여태 나를 속상하게 만든 아빠를

그렇게 쉽게 용서한다면

아빠는 또 집을 나갈지도 몰라.

또다시 돌아오면 된다고 생각할 테니까.

아빠를 빨리 보고 싶지만

내일은 티나네 집에 가서 늦게까지 놀아야지.

아빠가 나를 기다리게 해야지.

— 「내일 아빠가 온다고 해서」 전문

　한 편의 동시는 그 자체로 하나의 완결된 구조물이다. 따라서 동시 한 편으로 이야기 하나를 오롯이 담을 수 있어야 하는 것은 당연하다. 김개미의 경우 그 각각의 완결된 구조물들이 다시 전체를 이루도록 집중함으로써 입체적인 이야기를 만들었다는 점이 성취로 인정받아야 할 것이다. 놓치지 말아야 할 것은 김개미의 동시가 동화(이야기)를 읽고 난 것처럼 줄거리의 방식으로 기억에 남지만 읽는 과정이 매번 시적이었다는 점이다. 그가 전체를 하나의 서사로 의도했으되 개별 작품들을 독립된 한 편의 동시로 읽히게 완성했다는 것이 중요하다. 독립된 개별 작품들이 서로 다른 말을 하면서도 결국 한 아이의 가족 서사로 심화 완성되는 과정을 그려 내는 게[1] 김개미가 이번 동시집에서 시도한 말하기 방식이다. 그가 치밀하게 의도한 창작 방법이었는지 우연의 집합이었는지 알 수는 없으나 그의 시선이 현실에 닿아 있고 무엇보다 줄곧 현실

---

[1] 한 권의 시집이 무엇 혹은 누군가에 대한 이야기로 읽히는 방식은 김미혜의 『아빠를 딱 하루만』(창비 2008)에서 시도된 적 있다. 아빠의 죽음을 대하는 가족의 슬픔과 애도의 과정이 강렬했다.

의 아이가 자기 말을 한다는 점은 의도한 것처럼 분명하다. 창작 주체의 관찰이 아니라 시적 주체의 자기표현에 집중하였기에 작품 속 아이의 말은 더욱 선명하게 들린다. 그것이 시적 주체의 내면이고 아주 나지막한 중얼거림일지라도 말이다.

개별 동시가 제 몫의 완결성을 잃지 않으면서 가족의 해체로 인형처럼 사물화될 위기에 처해 있는 현실의 아이 '들'을 호명하는 일은 의미 있는 행위다. 작품과 현실의 관계에 있어 지극히 현재적이라 할 이번 동시집에서 김개미가 동시로 삼아 말하는 것은 보통의 일처럼 일상화되어 버린 가족의 해체와 그럼에도 부재했던 것의 귀환을 바라는 마음이다. 낭만성이라는 동심을 걷어 내고 보면 방치되거나 고립된 채 혼자 노는 아이들이 나타난다. 현실이 이러한데 동시가 그것을 외면할 수는 없지 않은가. 김개미 동시의 의미가 발생하는 지점이 바로 현실이다.

아이, 가려진 존재의 소환: 송현섭의 경우

송현섭이 『착한 마녀의 일기』(문학동네 2018)와 『내 심장은 작은 북』(창비 2019), 이 두 권의 시집을 거의 동시에 내놓음으로써 우리 동시단에 충격과 혼란을 불러일으킨 것은 확실하다. 시집 한 권을 읽고 '동시가 이렇게 잔인해도 되는가'라고 묻게 되는 일이 흔하지는 않다.

송현섭 동시의 시적 주체는 그 어떤 주체들보다 '쎄다'. 물론 그가 데려온 시적 주체가 세상에 없던 인물은 아니었다. 그간 다섯 살 인생으로서 세상의 중심이 자기라고 당당하게 주장하던 김개미의 '어이없는 놈'과 자기가 달에서 왔다고 말하는 김륭의 '엄동수'(『달에서 온 아이 엄동수』,

문학동네 2016)가 있었다. 그들이 당돌하고 종잡을 수 없는 매력으로 독자를 설레게 했다면 송현섭 동시의 '나'는 악동 혹은 자유로운 영혼의 소유자쯤 될 것이다.

장난의 정도가 아슬아슬해서 잔인하다거나 못된 아이로 오해받을 수도 있다. 예를 들면 이 아이가 귀가 먼 할머니를 위해 최고의 보청기를 선물한다는 이유로 '가위로 참매미의 날개를 자르고, 사마귀 같은 더듬이를 떼어 내고, 몸통을 정성껏 다듬고, 사포로 문지르고, 말랑말랑해지라고 무려 한 시간 동안이나 참매미 몸에 풀을 발라 보청기를 발명'(「참매미 보청기」, 『착한 마녀의 일기』)할 때 이것을 아이의 잔인한 장난으로 볼 것인지, 할머니를 위해 최고의 발명품을 만들고 싶은 손자의 갸륵한 마음으로 볼 것인지를 두고 망설이게 되는 경우다. 오해를 받거나 적어도 이 아이를 받아들이기에 망설이게 되는 원인은 순수한 의도를 실현하는 데 뒤따르는 이 아이의 잔인한 행위 때문이다. 그렇더라도 이 아이는 선악의 이분법적 구획 안에 담아 나쁜 아이로 낙인찍을 수 있는 존재는 아닐 것이다.

송현섭 동시에 등장하는 이 악동(괴물)에 대해 나는 "하느님, 용왕, 남편, 형, 아버지, 외할아버지 등 남성 위주 사회의 절대 권력을 비웃으며 힘을 빼는 데에 열심이다. 괴물은 괴물로만 오지 않는다. 하느님을 삥 뜯는 존재로 고발하는 마녀로(「착한 마녀의 일기」), 가족도 없이 허울만 갖고 있는 용왕을 비웃는 용자로(「용왕님께」), 동생보다 딸기를 더 먹을 셈이었으나 동생에게 '바부— 바부—' 소리나 듣는 형으로(「딸기」), 제대로 놀 줄도 모르고 배고프다며 집으로 가 버린 남편을 보면서 '아무리 귀여운 녀석이 와도 다시는 결혼하지 않을 거'라고 말하는 당찬 여성으로(「엄마 아빠 놀이」), 뱀을 협박하는 것 같지만 어쩌면 뱀보다 더 무섭고 잔인한 아빠(인간)를 고발하는 것 같은 아들로(「뱀에게」), 비윤리적 육식을 꼬집듯 토끼 식용을 하는 외할아버지를 지우개로 만들어 버리는 손자로(「토끼는 풀을 지우고, 외할아버지는 토끼를 지우고」) 온다"(「재생의 리듬: 『착한 마녀의 일기』」, 『창비어린이』 2019년 봄호, 169면)라고 말한 적이 있다.

어른의 눈으로 보았을 때 어린이는 미성숙한 존재로서, 알고 있는 것보다 알아야 할 것이 더 많은 존재다. 배워야 하는 위치가 아이의 존재론적 몫이었다면 송현섭 동시의 시적 주체는 그런 게 어디 있느냐고 냅다 들이받는 기운 센 아이다. 송현섭 동시가 발견한 시적 주체가 아예 그 존재 자체가 없었던 것이 아니었음에도 송현섭 동시에 와서야 저 아이가 유일무이한 것처럼 느껴지는 까닭은 무엇일까.

그것은 이 아이만큼 시종일관 자기 욕망에 충실한 인물이 없었기 때문이다. 머뭇거림도 없고 일단 질주해 버린 뒤에는 결과를 걱정하지도 않는다. 규범과 규율을 보란 듯 어기면서도 기죽지 않는 아이는 수동적인 교정의 대상에서 멀찌감치 달아난다. 그런 아이의 말이 순화된 말이 아님은 당연하다. 하느님을 상대로 '젠장 나는 분명 뻥 뜯기고 있다'거나 동생 입가에 흐르는 딸기즙을 보고는 하필 '빨간 피를 질질 흘린다'고 말할 때, 놀이터에서 먼저 집에 간 친구를 두고 '찢어진 꽃처럼 화가 났다'고 말할 때, 그 외에도 '벌렁 나자빠지다' '꺼져' '물방울의 목을 조르다' '다섯 개의 알을 쪽쪽 빨아 먹어 버리다'와 이 밖의 에두르지 않고 순화되지 않은 날것 그대로의 말은 악동의 말이다.

어떤 말들은 말 한마디로 한 편의 시 전체를 휘두르는 경우가 있는데 옮겨 적은 저 말들이 그렇다. 거칠고 울퉁불퉁하다. 그런데 왜 저런 말들은 동시 언어로는 금기시되었을까. 송현섭은 바로 동시적 언어라고 생각하지 않았던 말들로 동시를 삼아 우리에게 내놓은 셈이다. 마치 연민과 인정으로 부드럽고 말랑말랑한 세상만 얘기하느라 가려졌던 현실의 세계를 다른 말로 재현할 테니 한번 들어 보라는 듯 말이다. 그런 마음으로 포착한 것이 다음의 동시처럼 순진한 간곡함과 교활한 냉혈함이 뒤섞인 삶의 현장 같은 것이다.

> 난 내일 죽게 될 거야.
> 첫째 사위가 온다는군.
> 주인아주머니 말을 엿들었어.
> 네게 부탁 하나만 할게.
> 제발 새끼들만은 건들지 말아 줘.
> 대신 내 창자와 간과 콩팥을 줄게.
> 내일 두엄자리에 가면 있을 거야.
> 머리와 깃털을 장난감으로 써도 돼.
> "야, 약속할게. 거, 걱정 마."
> 노랗고 새콤한 병아리들을 바라보며
> 고양이가 말했다.
>
> ──「암탉의 유언」 전문

 이것은 은밀해 보이지만 실상을 알고 보면 죽이고 먹고 먹히며 배신당하는 살벌한 살육의 현장이다. 그럼에도 사위를 위한 장모(인간)의 행위, 제 새끼를 위한 암탉의 유언, 말을 더듬지만 속내가 빤히 보이는 음흉한 고양이의 약속은 옳고 그름의 문제로 가름할 수 없다는 게 문제다. 인간과 비인간 가릴 것 없이 살아 있는 것들은 자기 욕망에 충실한데 이것은 본능이다. 선뜻 동시에 담을 수 없었던 이 장면들은 좋은 것만 보여 주고 싶은 누군가에 의해 가려졌던 현실이다. 송현섭은 가렸던 손을 걷어 내고 삶이란 이러하다고 말한다.

「암탉의 유언」에는 우리가 동시적이라고 합의했던 것들을 발견할 수 없다. 그렇다면 이 동시를 통해 송현섭이 하고 싶었던 말은 무엇일까. 동의하기 어려울 수도 있지만 아마도 살아 있는 것들은 살기 위해 잔인해질 때가 있고 그것은 생존의 욕망과 다르지 않고 그게 현실이라는 것 정도가 아닐까. 그렇더라도 이렇게 잔인하고 불편한 방식으로 말할 필요가 있었는지 어쩔 수 없이 묻게 된다. 이것이 현실임을 아는 게 동시 독자들 특히 아이들에게 절실한 문제였을까.

『착한 마녀의 일기』와 몇 달 차이로 내놓은 『내 심장은 작은 북』에도 「암탉의 유언」에서 느낀 복잡한 마음을 다시 느낄 만한 동시가 있다. 공교롭게도 이번에도 암탉이다.

「엄마의 사냥법」에는 암탉을 죽이려고 최선을 다하는 인간 엄마의 모습이 적나라하게 재현되어 있다. 엄마의 사냥 솜씨(?)가 서툴러서인지 아니면 죽지 않겠다는 암탉의 결기가 강해서인지 아무튼 암탉은 쉽게 죽임을 당하지 않는다. 가위로 머리가 잘린 뒤 "머리 없는 암탉이/측백나무 울타리를 빙빙" 도는 장면은 가히 엽기적이다. 죽이려는 인간과 죽어 주지 못하겠다는 듯 끈질기게 버티는 암탉의 대치를 눈앞에서 목격하면서 "두 장의 노란 색종이처럼/바들바들 떨고만 있"는 건 '나'와 동생만이 아닐 것이다. 인간에게 먹히는 것으로 끝나는 게 가축의 운명 혹은 현실이다. 이게 인간과 가축의 관계이고 공장화 이전의 닭(가축화된 동물)들이 이렇게 도축당했다. 동물격을 이야기하는 시대에 마주한 「엄마의 사냥법」은 시대착오적인 생각인지 여전한 현실 재현인지 혼란스럽고 그래서 의도가 더욱 모호하게 느껴진다.

그러나 시인 김미혜가 말했듯 우리를 '무섭고 슬프고 괴롭게 만든'[2] 동시는 따로 있다. 김미혜가 엽기적이고 자극적이라고 말한 동시는 「마녀의 수프 끓이기」인데, 이 동시는 마녀가 '엉덩이가 빨갛게 잘 익은 원숭이'를 잡아 수프를 끓이는 과정을 아주 상세히 적어 내려간다. 원숭이 껍질을 벗기는 걸 보고 겁에 질린 제자더러 토끼 껍질을 벗기며 놀라고 하는 마녀는 문자 그대로 마녀다.

궁금하지 않을 수가 없다. 송현섭은 왜 이런 비동시적인 것들로 동시를 삼았나. 짐작건대 그의 욕망은 금기를 깨고 싶다는 것이 아니었을까. '꿀밤 세 대'를 맞을 각오를 하고 '새하얀 식탁보를 보면 치료하기 위한다는 이유로 빵 부스러기를 잔뜩 뿌리고 주름을 접고 물 한 컵 시원하게 쏟아 버리고'(「식탁보」) 싶다는 이 행위자는 참으로 불경스러운 악동이다.

「식탁보」의 시적 주체인 '나'는 참매미로 할머니를 위한 보청기를 만들거나(「참매미 보청기」, 『착한 마녀의 일기』) 귀뚜라미 집인 구두가 떠내려갈까 봐 돌을 얹어 주었지만 결과적으로 귀뚜라미 보금자리를 사라지게(「구두 귀뚜라미」, 같은 책) 하던 아이와 다르게 느껴진다. 새하얀 식탁보를 망가뜨리고 싶다는 '나'는 의도부터 악의적이다. 결과가 나빴으나 그 의도마저 나빴다고 할 수 없었던 '나'들과 달리 새하얀 식탁보를 망가뜨리고 싶은 '나'의 행위는 의외의 결과가 줄 수 있는 뜻밖의 경험도 없는데다 새하얀 식탁보를 왜 나쁘다고 판단했는지 쉽게 납득하기 어렵다.

하지만 송현섭이 누군가의 동의를 얻고자 금기를 깨는 말과 행동을 하는 것처럼 보이지는 않는다. 그냥 악동처럼 세속의 금기를 격파하면서 거침없이 말하고 행동할 뿐이다. 금기가 깨지자 가려졌던 현실이 드

---

2 김미혜 「동시는 동시를 어디까지 버릴까」, 『어린이책이야기』 2019년 여름호, 63면.

러났다. 살아 있는 생명은 살기 위해 누구라도 잔인해질 수 있고, 어떤 아이는 글자 그대로 괴물이며 이 세상은 결코 아름다운 것들만으로는 완성되지 않는다는 듯. 이것은 가장 비동시적인 것으로 동시를 삼으면서 송현섭 동시가 현실을 말하는 방식이다.

노파심에 짚어 두자면 두 권의 동시집에서 우리는 송현섭 동시가 매우 섬세하고 서정적일 때가 많다는 것을 확인할 수 있다. 마침 그가 두 권의 동시집 이후의 동시집에서는 '아이들만이 가질 아주 독특한 서정을 써보고 싶다'[3]고 했으니 그의 서정은 충분히 기대해도 좋을 것이다. 다만 금기를 깨는 주체들의 반란은 계속되기를 바란다. 귀가 먼 할머니를 위해 참매미 보청기를 만들어 드렸는데 왜 자기가 옥수수밭에 숨어야 하는지 모르겠다고 이의를 제기하는 '나'들이 조금 더 우글우글해도 괜찮을 것 같다. 단, 이 아이가 왜 그런 행동을 했는지 이해 가능하다는 최소한의 동의는 얻을 수 있어야 할 것이다. 나아가 맹목적인 잔인함 같은 비동시적 대상에 대한 동시적 재현도 송현섭이라면 성공의 형식을 제시해 달라는 주문이 가능할 것 같다. 그가 이미 새로운 발자국을 남겼으므로 그것이 길이 될지도 모르므로.

어른-아이, 시 쓰는 자아와 시적 주체의 동일화: 김창완의 경우

김창완 동시집을 읽은 후 그의 동시가 갖는 매력을 적으라고 하면

---

3 「송현섭 시인에게 듣는다」, 『동시마중』 2019년 9·10월호, 100면.

'독자의 눈치를 보지 않는 자유로움'이라고 할 것 같다. 그는 일단 성인 남성이고 대중가요를 부르는 가수이며 연기자이다. 그런 다양한 정체성을 가진 그가 그중 하나를 선택하거나 특별한 시적 자아를 의식하지 않은 채 그저 자기 삶의 방식으로서 동시를 썼다고 보이는데, 내게 이 부분은 중요한 지점이다. 그의 동시집에 실린 동시들은 그간의 동시를 비롯해 아동문학의 토대인 독자로서의 어린이의 존재를 그다지 의식하지 않는 것처럼 보인다. 제법 자주 그저 자기가 쓰고 싶고 말하고 싶은 대로 쓰고 말해서 나는 그의 동시가 마치 본격적인 글쓰기 전의 메모거나 일기 같다는 느낌을 받으며 읽는다.[4]

그러니까 김창완 동시집 『무지개가 뀐 방이봉방방』(문학동네 2019)의 제법 많은 동시들이 창작 주체가 어린이를 빌리거나 흉내 내지 않은 것으로 이전 동시들과 견주어 차이를 획득했다고 말할 수 있다.

김창완 동시의 시적 주체인 '나'는 어린아이 같기도 하지만 나이를 가늠하기 어렵기도 하다. '나'는 일상의 경험에서 얻은 개인적인 감상을 일기 쓰듯 동시로 쓴다. 시적 주체인 내가 '나'한테 하는 말은 과장으로 들뜨지 않는다. 김창완 동시에 의인화가 없지는 않으나 습관적으로 남발하지도 않는다. 그의 동시는 시적 주체가 그저 자기 생각과 감정을 담담

---

4 누군가의 동시집이 출간되었다는 소식이 지상파 뉴스가 된 적이 없었으나 김창완의 경우는 달랐다. 그도 그럴 것이, 누구나 알 만한 가수인 데다 극에 찰기를 더해 주는 연기자로도 활동하며, 글도 잘 써서 소설가, 에세이스트이기도 한 그가 동시집을 냈으니 새로운 소식이다. 어느 날 갑자기 김창완이라는 문화적 상징 가치가 세목의 관심을 끌었다고 생각하지만 그는 2013년에 동시 전문 잡지 『동시마중』에 작품을 발표하기 전부터 동시를 썼고 2019년 제3회 '동시마중 작품상'을 수상하고 같은 해 문학동네에서 첫 동시집이 출간되기까지 그가 꾸준히 동시를 써 왔다는 게 중요하다. 이로써 김창완은 동시의 장에 공식적으로 등장했다.

하게 재현하는 것이거나 중얼거리는 형식이다. 그렇다고 소심한 것과
는 다르다. 오히려 섬세하다고 해야 할 것 같다. 어쨌든 이 낮고 담백한
말하기는 그간 동시 언어에서 쓰였던 고음의 생기발랄함과는 사뭇 다
르다. 그리고 이런 동시야말로 김창완만이 쓸 수 있는 동시가 아닐까.

소를 그리려면

일단

뿔을 그려야 한다.

그리고

귀를 그린 다음에

코뚜레를 그리고

몸통을 그리면

끝

근데 다리를 그리는 게

어렵다.

다 그려 놔도

못 걸어 다닐 것 같다.

—「소 그리기」 전문

이 동시에 어렵거나 처음 듣는 말은 없다. 그런데 뭔가 머뭇거리게 하
는 힘이 있다. 김창완 동시는 아무렇지 않은 듯 무언가를 중얼거리는데
그 중얼거림이 그의 동시의 핵심을 이룬다. 이 시대로라면 소를 그리는
건 어렵지 않다. 코끼리를 냉장고에 넣는 방법과 같다. 뿔을 그리고 코
뚜레와 몸통을 그리면 된다. 그런데 정말일까? 거침없는 손짓을 멈춰

세우는 '다리를 그리기 어렵다'는 저 말은 중의적이다. 시적 주체는 지금 경계에 서 있다. 이때의 경계란 아이와 어른을 가르는 경계이기도 할 것이고 현실과 상상의 경계이기도 할 것이다. 다리를 그리기 어렵다는 것은 기술적으로 그리기 어렵다는 말일 터이다. 더불어 다리를 다 그린다고 해도 저 소가 진짜 소가 되지 않으리라는 것을 알고 있다는 말이기도 하다. 저 그림 그리기의 상상과 실재 현실의 소라는 경계에 시적 주체의 마음이 놓여 있다. 그런데 시적 주체의 마음은 어른이면서 아직 잃어버리지 않은 순수함이거나 어른이기에 곧 놓쳐 버릴 것만 같은 연민의 마음이라서 소중하면서 불안하다.

이 시처럼 대체로 좋다고 느꼈던 김창완 동시는 시적 주체가 아이라고도 어른이라고도 단정 지어 말할 수 없을 때가 많다. 낡은 호랑이 울음을 새롭게 재현하는 것만으로도 쾌감을 준 「호랑이」, 이른 봄 담벼락에서 마주친 풀잎싹(봄)을 만나는 순간을 다룬 「봄」, 보다와 봐주다(용서하다)를 변주해 즐거움을 준 「용서」, 죽음 – 별 – 우리 집으로 돌아감이라는 자연의 섭리를 무겁지 않게 다룬 「별」 등이 그렇다. 이 동시들은 시적 주체를 어린이이거나 어른으로 확정 짓지 않음으로써 발언이 좀 더 자유로워지고 풍요로워질 수 있다는 것을 보여 주었다.

그렇다면 아예 김창완 자신, 그러니까 한 사람의 연기자, 가수, 시인인 자신의 얘기라고 할 수 있는 동시들은 어떤가.

「대본 읽기」는 연기자들이 대본 읽는 장면을 그대로 옮기고 있다. 연기자들은 최선을 다해 '바로 거기, 바로 그때, 그 사람'을 연기하니 "중전이 읽으면 대궐"이 되고, "할아범이 읽으면 초가집"이 될 정도로 생생하다. 하지만 그게 다 뭐란 말인가. 다들 진짜 공주, 중전, 할아범인 듯 말하고 고함치지만 "그저 한낮의 풍경"일 뿐이다. 잔뜩 부푼 풍선에 바늘을 꽂는 말이 무심하다. 어른이 잘 모르는 어린이의 삶이 아니라 어른이 어른 자신의 생활을 말하는 동시다.

글이나 쓰려고 불 끄고 누워 겨우 시를, 시가 될 만한 말을 건지나 했는데 치킨에 맥주 생각에 기어이 전화를 걸고 마는 나를 그린 「글쓰기」나, 히트곡 하나만 남긴 듯한 늙은 가수를 그린 「늙은 가수」 등은 김창완과 분리해서 생각하기 어렵다. 그야말로 누구의 대리 욕망이 아닌 창작 주체의 (실패와 절망을 포함한) 욕망을 그렸다.

꽤 오래전부터 나의 마음에는 어른인 창작 주체가 어린이인 척하거나 어린이의 목소리를 빌리지 않은 채 시인 자신의 삶과 세계 인식을 동시로 말할 수는 없나 하는 의문이 들어 있었다. 그것이 동시 형식이어야 함은 당연하다. 어린이의 목소리를 빌리지 않았으면 하는 것은 어린이에게 준다는 공여의 동시가 아니라 시인 자신을 위한 창작 행위여야 한다는 문제의식이었다. 김창완에 와서야 어린이라는 피치 못할 배경을 의식하지 않게 된 것 같고 그것이 김창완 동시의 개성이다.

그렇기는 해도 송현섭 동시에서 이미 갸우뚱했던 것처럼 김창완의 어떤 동시도 그렇다. 「16층에 엘리베이터가 서서 정말 다행이다」라는 동시다. '나'라는 시적 주체가 16층 엘리베이터 문에 끼어 목이 잘려 몸통만 남은 개와 20층까지 올라간다. '나'는 내리고 엘리베이터 내부는 '사방의 유리와 바닥이 온통 붉은색'인데 엘리베이터가 다시 16층에 선 것으로 보아 '개가 자기 목을 찾은 것 같아 정말 다행'이라고 생각한다. 누군가 김창완의 동시들을 읽고 심리학적 혹은 정신분석학적으로 해석하고 싶은 충동을 느낄지도 모르겠다는 생각이 스쳤지만, 평범한 동시 독자인 나는 그저 악몽이라고밖에는 달리 해석해 내기가 어려웠다. 송현섭 동시에 대해 물었던 것처럼 다시, 묻는다. 김창완은 이 동시를 통해 무슨 말을 하려는 걸까.

송현섭처럼 김창완도 좋은 것, 좋은 동시에 대해 생각이 다르다는 걸 숨기지 않는다. 그는 "아이들에게 잘해 주는"(「나쁜 동시」) 동시가 나쁜 동시라고 말하는데, 그렇다면 김창완에게 좋은 동시란 어떤 것일까. 「16층에 엘리베이터가 서서 정말 다행이다」가 해석 불가한 동시의 가능성을 시도한 것일지는 모르겠지만 이것을 좋은 동시라고 할 수 있을까. 이 동시에서 현실과의 연관성을 쉽게 찾을 수가 없다. 송현섭 동시의 잔인함의 이유를 찾을 수 없었던 것과 비슷하게 난감하게 되었다.

김창완의 동시집에는 해석의 불가능함과 어린이 독자로부터의 자유로움이라는 측면에서 비동시적이라고 말해야 하는 작품들이 있다. 그가 자기 목소리로 자기 욕망에 충실함으로써 새로운 동시(차이)를 만든 것은 분명하다. 그렇기는 해도 송현섭이 새하얀 식탁보를 더럽히겠다고 생각하는 이유를 알 수 없었던 것처럼 김창완이 말한 '나쁜 동시'에 견줄 '좋은 동시'의 정체가 모호하다. 문화적 관심사를 소비하는 대중은 김창완이 동시를 썼다는 사실에 흥미를 느낄 수 있겠지만 동시의 장에서는 흥미 이상의 달리 물어야 할 지점이 있다.

그리하여 난해함은 극복되었나

김개미, 송현섭, 김창완의 동시가 우리 동시의 자장을 확장하고 심화하는 역할을 했다는 것을 부인할 수 없다. 이들 외에도 김륭, 송찬호, 함민복, 권영상, 정유경 등이 최근(2018~2019) 내놓은 동시집을 보면 자기 갱신의 열정에 독자로서는 즐겁기만 하다.

다만 내게는 '난해함' 한 가지가 다시 문제였다. 김제곤은 "난해함이라는 프레임을 넘어 어린이라는 '난해의 바다'로 각자의 노를 충실히 저어 갈 도리밖에 없다. 동시의 영토에서 시인에게 시민권을 부여할 수 있는 권리는 오로지 저 난해할 수밖에 없는 어린이들에게 주어져 있"[5]다면서 어린이를 믿기로 한 듯하다. 해석 가능한 동시가 바로 쉬운 동시, 단면적인 동시로 이어지는 것은 아니라는 전제에서, 난해함의 프레임으로 동시 창작의 의지를 꺾는 것은 나 또한 반대한다. 어린이를 믿자는 제안도 당연하므로 받아들인다. 어린이는 송현섭의 말처럼 '거인'일지도 모른다.

다수의 보편적인 독자에서 '동시 독자'로의 전환은 난해함이라는 비판을 무릅쓰고라도 해묵은 동시, 빨간 내복의 관습적인 상상력을 벗어던지고자 했던 시인들이 있었기에 가능했다. 독자들 또한 동시 독자가 되는 일에 적극적으로 동참했기에 가능했다. 동시에서의 보편성이란 일면 알기 쉬운 동시일 가능성이 크다. 그런 동시들은 일단 아이들에게 주기에도 좋았다. 하지만 독자들을 수동적인 소비자로 만들 위험이 있었던 것 또한 사실이다. 새롭고 낯선 동시들의 등장으로 동시 독자로의 전환이 가능해졌고, 무엇보다도 독자들이 능동적인 동시 해석자로 변화할 수 있었다. 그 어느 때보다 동시문학이 교육적 도구가 아닌 문학 그 자체의 기능에 충실한 시대이다. 수많은 동시인들의 갱신과 모험이 있었기에 가능했다는 것을 잊지 않는다.

다만 어려운 것과 해석 불가 혹은 이해 불가의 차원은 다르다. 그러니까 김개미의 인형의 상징, 송현섭의 맥락이 모호한 잔인함, 김창완의 독

---

5 김제곤 「오늘의 동시에 대한 단상」, 『어린이책이야기』 2019년 여름호, 57면.

백에 가까운 악몽의 전시 등 '동시 독자'를 넘어 '소수의 독자'만이 해석 가능한 동시 말하기에 대해, 그것까지 확장의 가능성으로 생각할 수 있을까. 이런 동시는 그야말로 누군가의 섬세한 해석의 도움 없이는 통과할 수 없을 만큼 어렵고, 지금 우리는 그런 동시의 시대에 독자로 있다.

동시는 무엇으로 동시를 삼아야 하는가. 시인들의 자기 갱신과 모험의 결과 심화와 확장의 경계에 서 있는 최근 동시를 읽으면서 마음 한쪽에서 줄곧 우리 동시의 안부를 묻게 되었다. 새로 온 시인들이 내놓은 동시를 보면서, 그들 동시가 기운 세고 다리 역시 튼튼해서 멀리 나아갈 준비가 되어 있는 것 같다는 생각이 들다가도 어느 순간 자꾸 되묻게 된다. 우리 동시는 무엇으로 동시를 삼아야 하는가. 아이들은 난해해지고 동심은 발명되지 못하는데 동시가 자꾸만 멀리 가자고 하는 것 같아 어지럽다.

동시의 북소리[1]

재난, 사회적 트라우마로 남게 하지 말자

중국의 한 도시 장터에서 바이러스가 확인됐다는 소식이 남의 나라 일처럼 다가왔던 2019년 12월 이후, 코로나 팬데믹은 장기전에 접어들었다. 바이러스 생태계가 그렇듯 변이종이 나타났고 2021년 12월 현재, 오미크론이 새로 등장, 공격 중이다. 고백하자면 사스나 메르스처럼 알려진 바이러스가 아니라 전혀 새로운 종류의 바이러스가 출현했다고 했을 때, 나는 인류의 의학적 지식과 기술을 확신했다. 겪은 대로 신종 코로나바이러스감염증(코로나19)은 우리의 상식과 기대, 안일함, 예상과

---

[1] 필자는『동시발전소』2020년 가을호와 2021년 겨울호에 코로나 팬데믹과 관련한 동시 에세이를 발표한 바 있는데, 이 글은 코로나 팬데믹 시대를 지나며 쓴 이 두 편의 글을 재구성한 것이다. 이 글의 제목은 헨리 데이비드 소로의『월든』(은행나무 2011)에 실린 '고수(高手)의 북소리'(482면)에서 빌려 온 것이다.

방역을 앞질렀고 지구인 전체가 '코로나 시대'의 당사자가 되었다.

코로나19는 인간 신체에만 관심이 있지만 우리는 정치, 경제, 사회, 문화 등 인간 공동체와 관련된 모든 영역에서 영향을 받았다. 인류 역사상 가장 끔찍했거나 참혹했던 이전의 재난(페스트, 대공황, 스페인독감 등)과 같고, 경제에 끼친 악영향은 그보다 더 심각할 거라는 예상은 틀리지 않았다. 우주 시대를 실현하던 인류가 육안으로 확인조차 안 되는 바이러스에게 속절없이 목숨을 빼앗겼던 것이다.

그렇다면 우리는 바이러스와의 전쟁에서 패배한 걸까. 그렇다고 말하고 싶지 않다. 우리는 각자의 영역과 자리에서 최선을 다해 이 사태에 맞서 왔다고 생각한다. 이 글은 2020년부터 2021년까지 코로나 팬데믹 시대를 통과한 우리 동시에 관한 기억이며 재난 시대와 동시의 관계에 대한 생각을 정리해 본 것이다. 나 역시 코로나 시대의 당사자로 살면서 동화와 소설, 시와 동시가 건넨 말들에 위로받았다. 코로나 팬데믹 시대에 동시문학이 주는 위로의 힘을 말하는 이 글이 코로나 팬데믹 시대를 함께 돌파해 내고 있는 누군가에게 가 닿기를 바랄 뿐이다.

멈춘 세상이 보여 준 것들

좋아하는 사람들과 만나 밥을 먹고 수다를 떠는 일에 방역 패스라는 허가증이 필요하고 만남이 무리가 되고 모험이 된 시대. 코로나 팬데믹 초기, 뚝 멈춘 세상은 우리에게 무엇을 보여 주고 깨닫게 해 주었나.

세계가

3일만 쉰다면
하늘은 목욕을 마친 얼굴처럼 맑아지겠다.
먼 산은 성큼 다가오고
달아난 별들은 밤하늘로 돌아오겠다.

(…)

쪼꼬만 바이러스가
잃어버린 하늘을 되찾아 주었는데
달복아, 우리라고 못 할 게 뭐겠어.
3일이 아니라 1년인들.

— 권영상 「코로나19」 부분 (웹진 『비유』 2020년 5월호)

　권영상의 동시를 읽으며 코로나19로 도시가 봉쇄되자 벌어진 일들을 떠올려 보자. 이렇게 장기간 바이러스에게 시달릴 거라 생각하지 못했을 때 우리는 그 기간에 자연이 보여 준 회복력에 놀랐다. 인간이 비운 자리에 동물이 돌아와 평화롭게 제 몫을 누리던 모습을 웃으며 지켜보기도 했다. 그게 고스란히 좋은 일로 다가오면서 그동안 인류가 결코 바람직하지 못한 무언가를 했을지 모른다는 반성도 했다.

　비교적 초기였던 이때 우리는 코로나19가 알게 해 준 생생한 증거들에 놀라면서도 곧 감염병이 잦아들 거라고 믿고 있었다. 그사이 계절이 바뀌었고 우리는 다시 이런 경고를 받아 들었다.

　코로나가 우리에게 경고한다

야생동물이 사는 숲을 파괴하지 마라

야생동물을 죽이거나 먹지 마라

에볼라, 사스, 신종플루, 메르스도

우리 바이러스 부대 중 하나였다

이번엔 이 정도로 해 두지만

다음엔 더 센 부대를 보낼 것이다

우리는 잊고 있다

사람이 바이러스 중에서도 바이러스

지구를 병들게 하는 진짜 바이러스임을

— 권오삼 「코로나19」 부분(『어린이와 문학』 2020년 여름호)

　인간이 자연의 영역을 무차별적으로 빼앗은 결과가 이번 사태의 원인이라는 것은 사태 초기부터 지적되었고 "다음엔 더 센 부대"가 닥쳐올 거라는 경고장도 받은 상태다. 신종 바이러스가 생겨난 원인이 바로 인간에게 있다는 것은 많은 과학자, 의사, 환경운동가들의 공통된 지적이다. 코로나19로 그것이 증명된 셈이다.

　김은영의 시에서도 우리가 지나고 있는 시간의 단면을 포착할 수 있다.

코로나 겁난다며

엄마가 인터넷으로

이발 기계 세트를 샀다.

(⋯)

자전거 타고 나가는데

미용실 아주머니가 가게 앞에 나와 있다.

괜스레 미안해서 고개를 돌렸는데

니 어디서 커트했나? 묻는다.

장사 안돼 죽겠고마.

어려울 때 서로 돕고 살아야지 안 카나? 하신다.

　　　　　　　　── 김은영 「두 미용사」 부분(『동시 먹는 달팽이』 2020년 여름호)

　김은영의 동시처럼 사회적 거리두기는 안전을 지키는 동시에 이웃을 지우는 일이 되었다. 상황에 따라 조정이 되겠지만 당분간 이런 단절상태는 지속될 수밖에 없어 보인다. 이 시에 등장하는 아주머니 말이 아직은 약간의 서운함이 담긴 하소연으로 이해되지만 언제까지 그럴 수 있을까. 이런 상태가 더 오래 지속될 경우 현실에서 오고 가는 말이나 감정들은 훨씬 사납고 거칠어질 것이다. 슬라보예 지젝(Slavoj Žižek)이 두렵다고 말한 것처럼 '공공연한 야만, 대중적 무질서를 동반한 거친 생존주의의 폭력, 공포에 찬 린치 같은 짓으로 퇴행'[2]하지 않을 거라고 장담할 수 없다.

　우리의 선택들이 코로나19 이후를 만드는 것이라고 믿으면서 김은영의 시를 다시 생각해 보자.

　오늘 우리는 가능하다면 저 아주머니가 더 시원하게 하소연할 기회를 주어야 한다. 모두가 고통스러운 시간을 견디고 있지만, 누군가의 비

---

2 슬라보예 지젝 『팬데믹 패닉』, 강우성 옮김, 북하우스 2020, 108면.

명을 경청하는 것으로 그를 도울 수 있다고 믿을 수는 없을까. 잠깐 사이 확 달라진 관계에 당황하는 아주머니의 감정을 이해해 보려고 노력하는 것, 아주머니 역시 엄마의 행위를 비난하지 말아야 하는 것은 전제조건이다. 이 시에서 가장 중요한 지점은 괜히 고개를 돌리는 화자의 마음일 것이다. 미안함이거나 난처함 같은 마음일 것으로 짐작되는 저 화자의 마음을 우리가 끝내 잃어버리지 않아야 코로나 시대를 무사히 이겨 낼 수 있지 않을까.

코로나 시대는 입학식과 졸업식, 친구의 생일을 비롯해 많은 이야기를 삼켜 버렸다. 하지만 우리의 삶도 멈출 수 없기 때문에 삶을 지킬 방법을 찾아야 한다. 세상이 멈추고 거리는 텅 비었지만 그럼에도 계속되는 삶을 기억해야 한다. 동시의 언어가 그저 '아이들이 없는 학교가 아이들을 그리워한다'는 말에서 그칠 수는 없는 이유이다.

"축하해, 오늘도/생일 다음 날도 축하해!"(방희섭 「생일 다음 날도 축하해!」, 『어린이와 문학』 2020년 여름호)라고 말한 시인처럼 우리 동시는 잃어버린 입학과 졸업 등을 축하하고 위로할 말을 찾아야 한다. 삶의 현장에서 들려오는 비명에 귀를 기울이고 슬픔에 공감하는 동시, 그럼에도 계속된 일상과 그것을 채우는 누군가의 최선이 동시가 되어야 한다.

지젝의 말대로 우리에게 던져진 가장 중요한 과제는 우리의 일상적 삶을 탄탄하고 의미 있는 방식으로 직조하는 일이다.

코로나 시대에 필요한 말, 그리고 시의 언어

그렇다면 동시는 무엇으로 이 코로나 시대에 맞설 수 있나.

동시는 긍정의 힘, 나눔과 돌봄의 가치, 치유하고 위로하는 마음과 말로 자신의 기능을 증명해 왔다. 그리고 지금은 그 어느 때보다 그것이 필요하다. 슬픔을 표현할 말조차 잃어버린 사람들을 위해 대신 슬퍼해 주는 것, 안간힘을 응원하는 것, 연대와 공생의 감각을 기억하는 것은 시대를 초월한 문학의 가치들이다. 그저 언제나 그랬던 것처럼 묵묵히 동시가 하던 일을 계속하는 것이다.

연대와 공생의 감각을 인간에게만 적용하는 것은 당연히 아니다. 인류의 동료인 비인간을 향해서도 열려야 하는 마음이다. 코로나19처럼 인간이 자연의 영역을 점거하면서 생긴 일련의 결과들을 기억해야 한다. 그러하기에 바다거북의 죽음을 다룬 고영미의 동시가 코로나 시대를 함께 통과하고 있는 모든 생명체들에게 위로로 다가온다. 이 슬프고 아름다운 동시는 미처 조문하지 못한 죽음들을 향하는 것 같다. 바다거북처럼 보호와 돌봄도 받지 못한 채 창졸간 삶을 놓은 서러운 죽음들 앞에서 함께 읽어야 할 조문(弔文)이다.

코에 꽂힌 빨대
목에 감긴 고무
배에 가득한 쓰레기
실린 몸으로
제주 해안에 와
마지막 숨을 내려놓습니다.

끌어안고
눈물 흘리던 파도가

모래 한 자락 가만히 덮어 줍니다.

긴 날개로 눈물 닦던 갈매기
땅과 하늘을 오가며 연락합니다.

낮달이 동그란 창으로
바다거북이 들어오라고
가만히 문을 엽니다.

— 고영미 「바다거북이 장례식」 전문(『동시 먹는 달팽이』 2020년 여름호)

안개에 휩싸인 듯 온 세상이 휘청거리고 마음이 가난해진 재난 시대에 문학이 필요한 이유를 이 시에 담긴 시인의 마음에서 찾을 수 있다.

우리는 결국 시대가 요구하는 마음을 창조하는 쪽으로 시의 방향을 잡을 것이다. 지금으로서는 공감과 연대로 공동체 유지를 돕는 것이 시급해 보인다. 동시는 그런 감각을 발명하는 것으로 이 시대와 함께해야 하지 않을까. 아름답고 가치 있는 것들을 발견하기 좋아하는 동심과 동시 언어로 말하는 희망의 발견은 언제나 중요했고 동시가 그것을 잊은 적은 없다고 생각한다.

시급한 것이 희망을 담은 말이기는 하나 그게 다는 아닐 것이다. 슬퍼할 겨를 없이 휩쓸려 가고 있는 우리는 잠깐이라도 멈춰 서서, 채워 넣기만 한 슬픔과 두려움을 울음으로 퍼낼 필요가 있다. '가장 먼저 울어 주고 가장 나중까지 우는 게 문학'이라는 말을 믿는다. 문학은, 특히 동시는 아주 오래전부터 그렇게 살아오고 있다.

희망이라는 말이 감당하기 벅찬 말이라면 가능성이라고만 해 두자.

희망으로 가는 여러 갈래 중 하나로서의 가능성. 동시가 희망을 돕는 가능성의 하나를 만들 수만 있어도 충분하다. 그것을 믿지 않으면 우리는 동시를 쓰고 읽는 일도, 코로나 시대를 통과하는 일도 계속할 수 없다.

감각의 회복

코로나 팬데믹은 전지구적 사건이고 지구인 누구랄 것 없이 힘겹게 통과하고 있다. 이 거대하고 잔인한 바이러스는 단절과 상실, 결핍과 부정적인 의미로서의 과잉을 낳았고 생각보다 많은 사람들에게 정신적 외상으로 남을 것 같다.

정신건강의학과 전문의 김현수의 『코로나로 아이들이 잃은 것들』(Denstory 2020)은 현직 의사가 코로나 팬데믹 현실 속 아이들을 만나 상담하고 관찰한 내용을 담고 있다. 아이들에게 초점을 맞춰 코로나 시대를 통찰하고 있는 데다 무엇보다 양적으로 많은 상담 내용을 전해 주고 있어 아이들의 현실을 생생하게 경험할 수 있다. 진심 어린 걱정과 간곡한 당부의 말을 담은 코로나 팬데믹 보고서이다. 그가 특히 걱정하는 것은 아이들이 느끼는 고립감과 외로움이다.

아이들 역시 코로나 팬데믹 한가운데 있으면서도 이들은 자기 삶에 닥친 이 사건을 해석하고 자위할 언어가 부족하다. 조정과 재조정을 거치며 쏟아지는 정책들은 성인 중심의 것이다. 삶의 이력이 길어 어지간한 사건에 내성이 생긴 성인보다 코로나 팬데믹이 아이들에게 더 깊이 각인될 것은 당연하고 그래서 걱정이 더 크다.

코로나 팬데믹 이전에도 아이들은 시민사회 구성원으로서 완전히 편입되지 못한 사회적 약자였다는 걸 기억해야 한다. 나쁜 기억의 유효기간이 좋은 기억보다 길었던 개인적 체험이 떠오르는 것도 코로나 팬데믹 상황이 장기간 지속될 것이 우려되는 탓이다. 또한 2019년 겨울 이후 2021년 겨울을 코앞에 둔 지금까지의 상황도 충분히 좋지 않았는데 회복기에 접어들었을 때도 아이들이 외곽으로 밀려날 것 같아서다.

코로나 팬데믹이라는 지속적인 악영향에 무방비로 노출된 채 누구보다 충실하게 방역 수칙을 지키며 이 재난적 사건을 함께 겪어 온 아이들에게 건넬 말이 필요하다. 고립감과 외로움에 갇혀 버린 아이들에게 필요한 것은 위로와 회복의 말이 아닐까. 개인적으로 '코로나 세대'라는 용어를 탐탁지 않게 생각하는 것도 그렇게 말해 버리는 순간, 부정적인 의미가 더 강한 이 말에 우리의 최선이 갇히게 될 것 같아서다. 이 말은 마치 낙인과 같아서 이 고통스러운 시간을 견뎌 낸 우리의 노력이 훼손당할 것 같아서다. 하지만 이 말을 고통을 나누고 슬픔을 덜어 함께 살아냈던 연대의 체험으로 바꾸는 일이 불가능하지 않은 것도 사실이다.

우리는 이 엄연한 고통의 시간을 끝내 건널 것이다. 흔적이 남지 않을 수 없으나 가능하면 나쁜 기억의 유효기간을 단축할 방법을 찾는 것은 무가치하지 않다. 제도와 정책과 별개로 문학으로서의 동시가 하는 일에 우리의 관심이 있고, 이 짧은 글은 그 가능성을 찾는 여정이 될 듯하다.

사회적 거리 두기는 안전을 위한 최선의 거리이면서 보이지 않는 정지선이었고, 우리는 여기에 자의 반 타의 반인 감금 상태에 놓여 있어야 했다. 물리적 접촉 금지 상태가 장기간 계속되면서 몸의 감각은 물론 관계 속에서 발생하는 정서적 감각 역시 둔화하는 것은 당연하다. 잃어버린 감각의 회복은 코로나 시대에 가장 시급해 보이고, 이를 위해서 아이들에게 학교를 되돌려 줘야 한다. 어른들은 어찌 됐든 자신들의 영역에서 완전히 이탈하지 않았으나(보호받았으나) 아이들은 자신들의 영역, 학교를 너무 쉽게 빼앗겼다.

『코로나로 아이들이 잃은 것들』에서 가장 확실하게 확인하는 것 중 하나는 학교라는 장소의 의미다. 학교는 필요한 지식과 함께 사회적 관계를 배우는 곳이고, 이때 놀이가 집단 속에서 관계 맺기에 절대적으로 필요한 요소라는 것은 굳이 설명할 필요조차 없다. 하지만 동시의 관심은 아이들이 잃은 것은 학교만이 아니라는 데 있어야 한다. 학교를 되돌려 주는 것은 행정가의 몫, 동시의 일은 실감을 상상하는 일이 아닐까.

인터넷을 통한 초연결사회에서 멈춘 것은 껴안기, 악수, 놀이, 침방울 튀는 수다 같은 몸의 행동이다. 아이들 역시 전자통신망으로 연결된 코로나 시대에 생활인으로 살고 있다. 언제든 세상과 연결될 수 있는데 고립됐다고 느끼는 것은 관계에서 생성되는 실감이 없기 때문이다. 일상의 회복은 실감의 회복이며 이것은 곧 살아 있음의 자각이다.

마녀분식은 적당히 시끌벅적해
우리 비밀 얘기들을 슥슥삭삭
잘 묻어 버리지.
보글보글 치지직
끓이고 볶고 튀기는 소리 속에
떡볶이를 씹으면
모든 게 정말로 살아 있는 것 같아
우리는 진짜 마녀인 걸 느끼게 되지.

마녀분식에서 우리 만나.

달리 뭐 특별히 준비해 올 것도 없어.

마녀와 마녀로 만나 우리

새빨갛고 요란한 우정을 나누고

나올 땐 깔깔 웃으며 "안녕히 계세요!"

마무리 주문도 까먹지 말자.

　　━ 정유경 「마녀분식에서 만나자」 부분(김개미 외 『미지의 아이』, 문학동네 2021)

　이 수다스럽고 따뜻하고 비밀스러운 풍경은 코로나 시대 이전의 일상이다. 코로나 시대인 지금, 이 평범하기 그지없는 일상의 한 조각은 그리운 게 되어 버렸다. 이 시가 처음 생겨날 때의 의도와는 전혀 상관없이 코로나 시대에 이 시를 읽는 마음은 꽤 다르다. 그리움은 잃어버렸다는 상실감에서 발원한다고 보는데, 이런 만남이 다시 가능해질까 걱정한다는 건 커다란 슬픔이다. 잃어버렸다고 생각하고 싶지 않지만 이게 다시 가능해지긴 할까 하는 걱정과 꼭 되찾고 싶다는 기대 때문에, 이 시에 담긴 모든 사소한 것들이 애틋하고 그리운 것이리라.

　이 시엔 온갖 감각들이 가득하다. 떡볶이가 만들어지면서 생겨나는 맵고 달짝지근하며 구수한 냄새들, 씹고 먹을 때 생겨나는 소리들, 아이들이 만들어 내는 소란스럽지만 사랑스러운 소음들, 마녀가 된 아이들이 보내고 받는 표정들, 마녀분식집의 주인의 노동 등 "모든 게 정말로 살아 있는 것"처럼 느껴진다. 이것만으로도 코로나 시대를 통과하며 읽는 이 시에서 받는 감동은 충만하고 위로로서도 충분하다.

새끼손가락이
아프다.

내 마음이
온통 그리로 간다.

새끼손가락이 어딘가에 탁 부딪힐 때
그리로 기우뚱하는 내 몸.

내 몸의 무게가 새끼손가락으로 간다.

아픈 새끼손가락을
꼭 감싸 쥔다.
그곳이 내 몸의 중심이 된다.

　　　　　──권영상 「내 몸의 중심」 전문(『동시마중』 2021년 5·6월호)

　마음만 먹으면 종일 사이버 세상에서 살 수 있다는 것을 코로나 시대를 통과하며 확실하고 광범위하게 체험하는 중이다. 코로나 시대는 육체적 무감의 시대이고 가상의 세계에서 육체적 통증은 아주 쉽게 제거된다. '아프다'는 것을 느끼지 못하는 몸, 무감각해지는 몸은 위험하다. 물리적 접촉이 금지되면서 통증을 느낄 기회도 줄어 몸이 안전해졌다고 느낄 수 있지만, 내겐 몸이 그저 '뼈와 피를 담은 자루'가 되어 가는 것처럼 불안하다. 통증은 보호 본능을 자극한다. 아픔을 느낄 수 있어야 타자 역시 아픔을 느끼는 존재임을 알 수 있다.

권영상의 동시에 전자기기에 붙들려 언뜻 안전해 보이는 몸은 전혀 드러나지 않는다. 다만 작은 부딪힘만으로도 아파할 줄 아는 몸, 통증을 느낄 줄 아는 몸, 새끼손가락의 통증에 집중하는 몸뿐이다. 이렇게 해서 드러나는 것은 살아 있는 몸의 존재다.

> 내가 눈물 흘릴 때
> 손수건을 주지 마
> 휴지도 주지 마
> 내가 눈물 흘릴 때
> 작은 유리병을 건네줘
>
> 엉엉 울면서 유리병에 눈물을 담을 거야
> 슬픔이 찰랑이게 할 거야
> 슬픔을 지켜볼 거야
>
> 나뭇가지 하나 꽂아 두고
> 잎이 나는 걸 볼 거야
> 슬픔이 천천히 사라지는 걸 볼 거야
> ― 김경진 「나를 위로하려면」 전문(『어린이와 문학』 2021년 여름호)

아픔을 느끼는 몸은 살아 있는 몸이고, 눈물은 살아 있음의 또 다른 증거다. 누군가가 슬프다고 정확하게 말할 때, 그러니까 김경진 시의 화자처럼 '나는 지금 슬퍼서 눈물이 나. 그리고 나는 슬픔을 이겨 내 볼 거야'라고 말할 때, 내가 느낀 감정은 일종의 해소였다. 이 시에서 변화의 주체는 명확하다. 단지 그런 존재를 목격하는 것만으로도 생의 의지가 전염되는 것 같지 않은가. 우리에게 지금 필요한 것은 저마다의 감정 상태를 아는 것이고, 그 감정을 존중해 주는 것이다. 집단 속에 매몰된 채 희미해져 가는 개별 존재들의 마음 상태를 말하는 것은 더 많아져야 한다.

멈춤과 지체의 시대에 내가, 우리가 살아 있다는 것을 증명하는 행위는 분명 가치 있는 저항이다. 상황의 희생양이 아니라 '자율적 행위자'(슬라보예 지젝)가 되기 위해서라도 감각의 회복은 절실하다.

지금 현재의 시간들이 공백의 시간, 결핍의 시간이 될까 봐 가장 두려워하는 사람들은 아이들 본인입니다. 많이 외롭고 큰 두려움으로 지내고 있는 아이들이 적지 않습니다. 존재감이 지워지고 있다고 느끼면서 관계의 단절을 걱정하며 감염에 대한 걱정에 시달리고, 일상을 유지하기 힘들고, 버거운 '혼공'이 주는 스트레스 등으로 기진맥진하는 아이들 말입니다. '코로나 블루'를 넘어 무기력해지고, 코로나로 인해 자신이 깨졌다고 하는 아이들에게 우리의 접촉이 필요합니다. 따뜻한 접촉이 약이자 치유입니다.[3]

조금 길게 옮긴 인용문은 정신의학과 의사로서 김현수가 코로나 시대를 살아 내고 있는 아이들에게 내린 의학적 처방일 것이다. 아이들이 실재 자기감정 상태를 자각하고 저만큼이라도 표현한다면 다행한 일이다. 대개는 기분이 좋다거나 나쁘다 정도의 감정 표현에 머물기 일쑤다. 코로나 팬데믹이라는 특수한 상황이 아니더라도 자기감정을 표현하는

---

3 김현수 『코로나로 아이들이 잃은 것들』, Denstory 2020, 177면.

일은 필요하고 또한 표현하는 연습도 필요하다.

코로나 시대가 특히 아이들에게 고통스러운 기억으로 남지 않기를 바란다. 코로나 팬데믹을 전쟁 상황에 빗대기도 하는 시대에서는 코로나 이후를 대비하는 것보다 '지금 여기' 망가진 삶을 수습하는 것이 더 시급해 보인다. 코로나 시대의 동시가 지금 여기에 집중해야 하는 이유고 독자로서의 바람이기도 하다.

> "나는 내가 살았던 이야기를
> 누군가 열심히 읽고 기억해 주기를
> 진심으로 바란다"
>
> 이건 내가 사는 아파트로 와
> 그동안 한 번도 집 밖을 나가 본 적 없는
> 고양이 무티가 밥을 먹을 때마다
> 한 번도 빼먹지 않고
> 하는 말이다
>
> 나는 무티의 이 말을 번역해
> 일기장에 쓰기까지 꼬박
> 십 년하고도 두 달이
> 걸렸다
> ── 김륭 「'무티'의 자서전」 전문(『어린이와 문학』 2021년 가을호)

고양이 '무티'의 말은 십 년하고도 두 달이나 걸렸지만 끝내 나에게 도착했다. 코로나 시대를 함께 겪어 내고 있는 동료인 아이들이 지금 무언가 신호를 보내는 중이라면 십 년은 너무 길다.

너무 늦지 않게 지금, 여기의 아이들에게 집중해야 하지 않을까. 이 어려운 시간을 잘 견디고 있는 우리의 어린 동료들에게 건넬 말을 꺼내는 것. 우리가 몸의 존재임을, 살아 있는 존재임을 감각할 수 있는 그런 말. 나는 그런 감각의 말이 코로나 시대 어른 동료들에게도 꼭 필요하다고 믿는다.

코로나 시대의 동시의 유용함을 힘주어 말하려고 한 이 글의 마침표를 대신해 동시 한 편을 옮긴다. 소중한 것들을 잃어버린 모두를 위로하는 심정으로. 우리가 살아 있다는 감각을 지키기 위해.

오늘 아침
개구리 소리 들었어?

마을버스 정류장 옆에 토관 있잖아?
거기서 울더라

아침 일찍 동물원 갔을 때
움츠린 고니 소리 같더라

이상하더라

갓 돋아난 초저녁 별빛 같은
그 소리에 볼을 비벼 주고 싶더라

그 옆에 산수유꽃이

꼭 그 소리에 피어나는 것 같더라

               ── 장철문 「3월 7일, 꽃샘바람」 전문(『시와 동화』 2020년 여름호)

2부

당도한 혹은 곧 도래할 주체들

아동문학의 인물에 대하여

언제나 중요한 인물

문학작품의 인물이란 일단 배역을 맡고 작품에 등장하는 인물이라 하겠다. 사람인 경우도 있고 아닌 경우도 있지만 그는 분명 그 나름의 인상적인 특징을 갖고 있다.[1] 작가들은 쓰지 않은 것을 쓰기 위해서건 발견되지 않은 인물을 찾기 위해서건 매번 혼신의 힘을 다한다. 동일한 인물은 없다. 그러므로 모두 제 나름의 몫을 인정받을 자격을 갖는다.

우리가 문학작품을 통해 만나고 싶은 많은 것 중 단연 인물이 먼저일 터. 나와 다른 삶을 사는 인물이야 현실에도 있지만 문학작품 속 인물은 현실의 사람과 다르다. 이 낯설고 새로운 인물을 만날 수 있다는 것 때문에 우리는 기꺼이 작품을 읽어 내려가는 것이다.

---

1 위기철 「저기 사람이 지나가네」, 『이야기가 노는 법』, 창비 2013.

이야기에서 인물은 언제나 중요한 요소이고 그래서 일정한 시기마다 되묻게 된다. '아동문학의 새로운 주인공을 찾아서'(『창비어린이』 2009년 여름호 특집), '달라지는 인물, 달라지는 이야기'(『창비어린이』 2015년 가을호 특집), '창비아동문고 40주년, 시대와 어린이'(『창비어린이』 2017년 가을호 특집)만 보더라도 인물에 대한 문학적 의미, 비평적 관심, 독자적 요구가 아동문학의 본질임을 알 수 있다.

'창비아동문고 40주년, 시대와 어린이'라는 특집은 '창비'에 한정했지만 40년이라는 시간이 대표성을 갖는다는 점을 인정하는 데 이견은 없을 것 같다. 이 기획은 우리 아동문학의 인물을 '소년' '소녀' '동물'로 구분했는데 이로써 아동문학 작품 속 인물의 계보 하나를 엿볼 수 있다. 이 글은 그 언저리에서부터 시작해 그 기획 이후 우리에게 온 인물들에 대한 이야기다. 함께 만들어 가는 아동문학의 '인물 박물지'라는 내적 욕망이 작용했음을 밝혀야 할 것 같다.

『창비어린이』가 2019년에 실시한 올해의 책[2]으로 동화 부문에서는 전수경의 『우주로 가는 계단』(창비 2019)이, 동시 부문에서는 송현섭의 『착한 마녀의 일기』(문학동네 2018)가 꼽혔다. 나 역시 두 작품을 읽고 모두 강한 인상을 받았던 독자였기에 결과가 당연해 보였다.

---

2 『창비어린이』는 시인과 작가, 출판편집인과 평론가들을 대상으로 1년 동안 출간된 작품 중 좋았다고 생각한 작품을 추천받는다. 좋은 작품에 박수를 보내고 작가에게 응원을 보낸다는 의미가 크다. 다만 추천인의 한 사람으로 참여하면서 느낀 것은 그 기간 동안 세상에 나온 작품을 모두 읽는 것이 불가능하다는 것이다. 그것은 숨어 있는 좋은 작품이 있을지도 모른다는 두려움을 낳았다. 또한 합의된 기준이 따로 있지 않아서 '좋다'라는 기준이 자의적이라는 한계가 있다. 그럼에도 불구하고 책 읽고 쓰는 일에 조금 더 단련된 사람들이 좋았다고 느꼈다면 거기에는 그만한 이유와 가치가 있을 것이다. 아동문학 작품의 인물을 고민해 보려고 하는 이 글이 다음 두 작품을 먼저 살펴보는 것도 그 이유 때문이다.

근본적으로 사람의 이야기를 다루는 서사에서 인물의 새로움은 작품의 가치와 의미를 묻는 데 무엇보다 중요한 요소로 작용한다. 한 사람을 만나는 것은 하나의 세계를 만나는 것과 같다고 하니 문학작품 속 인물을 만나는 것도 그와 다르지 않을 것이다.

서사 장르에서야 인물이 작품 구성의 핵심이지만 동시는 좀 달라서 특별히 인상적인 인물과 함께 오는 일이 자주 벌어지지는 않는다. 그런데 송현섭 동시가 나타났다. 선의와 아름다움, 긍정과 생기 등 동시를 동시이게 하는 것들을 송현섭 동시는 어긋내면서 나타났다. 무엇보다 송현섭 동시는 풍경의 발견이 아니라 인물의 발견이나 재현의 측면이 강렬했다.

동시의 인물도 계보가 없지는 않은데, '일하는 아이들' '탄광마을 아이들'을 지나 김개미의 '어이없는 놈'에 이어 김륭의 '달에서 왔다는 엄동수'가 있다. 송찬호의 '초록 토끼를 보았다'고 말하는 인물도 특별한 존재감으로 우리를 놀라게 했다.

최근 우리에게 온 아동문학의 인물을 호명해 보려고 하는 이 글의 시작을 『우주로 가는 계단』과 『착한 마녀의 일기』속 인물을 만나는 것으로 시작해 보자.[3] 아동문학의 인물과 관련해서 두 작품은 어떤 새로움을 보여 주었을까.

---

3 일단 청소년소설과 역사서사 속 인물은 다음 과제로 미뤄 두어야 할 것 같다. 청소년 소설이 일반 소설과의 경계가 모호해진 지 오래고 따라서 청소년소설 속 인물은 일반 소설과의 비교를 통해 살피는 게 유용할 것이다. 역사서사 속 인물 역시 시대와 맞선 인물이 매력적이기는 하지만 인물이 시간에 수동적으로 따라가는 것이 한계로 느껴진다. 결과를 짐작할 수 있다는 점이 인물을 단조롭게 만들기도 한다. 시대로부터 자유롭고 창작으로서의 문학 자체에 집중할 수 있다는 점에서 '동화'라는 이름으로 발표된 작품들을 읽고자 한다.

과학 하는 여성과 괴짜

전수경의 『우주로 가는 계단』은 3년 전 불의의 사고로 부모와 남동생을 잃고 혼자 살아남은 지수가 평행우주 저편에서 온 할머니를 만나고 헤어지면서 아주 조금 위로받는다는 이야기다.

지수는 열세 살이 되었지만 행복한 가족을 보면 구토 증세가 나타나고 "다른 사람들도 적당히 불행했으면 좋겠다"(53면)라고 말하는가 하면 폐소공포증 때문에 엘리베이터를 못 타 20층 아파트를 걸어서 오르내린다. 유일한 위로는 『과학세계』라는 잡지를 읽는 것.

가족을 잃은 상처를 치유하는 이야기는 이미 여럿이지만 그 과정에서 경험하는 위로와 치유의 과정은 이상하게도 언제나 유효한 감동을 준다. 이런 이야기가 반복되는 동안 상처를 반드시 빠르게 극복해야 한다는 아이들의 조급증이 사라지는 것은 의미 있는 인식의 변화일 것이다. 지수 역시 특별한 체험을 통해 상처를 이겨 낼 작은 힘을 하나 얻은 것뿐이다.

지수와 오수미 할머니는 60년이 넘는 나이 차를 넘어 친구가 되지만 만남은 짧기만 했다. 짧은 만남 동안 오수미 할머니가 지수에게 해 준 이야기는 우주와 물리학과 그들이 사랑한 과학자들에 대한 것이었으니 이것은 물리학에 관심이 많은 지수에게 꼭 필요한 이야기들이었을 것이다. 지수가 우주에 관심을 갖는 것은 결국 엄마와 아빠, 동생을 기억하기 위해서이다.

이 이야기에는 만유인력, 아인슈타인과 스티븐 호킹, 특수상대성이론과 양자역학, 카오스와 코스모스, 빅뱅, 평행우주, 지동설 등 물리학이론과 과학자들이 호명된다. 이런 대화가 지수와 오수미 할머니를 오고 갔다는 점이 인상적이다.[4] 최근 아동문학에서 여성 인물은 그 어느 때보다 주체적이며 활약 역시 뛰어나다. 박숙경의 정리대로 이 작품이 갖는 매력은 "오랫동안 남성과 소년 과학자의 전유물로 여겨졌던 SF에서 여성이 주체로 나섰다"[5]는 점이다. 지수와 오수미 할머니는 서로의 과거와 미래일 수도 있고 우주적 관점에서 여성 동료일 수도 있다.

한편 이 작품은 오랫동안 굳어 왔던 여성과 남성의 자리를 바꿔 보는데, 이것은 현재 아동문학이 가장 열심히 참여하고 실험하는 부분이다.

삼촌의 경우, 그동안 엄마·여성의 공간이었던 부엌을 점유하고 있는 반면 삼촌의 여자 친구 은서 언니는 요즘 '라이딩' 자동차 경주 게임에 흠뻑 빠져 있다. 삼촌한테 "첫눈에 반하고 확 끌"(31면)려서 먼저 따라다녔다고 말할 만큼 적극적이면서도 사람의 "뒤통수만 보고도 사람 상태를 파악할 수 있"(125면)을 만큼 섬세하다. 사람을 깊이 이해하는 능력이 있는 그녀이기에 사라진 할머니 때문에 힘들어하는 지수에게 큰 위로

---

4 이 작품 속 여성 인물에 대해 아쉬운 점이 없는 것은 아니다. 지수와 오수미 할머니가 주고받는 과학적 사건과 인물에 대한 이야기는 인물의 과학적 호기심 이상은 아니다. 지수가 보여 주는 구체적인 과학적 행위가 없고 오수미 할머니 역시 앞서간 혹은 다른 우주에서 온 여성 과학자로서의 정체성이 희미하다. 인물의 형상은 이야기의 주제에 따라 달라지기도 한다고 느끼는데 이 이야기의 목적이 과학 하는 여성들에게 맞춰져 있다기보다 가족을 잃은 여자아이의 마음을 치유하려는 데 있기 때문에 생기는 현상이었을 것이다. 그렇게 짐작하면서도 남성의 전유물처럼 인식되었던 과학적인 것들이 과학 하는 여성들에게 이전되는 현상이 소재로만 쓰인 것 같아 아쉽기는 하다. 유승희의 '너구리들'(『참깨밭 너구리』, 책읽는곰 2015)처럼 오로지 호기심에 충만해 별의 움직임을 관찰하고 기록하는 '진정한' 과학적 호기심을 실행하는 여자아이를 만나고 싶다. 우화도 아니고 SF도 아닌 현실의 이야기를 통해서.

5 박숙경 「동화·청소년소설 총평: 이야기의 공간 확장」, 『창비어린이』 2019년 겨울호, 84면.

가 되는 말을 해 줄 수 있다. 삼촌이 먼저가 아니었냐고 묻는 지수에게 "거짓말이지. 난 언제나 내가 먼저"(126면)라고 말하는 인물이다. 물론 교사로서 자기가 가르치는 아이들에게도 똑같이 말해 준다.

세대와 시공간을 초월해 여성과 여성의 연대를 모색하면서도 남성을 배제하지 않으려는 듯, 이 작품에서 삼촌과 동네 친구 희찬은 성(性)이 다른 동료로서 연대하는 인물로 그려졌고 그들은 충분히 그럴 만한 인물들이다.

이 이야기는 지수가 오수미 할머니를 통해 죽음이란 끝이 아니라 다른 세계로 옮겨 가는 것임을, 그러므로 언젠가 6층과 7층 계단 사이의 비상등에 불이 켜지고 다른 차원의 문이 열리는 날 엄마와 아빠, 동생을 만나러 갈 수도 있음을 알게 되는 것으로 나아간다. 어쩌면 그 여행 중 오수미 할머니를 만나게 될지도 모른다.

이처럼 문학의 상상과 희망은 현실 세계의 우리에게는 눈에 잘 띄지 않을지라도 꽤 유효한 사유 방식이 될 수 있다. 독자는 인물을 통해 상상과 희망을 전달받는다.

이번엔 동시로 가 보자. 송현섭 동시 속 주체의 성격을 한마디로 말하면 '불온하다'[6]라고 할 수 있겠다. 이 불온한 괴짜는 어느 날 문득 "얘야, 바삭하게 말린 뱀과 애벌레팝콘, 원숭이알사탕, 박쥐쫀드기, 기린주스"를 "불량 식품"이라며 가져가는 하느님한테 자신이 "삥 뜯기고" 있다는 것을 깨달았다(「착한 마녀의 일기」). 그리하여 불온한 마녀가 되기로 마음먹었는지는 알 수 없지만 이 괴짜가 그동안 우리 동시가 그린 인물들 중에서도 보기 어려웠던 아주 예외적인 인물임은 분명해 보인다.

---

6 김제곤 「동시 총평: 새로운 가능성을 본 한 해」, 『창비어린이』 2019년 겨울호, 76면.

그동안 동시 속 인물들은 꼭 그럴 필요가 있었을까 싶을 만큼 착하고, 좋은 것이나 아름다운 것을 찾아 헤매던 인물들이었다. 그런데 이 괴짜는 참매미 보청기를 만들겠다며 "참매미를 잡아 가위로 날개를 자르고 더듬이를 떼어 내고 사포로 몸통을 문질러 풀을 발라" 기어이 "말랑말랑"하게 만든다(「참매미 보청기」). 여기에는 생명체인 매미에게 가한 잔인한 행동에 대한 어떤 윤리적 죄책감이 없다. 이것은 가학행위가 아니라 귀 먼 할머니에게 보청기를 주려고 했다는 선의가 깔려 있기에 이 괴짜는 자신의 행동이 정당하다고 주장한다. 이런 힘으로 이 괴짜는 기성의 권위를 허물고 자신의 정당성을 당당하게 주장하고 있다.

이 괴짜는 서사가 아닌 동시로 등장한 인물이었기에 더 강렬한 인상을 준다. 동시의 시적 주체는 겉으로 드러나기보다 모호한 채로 작품 밖에 있는 경우가 많았다. 어른이 창작 주체라는 동시 장르의 특성상 시적 주체가 직접 등장하기 어려운 점도 작용했으리라 본다. 만약 "많은 작가들에게 청년기가 예부터 자신의 문학적 나이로 삼고자 했던 특별한 시기"[7]였듯 동화와 동시를 쓰는 작가들에게는 소년기가 그러할 것이다. 그러니 현실의 아이들이 정말 저러한지 사실 여부에 매이지 말고 아동문학은 더 과감한 모험에 도전할 수도 있을 것이다.

---

7 오혜진 「'장강명 스타일'과 그의 젊은 페르소나들」, 『지극히 문학적인 취향』, 오월의 봄 2019, 134면.

죽음의 증언자 혹은 마지막 조문객

죽음과 관련된 치유와 애도에만 집중하지 않고 인물에 초점을 맞춰 읽는다면 유은실의 『마지막 이벤트』(비룡소 2015)는 또 다른 의미의 발견이 가능한 이야기다.

이 작품의 등장인물인 표시한 할아버지는 현재적 시점에서 구세대가 몰락하면서 막을 내리는 과정을 상징적으로 보여 주는 인물이다. 그는 선대에게 물려받은 재산을 지키지 못했고, 자기 노력으로 얻은 재산을 사기당했다. 이혼당했으며 남은 가족들에게는 숨이 막힐 만큼 이기적인 아버지로 낙인이 찍혔다. 게다가 자신의 의지와 상관없이 자식들은 그를 하고 싶은 대로 다하며 인생을 산 아버지로 여겼다. 그랬던 그에게 이제 남은 것은 병든 육신과 "아무짝에도 쓸모없는 녀석, 바보 같은 녀석, 돼먹지 못한 자식"(8면)인 손자 영욱이 유일하다.

이 상황이 전부 그의 무능이나 무책임의 결과가 아니겠으나 가족들은 그렇게 보고 있다. 그런 가족과 정반대에 있으며 마지막 순간까지 할아버지를 이해하고 위로한 손자 영욱을 우리는 주목해야 할 것 같다. 아버지를 건너뛰어 할아버지(세대)에게 손자(세대)가 보내는 이해와 위로는 마음에 파동을 일으키기에 충분했다.

영욱은 유은실의 여타 작품 속 인물들과 닮았다. 지독한 길치인 이유정(『멀쩡한 이유정』, 푸른숲주니어 2008)이나 어른의 세계에서 빗겨난 미자 씨(『우리 동네 미자 씨』, 낮은산 2010), 세상의 속도를 미처 따라가지 못하는 일수(『일수의 탄생』, 비룡소 2013)처럼 영욱 역시 세속의 잣대로 보면 사회적으로 타자화된 인물이다. 아버지가 경멸의 감정을 담아 수시로 퍼붓는 돼먹지 못한 놈, 아무짝에도 쓸모없는 놈이라는 말은 최초의 사회적 관계인 가족이 한 말이라는 점에서 영욱이 어떤 존재로 취급받고 있는지 바로 보여 준다. 이때 가부장의 권력을 유감없이 휘두르는 아버지의 말을 엄마나 누나는 나서서 수정 또는 부정하지 않거나 어쩌면 하지 못한다.

하지만 유은실이 그리는 인물들이 그렇듯이 영욱은 돼먹지 못한 것도, 아무짝에도 쓸모없는 것도 아니다. 다만 정상의 눈이라고 자부하는 아버지가 바라는 인물이 아닐 뿐이다.

영욱은 가족에게 혐오의 대상인 할아버지의 모든 것을 좋아했다. 축농증이라는 자신의 병증조차 노인복지사가 되는 데 유리하다고 생각한다. 보이지 않는 것을 볼 줄 아는 제3의 눈(세상은 그런 눈을 심안, 마음의 눈이라고 한다)을 가진 흔치 않은 인물이다. 영욱은 터무니없이 낙천적인 인물이 아니라 자신이 갖고 있는 능력을 최대한 사용할 줄 아는 인물일지도 모른다. 사회적이고 관습적인 시선이 다 옳은 것은 아니라는 말은 유은실이 그의 인물들을 통해 줄곧 해 오던 것이다.

게다가 영욱은 할아버지의 마지막 순간을 증언함으로써 죽음의 순간을 목격한 자의 권위를 물려받게 되었다. 장자에게 전해지는 유언의 권위를 전해 받은 그 힘으로 영욱은 아버지의 권위 앞에서도 당당할 수 있을 것이다.

이 작품에서 또 하나의 문제적인 인물이 김보람이다. 잠깐 등장하지만 "완전 또라이"(174면)라는 인상을 남긴 인물이다. 약국집 딸인 김보람은 아빠와 장례식장에 왔으면서도 "장례식장 들어오는 거 무섭다"(172면)라는 아빠를 대신해 표시한 할아버지에게 조문을 했다. 표영욱이 보기에 김보람은 완전 멋있고 어른 같다. 김보람은 표시한 할아버지(몰락한 남성 가부장을 상징하는 한 세대)를 조문하는 여성 대리인 격인 인물이다.

왜 하필 여자아이인가. 작가의 의도가 아니었대도 유교적 장례 절차에서 여성이 배제되었던 것을 떠올려 보면 김보람의 역할은 매우 상징적이다. 장례의 영혼은 이미 사라졌고 상업적이고 형식만 남은 장례문화 역시 시효가 다 되었다는 것은 이 작품이 꼼꼼하게 펼쳐 놓는 상업화된 장례 절차를 통해 목격됐다. 김보람의 조문이 각별하게 보인 것은 꽤 오랫동안 장례에 노동만 제공했을 뿐 장례의 내용에는 참여하지 못했던 존재가 여성들이었다는 것이 떠올라서다. 그런 지점에 닿자 마치 김보람의 행위는 가부장적 장례문화 제도의 사망을 조문하는 것처럼 보이기도 했다.

대수롭지 않게 넙죽넙죽 절을 하고 상주인 아빠에게 절을 하는 김보람의 행위에는 별다른 감정이 들어 있지 않다. 아빠조차 김보람에게 "완전 점령당한 얼굴"(174면)이었다. 무서워서 장례식장에 들어가지 못하는 김보람의 아빠와 함께 적어도 이 작품 안에서 아빠 '들'은 표영욱과 김보람에게 점령당했다고 할 만하다.

할아버지 세대를 조문한 영욱과 김보람 앞에 현재의 권력인 아버지가 있다. 영욱에게는 이제 모두 자기 탓으로 돌리며 아버지의 정서적 학대에 가까운 폭언의 아픔을 극복할 수 있게 돕던 할아버지라는 연약한 보호막도 없다. 영욱은 쓸모없고 바보 같은 홀몸으로 살아 있는 권력에 맞서야 한다. 자신의 아버지에게 유책 사유를 물었던 영욱의 아버지는 영욱에게는 당당할 수 있을까.

영욱의 아버지가 영욱에게 그토록 살벌한 폭언을 퍼붓는 이유가 무엇이었을까. 겉으로는 한 인간으로서 갖춰야 할 쓸모를 걱정하는 것 같다. 하지만 어쩌면 남성 위주로 승계해 오던 가부장의 권위가 영욱의 대(代)에 끊길지도 모른다는 불안이 작용한 것은 아닐까.

독자의 관심은 이렇게 구세대는 저물었지만 한낮의 태양처럼 뜨거운 아버지 세대와 영욱으로 대표되는 다음 세대가 어떤 관계로 재설정될 것인가에 있다.

이 작품이 마련한 가장 중요한 지점, 즉 '마지막 이벤트'는 표시한 할아버지의 수의였다. 표시한이라는 인물은 아내(여성)에 대한 남편(남성)의 죄를 사과하려는 듯 여자 수의를 입고 입관했다. 이것은 가부장적이며 권위적이었던 한 세대의 마지막으로서 꽤 인상 깊은 마무리였다. 그가 다음 생에 여자로 태어나고 싶다는 말은 아마도 남성이 여성에게 가했던 차별과 폭력을 당사자가 되어 겪음으로써 사죄하겠다는 마음이었을 것으로 짐작한다.

공동체의 결속이 약해지고 개인의 능력에 따라 사회적 구조가 재편되는 현실은 만만찮다. 하지만 현실이 어떻든 표영욱은 느리지만 진정성으로, 김보람은 '완전 또라이' 같은 당당함으로 새로운 세대로 성장할 것이다. 표영욱과 김보람은 표영욱'들'과 김보람'들'의 등장을 기다리는 작가의 바람이며 독자 역시 같은 마음일 것이다.

통념을 거부하는 여자아이들

SF적이거나 신화적 시공간은 현실 논리에서 자유롭고 사실이 아닌 진실의 문제로 접근하기에 용이한 탓에 여성 인물의 가능성을 더욱 적극적으로 탐구할 수 있다.

인간과 자연의 원형을 상상하게 만든 가상의 시공간 가온국 이야기인 이현의 『일곱 개의 화살 1, 2』(문학동네 2017)는 열두 살 여자아이 마라가 활을 갖게 되었다는 것에서 시작한다. 다분히 신화적 시공간인 가온국에서 여성은 불을 다스리는 대장장이이며 하늘의 이치를 읽는 제사장이다.

가온국이 과거의 시공간 속 이야기라면 최영희의 『알렙이 알렙에게』(해와나무 2018)는 지구 멸망 이후의 시공간을 다룬다. 새로운 시대의 씨앗, 예언을 실현하는 인물이 여자아이 알렙과 알렙이다. 이들은 지도자가 되었으나 지구의 시대 때 제국주의적 남성 권력이 식민지에 가했던 폭력을 재현하지 않을 것으로 보였다.

이처럼 근래 들어 우리 아동문학 작품에서 두드러지는 현상은 여자아이가 더 이상 남자아이가 이끄는 서사의 보조 역할을 하지 않는다는 것이다. 오히려 서사를 주도적으로 이끌거나 반전의 계기를 만드는 인물로 활약하고 있다.

여기에 성별에 상관없이 주인공보다 오히려 더 개성 강한 인물들이 등장하기 시작한 것도 의미 있는 변화다. 김지은에 따르면 1인 미디어 시대인 디지털 시대는 누구나 주인공이 될 수 있다. 동화 속에서 지나치게 강한 리더십을 보이는 적극적인 주인공이 나오면 독자는 그 주인공을 통해 욕망을 실현하기보다는 현실감이 없다는 느낌을 먼저 받는다. 디지털 시대의 관계적 자아는 연대와 연결에 익숙하다.[8] 그 결과 이야기는 다면적이고 풍요로워졌다. 독자 역시 주인공 외에도 자기만의 인물을 찾아 그의 행보를 따라가며 공감하는 일이 가능해졌다.

특히 여자아이, 여성 인물의 부상은 남성 왕과 남성 가부장, 남자 주인공처럼 남성 1인에게 집중되었던 힘의 쏠림을 바로잡아 갔다. 덕분에

---

8 김지은 「디지털 세계와 동화의 주인공」, 『창비어린이』 2009년 여름호, 50~51면.

아동문학 작품에도 흥미롭고 매력적인 여성 인물들이 등장하고 있다.

성별에 대한 통념을 깨자 오히려 다양한 인물의 가능성을 시도해 볼수 있게 되었다. 잊지 말아야 할 것은 먼저 태어난 우리 아동문학의 인물들, 가령 방정환의 창남, 현덕의 노마, 권정생의 몽실 언니, 임길택의 산골 마을 아이들, 김중미의 공부방 아이들을 만나고 헤어지는 과정이 있었기에 새로운 인물이 나올 수 있었다는 것이다. 앞선 인물들은 시대로부터 자유롭지 못했다. 그들은 어른 아이, 어린 엄마, 혼자 크는 아이, 도시 빈민의 삶을 대신 살아야 했다. 인물들이 존재 자체로 존중받아야할 권리를 회복하고 다양한 가능성을 모험하기 시작한 것은 이들이 존재했기에 가능했다. 물론 그조차도 충분하다고 할 수 없지만 말이다.

그래서 진형민은 존재의 개인성에 주목한다. 그가 발견한 인물들은 서사의 전면에 나서지 않아도 모두 존재감으로 빛난다. 그들은 성별에 상관없이 '인정투쟁' 중인데 여자아이들이 도드라져 보이는 것은 사실이다.

거대자본에 맞서 대형마트에 바퀴벌레를 풀어 버리는 슈퍼집 딸 백보리(『기호 3번 안석뿡』, 창비 2013), 남자 선수만큼 야구를 '잘'하는 공희주, 자신이 속해 있는 팀을 위해 못하는 야구를 하다가 피해를 주느니 잘하는 응원을 하겠다는 남나리(『소리 질러, 운동장』, 창비 2015), 돈이 있다면 치킨 한 마리를 혼자 다 먹고 싶은 오초원과 예쁜 치마가 입고 싶은 상미(『우리는 돈 벌러 갑니다』, 창비 2016), 친구를 잃지 않는 법과 '의리'를 지켜낼 줄 아는 박담, 엄선정, 신지은(『사랑이 훅!』, 창비 2018)들은 아무래도 그간 우리가 보아 왔던 여자아이들로는 드세지만 지금은 멋지다.

하지만 이 여자아이들은 자기 욕망에 충실할 뿐 영웅은 아니다. 이들은 시대의 짐을 대신 진 '어린 엄마'들과도 다르다. 남자아이들에 맞서 여자아이들의 능력을 증명하려는 투사도 아니다. 이들은 그냥 '나'로 서기 위해 이렇게 저렇게 삶의 방향을 가늠하는 존재일 뿐.『사랑이 훅!』에서 꽤 많은 사람들이 공감했을 장면을 떠올려 보자.

박담을 좋아하는 김호태가 박담에게 생일 카드를 썼는데 내용인즉, "평생 너를 지켜 줄게"(93면)였다. 김호태는 이 문장을 쓰기 위해 밤낮 고민했다고 하는데 박담은 이렇게 말한다. "왜 네가 나를 지켜? 왜 힘들게 나까지 지키느냐고. 나는 내가 지킬 테니까 걱정 마. 그래서 지금 권투도 배우잖아. 잽잽."(93면) 김호태는 박담의 저 말을 얼마나 알아들었을까.

또한 진형민에게는 한 사람의 영웅이 필요하지 않고 함께 해결하는 것이 중요하기에 남자아이들(안석진, 김을하, 조진하, 고경태, 김동해, 강 선수, 박용수, 최규도, 김호태, 박겸, 이종수) 역시 자기만의 주장이 분명한 인물들이다. 이들은 영웅, 지도자, 희생자처럼 남성 중심의 부모 세대가 지운 짐을 벗어 내고 자기 욕망에 충실하다. 이들 역시 자신이 가진 것들로 연결하고 연대한다.

우리 시대의 아이들이 여기까지 와 있고 이들은 조만간 청년세대가 될 것이다. 이 아이들이라면 "남성적 기표였던 청년세대"[9]를 다시 구성할 것이다. 영웅의 가면을 벗은 남자아이들과 수동성을 주체성으로 바꾼 여자아이들은 새로운 세대를 함께 명명할 주인공이다.

---

9 박동수 「페미니즘 세대 선언」, 『세대: 인문잡지 한편 1』, 민음사 2020.

인간의 오래된 동료들

앞서 살펴본 이현의 『일곱 개의 화살 1, 2』는 뜻밖의 상상에서 생각할 거리를 주었다. 그러니까 마라가 열두 살이 되기 전까지만 해도 닭과 개, 말, 돼지 같은 동물과 인간은 자유롭게 말을 트고 지냈다는 것. 검벌레가 동물의 영혼을 먹어치우기 전까지 말이다. 이런 상상이 최근 의료 보험 혜택까지 받는 비인간 가족의 등장을 한순간에 이해할 수 있게 했다. 비인간인 그들은 아주 오래전부터 인간의 동료였고 빼앗긴 영혼을 되찾으려는 역사가 길었다는 사실은 동물 캐릭터의 왕성한 등장을 이해하는 실마리가 되었다. 그렇다면 우리는 더 적극적으로 잃어버린 우리의 가족 혹은 동료의 영혼을 되살려야 할 터.

알다시피 인간과 함께 비인간 존재들은 오래전부터 문학의 시민이었고 특히 아동문학에서 그들이 수행하는 역할은 컸다. 이제 비인간 존재들은 존재 자체로서 인간에게 말을 걸어오고 있다. 우리 역시 인간의 비유거나 알레고리로서가 아니라 비인간 존재 자체로서의 가능성을 보여주는 캐릭터에 흥미를 느낀다. 이유가 뭘까.

비인간 혹은 개와 고양이의 말을 우리는 알아들을 수 없다. 그들의 몸짓도 이해하기 어렵다. 그러나 그들과 소통하고 싶다는 열망은 크고, 인간들 중에는 더러 그들과 꽤 깊은 대화를 나누는 부류가 있다. 외계의 언어를 해독하듯 비인간 동물의 말과 감정을 해독한 이야기를 통해 우리는 낯설고 즐거운 경험을 한다.

우화 속 동물은 인간을 대신하는 캐릭터로, 다시 아동의 분신과 변신의 형상으로 등장하다가 이제 그들은 독립적 생명체[10]를 가진 아동문학의 당당한 인물이 되었다.

삶의 의욕을 놓아 버린 듯한 개 '바틀비'(김태호 「바틀비」, 『우리 여기에 있어!』, 원종찬·박숙경 엮음, 창비 2019)는 그 존재 자체로 충격적인 사건이다. 인간의 것이라고 생각했던 것, 삶과 죽음을 선택하는 의지를 개 바틀비도 갖고 있다는 이야기는 인간인 김태호의 상상일 수 있다. 그렇더라도 저 상상은 특별하다. 그리고 김태호는 검벌레에게 영혼을 잡아먹히기 전이었다면 얼마든지 가능했을 개 바틀비와의 대화를 다시 시작한 인간일 것이다. 김태호는 그전에도 이미 「우리! 사랑하게 해 주세요」(『제후의 선택』, 문학동네 2016)를 통해 개들도 그들만의 방식으로 사랑한다는 것을 사랑스럽게 보여 준 적이 있다.

비인간인 그들 역시 인간과 다름없이 생과 사를 선택할 수 있다는 것, 사랑과 증오의 감정까지 가졌다는 것을 아는 것은 그 앎이 비인간만을 향하지 않기에 중요하다. 비인간의 자리에 함께해야 하는 수많은 타자들이 있다. 그들의 말과 마음을 받아 적는 일에 문학은 늘 예민하고 충실했다.

그대들을 기다리며

2017년 이후에 나에게 온 인물들을 가능한 한 호명해 보았다. 물론 미처 부르지 못한 인물들이 많다. 독자마다 자기만의 인물이 있고 우리가 그 이름을 재차 호명해야 하는 이유는 그들이 오고 난 뒤에야 아직 오지 않은 인물이 올 수 있기 때문이다.

---

10 이혜수 「동화 속 동물들, 어떻게 변화했나」, 『창비어린이』 2017년 가을호, 98~100면.

동성애(자)를 포함한 퀴어 문학은 아직 아동문학이 가 보지 않은 미지의 영역이다. 최근 그 낯선 곳으로의 모험을 시도하려는 움직임들이 보이는바, 남유하의 「여자 친구」(『창비어린이』 2019년 가을호)에서 오하리는 동성 친구 지나를 좋아하는 인물이다. 오하리의 고모 역시 중학교 때 처음 동성 친구를 좋아한다는 것을 알았다. 나의 문제인지, 작품 형상화의 문제인지는 모르지만, 동성 친구를 좋아하는 오하리의 사랑의 감정이 무사히 나에게 전해지지는 않았다는 것은 아쉽다. 하지만 이제 우리 아동문학 현장도 퀴어 서사에 대한 이야기가 시작된 듯하다.

동성을 사랑하는 인물을 내세워 민감한 이야기를 시도했으나 동성애를 대상화했다는 지적을 받은 이기규의 『아빠와 나 그리고 아빠?』(휴먼어린이 2018)의 '실패'는 소중하다.[11] 여기에 등장하는 인물들이 보인 이해 못 할 행동들(엄마의 동성애 혐오, 성별만 바뀌었을 뿐 이성애적 규범에서 벗어난 것 같지 않은 동성 커플)은 다양한 성적 취향을 얘기할 때 딛고 건널 수 있는 징검돌이 되어 줄 것이다. 동성애를 비롯한 퀴어한 존재들에 대한 이야기가 많아져야 함은 당연하다.

이성애 규범은 이제 규범으로서의 도덕적 가치를 잃어 가고 있으며 성적인 취향이 다양하다는 것을 우리는 알게 되었다. 퀴어한 것 역시 존중받아야 할 인간의 감정이며, 아이들도 이미 이성애로는 다 말할 수 없는 다양한 성적 취향을 가진 존재들이다. 소재로 대상화되었다는 말이 나오지 않고 아름다운 사랑의 형식이 발명되기를 바라는 것은 독자로서 당연한 마음이다.

요즘 아이들에게 현실은 탐험의 대상으로 충분치 않다. 감각을 자극

11 강수환·김재복·오세란·유영진 「동화 좌담: 오늘 우리가 서 있는 자리」, 『어린이와 문학』 2019년 3월호, 134~39면.

할 자연은 멀고 폐쇄적인 생활은 단조롭다. 아이들은 계획된 시간 안에서 움직여야 하기에 자유롭게 쓸 시간도 줄어들었다. 그나마 아이들에게 허용된 것이 가상 공간이지만 문학이 나서서 이곳으로 아이들을 끌고 갈 수는 없지 않은가.

게다가 오늘날 아이들 밖의 현실은 그야말로 세대 간 갈등으로 뜨겁다. 불평등이 주요한 원인으로 지목되었으나 그것은 사회구조와 관련된 문제라 해결이 쉽지도 않다. 곧 아이들이 진입할 현실이라고 생각하면 아동문학은 무엇을 해야 하나, 무엇을 할 수 있나 막막하기도 하다. 시대의 흐름을 따라잡아야 한다고 다그쳐야 할까. 아니면 속도와 변화에서 벗어나 아예 새로운 지대로 나아가야 할까.

그래서 인물이다. '틀'을 짓지 않고 깨는 인물, 끊임없이 정상성에 질문을 던지는 인물, 실패하더라도 통념을 깨고 다른 가능성을 탐색하는 인물들. 아파트 계단에서 우주로 통하는 문을 발견하는 인물, 아무도 보지 못했던 초록 토끼를 보아 내는 인물일 것이다. 꽃 한 송이가 진창의 풍경을 바꾸듯 그들이 세상의 풍경을 바꿔 놓기를 바라는 것이다. 우리는 그들을 통해 아주 조금 명랑해질 것이고, 걱정과 불안으로부터 조금 괜찮아질 것이다. 우리는 이미 멋진 인물과 함께 꽤 멋진 사건을 겪어 낸 기억이 있으므로 이는 어느 정도 진실일 것이다.

비인간,[1] 오래된 문학적 주체들의 재발견

우리 여기에 있었어[2]

영화 「원더」(2017)에서 27번이나 성형 수술을 견뎌 낸 소년 '어기'네 집 부엌엔 늘 개 한 마리가 엎드려 있다. 어기의 엄마는 아들 일로 이런저런 심란한 일이 생길 때마다 그 개(이름은 다시 찾아보지 않았다)에게 털어놓는다. 아빠도 마찬가지다. 그(개)가 노환으로 세상을 떠나던

---

1 최근 동물을 둘러싼 논의는 '비인간 인격체'(non-human person) 담론으로 이어지고 있다. 특히 '비인간'(non-human)은 2000년대 들어 동물(animal)을 대신하는 표현으로 서구 학계와 사회단체에서 쓰이는 단어다. 인간/동물이라는 기존의 위계적 이분법에서 벗어나기 위함이다. 남종영 「어린이와 동물 해방」, 『창비어린이』 2018년 여름호, 33면.

2 소제목은 창비아동문고 300권 기념 동화집 『우리 여기에 있어!: 동물』(2019)에서 빌렸다. 두 권으로 이루어진 이 기념 동화집은 우리 아동문학이 끌어안아야 할 핵심 주제로 '평화'(300권)와 '동물'(301권)을 담았다고 소개하고 있다.

날, 카메라가 아빠의 굽은 등을 바라볼 때 어기 역시 아무 말 없이 아빠의 등을 쓰다듬어 주고는 자리를 피해 준다. 어기는 그(개)가 아빠에게 어떤 존재인지 아는 것 같다. 늘 위로의 대상이었던 어기가 이때만큼은 아빠를 위로한다. 그 장면이 눈에 들어왔던 것은 어기 가족의 일상에서 그(개) 역시 가족으로 보였기 때문이다.

자연(야생) – 애완견 – 반려견 – 비인간(가족)으로 사회문화적 진화를 겪고 있는 동물은 개뿐만이 아니다. 고양이는 인간을 '집사'로 두었다는 비인간이 아닌가. 물론 나는 지금 진화라고 말했지만 이것은 인간의 시선이다. 개나 고양이가 그것을 자기 종의 진화라고 받아들이지 않을 수도 있고 그들이 원한 적 없는 일일 수도 있다. 결국 비인간에 관한 이야기들은 인간의 일일 가능성이 크다. 비인간의 마음일 거라고 해석하고 받아 적은 글을 통해 우리는 다만 설득당하기로 한 것이다. 그러나 이 마음의 파동을 기꺼이 받아들이기로 한 결정은 매우 중요하다. 이제 막 새롭게 만난 비인간 종이 겨우 개와 고양이 족속들이지만 이 마음의 파동은 종과 종의 관계 맺기의 가능성으로서 분명 효력을 발휘할 수 있다고 믿기 때문이다.

최근 몇 년간 창작 발표된 우리 아동청소년문학 작품들에서 개와 고양이가 실존적 주체로 등장했다는 것은 분명한 경향이다. 알다시피 동물이 문학작품에 등장한 역사는 이미 오래되었다. 의인화한 동물은 인간을 대신해 말하고 대신 비난을 받고 대신 죽고 살아나기를 반복하면서 인간과 함께 살았다. 그러나 개나 고양이라는 단독자로서의 실존의 삶과 죽음과는 무관한 경우가 많았다. 의인화한 동물들은 상징과 알레고리로서 인간을 말하기 위해 등장했다가 사라진 도구적 존재들이었다.

이 글은 그렇게 도구적 존재들로 소모되고 소비되었던 동물, 특히 개와 고양이가 최근에 와서는 더 적극적인 문학적 주체로, 생명으로, 비인간으로 등장하려는 장면을 의미화해 보려고 한다. 고백건대 나는 이제 개와 고양이 이야기는 충분히 말했다고 생각했고, 반복되는 그 이야기가 조금은 지루하기도 했다. 아직 말해져야 하는 사람 이야기가 더 필요하고 급박하다고 생각했기 때문이다. 하지만 나의 이러한 물림 상태와는 상관없이 오히려 서사에서뿐만 아니라 그림책 작가들까지 자신의 비인간 가족의 삶을 담아내고 그들의 죽음을 애도했다. 그림책의 경우, 단독자로서의 개와 고양이는 시각적으로 재현됐을 때 독자와의 감정 교류가 더욱 직접적이어서 또 다른 감동을 주기에 충분했다. 어떤 그림책 작가는 글과 그림에 노래까지 덧붙여서 자신의 비인간 가족의 죽음을 애도했고 그리하여 독자로서도 결국 그 애도에 조문객이 되어 버렸다.

2019년 현재 비인간을 가족으로 둔 인간은 천만에 가깝지만 그보다 더 많은 인간들이 비인간을 그저 동물로만 본다. 이들에게 동물은 여전히 인간의 소유물이며 동물이 인간과 나란히 자리할 수 없다는 통념은 거의 화석 같고, 오늘도 어떤 동물은 철저한 약자로서 학대받는다. 이런 이유만으로도 비인간에 대한 인간의 시선을 교정하고 수정하는 문학적 작업은 계속 이어져야 하고 어쩌면 이제 겨우 시작된 여정일지도 모른다.

비인간을 문학적 주체로 내세운 작품을 통해 내가 말하고 싶은 것은 비인간을 향해 나아가기로 마음먹은 인간의 저 마음이다. 그들은 보통의 인간과 조금 다르다고 느껴진다. 그들은 비인간-되기를 선택한 존재들이다. 인간을 정상성 혹은 일반성이라고 한다면 인간 맞은편을 비인간의 자리로 부를 수 있겠다. 인간 밖을 텅 빈 장소가 아니라 비인간 존재를 위한 자리로 확보할 때 동물을 비롯해 타자로서의 소수자, 장애인, 빈민, 난민, 가려진 또 다른 생명들이 들어설 것이고 그런 비인간의 자리는 더 넓게 확장될 필요가 있다. 인공지능, 복제인간, 사이보그, 게임 캐릭터, 좀비, 귀신, 불귀의 영혼, 우주인 역시도 비인간의 자리에 배치할 수 있다. 이런 비인간의 목록 혹은 그들의 자리는 인간 – 정상 – 옳음이라는 기준에 의해 배제되고 소외된 자들과 그들의 비참이 거주하는 장소이다. 김미정에 따르면[3] 그 인간 아닌 주인공들은 우화와 풍유와 협의의 알레고리 속에서 어떤 목적을 위해 역할을 분배받은 의인화된 존재들과는 다른 캐릭터의 소유자들이다. 그리고 이 비인간 주인공들은 유례없는 역할을 해낼 가능성이 커지고 있다.

비인간에 대한 문학적 상상의 근력은 구체적인 개와 고양이에서 출발해 생명 – 보편으로 확장되어야 하는 것이므로 인간과 비인간의 다르게 계속 관계하(맺)기는 언제든 유효하다. 존재 – 생명에 관한 상상은 지금까지 충분한 적도 없었거니와 이만하면 충분하다고 말할 수 있는 게 아니므로 그저 계속하기를 실행할 뿐이다.

다양한 비인간을 주인공의 자리에 부르고 의미 있는 대화를 나누는 것은 이미 아동문학의 전통이다. 누적된 이야기만 해도 넘칠 만큼 많다. 그뿐만 아니라 우화와 알레고리로서의 동물 이야기가 아닌 동물 존재 자체에 주목한 박기범의 『미친개』(낮은산 2008)를 비롯해 황선미의 『푸른 개 장발』(웅진주니어 2005), 이현의 『악당의 무게』(휴먼어린이 2014) 등 인상적인 작품들이 제출된 것은 오래전 일이 아니다. 앞선 작품들이 그것을 잇는 다음의 작품들에 의미 있는 영향을 주었으리라는 것을 잊지 않는

---

3 김미정 『움직이는 별자리들』, 갈무리 2019, 443~45면.

다. 다만 이 글에서는 최근의 문학적 경향을 살피는 동시에 현재적 의미에 집중하기 위해 김중미, 김태호, 김기정의 작품을 살펴보고자 한다.

김중미와 김태호에게 인간과 비인간의 관계를 사유하는 작업은 일회성이 아니다. 두 작가는 비인간을 다룬 작품을 작품집에 한두 편 넣는 정도가 아니라 비인간을 전면적으로 대면하고 문학적 주체로 사유하면서 인간과 비인간의 관계 맺기의 형식을 새롭게 추구하고자 한다. 김중미와 김태호의 사유는 비인간을 통해 인간의 비인간성을 폭로하고 고발하는 이야기적 전통에서 한 걸음 다르게 나아가려는 안간힘으로 읽힌다. 김기정이 형상화한, 죽었으나 죽지 못한 존재로서의 비인간 역시 오랜 동화적 전통이다. 그런데 그가 최근 발표한 『모두 잘 지내겠지?』(창비 2019)는 비인간을 대하는 인간의 모습이 도드라진다. 죽었으나 죽지 못한 존재인 비인간을 사유함으로써 인간의 '존재론적 변형으로서의 비인간-되기'[4]의 가능성을 타진하는데 그것이 불러일으키는 감정이 의외로 뜨겁다. 세 작가는 앞선 문학적 전통을 이으면서도 인간과 비인간의 관계 맺기에 주목했다. 그 작업이 매우 중요한 현재적 의미를 환기한다는 점에서 비평적 욕구를 자극하기에 충분했다.

너는 나의 힘, 나는 너의 힘, 그리하여 함께!

주로 도시 빈민의 삶과 연대에 대해 말해 오던 김중미가 그 연대의 범주를 길 위의 동물에게까지 넓힌 것이 자연스럽다는 박숙경의 평가[5]

4 최진석 「비인간, 또는 새로운 부족들의 공-동체」, 『문학동네』 2015년 가을호, 489면.
5 박숙경 「동물과 인간이 같은 방향을 볼 때까지」, 『창비어린이』 2018년 여름호, 82면.

에 나 역시 동의한다. 그의 말마따나 사회적 약자보다 더 약자인 개와 고양이는 약자의 문학인 아동문학의 새로운 개척지로서 탐구되어야 한다. 장편소설 『그날, 고양이가 내게로 왔다』(낮은산 2016)와 단편집 『꽃섬 고양이』(창비 2018)는 인간과 동시대를 살아가는 개와 고양이가 처한 현실에 대한 고발이며 인간과의 관계에 대한 탐구서이다. 특히 『꽃섬 고양이』에 실린 작품들은 김중미가 궁극적으로 하려는 이야기를 다양한 목소리로 들을 수 있다.

그의 작품에서 인간과 비인간의 거리는 물리적으로나 심리적으로 매우 인접해 있다. 인간과 비인간이 겪고 있는 삶의 문제는 종의 특징과 상관없이 역시 비슷하기에 인간과 비인간의 연대는 거의 필연적이다. 인간과 비인간을 구별하지 않고 다만 도울 수 있는 쪽이 돕고 도움을 받은 쪽은 도움의 힘으로 다시 도울 수 있는 존재가 된다는 것을 여러 사례로써 실험한다. 그 결과 독자는 이의 없이 인간과 비인간의 연대를 응원하게 될 것이다.

도시 빈민 혹은 자본주의 체제 밖으로 내쳐진 인간들의 삶은 당장 우리에게 닥친 일이기에 경험으로든 소문으로든 듣고 보아서 조금은 안다고 생각한다. 그렇다면 길 위에서 살아가는 고양이의 삶은 대체 어떠하기에 김중미는 그들과 인간은 다르지 않다는 건가.

표제작 「꽃섬 고양이」에 등장하는 길고양이인 노랑이에게도 엄마가 있었다. 햇살이 부드럽다는 것을 느낄 줄 알고 벚꽃 향기를 맡으면 기분이 좋아진다는 것도 엄마가 가르쳐 주었다. 저 어미 고양이의 감각 기능이 인간만의 것이라고 생각했다면 그것은 인간의 무지였지 진실은 아닐 것이다. 노랑이 엄마는 후진하던 자동차에 치여 목숨을 잃게 되는데 자동차 밑에서 놀던 삼 남매를 구한 뒤였다. 자동차 주인일 남자는 축

늘어진 노랑이 엄마를 쓰레기봉투에 갖다 버렸다. 노랑이 엄마의 죽음은 길 위의 삶에서는 언제든지 일어날 수 있는 일이다. 길에서 죽은 비인간의 몸은 쓰레기가 되며 거기에는 한때 햇살을 느끼고 꽃향기를 맡았던 존재의 흔적 같은 게 있을 수 없다.

그러한 노랑이 엄마의 죽음 옆에 새벽 급식소 앞에서 얼어 죽은 노숙자가 놓이면 길 위에서 사는 고양이와 길 위에서 죽는 인간의 경계는 무의미해진다는 게 김중미의 인식일 것이다. 목숨의 자리가 다르지 않다는 생각은 노숙자가 얼어 죽은 그 자리에서 길고양이 노랑이가 얼어 죽을 뻔한 최 씨를 살리게 함으로써 더 강력해졌다. 길에서 지내는 게 여의치 않은 두 존재가 서로를 알아보기로 한 뒤 노랑이와 최 씨의 삶은 아주 조금씩 나은 방향, 즉 함께 사는 쪽으로 나아갔다는 것은 거의 필연적이다.

성실한 사업가에서 다리를 절뚝거리는 노숙자가 되어 급식소 앞에서 얼어 죽기 직전으로 내몰린 최 씨의 이력을 다시 말할 필요는 없다. 다만 추락하던 한 인간이 바닥에 닿기 직전 방향을 틀게 된 계기는 궁금하다.

그렇게 다시 술에 취해 지내던 어느 날, 문득 노랑이의 마지막 표정이 떠올랐다. 그날 최 씨는 노인에게 얻어맞고 있는 자신을 걱정스럽게 바라보는 노랑이와 눈이 마주쳤었다. 그 눈빛을 생각하자 눈물이 왈칵 쏟아졌다. 최 씨는 지금껏 자기 곁에 아무도 없다고 생각했는데, 아니었다. 노랑이가 있었다.
(「꽃섬 고양이」 25~26면)

얼어 죽기 직전 자기를 깨워 준 노랑이에게 최 씨가 음식을 나눠 주자 술 취한 노인이 발길질을 하던 날 노랑이는 피투성이가 된 최 씨를 보고 있었던 것이다.

마치 인간에게 인간이 한 명도 남지 않았을 때 거기 비인간인 길고양이 한 마리가 있을 거라는 듯, 또 최후의 순간 길고양이에게는 단 한 명의 인간이 따뜻한 북엇국 한 그릇을 손에 받치고 기다리고 있을 거라는 듯, 노랑이와 최 씨는 동물과 인간이 아닌 존재와 존재로서 처음 만나게 된 것이다. 이런 식의 종과 종의 만남은 경이롭고 서로에게 그런 존재가 생긴 그들이 부럽다. 이야기 속 작가의 상상이어도 좋다. 눈에 보이지 않는다고 없는 게 아니기에 존재의 존엄을 알아보는 특별한 감각을 가진 그들은 실재하는 것이다. 인간의 언어로 사유하고 인간의 시선에 익숙한 우리가 눈여겨보아야 할 존재들이 바로 이들이다. 이들에 대해서는 다음 절에서 조금 더 이야기하기로 하자.

공사장에서 다리를 다친 최 씨와 노랑이는, 노랑이가 오래전 자기 엄마가 그랬듯 차바퀴에 깔릴 뻔한 새끼 고양이를 구한 뒤 다리가 짓이겨짐으로써 생긴 장애라는 신체적 결함까지 공유하게 되었다. 다리가 없는 삶은 솔직히 인간인 최 씨보다 길고양이인 노랑이에게는 더 치명적이다. 그러므로 인간인 최 씨가 비인간인 노랑이에게 조금 더 베푸는 게 맞다. 길지 않은 이 이야기에서 노랑이는 순복이라는 길고양이와 새로 가족이 되고 순복이 새끼의 할머니가 되었다. 노랑이가 겪고 쌓은 삶은 길고양이의 생애사로 느껴질 정도다. 동물의 생애 주기가 인간보다 훨씬 짧은 데다 그들의 삶이 늘 위태로웠던 탓에 노랑이의 삶이 유독 길고 온전하게 재현되어서 다행이라고 느껴졌을 것이다.

인간과 비인간, 특히 길 위에서 사는 비인간은 서로 일정한 거리를 인정하고 유지해야 한다는 것은 필수 조건이다. 최 씨가 노랑이와 가족이 되고 싶은 마음과 길 위의 삶을 인정하는 것 사이에서 적절한 균형점을 찾았듯 인간의 도움이 비인간인 그들의 시간을 억압하거나 강제할 수 없다는 것은 자명하다. 최 씨가 노랑이 가족을 위해 옥탑방에 보금자리를 마련해 놓았지만 전적으로 노랑이의 선택에 맡겨야 했던 것은 그래서 당연한 일이다. 최 씨의 최선은 우리의 최선이기도 한데 "노랑아, 앞으로도 내게 힘이 돼 줄 거지? 내가 흔들릴 때마다 잡아 줘. 나도 널 도와줄게. 우리 같이 도우며 살자꾸나"(43면)라는 것.

인간은 노숙자로 길 위에서 죽음을 맞이하기도 하지만 대체로 비인간에 대해 여전히 종적 우위를 차지하고 있다. 하지만 김중미는 최 씨처럼 인간이 비인간의 도움을 필요로 하는 존재임을 반복해서 말한다. 그렇기에 버려진 뒤 입양과 파양을 두 번이나 반복하면서 마음을 닫아 버린 수민이가 버려진 개 하양이를 입양하면서 마음을 열고(「내 곁에 있어 줘서 고마워」), 시베리아허스키랑 백구 잡종인 백곰과 산업 연수생으로 먼 섬나라에서 온 엄마와 한국인 아빠 사이에서 태어난 미나가 서로에게 힘이 되어 주는 것(「안녕, 백곰」)은 당연한 귀결이다.

인간에게 비인간이 필요한 존재라면 그렇다면 비인간은 어떤 마음일까.

> "사람 일에 관심 갖지 않을 수 있다면 얼마나 좋겠어. 그렇지만 우리는 어차피 사람들이랑 같이 살아야 해. 사람들 틈에서 우리가 살아갈 자리를 만들어야 해. 그러려면 사람 말도 알아야 하고, 우리 영역이 어떻게 변하는지도 잘 알아야만 해." (『그날, 고양이가 내게로 왔다』 76면)

인용문은 길 위의 고양이로 사는 크레마의 엄마가 한 말이다. 크레마의 엄마는 사람 일에 관심을 가져야 한다고 늘 말해 왔다. 인간과 비인간은 서로 무관할 수 없는 관계라는 것을 크레마의 엄마는 알고 있었던 걸까. 재개발로 산동네가 없어지면 사람 사는 곳만 사라지는 게 아니라 그곳에 깃들여 사는 온갖 비인간 존재들의 거처 또한 사라진다는 것을 문득 깨닫게 되면 크레마 엄마의 관심이 이해가 된다. 비인간의 삶을 인간인 우리는 얼마나 자각하고 있을까. 게다가 인간의 망각 주기는 터무니없이 짧고 여전히 개발은 무차별적이고 가장 큰 피해는 비인간의 몫이다. 이런 생각에 이르러서야 나는 또 한 번 반성을 한다. 해결해야 할 시급한 인간의 문제가 더 많이 눈에 밟히는 건 여전하지만 그것과 별개로 비인간에 대한 이야기는 아직 충분하지 않았다. 게다가 인간과 비인간의 공존의 형태는 인간과 인간에게도 유효할 게 분명하다.

『그날, 고양이가 내게로 왔다』에서 인간의 말을 알아듣고 소통이 가능한 고양이 크레마는 사람하고 같이 살아갈 수밖에 없다는 말을 반복하는데, 이것이 김중미가 하고 싶은 말의 핵심일 것이다. 사람의 말을 알아듣는 비인간이 생기고 그 비인간과 소통이 가능한 인간이 더 많이 생길 때 많은 문제들이 해결될 수도 있다. 인간과 비인간이 함께 사는 일의 선택권이 서로에게 공평하게 주어졌다는 인식 또한 이후의 관계 변화를 위해 필요하다. 그러므로 김태호나 김중미가 그랬듯 우리에게 필요한 것은 비인간의 언어를 해독해 줄 사람들이다. 그들의 안내로 인간은 겨우 한 걸음 정도 비인간에게 다가간 것일지도 모른다. 모두가 제 몫의 역할이 있다면 독자인 우리에게도 그 나름의 몫이 있지 않을까.

너는 너의 삶으로, 나는 나의 삶으로, 그리하여 함께!

김태호[6]의 단편 「기다려!」(『네모 돼지』)를 처음 읽었을 때 받은 충격은 그 강도는 희미해졌으나 몇 년이 지난 지금도 생생하다.

「기다려!」의 주인공 '나'는 개다. "공기 속에 나쁜 것이 섞여 버려 사람들이 모두 사라졌"지만 기다리고 있으라는 형의 말을 전적으로 믿는 '나'의 행동은 이상할 게 없다. "어떻게 사람이 네 형이냐?"라고 묻는 들개의 말에 "우린 가족"이라고 대답한대도 역시 이상할 게 없다. 인간을 신뢰하는 개와 비교해서 아예 떠나기 위해 잠깐 돌아와서는 목줄을 풀어 줄 생각 같은 건 없는 듯 "기다려!"라는 말만 남기고 다시 떠난 인간인 '형'의 행동 역시 이상하지 않다.

심각한 오염(예를 들면 방사능 같은) 물질이 마을을 덮친 것 같은데 결국 '나'는 죽어 가던 들개가 "기……기다리지 마……"라고 말했지만 털이 뭉치로 빠지는 것도 아랑곳없이 아예 말뚝을 뽑아 버린 뒤 형을 따라 달린다. 아마 '나'는 곧 죽을 것이다. 최후가 다가오는데도 형이 사라진 길을 따라 달리는 '나'는 끝까지 형의 가족임을 증명했다. 극한의 상황에서 도망가는 형과 따라가는 '나'(개)의 대조적인 모습은 인간의 비겁을 과장하거나 의도적으로 비아냥거리는 게 아니어서 더욱 서늘했을 것이다.

역시 개의 이야기인 「바틀비」(『우리 여기에 있어!』)는 「기다려!」와 정반

---

6 이 글에서는 김태호의 작품 가운데 『네모 돼지』(창비 2015)에 실린 단편들과 『제후의 선택』(문학동네 2016)에 실린 단편 「우리! 사랑하게 해 주세요」, 장편소설 『별을 지키는 아이들』(라임 2017), 『우리 여기에 있어!』(창비 2019)에 실린 「바틀비」를 중심으로 이야기해 보려고 한다.

대의 이야기쯤 될 것이다. 털이 뭉텅이로 빠지는데도 온 생을 걸다시피 격렬하게 형을 따라가던 '나'와 달리 개 '바틀비'는 말라비틀어질 때까지 격렬하게 아무것도 하지 않기로 마음먹은 채 도로 한복판에 널브러져 있었다. 그런 바틀비였기에 인간 아이가 주는 먹이에 새삼스럽게 반응할 리 없다. 일말의 가능성 혹은 희망 같은 건 진즉 풍화되어 버린 듯한 바틀비는 비인간 주인공 중 가장 인상적인 캐릭터가 아닐까. 죽을 때까지 아무것도 하지 않기로 작정한 개라니. 이런 극도의 허무가 개의 문제가 되었을 때 그동안 인간의 몫이라고 생각했던 존재 자체의 자기 결정권이 비인간인 개에게도 가능할지 모른다고 이해가 되어 버린 것이다. 경험의 기회가 없거나 적었을 뿐, 불가능하다고 말할 수 없다.

인간의 (무책임한) 말 한마디를 끝까지 신뢰하는 '나'나, 이름을 가졌고 목줄이 있었던 '바틀비'가 한때 인간의 가족이었음을 짐작하는 건 무리가 아니다. 그렇기에 인간에 대해 일말의 신뢰조차 없어 보이는 바틀비의 태도는 결국 인간이 저지른 어떤 행동의 결과라고 말해야 한다. 그런데 인간이 거의 생각하지 않는 것이 있는데 비인간 가족으로서 인간과 사는 일을 그들 비인간이 선택하지 않았을지도 모른다는 점이다. 인간에게 의지할 수밖에 없기에 어쩔 수 없이 선택했을 가능성을 배제할 수 있을까. 인간은 비인간에게는 여전히 절대적인 우위를 차지하고 버리자고 마음먹은 인간의 마음을 비인간이 되돌릴 방법은 없다. 비인간은 인간에게 인간의 언어로 말을 할 수가 없다. 이 세상은 인간 중심이지 비인간 중심으로 구조화되어 있지 않다. 원했든 원하지 않았든 비인간 존재들은 인간과 더 가까운 데에 자신의 거처를 마련해야 할 처지를 스스로 벗어나기가 점점 어렵게 되었다. '나'와 바틀비는 인간의 변덕, 인간의 부도덕을 전혀 다른 모습으로 보여 주되 비인간이 처한 현실이 녹록지 않음을 격렬하게 증언하고 있다.

그래서 「바틀비」의 마지막 장면을 좀 더 예민하게 살펴야 한다. 자칫하면 끝내 바틀비가 숨을 놓아 버린 것으로 알 것 같아 하는 말이다. 바틀비의 몸과 꼬리는 서로 다른 길을 선택한다. 몸은 끝까지 아무것도 안 하는 것을 택했지만 꼬리는 흔들린 것이다. 인간 아이 해찬이가 바틀비를 포기하지 않았기 때문일까. "조용하던 섬은 조그만 개 한 마리로 다시 소란스러워졌다"(50면)는 마지막 장면은 아무것도 안 하겠다는 바틀비의 욕망과 바틀비가 살기를 바라는 해찬이의 간절함이 뒤섞인 상황에서 김태호가 인간 아이 해찬이의 간절함에 기대기로 한 것처럼 보인다. 이 또한 인간의 간섭이 아닌가, 끝내 바틀비가 선택한 존엄한 죽음을 훼방 놓은 건 아닌가 말할 수 있겠지만 살리고자 하는 마음과 살고자 하는 마음은 산 자의 의무라고 생각하자. 비인간에게 '잘'이라고 하는 가치판단의 결정권이 있는지는 여전히 알 수 없지만 인간에게 '잘' 사는 일은 매우 중요한 결정이다. 인간 아이 해찬이는 바틀비를 버리지 않기로 결정했고 그 덕분에 우리도 그런 선택의 순간을 경험했다.

『네모 돼지』에는 동물은 도구일 뿐이고 도덕과는 아무 상관 없는 존재며 동물에게는 마음이 존재하지 않는다는 인간의 인식을 어긋내는 동물들이 등장한다. "동물이 인간을 위한 도구적 가치만 지니는 존재가 아니라 삶, 자유, 행복이라는 본질적 가치를 누려야 할 권리"[7]가 있다는 동물권에 대한 사유가 바탕에 깔려 있음은 당연하다. 우화나 알레고리로서의 동물이 아닌 비인간의 실존을 다루기 시작했다는 것은 동물을 다루는 이전의 이야기들과 확실히 달라진 부분이다.

---

[7] 마크 롤랜즈 『동물도 우리처럼』, 윤영삼 옮김, 달팽이출판 2018, 8면.

김태호가 그리는 비인간은 그들만의 삶의 방식을 선택하고 결정하며 행동한다. 그러자면 우선 비인간의 삶을 인간의 삶에서 분리하는 게 필요하다. 인간으로부터 비인간인 자신을 분리하고 독자적인 삶을 상상하는 것은 비인간인 그들 존재를 드러내는 방식이다. 약간의 판타지가 필요한 것도 이 때문이다. 분리를 상상한다 해도 가축인 동물이 인간으로부터 독립한다는 것은 현실적으로 불가능하다. 동물의 삶, 자유, 행복이라는 권리는 근대적 인간들에게는 어불성설이다.

　「네모 돼지」의 돼지 '오스터'와 「소풍」(『네모 돼지』)의 소 '달구'는 자신이 식용 동물이라는 걸 모른다. 각성한 돼지 오스터는 도살 직전 동료 돼지들을 이끌고 멋지게 탈출하지만 송아지 달구는 어떤가. 「소풍」의 마지막 몇 줄은 제목을 그대로 재현하는데 저 마지막 장면의 의미를 아는 우리의 마음은 서늘해질 수밖에 없다. 그곳이 도살장이라는 인식 없이 다만 엄마를 만나러 가는 곳인 줄로만 알고 "달구는 이제 곧 헤어진 엄마를 볼 수 있을 거라 생각했다. 그래서 더 힘차고 경쾌한 발걸음으로 좁은 복도를 따라 안으로 들어갔다. 딱, 딱, 딱. 쇠 신발 소리는 건물 안 구석구석까지 퍼져 나갔다."(『네모 돼지』 34면) 달구는 마지막 순간, 엄마를 만날 수 없다는 걸 알았을까, 끝까지 엄마를 만난다고 믿었을까. 달구는 어떨지 모르지만 인간은 안다. 당사자인 달구는 끝내 진실을 알 수 없게 만드는 대신, 목격자이며 최소한 공범자인 인간은 그 진실을 알게 하는 것이 더 예리하게 인간의 비윤리적인 감각을 자극하는 효과가 있다.

　경제적 논리와 미각의 쾌락 앞에서 돼지나 소는 그저 인간을 위한 도구적인 가치물일 뿐이다. 오스터의 탈출은 네모 돼지들의 현실적인 해방으로 이어지기 어렵고 달구는 고통스러운 최후를 맞이할 것이다. 기껏해야 최후의 순간에 느낄 통증을 줄여 주는 것까지가 겨우 인간이 식용 동물을 대하는 태도의 현재일 뿐이다. 그래서 동물 식용은 인간이 선택해야 할 문제인 것이다.

김태호는 동물에게는 비윤리적인 공장형 축산과 도축이라는 예정된 현실을 탈출과 소풍의 서사로 감추고자 했으나 감출 수 없는 사실 앞에서 독자들의 마음이 얼어붙으리라는 것을 예견했거나 독자가 진실을 알아낼 것이라고 믿었을 것이다. 오스터나 달구가 그냥 돼지나 소가 아니라 이름을 가졌다는 것은 그들이 문학적 주체가 되기를 바란 결과이면서 인간과 비인간이 인접해 있다는 것을 상징하는 기표로도 인식된다. 그들에게 이름을 지어 주고 성격을 부여하고 발언권을 부여하자 그들은 굉장히 독특한 비인간이 되었다. 이 독특한 비인간 주체는 제아무리 어이없는 폭력의 희생자가 되었대도 인간을 향해 비난의 말을 내뱉지 않는다. 기다리라는 말을 철석같이 믿는 개 '나'나 천국에 갈 것이라고 믿는 돼지 오스터나 엄마를 만날 거라고 믿는 송아지 달구가 그랬듯이, 「나는 개」(『네모 돼지』)에 등장하는 '나' 역시 인간 어른 남자에 의해 8층 밖으로 내던져졌으면서도 인간을 원망하거나 인간을 향해 당신들이 잘못했다고 소리치지 않는다.

그 장면을 목격하고 있는 인간(문자를 읽을 수 있는 것은 인간뿐이므로)은 그 어떤 기적도 일어나지 않을 것이며 저 낙하의 방향을 바꿀 수 없다는 걸 알고 있다. 고작 몇 초 후면 지금 창밖으로 내던져진 개 '깜지'가 어떻게 될지 안 봐도 본 것 같다. 지금 떨어지고 있는 자신이 멋지게 착지할 수만 있다면 정말 좋겠다면서 모두를 위해 힘을 내야겠다고 생각하는 저 깜지는 대체 어떤 존재인가. 확실한 것은 감정에 못 이겨 깜지를 8층 밖으로 내던진 인간 남자 어른이 더 잔인하게 보인다는 것이다. 깜지가 개가 아니라 인간이었다면 상상할 수 없는 행위이다. 이 남자 어른에게 개와 고양이는 인간의 아들, 딸, 형, 누나, 동생의 자격으로 인간과 함께 살지만 경우에 따라 혹은 감정에 따라 함부로 내던져져도 되는 약자일 뿐이다. 그렇게 아무렇지 않게 생을 마감하는 그들은 인간의 추악함과 부족함을 증언하는 자로 호명된다. 이것이 김태호가 비인간을 말하면서 인간을 말하는 방식이다. 이 역설의 효과가 생각보다 커서 나는 인간을 더 나쁘게 생각한 적이 있고, 인간을 이토록 비웃는 것 같은 그가 불편하기도 했던 것이다. 「나는 개」의 저 어른 인간의 가차 없는 폭력행위는 실재의 삶에서는 더 잔인하게 자주 일어난다는 것을 우리는 알고 있다. 정말 비인간 그들은 의지가 없고 아무것도 선택을 할 수 없을까. 어느덧 생각이 거기까지 닿도록 이끄는 것이 김태호의 비인간들이다.

김태호가 「우리! 사랑하게 해 주세요」(『제후의 선택』)를 통해 해독, 전달했던 비인간 그들의 언어를 떠올려 보자. 우리는 그들의 언어를 모르면서도 알고자 하지 않았다. 비인간 이전에 동물로만 인식되었을 때의 그들은 '노동자, 상품'이었을 뿐이다.

우리가 김태호의 작품에서 주목할 또 하나는 거의 낙하지점에 도달했을 것 같은 이들 비인간이 무엇을 선택하는가이다. 나로서는 김태호가 비인간에게 보내는 간절한 사과의 메시지로 보인다. 필연적으로 그 메시지는 이 모든 변화를 선택할 수 있는 인간을 향한다. 어떤 비인간들은 인간을 "그럼 그냥 버리는"(『네모 돼지』 89면) 쪽을 선택했다. 망설임이 없어 보이는 '그냥 버려!'라는 저 말은 「고양이 국화」에서 까만 고양이(함께 살던 사람에게 버림받았다)가 한 말이다. 늙고 병든, 현실적으로는 고양이에게 음식을 주지 못하는 인간 할머니와 살 것인지, 까만 고양이와 길 위에서 살 것인지를 고민하는 국화에게 까만 고양이는 그냥 버리라고 말했고 결국 국화는 할머니를 떠났다.

할머니 또한 국화의 선택을 이해했으므로 이들의 짧은 동거와 이별은 자연스럽게 완성되었다. 은혜나 보은의 윤리는 구닥다리 유물이라는 듯. 나아가 인간은 인간의 삶이 있고 고양이는 고양이의 삶이 있다는 듯. 인간과 비인간이 개별 주체로서 이 지구에서 동등하게 살 자격이 있다는 듯. 국화의 선택은 아무것도 안 하는 것을 선택한 바틀비나 끝까지 인간에 대한 신뢰를 놓지 않는 '나'만큼 인상적이다. 이들을 통해 인간과 상관없이 비인간인 그들에게 자기 의지가 있을지도 모른다는 생각을 할 수 있었기 때문이다.[8] 김태호의 작품들을 통해 통념을 바꾸는 계기를 얻었다. 인간과 비인간이 독립된 삶의 주체들이었음을 상상하게 된 것은 매우 중요한 인식의 전환점이었다.

그렇다면 인간과 비인간의 대등한 동거는 어떤 방법으로 가능할까. 김태호의 『별을 지키는 아이들』에는 꽤나 개성적인 비인간들이 여럿 등장한다. 여기에서 아이들이란 다양한 사연들로 인간들에게 버림받은 개들이다. 삶의 바닥을 친 동물 아이들만 거두는 인간 할머니와 새로운 가족을 실험하는데 인간과 비인간의 위치는 서로 대등하다. 재개발, 이사, 나쁜 인간들, 충돌, 아이들의 승리 등 비인간들이 이기면서 할머니를 돕는 이야기로서 여기서 돕고 도움받는 것은 쌍방향이며 결국 어떤 인간 가족보다 다정하고 끈끈하게 맺어진다. 들개 무리를 이끌며 살기를 선택한 독구도 존재로서의 자신의 삶을 놓치지 않았다. 인간과 비인

---

8 '동물격'과 관련한 실험을 통해서 침팬지, 오랑우탄, 고릴라, 보노보, 돌고래, 코끼리, 유럽까치 등이 인간만의 독보적 특성인 '자의식' 실험을 통과했다고 한다. 남종영, 앞의 글 23~24면 참조.

간이 함께 살되 인간에게 종속된 삶이 아니라는 것, 비인간에게도 그들만의 삶의 방식이 있고 그것은 인간이 인정하는 것이 아니라는 것, 그러나 비인간은 인간의 도움이 필요하기에 인간은 그들이 필요한 만큼 가진 것을 나누며 공존하는 것. 김태호의 작품들을 통해 내게 전달된 비인간의 요구 목록이다.

비인간-되기의 가능성

인간이면서 비인간의 말을 알아듣는다면, 가령 김중미나 김태호 같은 작가들, 버려진 동물들을 거두며 그들의 말을 알아듣는 할머니, 크레마가 선택한 인간 아이 은주, 개와 함께한 시간을 소중하게 기억하는 시인들(강지혜 외 『나 개 있음에 감사하오』, 아침달 2019. 스무 명의 시인이 쓴 개와 함께한 시간에 대한 시와 에세이), 길 위의 목숨을 위해 먹을 것을 나눠 주는 우장산의 '애니멀맘'[9] 등은 인간이면서 거의 비인간적인 존재들이 아닐까. 이들은 "또 다른 비인간을 불러 모으는 주술 같은 목소리를 가진 존재들이며 이 노래를 듣는 우리들, 사이-시간의 존재들 또한 비인간이 되지 않을 수 없다. 존재론적 변형으로서의 비인간-되기"[10]의 시간은 이미 흐르고 있는지도 모르겠다.

그리고 이제 뒤에서 말하기로 했던 이런 사람들이 있다.

---

9 내가 사는 동네에 작은 산(우장산)이 있는데 늘 같은 시간에 먹을 것을 잔뜩 챙겨 오는 여성이 있다. 산책길에 여러 번 봤고 한 번쯤 말을 걸고 싶었으나 아직 말을 건네지 못했다.
10 최진석, 앞의 글 489면.

김기정의『모두 잘 지내겠지?』에는 우리가 지금까지 살펴본 이야기 속의 비인간, 즉 개나 고양이 등이 등장하지 않는다. 그 대신 죽었으나 죽음의 자리로 돌아가지 못한 채 산 사람의 장소를 겉도는 또 다른 형식의 비인간들을 만날 수 있다. 그러나 지금 이야기하려고 하는 대상은 그들이 아니다. 앞에서도 말했듯 인간이면서 비인간의 말을 듣는 존재들, 분명히 인간의 장소에 머무는 살아 있는 사람들을 이야기하려고 한다. 문학평론가 최진석은 '주술 같은 목소리'라고 이들을 특정했고 김기정에게 그 주술사는 평범한 이웃의 모습으로 등장하고 있다.

　그들은 서울에서 광주로 이사 온 평범한 어느 가족이고 모퉁이에서 국숫집을 운영하는 엄마와 딸이며 여행객들이 쉬었다 가는 쉼터를 운영하는 할머니다. 그런 그들이 비인간 존재들(영혼 혹은 귀신)을 보는 데 비명을 지르거나 도망가지 않고 환대하듯 맞이하는 것이다. 그들의 일이라는 게 밥 한 그릇을 떠 놓고 국수 한 그릇을 말아 주고 함께 기다려 주는 것이다.

　『모두 잘 지내겠지?』의 등장인물들은 불가해한 외부에 의해 삶이 중단된 인물들, 즉 죽은 존재들인데 자꾸 되돌아온다. 그리고 김기정은 죽었으나 죽지 못한 상태에 갇힌 그들의 시간을 매듭짓는 것은 산 사람들의 몫이라고 말하려는 듯하다. 1980년 5월 27일에 죽은 고등학생 장곤을 20년 동안이나 기억해 주는 동네 사람들이 그랬다. 그리고 장곤이 살던 집에 이사 온 무진네는 가족 모두가 다시 장곤을 기억하는 마을의 일에 동참하는 것으로, 산 사람의 몫을 이어 갈 것으로 보인다. 장곤에 관한 기억을 외부에서 온 무진네가 거부감 없이, 두려움도 없이 다행스럽고 자연스럽게 계승(「녹슨 총」)하리라는 믿음은 우리를 크게 안도하게 했다. 또한 늦은 밤 고단한 하루의 노동에도 불구하고, 국숫집을 찾아온

망자에게 국수를 삶아 주는 엄마와 그 엄마를 망상에 빠진 사람으로 보지 않고 저 또한 엄마를 거들기로 함으로써 엄마의 일에 개입하기로 한 '나'의 태도(「길모퉁이 국숫집」) 또한 죽음을 비로소 죽게 하는 애도의 방식으로서 충분히 인상적이다.

장곤을 기억하는 동네 사람들과 무진네, 국숫집 모녀, 게스트하우스를 지키는 할머니 등 그들의 태도에서 우리가 느끼는 이 감정의 흐름을 오래 잡아 두거나 확대해야 하는 것은 당연하다. 그들은 분명 낯선 존재들이다. 죽은 사람을 만나고 그들과 대화를 하는 모습도, 그 모습을 보고도 놀라거나 호들갑을 떨지 않는 사람들도 흔하지 않다. 이들의 태도가 산 사람과 산 사람들 사이에서도 번질 수 있고 통할 수 있다면. 그러니까 아직 살아 있는 사람들 사이의 문제에도 통할 수 있다면. 더불어 그 마음은 인간과 함께 살아가고 있는 비인간에게도 닿아야 하는 마음이다. 돌보고 애도하는 저 마음이 필요한 곳이 많고 그 대상으로서 비인간의 범주는 훨씬 다양해져야 할 것이다. 성소수자, 난민, 빈민, 이주노동자의 2세, 가려진 아이들과 특별한 연대로서 관계 맺는 것이 가능한 '존재론적 변형으로서의 비인간-되기'가 지금 우리가 회복하고 훈련해야 하는 마음이다.

인간과 비인간이 함께 새로운 공동체를 만들기 위한 출발점에서 우리에게 필요한 것은 비인간인 그들이 "우리 영혼의 빈터와 같다"[11]는 것을 아는 것이다. 그러나 감각으로 아는 것과 머리로 아는 것의 간극은 굉장히 크다. 머리에서 가슴으로 내려오는 이 먼 여정은 우선 내가 해결해 내야 할 과제가 되었다. 나는 멀리 있지만 이미 저 앞에서 기다리고

---

11 마크 롤랜즈 『철학자와 늑대』, 강수희 옮김, 추수밭 2012, 16면.

있는 비인간-되기의 주술사들이 있으니 지치지 말고 일단 할 수 있는
것부터 하나씩, 그게 뭐든.

또 하나의 실재, 가상 공간의 동화적 상상

새로운 공간의 발명

오랫동안 우리는 중력이 작용하는 물리적 현실 공간과 허구적 상상의 세계 사이에서 탈주를 꿈꾸고 이상을 설계하면서 살아왔다. 이 두 개의 공간을 오가는 것은 여전히 우리의 실재 삶이다. 한정된 영토를 확장하려는 욕망은 영토 분쟁을 불렀지만 그런들 지구 표면이 물리적으로 늘어날 리 없다는 것도 사실이다. 다만 물리적 현실 공간과 신화적 상상의 세계에서 새롭게 우주 공간을 발견한 뒤 그곳을 향해 도달하지 못할 유영을 하고 있을 뿐이다. 가상 공간(cyberspace)은 그 물리적 현실 공간과 허구적 상상의 세계 사이쯤 존재하는 또 하나의 공간이며 이는 인류가 발명한 공간이다. 디지털 테크놀로지가 만든 가상 공간은 세상의 모든 정보가 네트워크로 연결되고 시각화되는 곳으로서 몸으로 직접 접촉할 수는 없어도 실재하는 세상이다.

이제 우리의 실재 삶은 물리적 현실 공간과 가상 공간으로 이원화되었다. 은행에 직접 가지 않고 책상 위 데스크톱 컴퓨터를 통해 금융 업무를 보는 것은 구식이다. 지금은 걸어 다니면서도 상대에게 돈을 보낼 수 있다. 이제 가상 공간은 'PC통신 시대로 시작해 인터넷 네트워크 시대를 거쳐 현재 모바일 네트워크 시대'[1]로 진화하는 중이다.

가볍게 한 손에 들고 사용할 수 있는 스마트폰은 얼마나 대단한 도구인가. 그것은 시간과 장소에 간섭받지 않고도 가상 공간에 접속한다. 게다가 모바일과 각종 기기를 결합해 가상 공간과 물리적 현실 공간의 결합을 시도해 가상 공간의 비현실성을 극복하려는 가상 현실(virtual reality)의 실현은 이미 시도되고 있다.

유발 하라리(Yuval N. Harari)의 말처럼 이 쏟아붓는 방식으로 작동하는 정보의 바다에서 '사람들은 무엇에 집중해야 하는지 모르고 중요하지 않은 쟁점에 대해 조사하고 논쟁하느라 시간을 보내기 일쑤다. 고대에는 데이터에 접근하는 게 힘이었다면 오늘날 힘이 있다는 것은 무엇을 무시해도 되는지 안다는 뜻'[2]이라는 말에 동의할 수밖에 없다. 저 어마어마하게 쏟아지는 세상일 중 무엇에 초점을 맞춰야 할까는 모바일 네트워크 시대의 구성원으로서 자주 부닥치는 문제다.

가상 공간과 아동문학

그렇다면 이 가상 공간과 아동문학은 어떻게 상호작용 하는가.

---

1 김홍열『디지털 시대의 공간과 권력』, 한울아카데미 2013.
2 유발 하라리『호모 데우스』, 김명주 옮김, 김영사 2017, 543면.

2017년 기준 국내 '스마트폰' 보급률은 90퍼센트 안팎이다. 우리 동화에서 자주 시도되는 '우리 반에서 나만 스마트폰이 없다'는 협박은 거의 사실에 가깝다. 게다가 우리는 세계에서도 손꼽히는 스마트폰 개발국이 아닌가. 이렇게 멋진 도구를 생산하는 나라이고 통신망까지 완벽하고 속도 또한 초고속을 자랑하니 이걸 사용하지 않고 이 시대를 견디기는 힘들다. 아이들이라고 다르지 않다. 그들은 당당하게 이 가상 공간의 주민이고 싶으나 불행하게도 이주 허락이 어렵거나 제한적으로만 이주를 허가받는다. 게다가 아이들이 도달할 수 있는 곳이라야 그 넓고 넓은 공간의 일부분일 뿐이다. 그들에게 가상 공간은 아직 미지의 세계이지만, 막든 허락하든 가까운 시간 안에 디지털 대중으로 자리 잡을 가능성이 크다.

다만 가상 공간이 주는 시간의 자유, 공간의 확장이라는 긍정적인 가능성과 함께 이원화된 우리 삶의 중심이 여전히 현실 공간이어야 한다는 사실은 '아직까지는' 명확하다. 우리 아동서사가 다루는 현실 공간과 가상 공간의 소통과 관계에 대한 고민도 여기에 있다.

이 글에서 만나게 될 이야기에서 가상 공간은 학교와 놀이터를 벗어난 도깨비나라(박하익 『도깨비폰을 개통하시겠습니까?』, 창비 2018), 수다를 떨 수 있는 채팅창(송아주 『스마트폰 말고 스케이트보드』, 별숲 2014), 대화창 안의 아이들(김태호 「창 안의 아이들」, 『제후의 선택』, 문학동네 2016), 아니면 시장을 확장한 쇼핑몰(송방순 『내 마음 배송 완료』, 논장 2018)로 구현되었다.

『도깨비폰을 개통하시겠습니까?』는 우연히 도깨비폰을 갖게 된 열두 살 지우가 도깨비나라라는 가상 공간을 드나들며 놀이가 주는 재미에 빠지고 위험에 처한 뒤 이를 해결하는 과정을 다룬 동화다. 현실 공간과 가상 공간을 넘나드는데, 그 경계가 증강현실인지 환상장치인지 모호하다. 그럼에도 이 작품이 가상 공간의 사용자 주체를 고민한다는 지점이 눈길을 끈다.

『스마트폰 말고 스케이트보드』는 아이들의 생활필수품이 된 스마트폰을 둘러싸고 벌어질 법한 사건과 염려가 거의 모두 들어가 있다고 봐도 좋다. 성실하고 참고할 만한 스마트폰 사용 설명서라고도 할 수 있다. 5학년 재민이가 스마트폰이 필요한 이유, 그것이 주는 부작용을 깨달아 나가는 이야기로서 그 대표적인 부작용 사례가 단체 대화방에서 벌어지는 오해와 공개적인 따돌림, 온갖 욕설과 집단 괴롭힘이다. 스마트폰의 폐해와 올바른 사용이라는 목적을 갖고 쓴 이야기처럼 느껴지는지라 사건의 예측 가능함이 문학이 주는 의외의 재미를 이긴 것처럼 보인다.

「창 안의 아이들」은 단편이다. 하지만 이 작은 작품은 현실과 가상을 극적으로 대조시키고 가상의 공간에 사는 아이들의 삶이 헛것일지도 모른다는 충고를 단단히 박아 놓았다. 말을 아끼면서 더 강렬한 말을 하는 단편의 힘을 느낄 수 있다.

『내 마음 배송 완료』는 마법 같은 쇼핑 세계를 보여 주는데, 경고하자면 내용 전개가 다소 당황스러울 수도 있다. 현실 공간의 시장이 확장된 온라인 쇼핑몰은 무엇이든 팔고 사는 가상 공간의 시장이다. 리모컨 하나면 엄마와 자식까지 사고팔 수 있다. 이 이야기는 정신적 허기를 물질로 채우려고 하지만 결코 물질이 마음을 채울 수 없다는 것을 말하고 싶어 한다. 물론 엄마와 딸은 정신을 차리고 화해하니 크게 염려할 필요는 없다.

이들 작품은 물리적 현실 공간이 가상 공간으로 확장하는 이유를 아이들 눈높이에서 살펴보려는 노력의 산물이다. 역설적으로 아이들 눈높이에서 가상 공간과 현실 공간의 관계를 어떻게 설정할 것인가, 무엇을 선택할 것인가에 대한 문학적 주장이다.

가상 공간이 필요한 이유

아이들에게 현실 공간은 자유롭게 활동하고 마음껏 꿈꾸는 곳이어야할 텐데 현실은 그렇지 못하다. 아이들의 현실은 해야 할 일과 하지 말아야 할 일로 빼곡할 뿐이다. 정해진 규율과 시간표대로 움직여야 하는학교와 교실이라는 현실 공간에서 하루의 절반 이상을 지내는 아이들은 곧 폭발할 것 같은 긴장으로 팽팽하다. 그들은 그릇 속에 꾹꾹 눌러담긴 욕망덩어리처럼 뜨겁다.

아이들이 숨 쉴 만한 공간이라야 고작 놀이터나 게임방 정도다. 하지만 학교 끝나고 학원 가기 전이거나 학원 끝나고 집에 가기 전쯤 아주잠깐만 허락되는 놀이터는 그 욕망을 풀어헤치기에 시간은 짧고 공간은 슬플 만큼 단조롭다. 집이라고 다르지 않다. 바깥에서의 활동을 끝내고 돌아온 집은 '문제집 풀고 영어책 읽고 숙제를 해야 하는' 곳이고 이걸 다 해놓고서야 아이들의 길고 고단한 하루가 문을 닫는다. 그래서 그들에게도 새로운 공간이 필요한 것이고 그 문을 열어 주는 게 스마트폰이다.

도깨비폰을 갖기 전 지우가 늘 마음속에 한 가지 갖고 있던 바람은'마음껏 놀고 싶은 것이고 공부니 성적이니 아무것도 생각하지 않고 무언가에 푹 빠져 시간을 보내거나 마음이 통하는 친구들과 신나게 노는것'(『도깨비폰을 개통하시겠습니까?』 16면)이다. 당연히 현실은 지우의 바람을 들어주지 않고 그나마 하루 중 가장 마음 편한 때가 엄마 스마트폰을 사용할 때다. 그것도 엄마가 저녁을 준비하는 잠깐 동안만 허락되는.

그래서 지우는 할 수만 있다면 아예 스마트폰 속으로 들어가고 싶다는 생각을 자주 한다. 그런 지우 눈앞에 리본이 묶인 선물처럼 주인 없는 스마트폰이 마치 '이건 네 거야'라는 듯이 놓여 있었으니 우연이었든 의도적이었든 그걸 제 가방 속에 넣는 것을 멈출 수 없었을 것이다. 지우에게 도착한 도깨비폰은 지우를 도깨비나라로 데려갔다. 이상하고 신기한 일이 벌어지는 도깨비나라 혹은 가상과 현실이 결합된 가상 공간이라는 또 다른 현실 속으로. 도깨비나라는 옛이야기로만 전해졌으므로 믿을 만한 정보는 아니다. 하지만 가짜 정보도 아니다. 도깨비나라라고 이름 붙인 애플리케이션일지도 모른다. 가상 공간은 인간의 상상보다 넓게 확장 가능해 보인다.

5학년 재민이가 자기 반에서 스마트폰이 없는 마지막 두 사람 중 한 명이 될 때까지 스마트폰을 갖지 못한 이유는 빌 게이츠 때문이다. 더 정확하게 말하면 '빌 게이츠의 자녀 교육 십계명 여섯 번째. 신문과 책을 통해 세상 보는 안목과 관심 분야를 넓힌다'(『스마트폰 말고 스케이트보드』 14면)를 자신의 계명으로 삼은 아빠 때문이다. 스마트폰을 살지 말지 결정할 수 있는 사람은 오직 아빠뿐이다. 아빠가 비용을 지불하기 전에 재민이가 스마트폰을 가질 가능성은 없다.

재민이가 스마트폰이 필요한 이유도 모든 아이들이 그렇듯이 그 나름의 이유가 분명하다. 재민이의 사회생활, 즉 친구들과 '소통'하려면 스마트폰이 필요하다. 이제 아이들은 현실 공간인 교실에서 얼굴을 맞대고 김치 냄새, 고기 냄새, 마늘 냄새 풍기며 말하지 않는다. 그건 너무 오래된 습속이고 재미없다. 그러므로 재민이도 늦었지만 아이들과 어울리려면 '까톡'새가 말을 실어 나르는 공간, 가상의 공간에 마련된 '까톡 대화방'으로 가야 한다. 그 방으로 들어가는 도구가 스마트폰이다. 그뿐인가. 이 스마트폰이 열어 주는 게임 세상은 재민이가 '새벽 세 시 사십 분'까지 게임 중독이라는 말을 들어가면서도 멈출 수 없는 재미를 주는 것이다.

모두가 함께 한 공간에 모였을 때 느끼게 되는 소속감은 대화방이 주는 특별한 감정이다. 특히 이 대화방에는 같은 학교가 아니어도 누구든 거기 오기만 하면 함께 놀 수 있다는 게 매력이다. 그의 몸이 어디에 있든 온라인으로 연결되어 있다면 가능하다. 현실 공간에서 사용하는 이름과 별개로 가상 공간에서 따로 사용할 수 있는 이름을 쓴다면 익명성이 보장되기도 한다. 별문제가 없다면 그 손바닥만 한 방이 주는 무한의 공간에서 이야기를 공유하는 게 가능하다. 현실의 교실에서야 목소리 큰 아이의 말만 유통되지만 이 가상의 대화방이라는 공간에서는 문자화된 후에야 말이 완성되므로 큰 목소리에 묻히지 않을 수도 있다. 문자로 하기만 하면 발언권은 평등하다.

재민이가 사진과 이야기를 올리는 '카카오스토리'처럼 이 가상의 공간은 오직 재민이를 위해 사적으로 기능한다. 가상의 공간에 마련된 특별한 장소에서는 일기장이 공개되기도 한다. 기꺼이 대화를 주고받으면서 말이다.

이혼한 엄마로서 밥벌이와 육아에 지쳤으나 여성으로서의 자기정체성을 잃고 싶지 않은 어떤 엄마에게 퇴근 후 접속하는 인터넷 쇼핑몰이나 TV 쇼핑몰은 거의 휴식 같은 시공간이다. 그에게 시장이나 마트에 간다는 것은 또 하나의 노동이다. '가지 않고도' 물건을 사고 게다가 산 물건을 문 앞까지 배송해 주니 들고 와야 하는 여분의 노동도 없다. 시간과 신체행위에서 자유롭고 가장 편한 상태에서 원하는 물건을 살 수 있는 온라인 쇼핑은 더 이상 단순한 장보기가 아니다. 공부에 지친 아이들이 온라인 게임으로 휴식하듯 엄마에게 온라인 쇼핑은 휴식이며 충전이다. 시간과 장소, 흥정과 배송 등 장보기의 노동을 휴식으로 바꿔주는 온라인 쇼핑몰은 엄마의 놀이터와 다름없다.

이렇듯 물리적 현실 공간으로부터 탈주할 수 있는 공간으로의 확장, 놀이터와 시장, 대화 장소의 대체공간, 장소 이동의 자유로움, 평등의 실현, 익명성이 주는 안정감, 육체적인 노동으로부터의 해방, 시간에 얽매이지 않을 수 있다는 점 등 가상 공간의 성격과 특질은 세대를 관통하는 장점이다. 이런 점들 때문에 우리는 손안에 든 세상의 문을 매 순간 두드리고 들어가 둘러보는 것이다. 문제는 손안에 든 세상에 거주하는 시간이 현실 공간의 시간과 다르게 흐른다는 것이다. 현실 공간에서의 시간의 속도와 가상 공간에서의 시간의 체감 속도는 다르다. 그러다 보니 치우치게 되고 이것은 종종 중독이라는 증세로 병증을 확정한다.

중독 혹은 가상 공간의 불완전성

도깨비나라에 드나드는 동안 지우는 몸에 이상 증세가 발생한다는 것을 감지한다. '탄내'로 암시되지만 실제로는 기를 빼앗기고 있었던 것이다. 기를 빼앗기면 도깨비나라에서 놀 만한 사람이 아니다.

"아니, 애든 어른이든 요즘 인간들은 다 마찬가지야. 하루 종일 스마트폰만 붙들고 있지. 자기 혼이 빠져나가도 모른다니까. 생기가 부족해지면 자꾸

딴생각만 하고, 가만히 있지를 못해. 뻔한 생각만 하는 따분한 인간이 되어 가는 거야. 놀 만한 사람 구하기가 점점 어려워지고 있어.” (『도깨비폰을 개통하시겠습니까?』 118면)

물론 이 말을 듣는 지우는 ‘대가 세서’ 도깨비나라에서 환영받는 아이였다. 그런 지우의 몸 상태가 ‘도깨비 보건 기구 9단계’ 중 애초 7단계에서 4단계까지 기가 떨어져 버린 것은 지우가 현실 공간과 가상 공간 사이에서 균형을 잃은 까닭이다.

이 작품이 중독의 무서움을 표현하는 방식으로 내놓는 것은 끊고 싶어도 의지대로 해약할 수도 없는 평생 구매 이용 동의서라는 문서다. 문서의 확정성은 실제로 위협적이다. 우연히 들여놓은 일이 평생의 족쇄가 되어 버린다는 것은 무서운 일이다. 사용자 지우가 도깨비폰과 조금만 멀어지면 바우라는 메신저가 쏜살같이 날아와 도깨비폰을 전해 준다. 우연한 만남, 즐거웠던 추억이 한순간에 공포로 변해 버리는 과정은 자못 긴장감을 불러온다. 협박까지는 아니어도, 가입은 우연히 했을지 몰라도 네가 이 세상에서 나가는 일이 쉽지 않을 거라는 회신은 사용자가 움찔하게 하기에 충분하다.

지우가 이 순간에 떠올린 말은 ‘폐인’이었다. 이 말은 지우의 상태를 완벽하게 표현해 주는 단어였다. 지우는 위험을 느끼고 도망가고 싶은 순간에도 여전히 “눈을 감으면 게임 화면이 아른거리고 정신을 차리고 보면 어느새 도깨비폰을 들고 있었다. 도깨비 소굴에서 도깨비폰을 가지고 노는 꿈을 꿀 정도였다”(161면)로 표현된다.

재민이와 달리 스케이트보드를 타는 친구 정찬이는 스마트폰이 없다. 정찬이는 요즘 아이들 중에서 가장 현실 공간적인 인물이다. 정찬이의 사진을 자신의 카카오스토리에 올린 재민이는 그 사진의 주인이 자신이 아니라는 말을 할 타이밍을 놓쳐 버렸다. 그리고 가상 공간에서 만난 친구의 비밀을 실수로 공개한 탓에 그야말로 끔찍한 '폭탄'을 받는다. 대화방에서 나가면 다시 부르고 욕설 폭탄을 던지고, 나가면 다시 불러 반복하는 일이 벌어진 것이다. 피부에 생채기 하나 나지 않았지만 재민이는 마음 깊이 상처를 받았다. 이런 상황은 충분히 예상된 과정이었다.

「창 안의 아이들」에서는 어떨까. 연수는 차에 치인 고양이를 스마트폰으로 찍어 대화창에 올린다.(사건이 발생하면 우리는 언제부턴가 사진을 먼저 찍는다. 밥을 먹으러 가서도 숟가락을 들기 전에 사진을 먼저 찍은 후에야 먹는다. 먼저 다친 고양이를 살피고 병원에 가는 행동을 하지 않는다. 급하게 숟가락을 들었던 손이 난처하게 허공에서 흔들려 본 사람은 나뿐만이 아닐 것 같다.)

아이들은 119에 신고하라고, 물을 주라고, 이불을 덮어 주라고, 사료를 주라고, 빨간약을 발라 주라고 저마다의 처방전을 열심히 올린다. 구조대가 오기를 기다리는 사이 고양이는 숨을 거두는데 그동안에도 아이들은 조심하라는 둥, 동물병원에 데려다주자는 둥 열심히 떠들어댔다. 이 모든 말들은 대화창 안에서 문자로 떠든 말들이다. 아이들은 저마다의 자리에서 스마트폰으로 연결만 되었을 뿐 아무도 연수가 있는 곳으로 오지 않는다.

아이들은 어떻게 해야 하는지 머리로는 알지만 몸으로 행동하지는 못했던 것이다. 소통의 공간이고 위로와 용기를 주는 공간이면서도 사실 이 가상의 공간에서 오고 가는 말들은 죽어 가는 고양이의 털끝 하나 위로할 수 없는 말들이었던 것이다. 그렇다면 이 아이들은 '창 안'에서 말로만 살고 있는 것이 아닌가.

　아마 중독적인 병증을 가장 극적으로 보여 준 것이 쇼핑몰에 엄마를 팔아 버린 '나'의 행동이 아닐까. 이 계약은 역시 당황스러운데, 구매자가 상품이 마음에 안 들어 반품을 하면 판매자를 대신 상품 시장에 내놓아야 한다. 엄마가 먼저 팔린 뒤 반품되고 '나' 또한 팔렸다 반품되어 돌아온다.

　현실 공간에서도 시장은 인간에게 소용이 있는 것이면 거의 모든 것이 유통되는 장소이기는 하다. 시장의 재미가 그것이다. 노예시장도 있었으니 우리가 사람을 사고팔았던 역사는 자못 오래되었다. 이것은 이미 금지된 행위인 줄 알았으나 인터넷 쇼핑몰에서는 아닌가 보다. 물론 기상천외한 상품이 매매되는 것이 온라인 쇼핑몰의 현실이다. 이 가상의 세계에서는 그야말로 거의 모든 것이 유통된다. 그중 압권이 이 작품처럼 엄마를 팔고 자식을 판다는 상상일 것이다.

　시장은 사람과 사람, 즉 신체와 신체가 대면하는 장소다. 흥정을 한다는 것은 살과 살이 부딪히고 침과 말이 섞이며 더 받고 덜 주기 위해 줄다리기를 한다는 것이다. 그래 봤자 한 줌의 덤이거나 한 푼의 에누리가 다지만 최선을 다해 흥정을 하는 장소가 현실 공간에서의 시장이다. 시장이 온라인 속으로 들어가 형태 없이 사라지자 우리는 물건을 사고파는 사람의 얼굴도 안 볼 수 있거니와 물건이 집 앞에 놓이기까지 아무도 보지 않는 것도 가능하다. 산 물건을 되돌리는 것도 쉬워서 물건을 살 때 신중하게 고민할 필요도 없다. 편리함이 지워 버린 것은 결과적으로 사람이다.

주체적인 사용자라는 출구전략

가상 공간은 소셜미디어를 이용한 개별적이면서 새로운 공간 재현과 함께 VR을 통한 가시적 공간의 창출[3]로 지금보다 더 확장될 것이란 예측은 합리적이다. 유발 하라리는 그 가상 공간에서 사피엔스는 급기야 칩의 역할을 할 것이라고 했는데 그 말도 설득력이 있다. 물론 이것은 아주 먼 이야기이니 가능하면 더 먼 미래의 일로 미뤄 두기 위해 노력할 일이다.

그렇다면 우리는 어떻게 가상 공간에서 주체적인 사용자로서 우리 자리를 확보할 수 있나.

도깨비폰을 사용하다 혼쭐이 난 지우가 택한 것은 도깨비나라에 사는 도깨비들의 이름을 인간의 이름으로 바꿔 주는 '인간 작명소'라는 앱을 만드는 것이다. 주목할 것은 지우가 만든 이 앱은 무료라 도깨비들이 했던 것처럼 그들의 기(氣)를 지불하지 않는다. 받은 만큼 돌려준다는 것이 아니라 함께 공존해야 할 친구로서 그들을 받아들인다는 것은 도깨비들에게 없는 인간적인 발상이 아닌가. 지우가 말했듯이 이 세상은 파헤치고 싶은 비밀과 신비함으로 가득 차 있기 때문이다. 이 세상은 도깨비들의 나라이면서 디지털 가상 공간의 세계이기도 하다.

가상 공간의 현실에서 유용하게 쓰일 앱을 만든다는 것은 현재로서는 가장 주체적인 사용자가 되는 길이다. 아직은 겨우 잃어버린 기운을 회복하는 정도지만 현실 공간과 가상 공간으로 이원화된 삶을 살 수밖에 없는 우리는 조금 더 적극적일 필요가 있다. 이것이 지우가 현실과

---

3 노기영·이준복 『뉴미디어와 공간의 전환』, 한울 2017.

가상의 세계에서 균형을 잡는 길이다.

『도깨비폰을 개통하시겠습니까?』가 밝혔듯이 도깨비를 만든 것은 대장장이고 대장장이가 다루던 쇠에서 튄 불꽃에서 도깨비가 태어났다. 이 말은 스마트폰을 만든 주체가 누구인가 분명하게 인식하자는 요구처럼 들린다. 물건을 만든 생산 주체가 대상에게 먹혀 버리는 일은 바람직하지도 않을뿐더러 불행하다. 칩이 될지도 모른다는 경계의 마음을 품고, 어떻게 하면 가상 공간의 생산자 주체가 되는지를 묻는 일이 지금 우리에게 닥친 현실이다.

진짜 알리(스케이트보드 기술) 사진을 올리기 위해 다치고 넘어지면서 스케이트보드를 배우기로 결정한 재민의 결정도 기특하다. 가상 공간을 버리는 일이 아니라 현실의 확장인 가상의 개인적 공간을 자기만의 사건으로 채우기 위해 재민이가 선택한 일이다. 재민이의 선택은 생산자 주체가 되기 위해 선택한 일로서 매우 바람직하다.

자신의 내면의 상처를 인정하고 돌보면서 마음의 허기를 채우기로 한 쇼핑 중독 엄마의 선택도 용기와 결단이 필요하다. 그런 엄마가 '나'에겐 유일한 엄마라는 '나'의 깨달음은 엄마의 회복을 돕는 든든한 응원이 될 것이다.

창(대화창) 안의 아이들이 저마다의 처방전으로 시끄러울 때 강미는 방을 나갔다. 그리고 고양이가 쓰러져 있다는 현장에 직접 왔다. 강미는 가상 공간에서 현실 공간으로 나왔다. 연수도 마찬가지다. 먼저 쥐고 있던 휴대전화를 주머니 속에 '넣고' 떨고 있는 고양이 몸 위에 손을 올리고야 '손바닥에 말랑함과 가느다란 뼈'를 느낀다. 그러고 나서야 연수는 죽어 가는 고양이의 체온을 느낄 수 있었다. 가상 공간에서 떠들어 댔던 염려와 걱정에는 실감이 빠져 있다. 육체를 만졌을 때만 느낄 수 있는 말랑함, 가느다란 뼈, 식어 가는 체온, 빈 공기를 머금은 입을 볼 수 있다. 창 안에서의 염려와 걱정은 연수를 진정시킬 수 없다. 강미가 가상의 방에서 현실의 골목으로 직접 왔을 때에야 연수와 강미는 고양이의 임종을 지킬 수 있었다.

이 글에서 살펴본 작품들은 현실 공간과 가상 공간으로 이원화된 우리 삶을 다룬다. 가상 공간이 주는 재미와 또 다른 가능성에도 불구하고 우리는 여전히 선택의 문 앞에 서 있다. 중요한 것은 현실 공간과 가상 공간의 조화로운 균형과 적절한 소통이다. 현실 공간을 꾸려 가는 신체의 주인으로서, 또한 가상 공간을 채우는 생산자 주체로서 우리는 끊임없이 고민할 수밖에 없다. 아이들이 가상 공간으로 이주하는 것을 늦출 수는 있겠으나 그들은 곧 가상 공간의 대중이 될 것이다. 그러나 현실 공간의 삶이 우리의 실재라는 것은 명확한 사실이다. 현실 공간의 이쪽에 스마트폰을 쥐고 있는 내가 있고 저쪽에는 나와 같은 자세로 당신이 있다. 나와 당신은 곧 아이들과 아이들이다. 그 사이에 가상 공간은 존재한다. 부인할 수 없는 또 하나의 공간으로 인정하는 일을 막을 수도 없다.

우리의 문학적 상상이 가상 공간에 더 머물 필요가 있다면 현실 공간처럼 가상 공간에서도 아이들의 공간이 부족하다는 점에 주목해야 할 것이다. 가상 공간으로의 탈주와 탐험 혹은 여행이 중독이라는 협박을 받는 무기력한 소비자가 아니라 어엿한 생산자 주체가 되는 일을 상상하자.

소재를 넘어 이야기로

아동청소년 문학상 수상작에 나타난 소재주의

갸우뚱 시작한 걸음

신뢰하는 출판사가 운영하는 문학상 수상작은 치열한 심사를 거쳐 최고이거나 최선이라는 인정을 받았다는 증거이다. 그런 만큼 수상작에 대한 선택의 망설임은 줄었지만 기대에 응답해야 하는 부담을 안고 있는 것이 문학상 수상작이기도 하다. 독자 중에는 수상자 못지않은 간절함으로 문학상에 함께 응모했던 동료도 있어서 수상작은 응모자들 스스로 자신의 작품 수준을 가늠해 볼 수 있는 기준이다. 충분히 납득할 만한 작품이어야 하는 이유다. 신춘문예와 달리 출판사에서 운영하는 문학상 제도는 신인과 기성을 엄격히 구분하지 않는다. 가능성보다 새로움과 문학적 완성도에 방점을 두겠다는 것이다. 발표지면은 적고, 원고료는 턱없이 싸거나 아예 없는 현실에서 출판사가 내건 문학상은 등단과 명예의 기쁨을 안겨 주고 생활인으로서 숨 돌릴 수 있는 틈이 되어 주었다.

독자인 우리가 할 수 있는 일은 수상작이 그 상의 무게를 견디는가, 문학으로 독자의 마음을 사로잡았는가, 그렇지 않고 호객을 위한 겉모습 즉 소재에 머문 건 아닌가 묻는 것이다. 이러한 질문을 갖고 2016년을 기준으로 창비, 문학동네, 비룡소, 사계절, 한우리에서 주관하는 문학상을 받고 출간된 작품을 읽는다. 의문의 이쪽에 머문 작품의 한계는 의문의 문턱을 넘은 작품을 통해 증명될 것이다. 어쨌든 갸우뚱하게 시작한 걸음이다.

인용과 창작

박주혜의 『변신돼지』(제6회 비룡소문학상 수상작, 2017), 장수민의 『헛다리 너 형사』(제21회 창비 '좋은 어린이책' 원고 공모 수상작, 2017), 차영아의 『쿵푸 아니고 똥푸』(제17회 문학동네어린이문학상 수상작, 2017)는 낮은 학년 어린이를 대상으로 한 작품이다. 그림책 독자에서 읽기책 독자로 넘어온 아이들은 단순명료하고 의심하지 않는 습성대로 그 모든 비인간 존재들과 금방 친구가 된다. 변신 이야기와 일상의 매직이 유용한 이유다.

박주혜의 『변신돼지』는 어쩐 일인지 입양하는 동물이 돼지로 변신하는 이야기다. 복 씨 성 때문에 생긴 안 좋은 추억과 뚱뚱한 몸 때문에 돼지와 친할 수 없는 엄마가 찬이와 아빠의 끈질긴 노력, 세 차례의 입양, 변신, 파양을 겪으며 돼지라도 괜찮다고 마음을 고쳐먹자 변신돼지 세 마리와 찬이네 가족이 한 가족으로 완성되고, 나아가 그토록 싫어하던 돼지들을 위해 더 넓은 집으로 이사를 가는 것으로 끝난다. 그러니까 변신하는 돼지의 목적은 엄마를 변신시키는 것이었다. 물론 돼지에 대한 엄마의 내적 변화가 아니라 "삼 세 번이면 진짜 하늘의 뜻이겠지?"(56면)라는 운명론적 순응이다.

왜 돼지로 변신하는지, 돼지라는 부정성에 맞설 돼지의 긍정성이 무엇인지 알 수 없는 상태에서 독자는 "마법에 걸린 변신 돼지들은 마법에서 풀려나는 방법을 알아내지 못해 돼지로 계속 살아야 했다. 어찌 보면 당연한 일이었다. 이건 동화가 아니라 현실이었으니까"(74면)라는 다소 충격적인 주장을 받아들여야 했다.

변신 이야기가 흥미로운 이유는 변신이 가져다주는 충격과 그로 인해 되돌아보는 현실의 어떤 면이다. 토끼가 돼지로 변신했다는 상황이 엄마로 하여금 돼지(흉한 것, 혐오스러운 것, 싫은 것)도 "계속 보고 있으니까 예쁘고 자꾸 정이 든"(56면)다는 것을 깨닫게 하려는 의도였더라도 이야기가 흥미롭지 않다. 그뿐만 아니라 엄마의 시선을 그릇된 것으로 판단(돼지를 싫어하는 시선을 바로잡아야 하나), 이를 바로잡고자 강아지와 햄스터, 토끼를 돼지로 변신시킨다는 것은 반려동물의 도구적 사용일 뿐이다. 그리하여 돼지로 변신한 동물과 인간이 함께 사니 행복한 가족이 완성되었다는 주장은 행복하지 않다. 인과적 연결 과정이 모호한 채 변신 소동만으로 강요한 메시지여서 남은 건 원래대로 돌아갈 수 없는 변신돼지(원래 토끼였고 강아지였고 햄스터였던)뿐이다.

『헛다리 너 형사』역시 소동으로 끝나 버린 범죄 추적물이다. 의인동화답게 동물 외적 형상은 담아냈지만 말하려는 이야기는 사람 이야기 이상의 상상으로 날아가지 못했다. 헛다리 형사의 성실한 추적, 의도하지 않은 결과, 결국 듣게 되리라 예상했던 결말에 의외성은 없었다.

하루라도 딸기를 먹지 않으면 견딜 수가 없게 된 딸기밭 쥐들 때문에 벌어진 사건들은 "미오가 오 기자한테 전설의 여우 빗 이야기를 하는 걸 우연히 들었어. 그냥 호기심에 한 번 빗어 보고 돌려줄 생각이었어. 그런데 떠세 냉장고에 있는 딸기 케이크가 너무 먹고 싶었어. 떠세는 오래된 물건을 좋아하잖아. 그래서 여우 빗과 딸기 케이크를 바꾼 거야"(76면, 강조는 인용자)에서 보듯 인과적 연결이 우연적이며 느슨하다.

전설의 여우 빗은 미오를 뺀 다른 동물들에겐 그저 장식품이거나 더 좋은 것으로 바꿀 수 있는 재화일 뿐이다. 필요가 가치를 만든다는 의미는 중요해 보이지만 너 형사가 헛다리라는 불명예를 씻기 위해 킹왕짱 딸기 도둑을 잡는 추적의 과정, 즉 재미가 더 중요해 보인다.

동물들의 도시임에도 그 작동원리가 인간 사회와 다르지 않다는 것도 심심하지만, 반칙을 하려고 했던 미오를 위해 여우 빗은 '두 동강' 나야 하고 타고난 저마다의 개성이 아름답다고 이야기하는 가르침은 다분히 교육적이다. 결국 이것은 동물 이야기가 아니라 사람 이야기였다.

『변신돼지』와 『헛다리 너 형사』는 변신 모티프와 형사 추리물이라는 흥미로운 형식을 선택했다. 반려동물은 우리 시대 이야기가 발견한 타자이고 의인동화는 유구한 문학 전통이다. 변신과 형사 이야기로 호기심 자극에 성공한 듯 보이지만 시간이 지난 후에도 기억의 한 부분을 차지할 수 있는 씨앗을 품고 있다고 말할 수 있을까? 변신 이야기나 추리물이 아니라 변신 이야기를 통한 그 무엇, 추리물을 이용하며 들려주려는 이야기가 잡히지 않고, 소재에 머물러서 아쉬운 것이다.

그렇기에 『쿵푸 아니고 똥푸』가 소재의 문턱을 넘어 새로운 경험을 가능케 하는 지점이 소중하다. 여기에 실린 단편 「쿵푸 아니고 똥푸」 「오, 미지의 택배」 「라면 한 줄」은 각각 일상의 매직, 반려동물, 동물이 주인공인 이야기다. 흔하고 익숙한 소재를 다루었지만 일상 속 사건의 문학적 변주의 가능성을 훌륭하게 보여 주었다.

　실수로 똥을 싸고, 반려견과 이별하고, 생존을 위해 목숨을 거는 일을 형상화하기 위해 이 작품들은 판타지, 꿈, 의인화 장치를 선택했다. 그 결과 똥푸맨의 판타지는 불가능의 가능을 경험케 하고 미지의 꿈은 치유의 방법으로 선택되며 생쥐 '라면 한 줄'과 고양이의 의인화는 사람이 아닌 동물 세계의 소통 장면을 열어 보인다.

　여기까지의 다소 낯익은 음계를 한두 음 올리는 것은 문자를 읽지 않고 말을 듣는 것 같은 발랄한 대사와 청각적 언어, 상상과 이해의 범주 안에서 널뛰기하는 귀여운 과장과 허풍, 허를 찌르는 행위의 표현이다. 그중에서도 압권은 철학적 깊이 혹은 작가의 세계관을 가늠케 하는 문장들이다. 그들로 인해 얇디얇은 단편이 겹으로 깊어지고 풍요로워진다.

　TV방송물 속 번개맨 말투를 빼다 박은 것이 걸리고 다분히 교육적 요소가 섞여 있는 쿵푸 이야기가 불만이지만 '산다는 건 백만 사천이백팔십아홉 가지의 멋진 일을 만나게 된다는 뜻이에요. 때로 멋진 일은 너무나 슬픈 날 찾아온답니다. 벌떡 일어나 뛰쳐나가……지 못하고, 어기적어기적, 문도 탄이의 입도 꽉 닫혀 버린 거죠. 멸치, 돼지, 두부, 깻잎이여! 당신의 몸과 마음을 나에게 다 주었으니 나는 힘을 낼 거야. 산다는 건 똥싸개가 된 날 똥푸맨을 만나게 되는 것'(「쿵푸 아니고 똥푸」)이라거나 '언제부터 어른인 걸까? 자기 앞으로 온 택배 상자를 받게 된다면! 바로 그때부터가 어른인 거라고. 4월 3일 수요일에 미지는 어른이 됐다. 사람들에겐 누구나 자기만의 눈물단추가 있는 법이다. 갓 태어난 미지는 집이 낯설어서 낮이고 밤이고 많이 울었다. 월요일엔 사랑스럽고, 수요일엔 아름답고, 금요일엔 귀엽고, 주말엔 똑똑한. (죽은 봉자가 다시

태어난 그 모든 것들일 수 있기에 그 모든 것들을 향해) 사랑해. 학교에
도 사랑해야 할 게 많이 있었다'(「오, 미지의 택배」), '쪼르르의 거리, 환상
적으로 쉰 김밥의 냄새, 힘이 나는 맛, 사랑이 항상 이긴다'(「라면 한 줄」)
라는 표현은 눈에 띈다. 낮은 학년 어린이를 대상으로 하는 작품이지만
산다는 것, 어른이 된다는 것, 사랑의 힘 같은 삶의 본질을 향해 있다는
것이 기껍고 그것을 어렵지 않게 표현해 내는 언어가 반갑다. 해피엔딩
이 어설프지 않고 치유의 가능성이 독자에게 전해지고 연대가 억지스
럽지 않은 것은 문장의 힘이다. 문장은 깊은 사유에서 시작되는 것이고
비로소 문장으로 드러나는 것은 오랜 글쓰기 연습의 결과이리라.

'유년의 목소리를 인용하는 것이 아니라 만들어 내는 것'이 작가라는
심사평은 정확하고, 저 유년의 자리에 아동청소년문학 전반이 포함된
다. 그러니까 소재에 머물고 말았다는 것은 도식적 인용에 그치고 말았
다는 것이다. 그것은 결코 감동적일 수 없다.

좋은 질문의 힘

제5회 한우리문학상을 받은 오혜원의 『블랙리스트: 사라지는 아이들
의 비밀』(2016), 제21회 창비 '좋은 어린이책' 원고 공모 수상작인 정제
광의 『햇빛마을 아파트 동물원』(2017), 제17회 문학동네어린이문학상을
받은 김태호의 『제후의 선택』(2016)은 각자 서술 방법은 달리하지만 오
늘날 아이들의 현실에 대해 질문한다. 알다시피 문학은 질문의 형식이
고 좋은 질문은 그 자체로 훌륭한 문학이 된다.

SF 작품인 『블랙리스트』는 악의적 비밀을 알게 된 아이들이 엄마와

선한 경찰 아저씨의 도움으로 사라진 아이들을 구하는 이야기다. 로봇, 과학화된 미래 사회, 통제 사회 같은 SF적 설정은 새롭다 말하기 어렵다. 이 작품은 사춘기적 방황을 버리고 상위 1퍼센트가 되는 백신이 있다면 어떻게 할 것인가를 묻고 답한다. 아이들은 아이들대로 "그래도 영재만 된다면 하고 싶어"와 "미쳤어? 하면 안 돼"(125면) 사이에서, 그리고 엄마들은 엄마들대로 "사춘기가 뭐죠? 성장하는 과정의 일부에요. 싸우고 화해하는 게 아이들이 자라는 방식이에요"와 "몸과 마음이 난폭한 호르몬에 휘둘려도 내버려 두자는 이야기예요?"(162~63면) 사이에서 갑론을박한다. 답이 예상된 이 질문은 역시 '호르몬이 왕성한 사춘기 A급들'의 반항을 지키기로 한다. 선택이 예상되고 독자를 고민하게 하지 않는 질문이 좋은 질문일 수는 없다.

『햇빛마을 아파트 동물원』에서 한두 종의 반려동물이 아니라 자기만의 동물원을 꿈꾸고 그걸 실천하기 위해 돈을 버는 일의 가능성을 묻는 질문은 제법 신선하다. 물론 돈을 벌어 원하는 동물을 사고 아파트를 동물원으로 만들겠다는 계획은 실패로 돌아갈 것이다. 그걸 알면서도 독자가 미오를 지켜보는 이유는 미오의 행위가 보여 줄 실패였다. 최선을 다한 실패가 주는 감동은 성공만큼 매력적이며, 삶은 크고 작은 실패를 딛고 다시 시작하는 여정이다. 반려동물 유기를 놓고 토론을 벌이면서 이야기가 기우뚱하더니 동물 자체가 아니라 비싸고 귀한 동물 애호로 주제가 변질되면서 급격히 흥미가 떨어졌다. 또한 동물원을 없앨 것인가, 유지할 것인가라는 질문도 대안 부재와 현실적 한계가 명확한 질문이다.

미오가 동물원에 집착하고 동물 가족을 모으는 것은 경제적 곤란으로 흩어진 가족이 한데 모이기를 바라는 미오의 무의식으로 비치는데,

이 점은 어떤가. 이렇게 되면 소년의 건강한 실패담이 아니라 동물을 통해 상처를 치유한다는 이야기가 되는 것이다. 전자는 없던 것이지만 후자는 익숙하다. 전자 또한 비싸고 귀한 동물 애호로 어긋나기 시작하면서 고급 취향이 경제 논리로 좌절되는 이야기로 비쳤지만 말이다.

그렇다면 존재에 대한 신화적 탐구라 할 만한 김태호의 단편집 『제후의 선택』은 어떤가. 인간 중심적인 과학의 눈으로 볼 때, 연애하는 개(「우리! 사랑하게 해 주세요」), 사람과 동거하는 모기(「나목이」), 말하는 나리꽃(「나리꽃은 지지 않는다」), 간을 갈구하는 용왕(「남주부전」), 사람으로 변신하는 쥐(「제후의 선택」)는 어불성설이다.

신화의 눈은 존재를 바라보는 또 하나의 방식이어서 개나 모기, 꽃으로 범주화하지 않는다. 연애하는 개와 사람과 동거하는 모기, 말하는 나리꽃으로 구체화된 대상은 과학이 가려놓은 또 다른 세계를 보여 준다. 김태호의 작가적 능력과 세계관은 소재를 넘어 이 신화적 세계의 드러냄에 있고 이는 확실히 문제적이다. 신화의 눈으로 세계를 바라보고 있지만 그가 묻고 있는 것은 삶의 리얼리티, 모든 존재가 존재해야 할 이유가 있지 않는가이다. 나아가 인간이 모든 존재에게 위협의 근원이 아닌가라는 의문, 인간의 맹독성·폭력성·이기심은 인간이 다른 종에게 해를 끼치는 것에 그치지 않고 인간 자신에게도 가해지므로 더 위험하지 않은가라는 질문은 심상치 않다.

그러나 그는 끝내 인간을 포기하지 않는다. "사실, 아토인은 당신들과 함께 사는 것은 원하지 않지만, 지구인이 또 다른 행성을 찾아 헤매다 우주에서 사라져 가는 것은 더더욱 원치 않습니다. 이 넓은 우주에 지구인이 존재해야 할 이유가 분명히 있을 테니까요"(「꽃지뢰」 157면)라는 말에는 단단한 질문의 뼈가 들어 있다.

물론 주제의식의 과잉은 자칫 교육의 길로 들어설 수 있어 아슬아슬하다. 그의 작품에서 느끼는 불편함의 근원도 여기에 있을 것이다. 무용한 것이 문학의 쓰임(김현)이라고 한다면 과한 주제의식이 책 읽는 과정 자체의 즐거움을 방해할 수도 있기 때문이다.

권위에 대하여: 스토리킹 단상

2016년 현재 네 번째 수상작을 낸 비룡소 스토리킹 문학상은 여전히 뜨거운 감자다. 스토리킹이 모험, 판타지, SF, 호러, 프린세스 스토리 등 재미있는 이야기로만 독자를 확보하겠다는 전략은 파격이었다. 문학이 주는 재미는 주관적이고 다양할 텐데 스토리킹이 어렵고 재미없는 문학을 놓아 버리고 오로지 재미로만 독자 대중을 확보하겠다는 선언은 당황스러웠다. 곧 출판사의 기획에 따른 상업적 전략이라는 비판이 뒤따랐다.

스토리킹을 둘러싼 크고 작은 감정의 소용돌이에는 작가들의 고민도 섞여 있다. 심사에 결정적인 영향을 주는 특정 100명의 독자를 향해 글을 써야 하나, 아니면 불특정 다수, 어쩌면 단 한 사람일 수 있는 독자를 두고 글을 써야 하나를 두고 생겨난 일종의 방황이다.

그렇지만 어린이가 이야기의 최종 수신자로서의 권위를 가졌다는 것, 그러나 그동안 그들에게 충분한 선택권이 없었다는 것, 그러므로 심사권을 실질적인 독자층인 어린이 100명에게 맡기겠다는 스토리킹의 시도는 충분히 타당하다.

결국 이런 우려와 참견, 비판과 방황을 잠재우는 건 오로지 작품뿐이다. 하지만 지금까지 나온 수상 작품을 보면 어린이 독자를 언제까지 신뢰할 것인가 고민스러운 것도 사실이다.

지금까지 네 번의 수상작을 낸 스토리킹은 1회는 추리(허교범 『스무고개 탐정과 마술사』), 2회는 무협(천효정 『건방이의 건방진 수련기』), 3회는 방귀 소동(김지영 『쥐포 스타일』), 4회는 SF(서진 『아토믹스: 지구를 지키는 소년』)다. 심사에 참여한 어린이 심사단이 이들 작품에 보낸 찬사는 대단했다. 이들 작품의 운명도 긍정적이어서 『스무고개 탐정과 마술사』 『건방이의 건방진 수련기』 『아토믹스』는 현재(2017)까지 시리즈로 출간되며 열렬한 지지자들을 만나고 있다.

누가 뭐래도 이 작품들을 어린이 독자들이 좋아한다는 것은 강력한 보호막이다. 이런저런 사설을 덧붙여 봐야 이게 아이들이 원하는 거라는 데야 더 할 말이 없다. 많은 작품들이 초판 1쇄를 찍은 뒤에 2쇄를 기약할 수 없는 현실에서 다음 이야기를 기다리는 독자가 있다니!

그러나 정말로 이대로 괜찮은가. 일회성 공모전에 응모한 작품 한 편이 완성작이어야 하는 건 기본인데 이 기본은 제대로 평가를 받았는가. 어설픈 추리, 게임 같은 무협판타지, 냉장고 문을 열고 코끼리를 넣고 문을 닫는 식의 무책임한 방귀 농담 등은 이야기로서 가치가 있는가.

2016년 수상작 『아토믹스』는 원전 폭발, 부산이라는 지명으로 시의성과 구체성을 확보했다. 원전 폭발로 폐허가 된 마을은 SF 장르에서는 익숙한 설정이지만 최근 일본 후쿠시마 원전 폭발과 경주 지진 등의 경험이 주는 현재성은 신선하다. 여기에 소년 영웅 이야기와 시그마워터라는 불가능한 환상이 재미를 더한다. 하지만 결론적으로 이 작품은 미완이다.

이 작품은 유전자 변형으로 등장한 괴수는 인간의 적이며 가해자인가

(주인공 태평이의 아버지는 괴수를 피해 생물이라고 부르면서 질문을 던지는데 물론 태평이가 이 질문을 오래 사유하지는 않는다), 아픈 손녀를 위해 불의를 저지르는 김 박사의 이기심과 아들을 위하는 엄마 아빠의 가족주의, 국가를 위해 아이들을 소모품으로 쓰고 버리는 국가주의는 정당한가(이 질문의 과정을 거쳐 가족주의와 국가주의를 넘어서는 진정한 초능력의 의미에 대해 비로소 첫발을 내딛는 것)를 묻는다.

그런데 후속 작품을 생각한 듯 의문만 남겨 둔 채 끝났다. 아토믹스로 활동하다 사라진 아이들은 어떻게 되었으며, 태평이의 정체는 무엇이며, 시그마워터를 둘러싸고 벌어지는 암투는 어떻게 되었으며 새롬이는 원폭 피해자가 맞는지, 혜미가 알고 있는 것은 무엇인지, 해양 생물은 괴수인지, 피해 생물인지 등등 작품의 완성도 측면에서 해결해야 할 문제들을 이렇게 많이 남겨 둔 채 작품은 끝나 버렸다. 편집자 최도연의 지적대로 이를 누군가 열린 결말이라고 한다면 열린 결말에 대해 잘못 아는 것이다(『창비어린이』 2016년 겨울호 서평 참조).

스토리킹 문학상에 대한 걱정과 불만이 있는 것은 분명하고, 그 원인은 '오로지 재미'에 스토리킹의 방점이 찍혀 있다는 거다. 대체 재미라는 것의 정체가 뭔가. 네 편의 스토리킹 수상작을 통해 볼 때 어린이들이 느끼는 재미와 작가 혹은 어른 독자가 느끼는 재미의 차이란 결국 문학적 완성도로 보인다. 눈길을 끌 만한 재미난 소재로 심사단 마음을 사로잡은 뒤 문학적 진실을 포기하는 것처럼 보이는 게 과연 올바른가.

무엇보다 판타지, SF, 추리는 그렇게 호락호락한 장르가 아니다. 철학적 사유와 그것을 담아낼 섬세하고 풍부한 문장이 없으면 그저 형식 흉내에 그칠 뿐이다. 이것은 스토리킹 공모에 응모할 작가들이 극복해야 할 과제다. 심사단 역시 그런 작품을 가려내야 한다. 자기갱신으로 극복하지 못하고 이미 나왔던 작품들의 재생산에 그치는 건 모두에게 해롭다.

'어린이다운 열정'의 정체는 '믿고 의지할 수 있는 진실이 감추어져 있는 작품을 찾아낼 수 있는 힘'이 아닐까(릴리언 H. 스미스 『아동문학론』, 교학연구사 1998). 이 힘이 어른들로로부터 『로빈슨 크루소』『돈키호테』『걸리버 여행기』 같은 작품을 빼앗아 왔다(폴 아자르 『책·어린이·어른』, 시공주니어 2001). 아동기는 짧기 때문에 재미만 있거나 평범한 작품을 읽을 시간이 없다.

증상과 상상

손원평의 『아몬드』(제10회 창비청소년문학상 수상작, 2017)에서 가장 강렬한 장면은 한 남자가 벌이는 무차별 증오 범죄 재현이다. 망치로 때려 살해하고 자살하는 장면 건너에 냉면집 출입문, 즉 유리 칸막이를 사이에 두고 감정표현불능증을 타고난 윤재가 있다. 엄마와 할머니가 가격당하는 장면을 고요하게 바라보는 윤재의 증상은 충격적이다.

윤재의 정반대 쪽에 미아-입양-파양을 거치며 일찌감치 소년 범죄자가 된 곤이 있다. 누군가의 아들이었을 때 이수였으나 스스로 곤이 되는 순간 감정통제불능이 된 인물이다. 곤은 사실은 몹시 섬세한 감정의 소유자였다.

두 인물이 부딪히며 만들어 내는 파열음은 매력적이다. 선천적인 감정표현불능증 윤재와 후천적인 감정통제불능증 곤, 누가 더 위험할까. 학교(사회)는 둘 다 위험하다며 배제하고 이 위험한 두 존재가 서로에게 조금씩 마음을 열어 가고 독자의 마음도 함께 쫄깃해지려는 찰나, 어쩌나. 작가는 우정이 아니라 사랑을 선택하며 도라를 등장시켰다. 그리고 이야기는 급격하게 평범해지고 말았다. 의식불명이었던 엄마가 건강하게 되돌아옴으로써 냉정함을 탕진해 버렸다. 이렇게 되자 사랑을 강조하려는 극적인 소재로서 감정표현불능증이라는 병증을 가져온 것이 되었다. 감정통제불능인 곤도 마찬가지다. 곤은 우정을 이기는 사랑의 힘을 증명하기 위한 도구처럼 되어 버렸다.

소재가 주었던 신선함에 비해 사랑의 실험은 낯익고 주변 인물들의 사연도 몹시 익숙하다. 가난한 예술가를 사랑한 엄마, 일에 바빠 정작 자신의 아내의 심장을 고치지 못해 그 충격으로 의사를 그만둔 심장외과 의사, 전문직에 종사하며 각자의 일에 바쁜 교수 아빠와 기자 엄마, 그들의 뒤늦은 후회 같은 것은 너무 흔하다.

그러나 이 작품을 끝까지 읽게 하는 문장은 소중하다. "영원히 죽지 않는 커다란 떡갈나무 같았다"(40면)라는 할멈에 대한 묘사, "수백 개의 작은 얼음 조각이 바닥에 흩어지는 것 같"(170면)다고 묘사한 도라의 웃음, 도라를 처음 마주치는 장면 묘사는 문학이 언어예술이라는 것을 실감케 한다. 공들여 만든 대사도 섬세하게 살펴볼 일이다. 장면 전환과 함께 등장인물을 소개하는 작가의 기술적 표현도 인상적이다. 하지만 「작가의 말」을 읽으며 의도를 파악하는 것이 아니라 작품이 말했어야 했다는 아쉬움이 있다.

감정 소거든 감정 과잉이든 극단적인 성격의 위험성, 묻지 마 증오범죄를 벌인 사내나 곤에게 윤재를 죽이라는 의미로 칼을 내민 철사의 잔인함, 곤에게 그냥 누명을 씌우고 타인의 곤란을 즐기는 아이의 놀이에서 우리가 느끼는 감정은 불안이고 어쩌면 악의 분위기다. 정체가 없는 데다 느닷없이 드러나는 것이기에 두려운 것이다. 그러나 『아몬드』는 꽤 의미 있어 보이는 이 이야기에 집중하지는 않는다.

악마가 있다면 소녀의 얼굴로 등장할 거라고 상상하는 것이 박하령의 『반드시 다시 돌아온다』(제10회 블루픽션상 수상작, 비룡소 2017)이다. 악마가 악마에게 보내는 지질한 연애편지를 주운 열일곱 하돈. 정신의 허기를 채우기 위해 게임을 하다가 수련악마가 귀환할 때 필요한 주문이 적혀 있는 편지를 읽고 머리에 입력한 인물이라는 초반 설정이 관심을 끈다. 이 악마의 주문이 필요하다고 도움을 청해 오는 진유가 등장하면서 악마는 뒷전에 물러나고 하돈의 진유 돕기로 서사가 변하기 전까지만. 진유 엄마와 진유가 성적을 두고 펼치는 공방전은 역시나 익숙한 장면. 한때 유혹에 흔들렸지만, 악마의 주문은 올바로 쓰일 것이고 살면서 우리가 처하게 되는 선택의 순간이란 악마가 발을 거는 순간이라는 말을 남기며 악마 아낙스도 제자리로 돌아간다. 반드시 다시 돌아온다는 말을 잊지 않고.

악마의 발 걸기란 사실 신의 농담, 우발적인 마주침, 일상의 매직 같은 다른 언어 방식으로 수시로 번역된 소재다. 그런데 콕 집어 악마였는데 결과적으로 악마여야 할 이유가 모호하다. 악마의 발 걸기로 넘어진 것은 누구인가. 하돈의 게임 중독, 진유의 강요된 미국 유학, 은비의 자퇴가 굳이 넘어진 것인가. 악마에 대한 우리의 관습적 이해, 선입견을 깨고 있다면 그것이 새로운 악마 형상으로 드러나야 하는 게 옳다. 다만 소녀의 모습으로 등장해 그저 악마의 주문을 사용하는 것에 간섭하는 일이 악마의 새로움이라고 말할 수는 없다.

악마성은 인간성의 맞짝으로 사유해야 할 그 무엇이다. 『아몬드』에서 묻지 마 살인을 자행한 사내의 행동 그 어딘가에, 동생뻘 되는 곤에게 친구를 해칠 칼을 내미는 철사의 행동 어딘가에 있을 그 무엇, 그 순간 그들은 악마이며 그들이 보인 행위가 악마성이다. 이것은 윤재에게도 있고 곤에게도 있으며 심지어 도라에게도 있다. 언제든 일상의 삶을 급습해 회복할 수 없을 만큼 망가뜨리고 사라지는 그 어떤 것이 악마성이다. 그것이 있어 인간성이라는 소중한 가치를 다시 생각해 보게 되는 것이다.

그러한 악마성에 대한 선입견을 허물겠다는 것이 『반드시 다시 돌아온다』가 집중하고자 했던 주제였다 해도 이 과제가 해결된 것은 아니다. 선생님 같은 말을 하는 소녀 악마 아낙스가 상징하는 것이 악마의 새로움도 아니다. 이 작품이 집중하고 있는 악마의 구체적 실체가 무언지 몰라 생긴 허전함은 '엄마는 더 이상 내게 야심을 품지 않게 될 수 있지 않을까?'에 들어간 '야심'이라는 말, '음전한' '는적는적' '발작하는 날라리 차림' '매력이 퐁퐁' '샐샐거리는 미소' '농밀' '요염'같이 적절치 않은 표현으로 문장은 위태롭고 작품도 흔들린다.

이 두 작품이 특수한 개인이거나 판타지적 소재로 이 시대 청소년들의 현실과 거리를 두었다면 우광훈의 『나의 슈퍼히어로 뽑기맨』(제7회 문학동네청소년문학상 수상작, 2017)과 탁경은의 『싸이퍼』(제14회 사계절문학상 수상작, 2016)는 현실 밀착형 소설이다. 뽑기와 힙합은 이 시대를 대표하는 문화 현상이고 순발력 있게 소화하지 않으면 시대의 한 증상을 놓치고 말 것이다.

『나의 슈퍼히어로 뽑기맨』은 실직 가장의 일탈을 중학생 딸의 눈으로 조명했다. 나날이 진화하는 아빠의 뽑기술은 영역 확장으로 이어지며 뽑기라는 한 세계를 재현했다. 업계의 전설을 미스터리하게 배치하는 것은 독자의 관심을 붙잡는 잔기술이다. 아빠와 딸이 공모해 벌이는 이 모든 것을 인내를 갖고 지켜보는 엄마, 게다가 장갑을 내밀며 남편이자 아빠의 긴 일탈을 믿고 기다리는 엄마는 감동적이기까지 하다. 긴 휴식 같은 일탈을 끝내고 다시 건강한 가장으로 복귀하는 과정은 당연한 것이다. 이 작품에는 악다구니 치는 갈등도 긴장도 없다. 뽑기계의 전설과 어릴 적 친구인 떡볶이집 할머니 사이를 오가는 감정은 간지럽고 시종 가벼운 말과 즐거운 농담이 분위기를 유쾌하게 만들었다.

놀랄 만한 것은 대구 어느 동네의 재현이다. 대충 얼버무린 동네가 아니라 사실적인 공간 재현이다. 작가의 체험담을 그대로 작품화한 것처럼 느껴지는 후기도 이 작품의 사실성을 거든다. 그러니까 이게 정말 한 집안 가장이 실제 체험했다는 것, 뽑기계의 이런저런 이야기들이 사실이라는 것, 뽑기가 단순한 운이나 들어간 돈에 따르는 것이 아니라 엄연한 기술이라는 수다가 신뢰를 얻는 것이다. 오락일지언정 거기 집중할 때 느껴지는 몰입도 뜻밖의 풍경이다. 이렇게 매끄럽게 가족 서사를 완성했는데 나는 왜 의심스러운가.

청소년의 갈등이나 그들의 혼란에는 관심이 없어 보인다는 것도 있지만 가장 큰 원인은 독자가 작품에 개입할 여지가 없다는 거다. 모든 게 완벽하게 마무리되었고 작품 속 가족들은 갈등 없이 안전하게 복귀한다. 여기에 독자들의 갑론을박은 소용이 없다. 현실적 소재를 선점해서 빼어난 글솜씨와 유머로 완성해 낸 작품인데 독자에게 아무 말도 하지 않는다는 것. 독자와 대화하지 않는 작품, 독자를 구경꾼으로만 세워둔 작품, 현란한 뽑기 기술로 기계 속 상품을 뽑아내는 걸 보듯 작품도 보기만 하라고 하는 작품, 내 의심의 정체는 이것이다. 그가 이 구역(청소년소설이라는)을 접수하고 다른 구역으로 홀연 사라질 것 같은 이 기분이 전혀 근거 없는 것이기를.

그들만의 영역에는 그들만의 언어가 있다. 야구, 농구, 바둑, 게임, 뽑기, 비보잉 등을 작품화할 때 종종 빠지는 늪이 이들만의 언어를 일반화시키는 것, 즉 작품 속에 자연스럽게 녹여 이것을 모르는 독자가 거부감없이 그 영역을 받아들이게 하는 것이다. 능숙하지 않으면 사용설명서처럼 되어 버려 문학의 재미를 반감시킬 것이 분명하다. 어렵지만 포기할 수 없는 것은 그 영역에서만 가능한 이야기가 있기 때문이다. 비보잉을 다룬『몽구스 크루』(신여랑, 사계절 2006)의 계보를 잇는 작품이『싸이퍼』다. 힙합이라는 소재는 호기심을 자극하지만 읽기도 전에 예상되는 그림을 과연 새롭게 재구성하는가가 관건이다. 비슷한 전작을 답습하지 않고 처음인 듯 새 목소리로.

『싸이퍼』에는 두 개의 목소리가 서사를 이끈다. 래퍼를 꿈꾸는 고등학생 도건과 이미 래퍼지만 아직 유명해지기 전인 정혁. 정혁은 오토바이 배달 아르바이트를 하는 아마추어 래퍼다. 인상적인 실험은 도건의 랩이다. 도건이 맡은 서사를 랩으로 구현하는 건 당연한 선택이고 효과적인 실천이었다.

누군가의 최선을 다한 고군분투는 충분히 감동적이다. 이 작품의 생명력도 최선을 다해 열중하는 도건과 정혁의 힙합 사랑이다. 또 힙합을 소재로 했지만 힙합에만 머물지 않는 보편적 진리로 감상의 폭을 넓혔다. 그들만의 영역이고 그들만의 소통처럼 보이지만 독자는 구경꾼으로 감상만 하지 않고 도건과 정혁의 경험을 나의 경험으로 간접 체험하는 것이다.

도건과 정혁을 비롯해 이야기 속 인물들은 잘하는 것과 좋아하는 것 사이에서 갈등하고 의심하고 질문하고 부딪히며 끝내 선택한다. 그리고 각자의 삶을 통해 얻은 경험을 나누며 각자의 선택을 실천한다. 힙합을 좋아했으나 지금은 다른 길을 걷고 있는 정혁의 선배 엑스는 "세상엔 좋아하는 걸 기어이 해야 하는 사람도 있지만, 그냥 잘하는 걸 하면서 사는 게 더 나은 사람도 있는 거"라고 말하고 "이 길을 포기해야 하는 이유는 수백 가지가 넘었다. 그러나 이 길을 꼭 가야만 하는 이유는 단 하나였다. 가슴이 뜨거워지는 순간을 늘리고 싶다는 것. 하지만 뭔가를 뜨겁게 사랑하는 것과 행복을 느끼는 것은 다른 문제였다"(89~90면)라고 생각한다.

끊임없이 묻고 시도하고 실패하면서 자연스럽게 생기는 것이 질문이고 이 질문들이 작품과 독자를 대화하게 한다. 잘하는 것과 좋아하는 것 사이에서 무엇을 선택하든, 아니면 전혀 다른 길을 선택하든 그것이 최선이지 않은가라는 질문은 작품을 넘어 독자에게도 유효하다. 누군가의 선택을 함부로 지적하지 않는 것이 무관심이 아니라 존중으로 다가온다는 것도 이 작품의 미덕이다. 늘 성적 때문에 가슴을 조였다 풀었다 하는 도건의 친구 지욱 같은 인물을 우리는 쉽게 타율적이거나 이기적인 인물, 점수의 노예로 보았다. 그런데 "내가 원하는 건 공부를 해야 얻을 수 있는 일이니까. 네가 경멸하는 성적이 내겐 기쁨이라고. 무슨 뜻인지 알겠어?"(200면)라는 지욱의 말은 상식을 흔드는 말이어서 눈길이 머문다.

이 작품 속 인물들은 세상의 모든 존재들이 그 나름의 삶에 충실하고자 최선을 다하고 있다고 최선을 다해 말하고 있다. 그래서 그들은 "너나 소울리버처럼 목숨 걸고 힙합판에 남는 것과 비교할 수 없겠지만 우리도 계속 힙합을 사랑하기로 했어. 퇴근길에 랩을 듣고 가끔은 라임도 만들고, 닭을 튀기다가 랩을 흥얼거리는 자신을 마주쳐도 미워하지 않기"(159면)가 가능해졌다. 비난이나 비판이 아니라 인정과 존중으로 각자가 선택한 삶을 힘껏 응원해 주는 것이야말로 친구와 친구가, 부모와 자식이, 이웃과 이웃이 나눌 수 있는 최선이라고 말하고 있다.

정혁과 도건이 더 훌륭한 래퍼가 되기 위해 들이는 노력은 작품의 핵심이다. 핵심을 놓치지 않으면서도 작품이 전하려는 말, 최선에 대한 저 말은 소재를 넘어 폭넓은 공감을 획득한다. 우리가 선택할 수 있는 것은 다만 최선일 뿐이라며, 그것이야말로 삶의 본질일 수 있다는 것에 동의하기 때문이다.

소재가 소재로만 다뤄지지 않고 소재 너머의 이야기를 하기 위한 통로가 되는 것은, 삶을 대하는 인식의 깊이와 태도로 가능할 것이다. 증상을 넘어 상상이다.

우리 모두의 최선과 열중

문학상은 신뢰하는 출판사가 만들고 역시 신뢰받는 심사위원들이 예심과 본심, 최종심을 거치며 끝내 발견한 작품에 보내는 박수와 응원이다. 어떤 문학상은 하얗게 막막한 컴퓨터 화면 앞에서 시린 눈을 비벼 가며 한 글자, 한 문장 만들어 내야 하는 고독한 작가들을 견디게 했을 것이다. 초고밀도의 간절함들이 모일 수밖에 없다. 수상작에 아낌없이 박수만 보낼 수 없는 것도 선택받지 못한 간절함들 때문이다. 수상작이 박수받을 만한 작품이어야 하는 까닭도 그것이다. 상을 받은 작품은 출판사의 영업 이익을 위해 독자 대중의 입맛에 맞춘 것인가 의심을 받지 않아야 한다. 심사를 둘러싼 추문으로 시끄럽지 않아야 하며 문학의 고고한 허울을 벗되 이야기의 권위를 내려놓지 말아야 한다. 상을 받지 못한 작가와 작품을 위로하고 도전에 실패한 그들을 다시 문학 앞에 앉게 해야 한다. 대중의 눈길만 끄는 것이 아니라 마음과 정신까지 사로잡아야 한다. 문학상을 받은 작품이 그런 권위를 가졌으면 좋겠다. 그래서 손바닥이 뜨겁도록 박수를 보낼 수 있기를.

이 글은 모종의 의심에서 시작됐다. 문학상을 받은 작품들 중에 자극적인 소재로 독자의 관심을 끌어 출판사의 영업 이익을 올리는 작품들이 있지 않은가. 아동청소년 독자 대중이 원한다는 재미란 대중성으로 위장한 상업성 아닌가. 대중성(상업성이기도 한)을 선택함으로써 문학성을 잃어버린 것은 아닌가. 이런 의심과 소란이 없던 때가 있었나. 흔들리며 왔고 흔들리며 갈 것이다. 작가, 작품, 독자(어린이청소년 독자, 어른 독자, 사서, 교사), 출판사, 잡지, 책방의 최선이 있고 제 몫의 열중이 있다. 우리가 할 수 있는 건 다시 그것뿐이다.

아동청소년문학의 '신스틸러'를 위하여

모퉁이 앞에서

아동청소년문학은 어디까지나 아동과 청소년 '그들이 사는 세상'에 관한 이야기이므로 그들이 서사의 주연을 맡는 것은 자연스럽다. 어른들은 방해꾼과 조력자 그 대강의 범주 안에서 다양하게 변주되며 어렵사리 캐스팅되고 있는데, 가까운 미래에 그 역할이 크게 달라질 것 같지는 않다.

아동청소년문학 작품에서 대면하는 어른들은 전통적으로 부모, 교사가 우세했다. 노인도 오랫동안 호명된 인물이었으나 최근에는 아동과 같은 의미에서 소외되고 힘없는 존재로 등장하며 부모, 교사와 삼각편대를 이루는 형국이다.

이 글에서는 아동청소년문학에 등장하는 어른 일반 중에서 특히 '교사(선생님)'에 동그라미를 치고 들여다보려고 한다. 교사 역을 맡았던 몇몇 인물들이 떠오른다. 그들은 몹시 인상적이었는데 영화 「굿 윌 헌팅」(1998)의 아픔 많기로는 주인공 윌 못지않은 숀 맥과이어 선생님이기도 하고, 『프린들 주세요』(앤드루 클레먼츠, 사계절 2001)에서 국어 선생님 역을 맡아 고집스럽고 진지하게 최선을 다했던 그레인저 선생님이기도 하며, 『조커, 학교 가기 싫을 때 쓰는 카드』(수지 모건스턴, 문학과지성사 2000)에서 "마치 쌓아 놓은 장작더미 같"은 몸으로 깜찍한 선물 보따리를 풀어놓았던 위베르 노엘 선생님이기도 하다.

이들을 떠올리는 것 자체만으로도 흐뭇한 것은 그들의 역할이 그만큼 강렬했기 때문일 것이다. 이들은 아동청소년문학 속의 세상에서 별 인기 없어 보이는 선생님 역을 맡았으나 의외의 활약을 펼쳐 보였다. 그들이 있어 영화와 이야기의 서사는 흥미와 재미, 감동의 기운으로 깊고 풍요로웠다. 그들은 매력 충만한 '신스틸러'(scene stealer)였다. 세상 이곳저곳을 향해 나아가기 위해 우리는 무수히 많은 모퉁이와 마주쳐야 한다. 문학과 영화라는 허구 세계 속 가상의 인물이었지만 그들은 감동과 위안을 주었다. 이제 우리는 우리 아동청소년문학 속에 등장한 선생님들을 만나러 갈 텐데, 키가 작고 수염이 하얀 선생님이 알사탕을 흔들며 저기 모퉁이 앞에 서 있다.

반성을 넘어 몸의 동일시

나이는 대략 백오십 살, 이름은 송언, 별명은 털보, 때로는 빗자루. 아이들하고 걸핏하면 말싸움하고 지지 않으려고 용을 쓰지만 사과해야 할 땐 망설임 없다. 벌줄 땐 얄짤없지만 서랍 속에는 늘 알사탕, 막대 사탕이 있어 적절한 타이밍에 꺼내 아이들 마음을 단박에 사로잡는다. 아이들은 당연히 그의 매력에 흠뻑 빠져 헤어 나오지 않기로 했으므로 그는 흥미롭고 특별하다.

시간 차를 두고 발표된 『멋지다 썩은 떡』(문학동네 2007), 『잘한다 오광명』(문학동네 2008), 『딱 걸렸다 임진수』(문학동네 2011)는 2학년 3반 이야기 연작이다. 말썽으로 치자면 오광명이 금메달이요, 임진수가 은메달이다. 썩은 떡은 이슬비라는 고운 이름 대신 얻은 별명이니 썩은 떡 또한 만만치 않은 인물이다.

이 세 연작 말고도 『축 졸업 송언초등학교』(웅진주니어 2010), 『김 배불뚝이의 모험 1~5』(웅진주니어 2012)에 등장하는 아이들은 송언의 실재 제자들이다. 실재의 아이들은 송언 특유의 간결하고 직접적이되 발랄한 언어를 통과하면서 이야기 속 인물이 되었다.

작품 속 송언 선생님은 가끔 공부 좀 하라고 타이르고, 책도 좀 읽으라고 권하며, 싸움을 조정하고 그것이 어려우면 학급 재판을 통해 문제를 해결하는 약간은 지혜롭고 많은 부분 아이들 편이다. 이 송언 선생님이 가장 팽팽하게 살아나는 순간은 아이들과 투숏(two shot)을 찍을 때다. 교사와 학생이라는 위계질서를 지우고, 표상이 아니라 자기 욕망에 충실한 어린 사람과 어른 사람의 관계로 대등하게 서사를 이끌어 간다. 둘의 관계에는 교사의 권위가 끼어들 틈이 없다. 아이를 바라보는 관점 혹은 세계관의 문제일 텐데 송언 작품 속 아이들은 자연현상 그 자체처럼 등장한다. 선생님은 어른의 잣대 혹은 교사의 책임과 권위로 가지치기를 하지 않는 것으로 그들의 자연스러움을 돌보되 길들이려는 실수를 반성하고 자제한다.

가령 이런 식이다. 비타 삼백을 환장하게 좋아하는 김 배불뚝이와 빗자루 선생님의 티격태격 학교 일상을 다룬 『김 배불뚝이의 모험』의 한 장면이다.

"저요, 내일부터 학교에 안 올 거예요."

빗자루 선생님이 대뜸 반겼다.

"배불뚝이가 학교에 안 오면 좋지. 네가 얼마나 말썽을 부리는데. 배불뚝이 없으면 교실이 조용해서 공부가 잘될 거야. 훌륭한 결심을 했구나. 배불뚝이야, 내일부터 학교 오지 마라."

김 배불뚝이가 씩씩대며 따졌다.

(…)

"배불뚝이야, 내일부터 진짜 학교에 안 올 거지?"

김 배불뚝이는 시무룩한 표정으로 고개를 끄덕끄덕했다. 빗자루 선생님도 끄덕끄덕 고갯짓을 했다. 그러고는 상자 안에서 비타 삼백을 하나 꺼냈다. 빗자루 선생님은 우두둑 소리가 나도록 비타 삼백 뚜껑을 비틀어 땄다.

(…)

비타 삼백이 김 배불뚝이 목구멍으로 절반쯤 넘어갔을 때, 빗자루 선생님은 잽싸게 병 주둥이를 밖으로 빼냈다. 김 배불뚝이는 빗자루 선생님의 재빠른 동작에, 그만 입을 딱 벌리고, 허수아비처럼 헛헛하게 서 있었다. 빗자루 선생님이 서둘러 비타 삼백 뚜껑을 닫으며 말했다.

"배불뚝이야, 내일 정말 학교에 안 올 거야? 비타 삼백이 반이나 남았는데?"

김 배불뚝이 얼굴에 환하게 웃음이 번졌다. (『김 배불뚝이의 모험 1』 33~38면)

이 장면 앞에는 제법 긴 사건이 연속되었으나 꼬리를 물고 펼쳐지는 사건은 요약이 어려울 정도다. 중요한 것은 빗자루 선생님이 김 배불뚝이의 놀이를 저지하지 않는다는 것이다. 독자가 먼저 지칠 만큼 빗자루 선생님은 김 배불뚝이가 펼쳐 보이는 놀이에 기꺼이 동참한다.

죽은 비둘기를 공처럼 던지며 장난을 치는 금메달 오광명, 이에 못지 않은 은메달 임진수, 어디로 튈지 모르고 제멋대로인 김 배불뚝이, 6년 내내 송언 선생님을 거의 집착에 가깝게 쫓아다니는 승민이(『축 졸업 송언초등학교』)는 작가 송언의 작품이 아닌 다른 작품 속 인물이었다면 문제아였거나 따돌림당했거나 치료를 권유받을 만한 아이들이다. 그러나 송언 작품 속 빗자루 선생님이나 털보 선생님, 송언 선생님은 아예 이 아이들에게 무슨 문제가 있다는 생각조차 없다. 송언 작품 속 선생님이 아이들을 바라보고 인식하는 태도, 그 무한한 인정과 이해는 가르치는 사람＝교사라기보다는 보호하고 돌보는 사람＝보모로서의 역할에 더 가까워 보인다.

가르치는 일 및 교사의 책무는 즐거움과 지적 엄격성을 동시에 가져 야한다고 생각한 파울루 프레이리(Paulo Freire)에게, 온정주의적 보살 핌은 세계를 읽고 탐험해야 하는 배움의 과정을 이끌어 갈 전문가로서 의 교사의 역할을 축소하는 일이다.[1] 그럼에도 불구하고 송언이며 빗자 루이고 털보 선생님이 매력적인 '신스틸러'이자 독보적인 투톱 체제가 흔들리지는 않는다.

한편 황선미의 『나쁜 어린이표』(웅진주니어 1999), 『일기 감추는 날』(웅 진주니어 2003) 등에 이어 김해등의 『일기 몬스터』(주니어김영사 2015), 박효 미의 『고맙습니다 별』(한겨레아이들 2016) 등에 등장하는 선생님들은 '반 성하는 선생님'이었다.

---

1 파울로 프레이리 『프레이리의 교사론: 기꺼이 가르치려는 이들에게 보내는 편지』, 교육문화연구회 옮김, 아침이슬 2000, 44~48면 참조.

아이들 마음을 충분히 이해하지 못했다는 점, 어른인 선생님도 실수를 했다는 점을 인정하는 것으로 선생님의 '권위'가 아이들의 '권리'에 사과하는 데 우리 동화는 꽤 오랫동안 집중해 왔다. 가족 안에서의 권력 구도가 아버지를 정점으로 펼쳐진다면 학교에서 아버지를 대신하는 인물이 선생님이다. 가족 밖 아버지인 선생님을 반성하고 사과하는 인물로 그리는 것은 의미 있는 전복이었으며 이러한 시도는 지속될 수밖에 없는 문학적 주제다.

『일기 몬스터』에는 선생님이 전면에 등장하지 않는다. 많은 작가들이 의도적으로 선생님을 드러내지 않거나 '출석 체크 하는 선생님 1' 정도의 역할만 주려고 '노력'하지만 주인공 동구가 '살다 살다 칭찬'을 받으려고 일기 과외까지 받아야 하는 상황의 배후는 어김없이 선생님이다. 이 작품에서도 일기를 써야 하는 당위에 대해 꽤 많은 이야기를 하고 있으나 강제와 평가를 거부하는 대리물로 등장한 일기 몬스터의 습격은 선생님을 반성하게 만든다.

이 작품이 희미하게 달리 보이는 지점은 교사로서 자기가 옳다고 생각한 일기 쓰기에 대한 소신을 지키려고 노력한다는 점이다. 아직까지도 일기 쓰기와 검사가 작품의 소재가 되는 것이 다소 피곤하지만 '교사로서의 자기 확신'은 조금 더 다룰 필요가 있다. 실수하고 반성하는 선생님이 아니라 파울루 프레이리가 주장하는 가르치는 일의 가치와 중요성에 대해 전문성을 갖춘 선생님의 모습도 우리는 보고 싶다. 『일기 몬스터』에서는 충분하지 않았지만, 교사로서의 자기 확신에 찬 선생님 캐릭터는 개발할 여지가 있다.

아이들을 통해 반성하고 깨달음을 얻는 기존의 선생님 캐릭터와 다른 인물로 이용포의 『풍선 바이러스』(사계절 2016)에 등장하는 왕대포 선생님은 어떨까.

이 작품에는 교사와 학생의 대립 구조에 교장이라는 교직 사회의 상징적 권력이 개입한다. 교장의 등장으로 펼쳐진 교장 – 교사 – 학생의 삼각관계는 조력자와 대립자라는 단선적인 교사 역할에 몇 가지 가능성을 열어 놓는 시도였다. 저학년 동화에서는 아이들과 선생님의 일대일 관계가 주된 관심사였다. 이 작품에서는 교장이 적극적으로 개입함으로써 아이와 교사의 관계를 새롭게 설정하도록 만들었다. 선생님은 아이들에게 가장 강력한 권위자였지만 교직사회 구성원이기도 하다.

이 작품에서 '왕대포 샘'은 아이들과 동일한 존재이면서 아이들을 통제하고 교사를 억압하는 더 큰 권위자인 교장에 맞서는 인물이다. 교장에게 풍선 바이러스는 몹쓸 병이지만 그 자신도 이미 이 병에 걸린 왕대포 샘의 말은 전혀 다르다.

"걱정할 거 없어. 풍선 바이러스는 나쁜 게 아니야. 상상력이 뛰어난 작가, 화가, 과학자 중에 이 바이러스에 걸려 보지 않은 사람은 없을걸?"

"우리 아빠가 그러는데 풍선 바이러스는 정신병이라고 하던걸요."

정호가 말했다.

"그렇지 않아. 정신병과는 완전히 다른 거야. 옛날에는 풍선 바이러스에 걸린 사람을 정신 병원에 넣었지. 하지만 다 옛날 일이야. 멀쩡한 사람을 마녀로 몰아 화형에 처하던 옛날 얘기라고. 그러니까 안심해. 풍선 바이러스는 무서운 질병이 아니야." (44면)

그러나 현실은 왕대포 샘이 자신의 교육철학을 학교 현장에서 펼칠 수 없는 상황으로 닫혀 간다. 새로운 교육 방법을 학교 현장에서 실험하고 실천하려는 선생님들의 모험이 여전히 거부당하는 현실의 반영인 듯해 씁쓸하기만 하다. 기성세대의 고리타분한 상상력은 교단의 젊은 선생님과 아이들의 배움을 가로막는 막막함이다. 그런 기성세대의 상징인 교장 선생님을 지구 밖으로 날려 버리는 상황 연출은 어쩔 수 없이 통쾌하다. 이야기는 교장 선생님도 왕대포 샘도 아이들도 학교도 교실도 모두 제자리로 돌아오는 것으로 끝나는데, 그와 더불어 아이들과 왕대포 샘의 '창문 닫아!' 놀이도 계속된다는 엔딩은 행복하다.

왕대포 샘 또한 풍선 바이러스에 감염되었다는 것은 아이들 마음을 이해하는 선생님을 넘어 그들의 몸까지도 같다는 동일시다. 아이들을 이해하는 것을 넘어 풍선 바이러스에 걸려 있는 어른이라는 정체성, 인간적인 동일시는 즐거운 상상이다. 더불어 교사로서의 자기 역할에 대한 확신이 강한 선생님 캐릭터는 좀 더 강조할 필요가 있다.

누군가의 삶을 뒤흔들 수 있는

저학년 동화에는 제법 비중 있게 캐스팅되던 선생님이 고학년 동화에서는 잊힌 인물이 된 것 같다. 그나마 선생님이 호출되는 경우란 학교 폭력, 교실 내 따돌림, 도난 및 분실 등 문제 상황이 벌어졌을 때다. 이런 상황에서 우리 선생님들은 프레이리의 말처럼 "권위주의적인 학교 행정 아래서 착실한 양육자가 될 것인가 민주적인 학교 아래서 저항하는 교사가 될 것인가 사이에서 갈팡질팡하고 있"[2]는 것처럼 다가온다.

---

2 같은 책 48면.

6학년 때부터 중학생이 되는 시기까지 꽤 긴 서사적 시간을 시점 화자를 바꾸며 한 사건을 다른 시각으로 다루고 있는 허은순의 『6학년 1반 구덕천』(현암사 2008)에는 자못 인상적인 두 명의 선생님이 등장한다. 이들은 여러 작품에서 변주되는 선생님 캐릭터의 원형쯤 된다.

함 선생님은 착실하다 못해 그악스럽게 학교 행정의 집행인이 되는 인물이다. 그가 학교 폭력 가해자 낙인이 찍힌 주명이에게 가하는 언어적·물리적 폭력의 난타는 가히 가해자 교사의 전형이다. 이해와 상상이 필요 없는 날것 그대로의 사디스트적 '악(惡)'의 실체가 함 선생님이다. 그 반대편에 어정쩡하게 주명이를 바라보고 소극적으로 주명이를 변호하면서 조금씩 변화해 가는 유 선생님이 있다.

주명이는 '벌거벗겨진' 인물이다. 함 선생님 같은 집행인에게는 교화의 대상이므로 주명이의 신체나 인격은 함 선생님의 언어와 물리적 폭력에 무참히 부서진다. 이 압도적 기세에 눌린 유순해 선생님은 이름처럼 무기력하다. 그녀는 이성을 상실한 양육자인 함 선생님에게 저항하는 교사로서의 자신의 역할에 맞는 대립각을 세우지 못한다.

이 답답하고 숨 막히는 긴 이야기에서 주명이는 학교를 거부하는 것으로 출구 방향을 잡고 학교를 떠났으므로 유 선생님은 실패했다. 그렇지만 우리가 할 수 있는 일이란 실패를 딛고 다시 일어서는 것이다. 그것이 남은 자의 몫이기에(이야기는 불확실하게 끝이 났지만) 사표를 낸(교장 선생님은 사표를 수리하지 않았으므로) 유 선생님이 다시 학교로 돌아갈 것이라고 기대하는 것이다.

우리 아동청소년문학의 장에서 선생님들이 맡은 역할은 『6학년 1반 구덕천』에 등장하는 함 선생님들이거나 유순해 선생님들이다. 작가의 관심 정도에 따라, 작품의 기여도에 따라 이 선생님들은 집행인과 저항하는 교사 사이에서 어정쩡하게 등장하고 사라졌다. 상상의 여지가 없는 인물이어서인지, 아니면 고의적인 제외인지, 소품처럼 소비하는 것으로 그들의 권위에 저항하려는 것인지 작가들의 심중을 헤아릴 수는 없다. 하지만 고학년 동화에서 선생님이라는 인물이 매력적으로 활용되지 않는 것은 확실하다.

'이미 학교 현장에서 권위와 힘의 상징인 선생님을 작품에까지 등장시키고 싶지 않다. 선생님을 그리더라도 일부러 위악적으로 그린다'는 말을 한 사람은 현직 교사인 동화작가였다. 그 말을 들으면서 고개를 끄덕였던 것은 선생님이라는 권위가 그만큼 강력하게 아동을 억압해 봤다는 걸 인정할 수밖에 없었기 때문이다. 아울러 기성의 권위를 해체해 보고 맞서 보고 비웃거나 무시해 보는 경험, 그 상상적 경험을 제공하는 것이 문학이고 그런 전복이 아동문학의 힘이라는 생각도 자연스럽게 떠올랐다.

일제강점기 억압을 피해 일본으로 건너간 조선인 청년들의 삶을 조명한 김소연의 『야만의 거리』(창비 2014)에 이런 대목이 눈에 띈다. 서당을 없애고 근대식 학교를 지어 주었던 것은 제국의 신민을 양성하려는 일본의 의도된 기획이었다는 것을 보여 주는 장면이다. 반 배정을 마친 일본인 교장이 늘어놓는 연설은 이렇다.

"조선인 역시 천황 폐하를 모시는 신민과 다름없이 교육하라는 천황 폐하의 황공하옵신 칙어에 따라 너희에게 교과서와 학습 도구를 무상으로 배분하겠다. 여기 모인 제군들이 천황 폐하의 하늘 같은 은공에 보답하는 길은 오로지 학문과 교칙을 익혀 일본제국의 신민으로서 그 소임을 다하는 것뿐이다."(47면)

이 조선의 아이들이 일제강점 말기에 학도병으로 징집되는 역사적 사실을 우리는 알고 있다. 앞의 인용문에서 주목할 것은 우리나라 학교의 기원이다. 식민지 시대에는 제국의 신민으로 교화되고, 전쟁 이후에는 미래의 산업역군으로 훈련받고, 자본주의 시대에는 자본을 떠받치는 부품으로 길러지는 이 이상한 고리가 재현되는 곳이 학교라는 것이다. 미래를 긍정과 희망으로 바라보지 못하는 교육 현실, 그 장소인 학교, 구성원인 학생과 선생님을 새롭게 상상하는 것은 여전히 필요하다.

"우리는 민주적 교육을 시행하고 있는가? 민주적 교육은커녕, 가르침이라는 지적 영역의 가치를 폄하시키면서 교사를 교묘하게 길들이는 식민 교육의 전형"[3]이라는 말은 1990년대 미국의 교육 현실을 꼬집은 말이었다. 이 말은 2010년대 우리 교육 현실에도 적용될 말이다. '가르침이라는 지적 영역의 가치'라는 아름다운 문장의 의미를 문학으로 형상화할 수는 없을까. 그 일의 가치를 가장 잘 아는 사람이 선생님들이고 그러므로 그들의 역할을 더 많이 연구하고 발견하고 창조해야 하지 않을까.

학교라는 공간은 학생과 교사에게 동등하게 제공된 장소이므로 선생님도 주목받을 권리가 있다. 예를 들면 진형민의 『소리 질러, 운동장』(창비 2015)에서처럼 늘 아이들 가까이에 있으나 보이지도, 참견하지도 않다가 아이들이 찾을 때면 언제고 신기하게 대답하는 할머니 교장 선생님은 어떤가. 그는 전작 『기호 3번 안석뿡』(창비 2013)에서는 시장통 아이들의 전교 회장 선거 출마를 방해하는 듯한 담임선생님과 달리 '안석

3 노암 촘스키 『실패한 교육과 거짓말』, 강주헌 옮김, 아침이슬 2001, 16면에 실린 도날드 마세도의 서문 참조.

뽕'을 알게 모르게 돕는 역할로 교감 선생님을 활용한 적이 있다.

학교 야구부와 막야구부 아이들이 운동장 사용권을 놓고 벌이는 소유권 분쟁을 다룬 『소리 질러, 운동장』에서 합리적인 결정을 내리는 데 결정적인 역할을 하는 인물이 교장 선생님이다. 작품을 읽지 않으면 혹시 학교 사회의 최고 권력의 핵심인 교장 선생님이 권력을 행사한 것은 아닌가 의심할 수도 있다. 권력을 행사하기는 하되 야구부 감독님이 그야말로 감독의 권위, 어른의 권력을 행사하려고 할 때 그 부당한 힘의 행사를 저지하는 데 사용한다는 것이 다르다. 필요한 일이 생기면 '어디선가 나타나 따따따따 잔소리를 하는' 교장 선생님은 때로는 감독님의 선생님이 되기도 한다.

"교장 선생님, 제가 여쭤볼 말이 있는데요."

(…)

"저어, 어른이 한 입으로 두말하는 것에 대해 어떻게 생각하세요?"

감독님은 잔뜩 풀 죽은 목소리로 물었다.

"세상에서 제일 비겁한 일이지요."

교장 선생님이 단칼에 무 자르듯 딱 부러지게 답했다.

"하지만 도저히 어쩔 수 없는 경우도 있지 않을까요? 내 욕심을 채우기 위해서가 아니라 우리 학교를 위해서, 아니 우리나라를 위해서 어쩔 수 없이 그래야 하는 경우 말입니다."

"아니지요. 진정한 어른이라면, 도저히 어쩔 수 없는 경우에도 자기가 한 말에 대해 책임지는 모습을 보여 줘야지요."

"역시…… 그래야겠지요?"

"그럼요. 눈앞의 상황에 따라 이랬다저랬다 말을 바꾸고 약속을 어기는

행동은 배운 것 없는 시정잡배들이나 하는 짓 아닙니까?" (119~20면)

　이런 발언을 책임과 의무, 권한의 정점에 있는 사람이 했을 때 우리의 마음이 일렁이는 이유는 그 말을 한 사람이 갖는 무게감 때문이다. 물론 교장 선생님 말에 감독님이 새사람이 되지는 않는다. 운동장 사용권 문제는 교장 선생님에 의해서가 아니라 아이들이 자기들의 규칙과 약속에 따라 불완전하지만 또 조금씩 해결해 간다. 아이들은 교장 선생님이나 교감 선생님에게 자신들도 모르는 사이 영향을 받고 도움을 받았다는 사실을 눈치채지 못한다.

　진형민 작품 속의 교장 선생님과 교감 선생님은 드러나지 않은 채 아이들을 돕고 학교를 돕고 동료 교사를 돕는다. 작가가 교장 선생님이나 교감 선생님을 활용하는 방식을 보면서 힘을 가진 자가 그 힘을 바르게 쓰는 일에 대해 생각하게 된다. 최고 권한을 가진 사람들의 정의롭지 못한 말과 행동은 파괴적이고 폭력적이다. 그 막강한 권한을 진형민 작품 속의 교장이나 교감 선생님처럼 사용했을 때 일어나는 관계와 상황의 변화도 그만큼의 파급력을 갖는다. 힘을 가진 자의 정의로운 행동은 학교 밖으로 확장될 가능성을 갖는다는 것도 중요하다. 이 작품에서는 말과 의식의 힘, 사회적 지위가 갖고 있는 힘, 그 힘을 올바르게 사용하는 현장이 학교이고 교실이며, 그것을 실천하는 자가 선생님들이다. 비중 있게 다뤄지진 않았으나 짧은 등장에도 강렬한 인상을 남기며 작품에 윤기를 더하는 인물이 선생님일 수 있다.

　누군가의 인생을 변하게 할 수 있는 사람,[4] 말로써 누군가를 죽이기

---

4 다산 정약용이 제자 황상을 만나는 장면이 그렇다. 주막집 봉놋방에서 고달프고 무료한 유배 생활을 이어 가던 다산에게 한 소년이 "둔하고, 앞뒤가 막혔으며 답답한 자

도 하고 살리기도 하는 사람, 인간의 삶의 초반부에 가장 많은 영향을 주는 인물인 선생님들은 아동청소년문학에서만이 아니라 실재 삶에 있어서도 '신스틸러' 같은 존재감을 갖는다.

선생님사람친구, 언제나 가능한 매력

고학년 동화에서 주춤하던 선생님은 청소년소설에 캐스팅되면서 조금씩 개성적인 매력으로 활약을 한다. 청소년문학에서 개성적인 선생님의 등장은 『완득이』(김려령, 창비 2008)에 등장했던 '똥주'부터가 아닐까. 왜 그토록 위악을 떠는가 싶을 만큼 욕을 달고 사는 선생님 똥주는 학교 안의 문제에 골몰하는 인물이 아니었다. 사회 선생님이라는 과목 배치도 예사롭지 않은데 똥주는 학교 안의 문제와 사회에서 벌어지는 불평등과 차별이 이어져 있음을 알고 있는 인물이었다. 이 사회적인 선생님은 갈팡질팡하지 않는 것만으로도 충분히 매력적이다.

말이 갖는 힘에 대해 앞에서 얘기했거니와 똥주의 말은 욕설이며 인격 살인에 가까운 비아냥의 말이다. 상처받을 수 있지만 그걸 욕으로 듣

기도 공부를 할 수 있는가" 물었다. 다산은 "공부는 꼭 너 같은 사람이 해야 한다. 둔하다고 했지? 송곳은 구멍을 쉬 뚫어도 곧 다시 막히고 만다. 둔탁한 끝으로는 구멍을 뚫기가 쉽지 않지만, 계속 들이파면 구멍이 뚫리게 되지. 뚫기가 어려워서 그렇지 한번 구멍이 뻥 뚫리면 절대로 막히는 법이 없다"라고 했다. 이 소년이 다산의 임종을 지킨 유일한 제자 황상이며 소년 황상이 받은 것이 저 유명한 삼근계(三勤戒)다. 너라야 할 수 있다고 북돋워 준 한마디는 한 소년의 삶을 온통 뒤흔들어 놓았고 이 한 번의 가르침 이후 소년의 인생이 문득 변했다. 정민 『삶을 바꾼 만남: 스승 정약용 제자 황상』, 문학동네 2011, 32~36면.

지 않고 그의 화법으로 인정하는 건 그가 몸으로 보여 준 진정성 때문이다. 알면서도 앎을 자랑하거나 내세우지 않은 채 가만히 돕고 모르는 것을 화끈하게 알게 해 주는 똥주. 약자의 편에 서기 위해 아버지 회사를 고발하는 파격은 선생님이 아닌 지식인으로서의 정체성을 보여 주었다. 그는 죽은 지식을 전달하는 기계가 아닌 실천하는 지식인 역할을 훌륭하고 유쾌하게 질펀한 욕지거리를 장단 삼아 펼쳐 보였다.

『완득이』 이후 쏟아진 청소년소설은 학교 이야기를 다루되 비보잉, 연극, 여행 등 다양한 소재를 들여왔다. 선생님들은 자주 등장했지만 그들의 역할은 조용한 지지자와 무기력한 조력자, 가끔 피자 같은 간식을 쏘고 쿨하게 사라져 주는 역할에 만족하는 것 같았다. 똥주 캐릭터가 그만큼 강렬했기 때문인지, 아니면 여전히 매력적인 캐릭터를 발견하지 못해서인지는 모르겠지만 똥주를 능가하는 선생님을 보여 주지 못했다.

이대로 똥주만 특이한 선생님으로 남는 건 아닌가 싶었는데 이현의 『오, 나의 남자들!』(문학동네 2011)에서는 성소수자 분위기를 강하게 풍기는 한상진 선생님이 제법 파격적으로 등장한다. 그러나 이 작품은 한상진 선생님의 사랑의 방식에 관심을 둔 것이 아니므로 심증으로 모호하게 처리되고 만다.

그런가 하면 최영희의 『꽃 달고 살아남기』(창비 2015)에는 특정 캐릭터에 과도하게 집착하는 물리 선생님이 등장한다. 이현 작품 속 동성애적 코드의 등장도 파격이었지만 특정 캐릭터에 병적으로 집착하는 선생님의 등장도 신선한 충격이었다. 물리 선생님이 자신의 병적인 애착과 그에 따른 부작용을 드러내는 방식도 한상진 선생님보다는 전면적이다. 한상진 선생님의 동성애적 코드는 작품 속 아이들과는 다소 겉돈 채 그만의 성적 정체성으로 분리되었다. 그에 반해 물리 선생님의 신경증적 집착은 신우의 환상과 접촉하는 진아, 멀더리안 인애와 같은 형질로 뒤섞이며 동지애적 코드의 기반이 되었다.

이 작품들은 이성적인 존재인 줄 알았던 선생님도 그저 외부의 반응에 깨지기 쉬운 존재라는 것, 사회적 위치 이면에 이미 존재하는 그들의 욕망을 드러내려고 하였다.

"느그 둘! 샘 고맙제?"

물리가 물었다.

"네!"

"그걸 말이라고 합니꺼? 우리도 고마운 게 뭔지는 압니더."

"그라믄 내도 부탁 하나 하자. 나중에 내가 캐롤하고 헤어질 때 느그 둘이 좀 도와줬으믄 싶은데."

"우찌 도와주면 되는 데예?"

인애가 눈을 반짝였다.

"고마 지금처럼 시끌시끌하게 떠들어만 주믄 된다."

음절 하나하나, 물리의 말 사이의 간극이 우주 공간의 행성들처럼 아득하게 느껴졌다. (240면~41면)

『꽃 달고 살아남기』마지막 즈음에 등장하는 이 장면에 몰입하기 위해서는 앞에서부터 이 세 사람이 겪어 온 갖은 고초와 오해와 절망 등을 알아야 한다. 그러니까 이 눈물 나게 아름다운 장면은 환상 속 신우라는 인물과 이별하고 살아남기 위해 길 떠나는 진아를 데려다주며 세 사람이 나누는 대화다. 서로의 약점과 결정적 결함을 이해하고 인정하는 사이 교사의 권위는 해체되고 그들은 동료가 되었다.『오, 나의 남자들!』

에서 한상진 선생님은 자신이 동성애자라는 학생들의 물증 없는 확신 앞에서 무기력하게 무너지지만 또 학생들이 있어 그 터널을 통과하는 것과 같은 맥락이다.

한상진 선생님과 물리 선생님이 아이들과 우정의 연대로 서로에게 동일시되는 반면, 결코 합일되지 못하는 선생님도 있다. 이경화의 단편집 『환상비행』(탐 2015)에 실린 단편 「참꼰대 진 선생 학생 사랑기」의 진 선생은 교화를 목표로 하는 학교 체제에 최적화된 인물 같다. 선생님으로서 자신의 의무와 책임에 완전히 몰두해 있는 진 선생 눈에 아이들의 사랑 행위는 성폭행으로 오인되고 만다. 학생을 향한 의무감과 책임감, 교사로서의 도리라고 확신했던 진 선생의 학생 사랑은 시대착오적이며 어긋난 사랑이었던 것. 시대가 변하고 아이들도 변하는데 진 선생은 어디에 묶여 있었던 걸까.

> 진 선생은 자신이 열일곱 살이었던 무렵의 일을 떠올리려고 노력해 보았다. 그때 좋아하던 누군가가 있었던가? 아무리 기억하려고 해도 도저히 생각나지 않았다. 견고하게 구축했던 세계에 금이 가기 시작했다. 하지만 그 금은 어리고 여린 아이들의 비명 소리로 다시 메워질 것이다. 진 선생은 문득 비명 소리를 내야 할 건 자신이 아닌지 생각했다. 하지만 지금 당장은 어디로 가야 할지 알 수가 없었다. (133면)

이야기는 혼란의 끝에서 다시 시작해야 하는 사람으로 '참꼰대 진 선생'을 남겨 둔 채 끝이 난다. 이 작품은 '선생님'의 반성으로 보이지 않는다. 오히려 진 선생은 '교사'라는 사회적 외부가 부여한 명사의 주체가 아니라 '산다'는 동사의 주체적 삶의 자각으로 나아갈 기미다. '삶의 주체'로서 뒤틀려 버린 자신에게 집중한다는 점이 인상적이다.

작가가 진 선생을 절망으로 몰아붙이지 않는다고 느껴지는 건 진 선생의 자각 때문이다. 지금까지 의심해 본 적 없는 내면의 욕망, 억눌린 비명에 대한 희미한 자각은 의미심장한 분열이다. 그 때문에 지금 당장은 아니어도 진 선생이 교사라는 사회적 객체가 아니라 삶의 주체로서의 귀환이 가능하다는 기대를 갖게 한다.

가르치고 배우는 위계적 관계가 삶의 동료라는 수평적 관계로 방향 전환을 하는 것은 인식의 변화에 따른 반응이다. 오랫동안 권위와 억압의 상징이었던 선생님을 인간의 자리에서 바라보는 체험은 소중하다. 그들도 교직 사회 속의 개인이라는 이해가 부족했다는 점, 우리 사회가 선생님에게 요구하는 것들이 과연 그들에 대한 존중과 나란했던가 하는 것은 반성해 볼 필요가 있다.

다시, 모퉁이 앞에서

이 글에서 살펴본 몇 작품만으로 우리 아동청소년문학에 나타난 선생님 모습을 다 보았다고 말할 수 없다. 다만 이 글을 마무리하면서 '나'라고 하는 한 개인이 지금 여기 하필이면 이 모습으로 있을 수 있게 한 만남들을 떠올려 본다. 모퉁이를 돌았을 때 그는 없었지만 모퉁이 앞에서 '갈팡질팡할 때마다' 선생님이 있었던 것만은 확실하다. 어른이 되어도 여전히 갈지자걸음이어서 선생님은 여전히 필요하다. 그래서 삶에서와 마찬가지로 아동청소년문학 속 선생님은 내 관심 속 인물이다.

앞서 살펴본 것처럼 별 인기가 없는 것 같은 선생님 캐릭터라지만 아래와 같은 장면을 만나게 되면 나는 그만 설레고 좋아서 어쩔 줄을 모르겠다. 김기정의 『마주 선생의 초대장』(창비 2012)에 실린 같은 제목의 단편동화는 마주 선생님이 새로 전학 올 고마에게 혼자서 오라는 내용을 담은 초대장을 보낸 것으로 시작한다. 고마가 불안하고 떨리는 마음으로 '마주 선생과 놈들의 방' 교실에 들어갔을 때 교실은 텅 비었고 '여기가 바로 우리 새 동무 고마 자리입니다'라고 적힌 종이 팻말만이 기다리고 있다.

고마는 가방을 내려놓고 자리에 앉았어요. 그리고 눈을 몇 번 깜빡거렸을 때였습니다.

교실 앞문이 살짝 열렸어요. 웬 여자아이가 얼굴을 들이밀었죠. 여자아이는 고마를 보고는 눈을 깜빡였어요. 그리고 천천히 칠판 앞으로 걸어왔어요.

여자아이가 조금 새치름한 목소리로 말했어요.

"나는 이보리라고 해. 여기 5반 반장이야. 너 고마지? 우리 반이 된 걸 환영해. 그리고 말이야, 한 가지 부탁이 있는데 앞으로 날 보리쌀이라고 놀리지 말아 줬으면 좋겠어."

그러고는 자기 자리로 쪼르르 달려가 앉는 것이었습니다. (「마주 선생의 초대장」 17~18면)

낯선 곳에 옮겨진 고마, 그래서 무섭고 두려울 고마가 이런 환대를 받을 수 있는 장면을 기획하고 연출한 사람은 마주 선생님이다. 2학년 고마네 반 친구가 될 아이들이 모두 한 사람씩 자기를 소개하는 이 환영식 장면을 감동으로 기억하지 않을 수 없다. 프레이리는 가르치고 배우는 과정을 '탐험'이라고 말했고 나는 이 말에 담긴 더 많은 말들을 생각해 본다. 마주 선생님이 앞장선 탐험이라면 고마의 학교생활이 얼마나 신나고 재미있을까.

문제는 '어떤 종류의 상상력'이다.[5] 우리는 문학의 장에서 만나는 사람들이기에 우리가 가진 상상력의 종류는 문학적 상상력이겠다. 폭력적 가해자와 무기력하지만 호의적인 조력자라는 이분법적이고 단순한 대립 구조 속에 외롭게 선생님을 세워 두지 말자. 현실에는 굉장히 다양하게 우리를 감동시키거나 또 그만큼 각양각색으로 우리를 좌절하게 만드는 선생님들이 존재한다. 외면하거나 배경으로 처리하는 것으로 선생님 캐릭터를 소비하기에는 그들의 역할이 아동과 청소년의 삶에 미치는 영향은 크고 문제적이다. 무엇보다 문학이 현실보다 단순해서는 안 되지 않겠나.

이 글은 가르침이라는 지적 영역의 가치가 설명이 아니라 문학적 상상으로 변환하는 일의 가능성을 생각해 보는 시도였다. 눈여겨보지 않았을 뿐, 이미 작품 속에서 선생님들은 크든 작든 자신에게 맡겨진 역할을 수행하고 있었다. 다만 문제는 차이의 생성이다.

아동청소년들이 그들 삶을 탐험하는 여정에 기꺼이 동참할 선생님 캐릭터를 발견하는 일, 아동청소년문학 속 주연은 아니지만 강렬한 인

---

5 문학평론가 황현산은 "구의역의 젊은 수리공을 제 자식처럼 여기거나 여기려 한 사람들과 나향욱들의 차이는 위선자와 정직한 자의 차이가 아니다. 그것은 어떤 종류의 상상력을 가진 사람들과 갖지 못한 사람들의 차이이며, 슬퍼할 줄도 기뻐할 줄도 아는 사람들과 가장 작은 감정까지 간접화된 사람들의 차이이다. 사이코패스를 다른 말로 정의할 수 있을까"(「간접화의 세계」,『한겨레』 2016년 7월 15일자 칼럼)라며 '나향욱들'을 향한 격한 감정을 표현했다. 느닷없이 당한 '개돼지론'으로 정신이 혼미해진 상황에서 이렇게 절제된 언어와 상식, 깊이로 그들의 비상식 혹은 사이코패스적 빈곤을 질타할 수 있다는 것, 그 말이 갖는 힘으로 정신을 수습하며 혼란한 마음의 정체를 명확하게 규정하는 것은 그 순간 꼭 필요한 것이었고, 그때 그는 나의 선생님이었다.

상으로 작품을 빛나게 해 줄 '신스틸러'로 선생님을 캐스팅하는 일은 의도적으로 꺼리거나 거부할 일이 아니다. 지금과 다른 차이의 가능성으로 적극적으로 상상하는 것, 삶의 모퉁이를 잘 돌아갈 수 있도록 이끄는 신스틸러, 그들은 아동청소년문학 속 어른으로서 부모이며, 노인이며 그들과 나란한 선생님이다.

분단 상황에 대한 아동문학적 대응

탈북을 다룬 동화를 중심으로

탈북이 유일한 창은 아니다

'탈북'은 생존의 막다른 골목에 부닥친 북한 주민들이 마지막으로 선택하는 시도다. 그러나 그것은 폐쇄적 국가인 북한 체제가 빚어낸 결과이다. 먹고사는 문제인 동시에 먹고사는 것만이 다가 아니라는 측면에서 '탈북'은 정치적이다. 북한 체제 외적인 문제인 한반도 분단 상황은 '탈북'을 가속화한다. 많은 탈북자들이 탈북의 목적지로 남한을 택한다는 점에서 '탈북'은 분단 상황이 빚어낸 남북한 공동의 문제다.

그러나 우리를 답답하게 하는 것은 우리가 북한 체제 내적인 문제를 충분히 알 수 없다는 것이다. 북한에 대해 우리가 알고 있는 것은 정치적 대립이 가져온 군사적 위험이 전부인 것 같다. 더불어 탈북과 꽃제비가 상징하는 극단적인 궁핍과 빈곤은 정치적 이해관계를 덮을 만큼 압도적이다.

북한에 대해 우리가 듣고 보는 채널은 제한되어 있고 그것마저도 편향적으로 보인다. 통합진보당 해산과 신은미 방북토크쇼 금지와 추방, 그녀의 책에 대한 반응[1]에서 보는 것처럼 북한을 알고 싶다는 요구는 정치적·물리적으로 차단된다. 2015년 현재, 북한은 여전히 '악'이며 남한은 아직도 '종북몰이'로 분단 상황을 시시때때로 이용한다.

생존 위협과 정치적 탄압에서 자유로워지기 위해 남쪽을 선택한 탈북자들은 과연 소원을 이루었을까. 상황은 좋지 않아 보인다. 그들은 북한에서는 조국을 배신한 반역자가 되었고 남한에서는 자본주의에 편승하지 못한 채 도시 빈민으로 맴돈다. 그리고 이제 그들은 원유순의 『떠돌이별』(파란자전거 2015)의 림혁처럼 결국 남한을 다시 떠나고 있다.

분단 상황이 한국 사회와 아동에게 미치는 영향은 늘 현재적이고 때로는 치명적이다. 그러나 우리 아동문학은 자주 분단 상황을 잊어버리거나 어떤 면에서는 관심이 없어 보인다. 분단에 대한 아동문학적 대응은 '탈북'(탈북 과정과 남한 적응을 포함한)에만 집중되어 있는 듯하다.[2]

---

1 신은미의 『재미동포 아줌마, 북한에 가다』(네잎클로바 2012)는 인터넷신문 '오마이뉴스'에 연재되는 동안 공감과 반향을 일으켰다. 그의 책은 2013년 상반기 문화관광체육부 우수문학도서에 선정되었으나 2015년에 취소되었다. 저자의 여행 일정이 북한이 제공한 여행 일정이라는 점에서 그들이 보여 주고 싶은 것만 보여 준다는 한계가 있다. 북한의 절반만 보는 것이다. 하지만 정치적 의도 없는 제3자의 눈으로 본 북한 사회의 현재를 들여다볼 수 있는 계기이기도 하다. 탈북으로 보는 북한뿐만 아니라 제3자의 눈으로 보는 북한의 모습 또한 북한 사회라고 한다면 이 책이 제공하는 북한 사회의 모습은 북한의 또 다른 현재로서 색다른 느낌으로 다가온다. 저자는 2015년에 『재미동포 아줌마, 또 북한에 가다』(네잎클로바)를 펴냈다.

2 유영진은 「평화와 통일을 꿈꾸는 문학」(『동화의 윤리』, 문학동네 2015)에서 2012년 현재까지 분단 상황과 관련하여 제출된 청소년소설 두 편(한윤섭 『봉주르, 뚜르』, 문학동네 2010; 홍명진 『우주 비행』, 사계절 2012)에 대해 언급한다. 두 작품은 탈북과 관련

'탈북'을 다루는 문학적 대응이 경제적 궁핍을 유일한 원인으로 본다거나, 탈북 '과정'에만 집중하는 것은 소재적 한계에 머물 위험이 크다. 또 먹고사는 것에만 탈북의 원인을 두는 것은 탈북 주체들을 동정과 시혜적 시선으로 보게 한다. '돈' 혹은 먹고사는 문제에서 가진 자, 베푸는 자의 시선은 언제든 그들을 탄압하는 폭력으로 변질되기 쉽다.

'탈북'은 어쩔 수 없는 선택이 아니라 자발적인 인간 의지에 의한 것은 아닐까. 눈물겹고 끔찍한 탈북 과정을 읽어 가다 보면 그들의 선택과 의지는 인간 한계를 뛰어넘는 것처럼 보인다. 그들을 보는 시선을 동물적 본능에 충실한 인간으로 보지 않고, 불굴의 존재로 교정하는 것은 수많은 탈북 주체의 위치를 새롭게 규정짓는 일이다.

탈북을 포함한 분단 상황을 다룬 아동문학의 대응은 전면적이고 치열하지 못하다는 측면에서 아직은 권정생을 넘어서지 못하고 있다. 전쟁의 원인에 대한 냉철한 인식과 극복 방향에 대한 권정생의 문학적 모색은 치열했고 전면적이었다. 권정생 사후 분단 상황에 대한 아동문학계의 인식과 대응이 없지는 않았지만 지속적이거나 담론을 형성하지는 못했다. 권정생이 생애를 걸고 보여 준 문학적 치열함과 지속적인 관심은 특히 분단 상황을 다루는 아동문학에서 기억하고 재현해야 할 정신이다.

그런 이유로 이 글은 아동문학에서 창작된, 분단과 탈북을 다룬 몇 편의 이야기를 읽는다. 때마침 2015년에 들어서자마자 나온 원유순의 『떠돌이별』이 신호가 되어 주었다.

결론적으로 분단체제에 대한 우리 아동문학의 접근이 남북 전체의

된 것이고 그는 분단 상황에 대하여 이들 작품의 "다양한 문학적 시도"(70면)에 주목한다.

문제와 북한 사회 전반으로 확장되지 못한 채 '탈북'에만 고정된 것은 아쉽다. 하지만 이들 작품이 '탈북'에 대해 보여 주거나 말하려는 것은 발전적으로 변화했다고 본다. 탈북자의 생생한 증언을 바탕으로 한 이야기라 사실성을 확보한 것도 미덕이다. 그럼에도 '탈북'이 북한 사회를 들여다보는 유일한 창이 되어서는 안 된다는 점을 강조하고 싶다.

바닷가에서 축구장까지

분단체제에 대한 아동문학적 접근에 누구보다 오래 관심을 둔 작가는 권정생일 것이다. 그의 '한국전쟁 3부작'(원종찬)이라고 할 수 있는 『몽실 언니』『초가집이 있던 마을』『점득이네』는 전쟁 전과 전쟁, 전쟁 직후를 다루면서 한국전쟁의 참혹한 현실과 직면한다. 그러나 권정생 이후 분단 문제를 천착하려는 권정생의 안간힘이 지속적으로 계승되지 못하고 잊으면 안 될 것 같은 기억의 형식이 되어 버렸다.[3]

권정생의 「바닷가 아이들」(『바닷가 아이들』, 창비 1988)은 단편이지만 전쟁 이후를 다룬다는 점에서 흥미롭다. 이 작품은 "사람하고 간첩하고는

---

3 김정희는 청소년소설 『노근리, 그해 여름』(사계절 2005)을 통해 전쟁 발발 후 노근리에서 벌어진 민간인 학살 사건을 다뤘다. 이현은 청소년소설 『1945, 철원』(창비 2012)과 장편동화 『그 여름의 서울』(창비 2013)을 통해 해방 정국과 한국전쟁 당시를 조명했다. 이들 작품은 권정생의 한국전쟁 3부작 이후에 나온 것이고, 전면적인 대응이라는 점에서 돋보인다. 하지만 권정생이 이미 제기한 문제의식에서 얼마나 새로운가 하는 관점에서 볼 때 반복에 머무른다는 느낌을 받는다. 이들 작품은 한국전쟁을 다루고 전쟁의 비극성에 초점을 맞추면서 반전을 이야기한다. 이는 의미 있는 작업이지만 이제는 분단체제 이후 남북한이 처해 있는 현실의 문제로 나아가야 한다고 본다.

다르"다고 생각하는 남쪽 바닷가 마을에 사는 동수와, "사람(간첩) 팔아 부자 되는 게 그리 좋으냐?"라고 묻는 황해도 해주 소년 태진이의 짧은 만남을 다룬다. 우리는 한때 '사람'과 '간첩'은 다르다는 시대를 살았던 것이다. 이 작품을 읽으며 드는 생각은 과연 그 거리가 지금은 좁혀졌을까 하는 것이다.

해주 소년 태진이가 남쪽으로 온 것은 탈북이 아니라 배를 타고 놀다가 우연히 떠내려온 것이다. 거룻배가 분단의 감시망을 뚫고 남쪽까지 왔다는 사실이 다소 낭만적이기는 하다. 하지만 태진이가 동수를 만난 것은 지리적인 가까움으로 인한 돌발 상황에 가깝다.

남과 북, 사람과 간첩이라는 의식적 거리의 멂에 비해 물리적·지리적 거리의 가까움이 오히려 낯설게 다가온다. 낯선 깨달음은 순간 분단의 차갑고 먼 마음의 거리에 대한 인식에 닿는다. 이 작품을 통해 권정생이 하고자 하는 말은 분명하다. '남과 북은 같은 단군 할아버지 자손이라는 것, 통일이 되어 다시 만나서 발가벗고 오줌 누며 바닷가에서 다시 헤엄을 치자는 것'이다.

통일의 명분과 당위성이 두 소년의 짧고 즐거운 만남을 통해 단순 소박하지만 선명하게 부각된다. 복잡한 문제, 도저히 꼬인 매듭을 풀 수 없을 것 같을 때, 어쩌면 우리에게 필요한 것은 단순하고 순수한 동심의 문학적 상상이 아닐까.

권정생은 이 작품을 통해 아이의 눈으로 바라보는 남북한의 미래를 제시한다. 그것은 경제적으로 우열이 없고 정치적으로 배타적이지 않은 미래다. 이는 전쟁 3부작을 통해 전쟁의 원인에 대해 치열하게 따지고 들었던 작가 의식의 자연스러운 연장이었다. 그의 죽음은 분단 문학의 죽음이기도 하여 오래 안타까워할 것 같다.

동수와 태진이의 만남이 우발적이라면 송마리의 「일봉이」(『올가의 편지』, 창비 2011)에 등장하는 수원 소년 '나'와 원산 소년 일봉이의 만남은 유소년 축구대회 참가라는 공식적 만남이다. 수원 소년 '나'의 할아버지는 경제적으로 우월한, 가진 자의 입장에 있다. 북한 아이를 만나게 될 '나'에게 돈을 주면서 경기에서 져 주라거나 맛난 것을 사 주라고 한다. 이것은 북한에 대해 베푸는 자였던 남한 사람들의 상식적인 태도다. 반면 수원 소년 나와 일봉이는 그럴 마음이 전혀 없다. 적어도 축구경기에서는 경제적 차이가 개입되지 않을 만큼 원산 소년 일봉이는 축구 실력이 좋다.

　　이 작품에서 인상적인 것은 북한 소년 일봉이의 모습이다. 일봉이의 모습에는 북한의 정치적 상황이나 경제적 궁핍의 흔적이 없다. 엄마가 해 주는 냉면 생각이 간절하고 남한 친구의 축구 실력을 '쿨'하게 인정할 줄 안다. 햄버거와 피자에 대한 일봉이의 부정적 반응이 다소 상투적이지만 일봉이가 부러워하지도 않고 경멸하지도 않는다는 것이 새롭다.

　　이 작품은 분단 세대의 교체를 암시한다는 점에서도 흥미롭다. '나'와 '일봉이'는 반공과 적대국가라는 뿌리 깊은 인식으로 마음이 굳어 버린 앞 세대에 비해 신선할 만큼 생각이 자유롭다. 적대국이라는 정치적 이념을 걷어 낸 남북한 소년의 만남이 여느 십 대처럼 자연스럽다.

　　권정생의 작품이 무국적 바닷가라는 문학적 상상의 공간[4]이라면 송마리의 공간은 현실이다. 문제는 작가가 북한에 대해 충분히 알 수 없는 상황에서 단편적인 사실에 기초했을 때 드러나는 이야기의 한계이다. 이 작품에서 우리는 일봉이의 일상을 충분히 상상할 수 없다. 일봉이의

---

4 상상의 공간이 등장하는 작품으로, 비무장지대 안에 세워진 가상의 초등학교 이야기를 다룬 신천희의 『꽝포 아니야요! 남북 공동 초등학교』(문원 2001)가 있다.

일상이란 '평범한 북한 아이' 일봉이의 일상이다. 북한에 대해 아는 것이 없을 때, 문학적 상상이란 한없이 소극적이고 협소할 수밖에 없다. 이 작품에서 그것은 딱 축구장만큼이다. 분단 상황에 대한 아동문학적 접근이 더 이상 확장되지 못한 데에는 현실적으로 오고 갈 수 없는 지리적 단절이 버티고 있다.

하지만 정치적 무대 바깥에서 만나는 남북한 소년들의 이야기는 더 자주 창작되어야 한다.

이제 살펴볼 네 편의 이야기도 '탈북'을 다룬다는 점에서 대동소이하다. 하지만 이들 작품은 대동(大同)이 아니라 소이(小異)에 주목할 필요가 있다. 작가적 관심과 고민의 결과로서 이들 작품이 보여 주는 소이에 관심을 가질 때 거기에서 분단 문학의 발전적 전망의 씨앗을 발견할 수 있을지도 모르기 때문이다.

원산에서 뚜르까지

이유진 원작 최금락 글 『크로싱』(환타웍스 2008)은 우리가 공식처럼 알고 있는 '탈북'이라는 과정에 충실하다. 탈북의 원인이 있고, 탈출 시도가 있으며 성공하거나 실패한다. 실패는 죽음으로 끝나거나 다시 시도해서 성공에 이른다. 탈북이라는 과정은 구조적으로 하나의 패턴을 이루는데 탈북 이야기가 비슷하다고 느끼게 되는 이유다.

내적 조건도 약간의 변주는 있지만 경제적 궁핍이 유일한 이유처럼 보인다. 유일한 조건처럼 보이는 경제적 궁핍이 탈북 이야기를 단조롭게 만들고 북한을 들여다보는 창을 단일화한다.

『크로싱』은 준이 아버지의 탈북을 먼저 다룬다. 준이 아버지가 북한으로 돌아가지 않고 남한에 정착하기 때문에 결과적으로 탈북이다. 하지만 이 작품에서 눈여겨봐야 하는 것은 준이 아버지의 행위가 애초에는 탈북이 아니라 도강 혹은 월경이었다는 것이다. 준이 아버지는 임신한 아내의 목숨을 구할 결핵약을 구해 돌아오기로 했기 때문이다.

의도한 탈북이 아니었지만 돈과 약이 있는 곳을 찾아 준이 아버지는 결국 남한까지 오게 된 것이다. 남한에서는 결핵약을 공짜로 준다는 사실을 안 준이 아버지가 허탈해하는 모습은 남북한 격차를 실감하게 하는 장면이다. 결국 이 작품은 탈북의 원인으로 북한의 경제적 궁핍을 꼽는다. 가장과 남편의 책임과 의무를 다하려는 준이 아버지의 고군분투가 '돈'에 묻혀 버리고 말았다.

진정한 탈북은 준이가 실행한다. 아버지가 돌아오기 전에 어머니가 죽고 준이는 아버지를 만나기 위해 강을 건넌다. 그 과정은 우리가 알고 있는 대로다. 장마당 꽃제비[5] – 도강 – 붙잡힘 – 수용소 – 탈출이라는 과정을 거친다. 결론적으로 준이의 탈북은 실패로 끝난다. 준이는 아버지를 만나기 직전 사막에서 쓸쓸히 숨을 거둔다.

이 작품에서 눈에 띄는 것은 북한 아이 준이의 일상생활이다. 「일봉이」에서 아쉬움으로 남았던 북한 아이 일봉이의 일상을 준이에 빗대 보면 준이의 일상은 지극히 평범하다. 축구선수 출신 아버지와 준이 가족의 일상은 넉넉하지 않다는 것을 빼면 남한에서도 익숙하게 볼 수 있는 상황이다.

준이 아버지가 한 가정의 가장이었다는 점, 임신한 아내를 위해 목숨

---

5 몇 해 전, 텔레비전을 통해 본 장마당 꽃제비 영상은 충격적이었다. 중국에서 꽃제비를 하는 북한 소녀를 다룬 작품으로 김바다의 『꽃제비』(대교출판 2003)가 있다.

을 건 월경을 감행한다는 점, 그것은 북한 아이 준이 가족의 일상이다. 가난하지만 가족애만큼은 남북의 차이가 없다는 것은 새로운 접근이다. 또한 가상의 섬과 제한된 공간으로서의 축구장에서 북한의 일상으로 공간을 확대했다는 것도 의미 있다.

이들을 움직이게 한 것은 과연 돈이 전부였을까. 아내를 구할 약을 얻기 위해 목숨을 건 준이 아버지, 어린 준이의 투쟁을 돈의 문제로만 본다면 준이의 죽음은 그저 불쌍할 뿐이다. 그것은 준이의 죽음을 제대로 추모하는 것일까.

극한의 상황에서 '살아남은 자'의 이야기는 감동적이다. 그러나 준이의 '비극적 죽음'도 감동을 준다. 그들을 움직인 것 중에 돈이 있기는 하지만 그보다 더 큰 것은 투쟁적 삶의 의지로 봐야 한다. 목숨을 걸고 삶의 주도권을 쥐겠다는 행위는 그 자체로 최선이다.

준이의 죽음을 목격하면서 나는 탈북자들을 바라보는 우리의 시선을 수정해야 한다고 생각했다. 목숨을 바쳐 무언가를 시도해 본 적도 없고 할 수도 없을 것 같은 자로서, 목숨을 걸어야 감행할 수 있는 탈북은 결코 일어나기 쉬운 일이 아니다.

죽거나 살거나 반반의 확률에 목숨을 던지는 탈북 행위는 먹고사는 문제 그 너머를 생각하게 한다. 죽음에 이르는 준이의 '탈북'을 '사건'으로서 인식하고 닫힌 국가 북한 체제에 틈을 내는 것으로서 인식해야 한다. 그렇게 받아들일 때 준이의 죽음은 죽음 이상의 그 무엇으로서 유의미해진다. 준이의 죽음을 유의미한 것으로서 추모하는 것이 독자의 몫이다. 탈북자들을 향한 우리의 인식을 먹고사는 의미 그 너머로 확장해야 할 필요가 있는 것이다.

우리는 아니 나는 탈북자들의 최종 목적지가 남한이 유일하다는 생각을 어떻게 갖게 되었을까. 탈북의 최종 목적지가 남한이 아니라는 점, 탈북자들에게도 사랑하고 돌아가고 싶은 나의 조국은 있다는 점, 탈북의 이유와 목적에 세대 간 차이가 있을 수도 있다는 점, 무엇보다 탈북자에 대한 관심이 과연 그들에게 좋기만 한 것인가라는 점 등에서 여러 가지 생각을 하게 하는 작품이 한윤섭의 『봉주르, 뚜르』(문학동네 2010)이다.[6]

프랑스 뚜르에 살고 있는 '토시'와 그의 가족은 북한 출신이지만 우리에게 익숙한 탈북자들과는 다르다. 국가관도 분명하다. 일본 국적이지만 언제든 조국, 즉 조선민주주의인민공화국이 부르면 돌아가겠다고 생각한다. 그런 그들이 일본인으로 위장해서 살아간다. 세계 어느 곳에서도 북한 사람으로 살아가려면 힘이 들기 때문이다. 공인된 '악의 축'을 조국으로 둔 그들은 세계시민으로 인정받지 못한다. 조국을 조국이라고 드러내지 못한 채 책상 옆 은밀한 곳에 조국에 대한 사랑을 새길 뿐이다.

이 작품은 분단의 경계가 한반도를 넘어 세계적이라고 말하려는 것이 아닐까. 더욱 서글픈 것은 제3국에서 너와 나, 남한과 북한 사람들은 차라리 모르는 사이가 되어야 한다는 것이다. 적어도 이 작품에서 토시는 봉주가 궁금해하지 않을 때까지는 일본인으로서 무사히 지낼 수 있었다. 의도하지 않았지만 봉주의 관심이 토시 가족을 뚜르에서 떠나게

---

6 장편동화 『봉주르, 뚜르』는 청소년까지 독자 폭을 확대할 수 있을 것이다. 탈북 청소년의 남한 정착 과정을 다룬 청소년소설 『우주 비행』(홍명진, 사계절 2012)은 본격적인 탈북 청소년 이야기의 소설화라는 점에서 출발점에 서 있다. 다만 탈북 청소년이 겪는 문제가 도시 빈민 혹은 다문화 가정의 청소년들의 그것과 크게 다르지 않다는 점은 아쉬움으로 남는다.

만들었다. 다른 형태의 탈북자(조국으로 돌아갈 수 없다는 점에서)에 대한 인식을 하게 했다는 점에서 이 작품은 의미가 크다.

북한 사람이라는 이유로 그들은 이 세계로부터 존재 자체를 감추고 살아야 한다. 그들이 그런 존재가 된 것에 우리의 책임은 없을까.

이 작품이 우리의 책임에 물음표를 던지는 대목은 이렇다.

"네 말대로 난 한국어 할 줄 알아."

"어디서 배웠는데?"

"난, 조선민주주의인민공화국 사람이야."

"응, 그렇구나."

"너, 북한은 알아? 북한이 조선민주주의인민공화국이야."

나는 어리둥절한 얼굴로 토시를 보았다. 토시는 북한 사람이었다. 내 옆에 앉아 있는 사람이 북한 사람이라는 것이 너무 놀라웠다. 갑자기 긴장이 되고 떨렸다. 어학원에 다닐 때 미국, 일본, 중국, 독일, 리비아, 쿠웨이트, 모리타니 등 많은 국적의 아이들을 보았다. 그 아이들을 보면서 한 번도 긴장하거나 떨지 않았다. 그런데 지금은 '북한'이란 단어 하나에 이렇게 긴장을 하고 있었다. (163~64면)

봉주의 의식(사실은 우리의 의식)에 기입된 북한의 모습은 '핵폭탄'과 '가난'이다. 이것은 그들도 사랑하는 조국이 있다는 사실을 완강하게 은폐한다. 또 다른 형태의 반공 혹은 반북 교육의 결과다. 우리는 도무지 북한에 대해 알고 있는 것이 없고 궁금해 본 적조차 없는 것 같다. 습관적으로 피곤한 상대, 가난해서 내 주머니를 털어 도와주어야 하는 형제국 정도의 인식에 머물고 있는 것은 아닌가. 그마저도 까맣게 관심을 거두고 있다가 은밀하고 부당하게, 필요할 때만 북한을 호출해 악용하는 것이다.

『봉주르, 뚜르』에서 토시는 숨어 있어야 했던 인물이다. 봉주가 토시를 찾는 과정이 중요한 장치였기 때문이다. 언젠가는 세계시민으로서 당당해진 토시가 자신의 조국을 당당히 밝힐 수 있지 않을까. 그 과정 또한 신분을 숨기고 살아야 하는 또 다른 형태의 탈북자들의 삶으로서 기록되어야 한다.

현재로서는 토시 가족이 끝내 뚜르를 떠나기로 한 것은 불가피한 일처럼 보인다. 하지만 토시가 언젠가 조국 공화국에서 부르는 이름을 회복하는 것을 지켜보고 싶은 마음은 독자로서 문학에 기대는 바람이다.

아직 제3국을 떠도는 탈북자들은 제 이름으로 살 수 없다. 당분간 혹은 오랫동안 그들은 자기 존재를 증명하는 상징적 기호인 자기 이름 대신 토시나 브라이언이라는 이국의 가명으로 살아가야 한다. 수많은 다른 나라의 난민 혹은 이민자들처럼 탈북자들은 국제적인 유랑민으로 떠돌고 있다.

박현숙의 『국경을 넘는 아이들』(살림어린이 2013)이나 원유순의 『떠돌이별』에 와서는 탈북자들이 굶어 죽지 않기 위해 강을 건너는 일차원적 욕망의 주체로 보이지 않는다. 그들은 오히려 알랭 바디우(Alain Badiou)의 '사건적 주체'[7]들로 다가온다.

탈북은 되돌아갈 수 없다는 지점에서 하나의 사건이 되었다. 탈북으로 생겨 버린 빈 공간은 순전히 탈북자 자신들이 채워야 한다. 그들은 이제 이전의 삶과 다른 새로운 방식으로 존재한다. 탈북 이후의 과정은

---

7 알랭 바디우 『윤리학』, 이종영 옮김, 동문선 2001.

생존하는 것이다. 생존하기, 살아남기 위해 그들이 벌이는 투쟁의 과정이 바디우가 말한 윤리적 선이라면, 그들의 생존을 방해하는 것, 토시의 존재를 밝혀내고 그들이 북한 사람이라는 것을 공개하는 것이야말로 악이 된다. 탈북자의 윤리로 보면 그들의 탈북 과정을 방해하지 않는 것이 선의 윤리다.

박현숙의『국경을 넘는 아이들』은 탈북 소년의 탈북 과정을 서사적 흐름에 따라 서술한다. 탈북자들이 탈북 과정에서 겪는 온갖 시련(우리가 알고 있다고 믿는)을 고스란히 살려 낸 점이 돋보인다.

이 작품에서는 탈북의 이유가 다른 작품과 구별된다. 강일의 삼촌이 탈북했다는 것으로 강일의 가족은 의심 속에 갇혀 버렸다. 탈북 혹은 월남은 국가에 대한 배신행위다. 따라서 월남 가족이나 탈북자가 있는 가족은 조국을 배신했다는 주홍글씨를 가슴에 찍게 된다. 경제적 궁핍이 탈북의 밑바닥 원인인 것은 분명하지만 탈북 혹은 월남 가족을 바라보는 북한 사회의 정치적 경계 역시 무시할 수 없다.

굶주림과 정치적 공포는 탈출과 도강으로 이어지고 실패는 감당하기 어려운 양상으로 그들을 괴롭힌다. 이 일련의 탈북 과정에서 강일과 순종은 수용소에 갇혔다가 탈출하여 기나긴 탈북 과정을 다시 감행한다. 그사이 순종은 공안에 다시 잡히고 강일만이 탈북에 성공한다. 이 과정에서 몇몇 사람들은 남한이 아니라 제3국을 선택한다. 이미 탈북의 최종 목적지가 남한이 아니라는 것은 사실이다. 이는 그들이 먹고살기 편한 곳이라는 생각에, 혹은 감상적인 형제애에 기대 탈북을 시도하는 것이 아님을 말해 준다.

다큐처럼 사실적 서술에 충실하다 보니 강일과 순종이라는 인물이 탈북 과정을 설명하기 위한 수단으로 활용되고 있는 것처럼 보이기는 한다. 강일은 '불사의 존재-문학적 인물'로서 탈북 과정을 수행하지 못하고 개별화 혹은 문제적 인물로도 나아가지 못한다. 탈북의 과정을 도식적으로 보여 줄 뿐, 강일의 목소리로 탈북을 말하지 못한 것이 문학적으로 아쉽다.

그래도 작품 초반에 등장한 강일의 아버지가 죽음에 이르는 과정은 사뭇 인상적이다. 노동자인 강일의 아버지는 사고로 손가락 두 개가 절단되고 못에 찔려 발바닥에 상처가 난다. 눈에 보이는 손가락 상처에 신경 쓰느라 소홀했던 발바닥 상처로 결국 목숨을 잃는다.

'드러난 상처'와 '감춰진 상처'의 의미가 이 작품에서 눈에 띄게 제시되지는 않는다. 강일의 아버지의 상처와 죽음을 접하면서 상처를 해석하는 것은 독자의 몫이다. 우리는 '드러난 상처'로서의 '탈북' 현상 뒤에 감춰진, 북한 체제의 비정상성, 나아가 북한 체제의 비정상성에 개입된 주변 강대국들과 남한이 처한 정치적 상황을 제대로 들여다봐야 한다. 분단 상황 자체는 오래된 '감춰진 상처'다. 이 상처를 치료하지 않는 한 분단 국가의 비극은 미래 진행형이다.

탈북을 다룬 작품 중에서 가장 최근에 나온 작품은 원유순의 『떠돌이 별』이다. 이 작품은 '탈북 이후'의 거주 공간이 남한에서 제3국으로 확장하고 있음을 보여 준다는 점이 흥미롭다.

준이와 강일, 순종, 그리고 수많은 탈북자들이 겪었을 탈북의 과정을 거쳐 남한에 정착한 림혁은 남한을 떠나 영국으로 가 난민 신청을 한다. 최종 목적지가 될 줄 알았던 남한에서 림혁의 엄마는 또다시 투쟁과 고난의 시간을 맞이하게 된다.

가난을 피해 북한을 떠나왔지만 남한에서의 생활도 가난의 연속이다. 처음부터 제3국을 택한 다른 탈북자들과 달리 림혁과 그의 엄마는 남한에 정착하기로 했으나 실패한다. 그들은 영국으로 떠남으로써 탈북 과정을 연장한다. 이 작품은 스코틀랜드로 흘러든 림혁(브라이언)이 여기까지 오게 된 과정을 회상하는 형식이다. 그러니까 림혁과 그의 엄마의 탈북은 여전히 진행형이다.

삶 혹은 생존에 대한 림혁 엄마의 투쟁은 남한에서 낳은 딸과 남편을 버리는 선택, 즉 단독자 혹은 과부의 삶을 선택하기에 이른다. 림혁 대신 브라이언의 이름으로 살아가는 주인공은 탈북자가 도달하고야 말 마지막 지점을 향해 가는 것 같다. 물론 거기가 어딘지, 과연 끝이 있는지 독자는 알 길이 없다. 림혁도 알 수가 없다. 그저 유랑의 형식으로 현재의 시간을 살 뿐이다.

림혁은 『봉주르, 뚜르』의 토시와 또 다르다. 토시가 공화국의 국민으로서의 정체성을 잃어버리지 않겠다고 함으로써 자기 정체성을 공화국에 둔 반면, 림혁(브라이언)은 유목민 – 떠돌이의 삶을 자기의 존재 방식으로 받아들인다. 이제 림혁에게 국가는 없다.

만약 어머니와 내 별이 있다면 지금쯤 천체 어딘가를 하염없이 떠돌고 있을 것이다. 그렇더라도 불쌍하지 않다. 그게 그들의 운명이라면 기꺼이 받아들일 테니까. (192면)

여기에 동정적인 입장이든 구호적인 입장이든 시혜자적인 입장이든 남한의 참여는 개입될 틈이 없어 보인다. 우리가 무관심으로 자기 사정에 몰두하고 있는 동안 탈북자들 또한 그들의 길을 열어 가고 있었던 것이다. 림혁에게 우리가 해 줄 수 있는 일은 이제 없어 보인다. 도움을 청해 남한에 왔지만 그들은 도움을 얻지 못했다. 남한에서 얻은 딸을 친아버지에게 보내는 림혁 엄마의 선택은 의미심장하다. 남한에서 얻은 것을 모두 내놓고 림혁과 그의 엄마는 오로지 그들 힘으로 살아 낸다. 남한에서 얻은 남편은 영국에 가서는 난민 신청과 과부 보조금을 받는 것에 장애요인일 뿐이다. 없어야 할 남편의 존재를 철없이 불러 대는 어린 딸도 방해가 되는 것은 마찬가지다.

림혁과 그의 엄마의 선택 과정을 들여다보면서 의지 없는 통일 구호 같은 것이 이 작품 앞에서는 공연한 소리로 들리기도 한다.

문학적 상상을 기대하며

살펴본 대로 분단 상황에 대한 우리의 아동문학적 대응이 현재까지는 탈북에만 머문 것은 아쉽다. 탈북을 다루는 데 있어서도 그 과정에 치중하다 보니 우리는 정작 강일이나 림혁, 준이가 하고 싶은 이야기를 충분히 듣지 못했다. 사실 전달만으로도 감동을 줄 수 있지만 문학적 감동을 넘어 설 수는 없어 보인다.

일본과 아시아 역사를 연구하는 역사학자 테사 모리스 스즈키(Tessa Morris-Suzuki)는 『길 위에서 만난 북한 근현대사』(현실문화연구 2015)에서 100년 전 중국에서 시작해 금강산을 거쳐 육로로 부산을 거쳐 원산까지 여행한 에밀리 켐프의 여행기를 고스란히 재현한다.

이 책은 온전한 제3자의 눈에 담긴 북한 사회를 엿볼 수 있어 흥미롭다. 그녀도 인식하듯이 이 여행기는 북한이 보여 주고 싶은 것만 보여 주는 길을 따라간 것이다. 하지만 책 곳곳에 북한의 현재 모습이 그림과 글로 생생하게 기록되는 것만은 막을 수 없다. 앞서 말한 신은미의 『재미동포 아줌마, 북한에 가다』에서도 그렇듯이 이 책에서도 북한의 모습이 그토록 비정상적이지는 않다. 평양을 묘사한 어느 장면은 사람 사는 곳이 갖추고 있어야 하는 모습 그대로여서 아름다울 정도다.[8]

그녀의 말 중에서 곱씹어 봐야 하는 대목이 있다. "우리는 북한 북동쪽 지역은 돌아보지 않을 예정인데, 그곳은 가장 가난한 지역이고 동시에 매우 심하게 폐쇄된 지역이기도 하다. 또한 북한의 강제노동수용소 가운데 가장 악명이 높은 요덕수용소가 있는 곳이기도 하다. 말할 필요도 없이 수용소 근처의 어느 곳에도 우리의 접근은 허용되지 않을 것이다"[9]라는 부분이다.

어쩌면 지금까지 살펴본 작품들은 정확히 여기에 머문 것이 아닌가 생각해 본다. 탈북 이야기는 북한 사회가 숨기고 있는 것 중에서 가장 비극적인 한 부분이라는 것이다. 다시 말해 탈북 현상만으로 북한을 말할 수는 없다. 탈북 현상만으로 북한을 설명해서도 안 된다. 탈북 현상은 북한 사회를 들여다보는 많은 창들 중의 하나다. 그 창으로만 북한을 들여다보는 것은 오해를 강화하고 이해를 지연시킬 뿐이다.

우리는 북한에 대해 지금보다 훨씬 더 많이 알아야 한다. 현실적으로 남한 국적의 우리가 북한을 여행할 방법은 없다. 때에 따라 악의적 보도나 혹은 비극적 현상을 부각해 북한 체제를 악의 축으로 공고히 하려는

---

8 테사 모리스 스즈키가 묘사한 평양의 모습은 나로서는 뜻밖의 장면이다. 일상적이고 평범한 이 장면을 읽으면서 나는 얼떨떨하기만 했다. "대동강변을 따라 잔디와 나무들이 말끔하게 정돈되어 있는 공원에서 시민들은 낚시를 하거나, 담배를 피우거나, 나무 그들에 앉아 책을 읽는다. 진달래가 활짝 피어 있고, 봄의 연둣빛 물이 한창 오른 버드나무 가지는 수면 위로 살랑거린다."(『길 위에서 만난 북한 근현대사』, 서미석 옮김, 현실문화연구 2015, 196면)
9 같은 책 175면.

의도는 늘어 갈 것이다. 게다가 우리는 그들의 삶의 맥락을 충분히 알 수가 없다.

그렇다면 우리는 무엇을 할 수 있을까.

다시 테사 모리스 스즈키의 말이다. "이러한 정치적 긴장이 해소될 전망이 전혀 보이지 않는다. 내 생각에는 이 지역의 보통 사람들이 가능하다면 여행과 개별적 상호 작용을 통해서, 그것이 안 된다면 책을 읽거나 상상력을 동원해서라도 분단의 경계를 뛰어넘을 방법을 모색하는 것이 중요하다."[10]

상상력을 동원하라는 말이 눈에 들어온다. 상상력을 동원하는 것이야말로 아동문학이 가장 잘할 수 있는 일이 아닌가. 이상하고 괴상한 도깨비나라 북한이 아닌, 죽음의 경계에 몰려 탈북을 시도하는 극단적인 한 면이 아닌, 또 다른 모습의 북한 사회를 들여다볼 수 있는 길은 아동문학이 터야 하지 않을까.

권정생이 간절히 염원했던 어린아이와 같은 마음(동심의 휴머니즘)으로 이룩해야 하는 통일은 우선 북한을 아는 것부터 다시 시작해야 할 것이다.

---

10 같은 책 16면.

우리 아동문학의 정치성, 세 개의 풍경

아동문학의 정치성

소리 없는 자들의 소리가 되고, 말 없는 자들의 말이 되고 외침이 되는 것, 정의와 불의를 공동적으로 제기할 수 있는 말을 하는 것이 문학의 정치라면 동화도 정치적 행위의 한 양태다. 특히 동화는 입이 있으나 말 없는 존재들인 어린이의 소리이기에 더더욱 정치적이다.

문학을 포함한 예술 전반이 정치와 관계한다고 말하는 자크 랑시에르(Jacques Rancière)에 따르면 정치란 "시간들과 공간들, 자리들과 정체성들, 말과 소음, 가시적인 것과 비가시적인 것 등을 배분하고 재배분" 하는 행위이다. 억압에 대한 해방을 추구하는 행위를 넘어 "정치 행위는 무엇인가에 의해 촉발되어 주어지는 표상을 수용할 수 있는 인간의 인식 기능인 감성의 분할을 새롭게 구성하게 하고 새로운 대상들과 주체들을 공동 무대 위로 오르게 한다. 보이지 않았던 것을 보이게 하며,

동물로 취급되었던 사람을 말하는 존재로 만드는 행위다. 문학(동화)의 정치는 문학(동화)이 시간들과 공간들, 말과 소음, 가시적인 것과 비가시적인 것 등의 구획 안에 문학으로서 개입하는 것을 의미한다."[1](괄호 안의 '동화'는 인용자)

여기에서 말하는 동화라는 용어는 전통적 민담 형식으로서의 동화(fairy tale)라기보다는 어린이를 위해 쓴 산문문학의 한 갈래로서의 동화(children's story)다. 이야기, 동화, 소년소설, 소년서사 등 명확한 장르명이 규정되어 있지 않은 상태라 우리에게 익숙한 동화라는 명칭을 사용한다.

이 글에서는 최근 우리 동화에 나타난 정치적 풍경을 살펴보려고 한다. 이병승, 김남중, 진형민은 포함된 자와 배제된 자, 천박한 상인의 얼굴을 한 자본주의, 일상에 퍼져 있는 차별과 소외에 대해 지속적으로 발언을 하는 작가들이다. 이미 했거나 또 다른 작품으로 확장하는가 하면 이전에 했던 질문을 작가 스스로 다시 묻기를 주저하지 않는다.

이들이 2015년에 발표한 『구만 볼트가 달려간다』(이병승, 뜨인돌어린이), 『싸움의 달인』(김남중, 낮은산), 『소리 질러, 운동장』(진형민, 창비)은 우리 동화가 다루고 있는 정치성의 양태를 보여 주는 세 개의 풍경이다.

정치적 주체, 희망과 이상의 경계

나는 동화가 상처의 일시적 봉합이나 순간적 위로의 힐링이 되어선 안 된

---

1 자크 랑시에르 『문학의 정치』, 유재홍 옮김, 인간사랑 2011, 제2판, 10~11면 참조.

다고 본다. 동화는 아이들이 보는 것이다. 그 아이들이 자라 이 세상을 어떻게든 꾸려 나갈 것이다. 그 아이들이 인간을 제대로 이해하고 인간다워지며 내면의 아름다움과 고귀한 가치들로 자신을 성장시켰을 때 이 세상은 비로소 아름답고 행복한 곳이 될 것이라는 믿음! 그래서 나는 동화를 쓴다. 그래서 내가 쓰는 동화 속에는 일시적 봉합이 아니라 근본 원인에 대한 진단이 들어가고 해결 방법에 대한 대안 제시가 들어간다. 그것이 내 작품에 정치적 요소가 깃들게 되는 이유다.[2]

아동청소년문학의 자리에서 우리의 정치, 사회 문제에 대해 질문하고 답하는 일에 이병승은 누구보다 지속적으로 실천해 온 작가다. 동화의 세계와 정치가 무관하지 않다고 생각하는 그는 환경문제, 자본가와 노동자의 대립, 인종차별, 교육 현실을 넘나들며 정치, 경제, 사회 문제를 전방위적으로 다룬다. 최근에 발표한 『정글을 달리는 소년』(뜨인돌 2016)에서는 그 시공간적 배경이 제3세계의 가상국가로 나아간다.

『구만 볼트가 달려간다』는 가까운 미래에 초점을 맞췄지만 현재의 한국 사회 현실을 반영함으로써 현실의 문제를 객관화하려는 의도로 읽힌다. 가상의 디스토피아적 세계에서 계층 간 대립은 더욱 극단적인데 힐탑과 씨드는 포함되는 자와 배제되는 자를 분리하는 공간으로 제시된다. 경쟁과 생존의 구조체계가 모든 것을 집어삼키는 사회, 살아남기 위해 이기주의자가 되어야 하는 유일한 선택지만 존재하는 사회는 사실 가상의 미래가 아니라 오늘날 우리의 일상이다.

이 작품의 시공간은 그러한 현실의 일상을 더욱 극단적으로 밀어붙

2 이병승 「침묵도 정치적인 것」, 『어린이책이야기』 2014년 가을호, 63면.

이기 위한 가상의 배치다. 가상의 시공간은 말할 수 없는 사실, 말하고 싶은 사실을 자유롭게 전달하기에 적절한 장치이다. 그가 그린 가상의 미래는 용이 나타날 개천이 아예 없어진 세계다.

작품은 1퍼센트만을 위한 비교육적 제도, 유전자 등급이라는 생래적인 조건에서 소외된 구만이가, 전자두뇌 칩이나 전자 다리를 사 줄 능력이 없는 맨홀 청소부를 아버지로 둔 구만이가 대물림받을 가난, 소외와 배제, 극복의 필연적 과정을 따라간다.

구만이를 통해 보여 주는 것 외에도 이 작품의 배경에는 우리 사회의 문제점들이 그야말로 빼곡하다. 유전자 실험, 방사능 유출 사고, 제약회사의 독극물 방출, 국민에게 총을 쏘는 대통령의 야만과 그 이면의 독재, 아르고스의 눈이 대변하는 언론의 부패 등은 가시적 문제들이다. 거기에 무너뜨릴 수 없는 계급성과 빈부격차, 정치인들의 무능과 무너진 법체계, 소외와 배제, 가난의 대물림, 살아남기 위한 극단적 이기주의 요구와 같은 비가시적인 문제들을 토라 신정부라는 정치체제를 통해 들여다본다. 토라 신정부는 "우리가 설마, 설마 하는 일들을 언제나 확실하게! 보란 듯이!"(10면) 저지르는 한숨 나는 정부로서 끊임없이 현재 사회를 환기한다.

이병승이 진단한 토라 신정부의 문제적 모습이 이렇다면 작품이 제안하는 대안은 무엇인가.

이야기는 열 살을 기점으로 힐탑과 씨드 행을 결정하는 '사자의 섬 시험'에 모아진다. 구만이는 시험에 통과해 살아남기 위해 초극강 이기주의자가 되는 특별 과외를 받는다. 하지만 '멋진 고집쟁이'로 태어난 구만이는 끝내 이기주의자가 될 수 없다. 사자의 섬에 들어가기 전인 전반부와 사자의 섬에 들어간 후반부에서도 역시 구만이는 이기주의자가 되는 일에 실패한다.

사실 사자의 섬 시험은 토라 신정부가 "어떤 유혹에도 변하지 않고, 목숨을 걸고서라도 옳지 않은 건 옳지 않다고 말할 수 있는 사람"(170면)을 찾아내기 위한 것이었다. 이 반전 장치를 통해 구만이가 겪은 그 모든 일들은 일종의 선별 과정이었음이 밝혀졌다. 그 시험을 통과한 구만이와 영일이 같은 아이들을 골라내 그들에게 '새로운 정책을 결정할 때 의견을 듣고 그들의 의견을 반영'하라는 것. 어린이에게 정치적 목소리를 부여해야 한다는 메시지는 이병승 작품에서 가장 중요한 지점이고 이 작품 또한 그 연장선에 있다.

결국 토라 신정부의 사자의 섬 정책은 낡은 교육 정책을 개선하려는 정치적 시도였다. 그러나 그것은 뿌리 깊은 기득권 보호적 교육을 깨기 위해 더 비열하고 음흉하고 저열해야 한다는 비천한 의식이 아니다. 그 모든 비천한 것 대신 고귀한 의식, 정치적 주체로서 아이들의 순수한 의지로 맞서야 한다는 것. 이것이 이병승이 선택한 동화의 정치성이다.

죽은 줄 알았던 구만이가 사실은 모든 시험을 통과하고 선택된 자로서 살아나는 이 작품의 시선의 이동, 즉 반전이 노렸던 감각은 무엇이었을까. 그것은 씨드행(죽음)이라는 의연한 선택에 따르는 숭고함과 더불어 소수 엘리트 탄생과 함께 돌아온 안심일 것이다.

그러나 작가는 반전을 통해 되돌아본 모든 과정이 위로나 희망이 아니라 설득력을 잃을 수 있다는 것까지 예견하지는 못했던 것 같다. 작가의 선택을 두고 "폭력적인 시험을 통해서 '정의'를 실현할 새로운 인재를 찾는 방식은 과연 정치적으로 윤리적으로 정당한가"[3]라고 묻게 되

---

3 송수연 「장편, '가능성'으로서의 문학」, 『창비어린이』 2016년 가을호, 41면.

기 때문이다.

더불어 구만이가 주체에서 관찰자의 자리로 밀려났다고 보이지는 않지만 동화적 주체로서 진정성을 확보했는가에 대해 의문이 남는다. 진정성은 외부로부터 부과되는 사회적 역할과 자신의 고유한 욕망 사이에 형성된 간극을 적극적으로 극복하고자 하는 근대적 주체의 자기 통치 기획의 한 양태다.[4] 그런데 구만이의 선택행위 과정을 보면 개인의 욕망은 없는 것처럼 보인다. 타인을 위해 자기를 희생하고 양보하는 극강의 이타심이 올바름에도 불구하고 또 다른 폭력으로 느껴진다.

오로지 직진만 하는 구만이는 갈등하고 고뇌하는 근대인이 아니라 신화 속 영웅에 가깝다. 낯설게 설정된 미래의 가상 공간에 낯익은 과거적 인물로 나타난 구만이는 고귀한 존재다. 비천한 세상을 구원할 고귀한 의식의 소유자, 그 어린이가 미래를 이끌어 갈 존재라는 것이 이병승의 인식이다. 극단적인 사회에 직선적 인물인 구만이가 더 어울리는 인물인 것 같기는 해도 구만이가 감당해야 하는 몫은 어른도 할 수 없는 일이다. 그 어려운 것을 해내는 구만이는 가능한 희망과 낭만적인 이상 사이에 서 있는 것처럼 느껴진다.

정치적 올바름과 동화의 문학으로서의 미학이 서로 잘 스며들기 위해 필요한 것이 주체의 내면이다. 동화에서 어린이 주체의 내면은 더 이상 비가시적인 영역으로 남겨 둬야 하는 것이 아니다. 내면은 진정성의 주체가 참된 자아와의 사이에서 건설하는 대화의 공간이다. 내면적 존재는 안으로부터 밖으로, 자아로부터 공동체로, 사적 성찰에서 공공성으로 나아가는 존재다.[5] 서사문학은 이런 전향의 과정에 집중하는 양

---

4 김홍중 『마음의 사회학』, 문학동네 2009, 19면.
5 같은 책 32면.

식이고 동화도 이런 과정에 도전해 볼 필요가 있다.

진단과 대안이 '보고성 주입'이나 안내서처럼 겉돌지 않고 동화의 내적 질서에 녹아들게 하는 일은 말처럼 쉽지 않아 난항이 예고되지만 멈출 수 없는 도전이다. 『구만 볼트가 달려간다』는 그 도전의 현재이며 다음은 지금 여기보다 한 발 더 내딛은 자리가 될 것이다.

싸움의 현장, 재현과 발견의 차이

종교와 과학의 시대를 지나 모든 것을 배분하고 잠식하고 명령하고 복종하게 만든 자본은 성장밖에 모르는 괴물이 된 지 오래다. '축적을 위한 축적'이 유일한 행로인 자본이 형성한 상징 질서에서 벗어날 길도 막막해 보인다. 아이들은 공부–성공–돈–행복이라는 환상이 거짓이라는 것을 알 길이 없다. 연약한 데다 무방비로 노출된 아이들에게 동화는 형체 없는 괴물에 맞서 한 글자씩 한 문장씩 엮고 지어 만든 옷이 아닐까.

'몸과 마음을 움직이게 하는 동화의 힘'을 믿는 김남중은 '밝고 따뜻한 이야기만 동화'[6]라는 동화적 습관에 자주 빗금을 긋는 작가다. 자본이 만들어 내는 거짓 환상 속에서 아이들의 삶이 어떻게 비참을 참고 견디는가에 대해 그는 예민하다. 비가시적인 가상의 공간을 열어 보이는 대신 가시적인 공간에 직접 몸으로 침입한다. 태안 앞바다 기름 유출 현장, 생존을 두고 경쟁해야 하는 산불 감시원 선발 현장, 삶의 막다른 골

---

6 김남중 『동화 없는 동화책』, 창비 2011, 196~97면.

목에 버려진 오누이의 방, 그리고 재개발을 앞둔 철거 현장 등이다. 그 현장에서 울고 웃으며 힘겹고 더디게 살아 내는 사람들 이야기는 읽기에 괴롭고 힘들어서 외면하고 싶은 것도 사실이다. 이건 동화의 발화 내용이 아니지 않은가라는 불만이 따르지만 어른의 일이 아이들과 무관치 않다는 게 김남중 동화의 정치성이다.

이런 확신과 절박함, 미진함 등이 뒤섞여 『동화 없는 동화책』에 실린 단편 「그림 같은 집」을 장편 『싸움의 달인』으로 다시 쓰게 했을까. 『싸움의 달인』은 등장인물과 장편이라는 외연을 달리했지만 「그림 같은 집」의 주요 서사를 그대로 다시 썼다. 구체적인 사건을 말하지는 않아도 용산 참사(용산4구역 철거현장 화재 사건)를 떠올리게 하는 이 사건은 재개발과 철거 현장의 원형처럼 각인되었다. 이것은 가상의 이야기가 아니라 현실 그대로를 재기록하는 것이기에 다른 결과를 기대할 수 없다. 패배로 끝날 것을 이미 알고 있기에 긴장감도 떨어진다. 이런 결과를 모르지 않았을 텐데 김남중은 이 이야기를 왜 다시 쓰게 되었을까. 「그림 같은 집」에는 없고 『싸움의 달인』에는 있는 것에 집중해 볼 필요가 생긴다.

전작은 재개발에 따른 철거라는 사건적 재현에 집중했다. 재개발과 철거 과정에 배어 있는 자본의 구조적 폭력은 회색옷을 입은 사람들 모습을 모두 보여 줄 수는 없다. 재개발과 철거에는 눈에 보이는 폭력보다 더 크고 무섭고 힘이 센 폭력이 있다는 것, 그리고 재개발과 철거로 인해 벌어지는 일들이 아이들과 무관치 않다는 것을 보여 주는 것이야말로 중요한 변별 지점이다.

초등학교 5학년인 이소령과 김진기의 싸움이 삼촌과 김진기 아버지의 싸움으로 번진 것이 아니다. 이미 삼촌(세입자)과 김진기 아버지(주인)의 싸움은 세입자의 필패를 예견하며 진행 중이었다. 소령이와 진기의 싸움에서 소령이는 진기를 이겼고 삼촌은 진기 아버지에게 졌다. 1승 1패로 끝났으나 미래진행형이다.

삼촌이 김진기 아버지가 휘두르는 자본의 폭력에 무참히 짓밟히는 것, 그 과정에서 불나방처럼 돈을 향해 달려가는 찐빵 삼촌의 배신, 삼촌의 감옥행으로 표현되는 돈 없는 자들의 철저한 패배, 김진기가 인주와 소령이를 싸움 붙이듯 자본이 삼촌과 찐빵 삼촌을 싸우게 하는 것, 이 모든 싸움이 비가시적인 자본의 명령 아래 피아를 구분하지 못하게 감각을 마비시키고 대리전 양상을 갖는다는 것, 그것이 자본의 괴물성이라는 것. 이소령이 김진기와, 김진기 아버지와의 싸움을 통해 이 사실들을 알아 가는 것이야말로 『싸움의 달인』이 써져야 하는 이유다.

이제 못 가진 자들인 소령이와 삼촌, 진희 이모에게 남은 것은 10년 전으로 되돌아가 다시 '빨간 꼬마 트럭'이다. 바닥에 닿았다고 생각이 드는 이 순간, 묘한 생의 감각을 느끼게 되는데 이것의 정체는 무엇일까.

찐빵 삼촌을 용서하는 삼촌의 마음, 더 이상 김진기가 무섭지 않다는 소령이의 강단, 더 이상 물러설 수 없는 곳까지 밀려난 소령이와 진희 이모와 삼촌에게 남은 꼬마 트럭, 딱 그만큼만으로도 다시 시동을 걸고 힘차게 출발할 수 있는 것, 중요한 것은 살아 내는 것이다.

당분간 가진 자와 못 가진 자의 싸움에서 못 가진 자가 지는 일은 계속될 것이다. 그나마 얻은 거라면 "상대가 누군지 어렴풋이 보이는 것 같았다. 삼촌과 찐빵 삼촌을 싸우게 한 것, 진희 이모에게 엄마손 식당을 빼앗아 간 것, 얌전히 굴지 않으면 내 앞날이 캄캄할 거라고 속삭이는 것이 저만치 있었다"(『싸움의 달인』 182면)라는 인식이다.

그렇다면 다시 써야 했을 만큼 절실했던 『싸움의 달인』은 다시 말하기의 재현적 한계를 넘어서고 있는가.

"미메시스는 한 대상을 베껴 냄으로써 그 대상이 놓여 있던 자리로부터 그것을 들어 올린다. 한 대상이 자기 자신과의 최소 차이를 드러내는 순간 그 자리는 거듭 새롭게 생겨난다."[7] 그렇다면 김남중이 재개발 현장에서 벌어진 일을 동화로 옮기기로 했을 때 그것이 작품이 된 이상 원래 그 사건의 자리와 달라야 한다. 그런데 실재 사건에서의 '죽음'이 삼촌의 '감옥행'으로 대체되었을 뿐이다. 그 모든 결과들의 원인은 여전히 보이지 않는다.

『싸움의 달인』에서 또 하나 풀리지 않은 의문은 이소령을 향한 김진기의 악의적 행동의 원인이다. 김진기가 이소령을 찍은 이유는 '감잔가'라는 말 때문이다. 자기 이름은 누구도 건드려서는 안 되는 신성한 이름이라는 것은 타인에게는 자만이지만 김진기 본인에게는 자존심이었던 것.『싸움의 달인』은 자존심에 대한 이야기이기도 한 것이다. 자존심은 먹자골목에서 15년간 돼지 내장을 주무른 진희 이모에게도 있는 것이어서 "내 젊음을 모두 쏟아부어서 키웠고 우리가 만든 먹자거리"이므로 "못 나가는 것이 아니라 안 나가는 것"(106~107면)이다. 찐빵 삼촌이 소령이가 신청한 면회를 거부한 것도 그에게 남은 마지막 자존심의 표현일 수도 있다.

괴물 자본의 시대에 맞서는 수단으로 인간 존엄의 감각을 담고 있는 자존심이라는 감성은 의미 있는 대척점으로 보인다. 김진기 아버지가 빼앗으려고 한 것은 돈이었으나 삼촌과 진희 이모가 지키려고 했던 것은 자존심이었다. 소령이가 엿보게 된 싸움의 진짜 무기, 훼손될 수 없

---

7 서영채「괴물시대를 사유하는 서사의 윤리」,『미메시스의 힘』, 문학동네 2012, 451면.

는 그것. 그러나 『싸움의 달인』이 그것에 방점을 두었는지는 의문이다. 김진기는 악의적인 행위만 부여받았지 끝내 자신의 자존심에 대해 말할 수도 없었고 순수한 악으로 남았을 뿐이다.

자본의 민낯을 동화의 자리에서 본다면 어떤 모습일까. 아이들이 알아야 할 현실이라는 확신 아래 자본의 얼굴을 가린 장막을 좀 더 걷어내 볼 필요가 있다. 자본의 힘이 막강하면 그 막강한 힘을 빼 보는 것, 기껏해야 계란으로 바위를 더럽힐 정도라도 해 볼 일이다. 자본을 비웃고 비틀고 오염시키는 것, 자본의 외피 속에 숨어 폭력을 휘두르며 사는 김진기 아버지들을 무릎 꿇릴 수는 없어도 휘청거리게 만드는(다시 쓰는) 것은 동화라서 가능한 도전이다.

전달하고자 하는 서사가 선명한 것은 좋은 의도일 것이다. 알아야 할 진실이거나 기억해야 할 사건이라면 더더욱 그렇다. 그렇더라도 그 사건 속에 스며 있을 비가시적인 것들을 발견하고 드러내고 자리를 만들어 주는 것이 더 문학적일지도 모른다.

일상의 공간, 작은 정치의 발견

진형민 동화는 사회적 문제나 정치적 이슈를 전면화하는 대신 교실이나 재래시장, 학교 운동장 등 일상의 장소를 정치화하여 작은 정치를 실험한다. "정치적 사건들을 특수하게 신성한 공간 속에 보존하는 대신 음악을 듣고 연애하고 친구 사귀는 일처럼 일상적이고 익숙한 공간을 데려온"[8] 것이다. 정치적인 것의 실현 과정, 시민으로서의 잃어버린 권리, 파편화된 존재들이 공동체적 유대를 회복하는 과정들이 흙먼지 풀풀 날리는 학교 운동장에서 모두 일어날 수 있다는 것, 운동장은 아이들의 광장이다.

진형민의 정치적 관심은 분명하다. 『기호 3번 안석뽕』(창비 2013)은 '강자에 의해 구조화된 세상'에 대한 질문으로서 교실에서 벌어지는 선거와 재래시장의 골목상권 투쟁 과정을 통해 권리 회복의 가능성과 방향을 보여 주었다. 『우리는 돈 벌러 갑니다』(창비 2016)는 자본으로부터 소외당한 공부방 아이들의 욕망과 좌절, 아이들다운 대안을 유쾌하게 보여 주었다. 『소리 질러, 운동장』은 정치 행위가 궁극적으로 도달하려는 지점, 즉 '함께 잘 존재해야 하지 않을까'라는 것에서 시작된 이야기다.[9] 학교라는 모호한 공간이 아니라 운동장이라는 육체화된 공간에서 아이들이 직접 보여 주는 공유의 감성은 진형민 동화의 정치성을 가능케 하는 미학적 장치다.

이 운동장에서 아이들이 경험하는 일들은 현실의 시민이 겪는 사회적 문제, 정치적 실현 과정과 다르지 않다. 야구부 선수지만 물이나 떠다 주는 김동해는 야구부에서 배제된 자다. 좋아하는 것과 잘하는 것이 달라 소외된 김동해는 야구 실력 대신 정의로움을 가졌다. 그러나 내면화된 경쟁이 정정당당함으로 포장되어 표면화된 것이 스포츠고 그것이 더 이상 정정당당하지도 않은 것이 현실이다. 우리 팀을 위해 편파 판정을 할 수 없는 정의로움을 가진 김동해가 야구부 밖으로 밀려나는 것이 현실이듯이.

김동해가 공희주와 막야구를 하면서 경험하게 되는 운동장(광장)의 사건들을 통해 그의 정의로움이 어떻게 변화하는지가 중요해졌다. 진

8 진은영 「문학의 아토포스: 문학, 정치, 장소」, 『문학의 아토포스』, 그린비 2014, 175면.
9 진형민 「어린이와 시민정신」, 『창비어린이』 2016년 여름호, 74면.

형민은 김동해가 또 한번 우리 팀(막야구팀)을 위해 판정을 해야 하는 시점에서, 우리 팀이 원하는 세이프가 아니라 아웃을 외치게 한다. 동화의 윤리에 따르면 당연한 것처럼 보인다. 하지만 "공희주의 눈빛이 '세이프라고 말해!' 하지 않고 '진실을 말해!' 했"(146면)기 때문이었다는 것은 신선하게 다가온다. 사실이 아니라 진실의 중요함이 공희주라는 타자의 눈을 통해 김동해에게 도달한다는 것이야말로 함께 있어야 하는 이유이며 가치일 것이다. 운동장이 김동해에게 중요한 것은 바로 진실의 힘을 알 수 있게 도와주는 공희주가 거기 있기 때문이다. 누군가가 함께 있어 정의로움을 지키고 공간은 빛난다.

공희주는 어떤가. 야구만 할 수 있기를 바라는 공희주는 여자이기 때문에 야구부에서 배제되었다. 성역할에 대한 고정관념과 아이들을 억압하는 권력 등 아이들에게 적대적 역할을 하는 야구부 감독과 공희주가 벌이는 운동장 소유권 분쟁은 많은 의미를 내포한 상징적 싸움이다. 이렇듯 무의미했던 공간이 정치화되면서 드러나는 문제들이 심상치 않다. 공공의 장소(모든 아이들)라고 생각했던 공간이 누군가가 독점(야구부)하고 이의를 제기(막야구부)하자 숨어 있는 내 운동장(가로로 세 걸음, 세로로 세 걸음)이 눈을 뜬다. 의미 없이 흩어져 있던 내 운동장들은 막야구부가 야구를 할 수 있는 공간들이다. 습관적으로 분배되고 의심하지 않는 사이 굳어진 공간을 흔들어 새롭게 분배하려는 시도는 '내 운동장'의 권리가 행사될 때 일어나는 사건이다.

아이들의 운동장 지분을 확보하기 위해 공희주가 푼 수학 문제는 정답을 팔지 않아 뜻밖의 장면을 연출하게 되었다.

성질 급한 녀석이 애들을 모아 앉혔다. 그리고 한 문제 한 문제 답을 확인해 나갔다. 아이들 답이 모두 같으면 정답으로 치고 넘어갔고, 서로 답이 다르면 머리를 맞대고 함께 풀이를 해 보았다. (…) 옆에서 자기들끼리 답을 맞춰 보던 6학년 형님들이 5학년들을 넘겨다보며 불쑥 끼어들었다. 물론 5학년들도 뒤쪽의 4학년들에게 한 번씩 잘난 척을 했다. (…) 그러면 4학년들도 질 수 없다는 듯이 앞쪽의 3학년들에게 넌지시 한마디 했다.

"아가들아, 모르는 문제 있으면 이 형아들한테 바로 물어봐라. 괜히 너희들끼리 풀다가 머리 터지지 말고." (110~11면)

낭만적이거나 이상에 가까운 허구적 장면임이 분명하다. 그렇기에 아이들까지 경쟁이 내면화된 팍팍한 현실을 잊게 하는 이 장면을 통해 느끼는 해방감은 소중하다. 혼자서는 풀 수 없는 문제를 함께 해결한 결과 어떤 아이들은 '평생 소원인 50점'을 얻었고 막야구부는 야구를 하고도 남을 만큼의 운동장을 얻었으나 이야기가 더 남았다.

앞에서 미리 이야기했지만 김동해는 운동장 사용권을 두고 벌인 야구부와 막야구부의 경기에서 흔들리지 않고 진실을 말했고, 진형민은 무승부로 결론지었다. 그리고 아이들에게 진짜 질문을 던진다. 세상에는 승패가 나지 않는 일이 많으며 우리의 지혜, 정의로움, 진실이 필요한 문제가 거기에 있다는 것. 결론은 '딱 그만큼의 땅'이며 그렇게 합의를 보는 태도는 강압이나 폭력, 싸움이 아니라 타협이며 서로가 서로에게 '부탁한다'는 마음이다.

야구부는 운동장을 독점하지 않았고 막야구부는 필요 이상의 공간을 갖지 않았다. 이렇게 운동장에서 배제되는 아이들은 사라졌다. 운동장(광장)의 체험으로 아이들에게 각인되었을 '내 운동장'의 몫과 운동장(광장)의 공유의 감성은 작은 정치의 동화적 진실을 보여 준다.

싸움의 대상, 갈등의 대상이 모호하다는 것은 약간의 아쉬움이다. 운동장 사용권을 두고 갈등을 벌이고 그 제공자로 야구부 감독이 등장하지만 그가 원인은 아닐 것이다. 야구부는 학교의 위계질서 속에서 움직이는 조직이다. 야구부 감독에게 주어진 상징적 권력으로 권력의 실체를 대신하는 것은 억압의 대상을 단순화하는 일이 아닐까.

또한 막야구부가 운동장에서 배제된 자들의 집합체이지만 야구부가 막야구부의 적은 아니다. 야구부 아이들의 목소리를, 야구와 친구들을 알아 가며 성장하는 남나리만큼이라도 들을 수 있었다면 운동장(광장)의 작은 정치 현장이 훨씬 더 활기차지 않았을까.

그럼에도 『소리 질러, 운동장』은 아이들과 가장 가까운 운동장을 정치화하고 아이들의 일상에서 벌어질 법한 일들이 바로 정치적 사건들이라는 것을 경험하게 한다. 직접 말하지 않고 감각으로 체험하게 하는 것이 중요할 것이다.

동화의 새로운 정치적 감각을 찾아서

동화는 모든 존재를 끌어들여 새롭게 조직화하고 낯설게 해체할 수 있다. 고통받는 비인간들—버려지고 학대받는 동물, 파괴되는 자연 등—에 대해 동화는 거침없이 이야기할 수 있다. 죽음의 세계와 신의 세계, 시공간을 자유롭게 넘나드는 데 어떤 어려움도 없다. 자유롭게 넘나들고 거침없이 전복할 수 있으며 마음껏 실험해 볼 수 있다. 그런 자유로움이야말로 동화의 정치성이다.

동화는 세대를 초월하되 어린이의 삶으로 돌아오고 거기에 뿌리를 내린다. 어린이의 삶은 어른의 삶과 무관치 않다. 오히려 몫 없고 말 없는 자로서 배제되는 자들이 어린이다. 어른의 삶에 영향을 받으면서도 스스로 벗어날 힘이 없는 약자가 어린이고 어른의 삶에 반드시 영향을 주어야 하는 존재도 그들이다. 어느 순간 어린이의 언어, 어린이의 시선을 중요하게 여기기 시작한 동화적 관습이 동화의 사회성이나 정치성을 약화시킨 것은 아닐까.

이병승, 김남중, 진형민의 동화에서 우리는 어린이의 삶과 어른의 삶이 이어져 있음을 확인한다. 어린이의 삶이 사회적·정치적 행위와 결과들에 영향을 받는다는 사실은 새삼스러울 것이 없다. 이들 세 작가의 동화가 갖는 가치는 뒤죽박죽인 현실의 정치적·경제적·사회적 문제를 외면하지 않았다는 데 있을 것이다. 그들은 어린이의 삶의 '밖의 것'으로 여겨지는 것들을 동화 속에 적극적으로 끌어들이고 실험한다.

이병승의 경우 그것은 불가능한 현실의 갖가지 문제들을 아이들 힘에 의지해 크게 한번 이겨 보려는 SF·판타지적 시도였다. 김남중은 질 수밖에 없는 싸움의 현장을 정면으로 대면하며 기억해야 할 사건으로 기록한다. 진형민은 작은 정치의 가능성을 실험하며 파편화된 개인을 공동체의 유대로 조직화하는 데 필요한 공유의 감성을 찾아내었다.

이 글은 세 사람의 동화가 품고 있는 정치성에 대한 읽기였다. 이들의 작품을 조금 더 성실하게 읽어 보는 것으로 그들이 분배하고 재분배하고자 했던 감성의 분할을 따라가 보았다. 그 길에서 가시적인 것과 비가시적인 것, 시공간의 자리들과 정체성, 말과 소음 등 다양한 감각들을 경험하는 것이 중요하다. 그러나 그들의 동화는 정치적 올바름에도 불구하고 때로는 '사회적 자아'와 '동화 쓰는 자아' 사이에 꼭 필요한 거리 조절에 어려움을 겪는 것으로 보인다. 출구 없는 현실 앞에서 잠시

멈춤 하기도 하고, 그들 이전의 작품이 품고 있었던 생명력에 비해 다소 기운이 빠졌다고 느껴지기도 한다.

그럼에도 분명한 것은 동화의 내재적 특징인 정치성은 계속 실험되어야 한다는 것이다. 가시적인 것의 이면을 드러내는 것, 새로운 정치적 장소를 상상해 내는 것, 그 이면에서 드러나는 감성과 그것을 전달해 줄 동화 언어를 개발해야 한다. 이들을 통해 우리 동화는 새로운 정치적 감각의 분배를 향해 조금씩 더 낫게 실패함으로써 조금 더 낫게 성공하는 중이다.

3부

상상하면 살아나는 비밀

송찬호 동시론

들어가며

근래에 쓰인 동시 담론 중 문제적인 글로 남아야 할 김이구의 「해묵은 동시를 던져 버리자」[1]의 첫 문장은 "동시 동네만큼 조용한 동네가 또 있을까?"로 시작한다. 이 글은 동시단의 '4무(無)'를 제시한 뒤 동시단에 '제3세력'이 오고 있다고 진단하면서 마무리된다. 그가 '외부 세력'이라고 칭한 제3세력은 안도현, 김용택, 최승호, 신현림, 최명란 등이었다. '일반 시인의 동시 외출'을 주도한 제3세력이, 그간의 관습적인 창작 풍토로 말미암아 동시가 해내지 못한 작업을 보여 주었다는 것이 김이구의 판단이었다. 그 작업들이란 말놀이의 극대화, 한자를 계기로 삼은 실험, 좋은 시인으로서 갖고 있는 감수성과 세계관을 동시에서도 유

---

1 김이구 『해묵은 동시를 던져 버리자』, 창비 2014, 206~37면.

감없이 표출했다는 것 등이었다.

그로부터 10여 년의 시간이 흐르는 동안 '제3세력'의 동시단 유입은 꾸준했다. 그중 대표적인 이가 송찬호다. 『창비어린이』 2017년 겨울호 특집에서 가려 뽑은 '올해의 책'에 『초록 토끼를 만났다』(문학동네 2017)가 선정된 것은 그 입지를 확인해 준 예다.

김제곤의 총평[2]에 의하면 그간 동시집은 화제의 중심이 되지 못한 채 선정 목록에조차 오르지 못했다. 변방의 동시집이 올해의 책으로 우뚝 선 것을 두고 "동시의 역사가 새로 쓰이고 있다고 해도 과언이 아니"라는 그의 말에서 동시가 겪은 소외의 시간이 길었다는 걸 느낄 수 있었다. 이제 동시 동네는 조용하지 않다.[3] 동시 동네가 북적거리게 된 데에는 송찬호 동시 역시 큰 역할을 했다고 본다.

일반시를 쓰던 시인들이 제출한 동시로 인해 동시 현장에 혼란이 없었던 건 아니었다. 난해성과 함께 어린이 독자의 소외를 가져올지 모른다는 불안과 경계가 없지 않았거니와 무엇보다도 시와 동시의 경계가 무엇인지에 대해 헷갈려 했다. 하지만 이러한 혼란은 서로 다른 창작의 토대에서 오는 긴장으로 이해하고 동시의 영토를 풍요롭게 가꾸도록 자극하는 기제로 삼는 것이 더 유익해 보인다.

송찬호는 '올해의 책' 선정 이후 가진 인터뷰에서 동심을 "시적 대상과 만날 때의 아이다운 마음 상태가 아닐까"라고 말했다.[4] 송찬호의 동

---

2 김제곤 「주목할 시집이 많았던 한 해」, 『창비어린이』 2017년 겨울호, 59~63면.
3 2018년 현재 동시 전문 잡지로 『동시마중』 『동시 먹는 달팽이』 『동시YO』가 있으며 동시 전문 웹진 『동시빵가게』도 있다.
4 창비어린이 편집실 「『초록 토끼를 만났다』의 시인, 송찬호를 만나다」, 『창비어린이』 2017년 겨울호, 73~77면.

시론으로 들을 수 있을 법한 다음의 말을 한 적도 있다. "시와 동시가 대상을 두고 경쟁하지 않는다. 대상에 대한 문이 하나만 있다면 갈등이 생길 수 있지만, 대상에 출구를 여러 개 만들어 드나들 수 있다면 그런 일이 발생하지 않는다." 또 "시적 대상은 일시적 기분에 좌우되는 것이 아니라 원형처럼 있다. 다만 자신의 감각, 상상력, 인식에 대한 접근이 달라질 뿐이"[5]라고도 말했다. 그에게 동시를 쓰는 일이란 "시의 갈래에 반드시 동시를 담아내는 바구니가 있어야겠다는 생각"[6]을 하면서 동시에서의 수사의 마무리가 시의 알레고리, 우화를 대신할 수 있도록 '초록칠'을 하는 것이다.

그의 동시에서 동심이란 시적 대상과 만날 때 생기는 아이다운 마음 상태, 즉 '초록칠'이 아닐까. 그렇다면 동심은 각각의 동시로 나타나는 것이므로 동심은 매우 다양하다고 말할 수 있다. 시적 대상과 창작 주체 사이에서 찾아지고 경험하는 것으로서의 동심은 동시 텍스트와 동시 독자 사이에서도 같은 방식으로 존재할 것이다. 따라서 이 글은 그가 찾아낸 아이다운 마음 상태 혹은 '초록칠'의 과정을 따라가는 여정이다. 송찬호 동시를 읽고 발생하는 마음의 상태를 적어 보는 이유는 동심의 한 형태를 문자화하여 보고 싶은 욕망을 따른 것이다. 동시를 읽는 자로서 늘 조금씩만 알 것 같은 동심에 한발 다가서려는 안간힘이기도 하다.

송찬호의 붓질이 '초록칠'을 하고 지나갈 때마다 무정물의 시적 대상이 유정의 낯선 존재로 살아난다. 우리는 상상으로 살아나는 비밀과 그런 시적 현상이 주는 마음의 파동, 즉 동심을 체험할 것이다. 이 체험이 중요로운 것은 우리의 딱딱하고 굳게 닫힌 마음을 간질이고 숨구멍을

---

5 「저녁별에서 초록 토끼를 만났다: 송찬호 편」, 『동시마중』 2018년 1·2월호, 211~19면.
6 같은 글 214면.

열게 하여 결국 즐겁게 만들기 때문이다. 동시를 읽는다는 것은 동시를 공유하는 게 아니라 동심을 공유하는 것이다. 그것은 동시 독자의 원주민인 어린이와 이주민 격인 어른이 공평하게 나눠 가져도 될 '초록의 붓질'이다.

발견과 비밀의 목록

송찬호의 첫 동시집 『저녁별』(문학동네 2011)은 읽을 때마다 독자의 마음 상태에 따라 파문이 조금씩 변한다. 그래도 한결같은 것은 발견하기 혹은 '들여다보기'(이안) 하는 화자의 태도다. 발견하고 들여다보기를 하려면 걸어야 한다. 이 동시집에서 산책에 나선 시적 주체는 동네를 구성하는 사물(대상)을 발견하고 마음에 들여, 조촐하지만 처음 보는 것 같은 시골 마을을 지도에 담아냈다.

천천히 걷고 대상 앞에 오래 머물며 깊게 보아 뜻밖의 장면을 발견하는 시적 주체의 행위가 일상의 아이답다고 말할 수는 없다. 아이들은 하나의 대상에 오래 집중하기보다 빠르게 여러 가지를 보고자 달려가는 존재에 가깝다. 그러나 정말 그런가. 저수지 배꼽이 꼬르륵거리는 소리를 듣겠다고 한참을 저수지에 집중하는 아이(「저수지 배꼽」), 연못의 열쇠를 갖고 있는 오리가 돌아오기를 기다리는 아이(「연못」), 제비꽃하고 놀려고 갔다가 제비꽃 하품만 보고 온 아이(「제비꽃」)는 정말 없을까. 그렇지 않다는 걸 우리는 안다. 하루 종일 개미 뒤꽁무니를 쫓느라 땅에 코를 박은 아이는 분명 있다. 달려가는 존재도, 멈추고 발견하는 존재도 모두 아이들의 참모습이다. 다만 후자의 아이들이 조금 낯선 존재일 뿐이다.

발견은 독특한 시각과 방식을 전제로 하여, 은폐되어 있는 것을 탈은폐하는 행위다. 송찬호 동시의 시적 대상은 익숙한 것들이다. 누구나 보고 말할 수 있는 것이라는 점에서 평범하다. 하지만 시인은 마치 그것을 처음 본 것처럼 보고 말해서 잘 듣게 한다. 시인이 발견하는 것은 사물일 때도 있고 태도일 때도 있다.

우리가 「수박씨를 뱉을 땐」을 읽기 전에 "퉤"와 "풋"의 차이에 머문 적이 있었는가. '퉤'는 경험상 더럽고 위험한 뒷골목 풍경을 담고 있는 말이자 태도일 때가 많다. '풋'은 그와 반대로 발랄하고 여린 듯 "달고 시원"한 맛의 감각을 머금은 말과 행동이다. '퉤'와 '풋'은 본래 사이좋은 말이 아니었지만 이렇게 한자리에 놓아 보니 그 차이가 더 선명하다. 수박씨를 뱉는 행위로 '풋'을 선택하기로 마음먹는 순간, '풋풋풋' 씨 뱉는 소리와 '풋풋풋' 웃는 소리가 수박의 맛과 향에 버무려지면서 재미있는 말과 태도가 발견되었다.

마루를 떠나 걸으며 발견하는 주체는 또 무엇을 보고 들었을까. 먼저 접어든 길이 호박 덩굴과 나팔꽃, 토란잎 아랫길이다. 그 길 위에서 몹시 '바쁘게' 살아가는 달팽이들을 만나 그들의 바쁜 사정을 듣는다(「달팽이」). 한없이 느린 존재로만 여겼던 달팽이는 시적 화자의 예상을 벗어나 이런저런 일상의 일로 바빴던 것이다. 속도의 상대적 차이를 깨달음과 동시에 달팽이의 느린 삶을 지극히 인간 중심적으로 바라봤던 인식 하나가 깨지는 순간이다. 서로 배치되는 말과 행동 혹은 습관적인 인식을 뒤집을 때 벌어지는 감정의 낙차가 클수록 동시의 내면은 활달해진다. 이를 가능케 하는 사물과 상황의 배치는 그리 쉬운 일이 아니나 송찬호 동시는 이러한 새로운 경험을 자주 선사함으로써 눈과 귀의 감각이 트이게 한다.

사물의 이력을 완성하는 것 또한 다르지 않다. 과실수로서의 정체성을 잃은 지 오래인 돌배나무, 끝내 똘배나무가 되었다가 베어 없어진 돌배나무는 그리운 이름이 되었다. 이 사연은 쓸모가 없어져 잊힌 존재를 향한 추모와도 같다(「똘배나무」). 한때 마을을 이루는 구성 요소였으나 기능과 소용을 상실한 것들을 환기하는 대상이 똘배나무다.

단지 사물 자체에 머물지 않고 그 사물의 내력이나 영향권을 확장시키는 바탕은 인식의 힘이다. 송찬호의 동시가 단순한 듯하면서도 감상을 지연시키는 것은 동시의 내면이 독자를 사로잡아 잠시 머뭇거리게 하기 때문이다. 그런 순간이 바로 독자가 시에 개입하는 때다.

똘배나무처럼 속절없이 사라진 것들이 있는가 하면 언제나 갸륵하게 제 생명을 지키는 것들이 있다. 감자잎 뒤에다 제 몸과 똑 닮은 집을 짓고 사는 칠점무당벌레가 그렇다. 이 당당한 존재는 제 집에 편지를 보내려면 "그냥/무당벌레 집이라고 하면/편지가 안" 오니 "지붕은 빨갛고/지붕에 일곱 개 까만 점이 있는//감자잎 뒤에 사는/칠점무당벌레 집"이라 하라고 요구한다(「칠점무당벌레」). 칠점무당벌레가 생각하기에 존재는 존재 이상의 그 무엇인 모양이다. 이 어엿한 자의식이 있기에 자신이 그냥 무당벌레가 아니라 바로 칠점무당벌레라고 저리 분명하게 밝히는 거다.

이렇게 제가 누군지 또박또박 밝히는 존재도 있지만 누군가는 그렇지 않다.

서쪽 하늘에
저녁 일찍

별 하나 떴다

깜깜한 저녁이
어떻게 오나 보려고
집집마다 불이
어떻게 켜지나 보려고

자기가 저녁별인지도 모르고
저녁이 어떻게 오려나 보려고

— 「저녁별」 전문

저녁별은 자신의 존재 가치를 아직 모르는 어리고 미숙한 존재들을
환기한다. 이 시의 주체는 그렇게 자기 존재의 가치를 미처 깨닫지 못하
는 존재로서의 저녁별을 발견했다. 이미 자신이 '저녁'의 신호이고 자
신의 존재로 인해 비로소 저녁이라는 절대 순간이 생긴다는 전언이 이
동시의 중심이다.
　자기 존재의 가능성 혹은 절대성을 모르는 존재들로 저녁별의 자리
에 들어갈 수 있는 것들은 사실상 모든 존재 그 자체일 것이다. 저녁별
의 가치를 발견하는 주체의 시선을 통해 우리는 희미한 존재였던 저녁
별이, 하늘에 떠올라 비로소 저녁이 오게 하는 가치 있는 존재로 변하는
것을 경험한다.
　시의 주체가 사는 동네는 그야말로 활유의 세상이다. 이 세상은 제비
꽃이 하품을 하고 꿀벌이 나팔꽃 충치를 검사하는가 하면 저수지 배꼽
에서는 꼬르륵 소리가 들리고 시금털털 땀 냄새 나는 느티나무 겨드랑

이를 긁어 주느라 매미는 더 세차게 운다. 귤은 알고 보니 어깨도 허리도 동글하고 아무리 씻어도 노오래서 맛도 노오랗다. 마당가 한 귀퉁이에 이번 생의 터를 잡은 민들레는 사람 아이의 부주의에 밟힐까 봐 얼굴이 노오래졌다. 송찬호의 동시는 이렇듯 물질세계를 구성하는 사물의 살아 있음을 감각으로 드러낸다.

활유의 상상으로 인해 생기 넘치는 공간으로 부풀어 오르는 동네 이야기를 조금 더 들어 보자. 시골은 도시와는 겉모습은 다를지 몰라도 도시만큼이나 저마다의 생활로 바쁘다. 이곳도 치열한 삶의 공간이라 안타까운 일도 벌어진다. 팽나무가 쓰러진 사건이 그것이다. 이 팽나무는 힘이 없어 이번 태풍을 견디지 못했다. 후폭풍도 만만치 않아서 사건의 여파로 팽나무에 세 들어 살던 까치집도 부서졌는데 사과밭 주인은 까치 부부를 받아 주지 않는다. 그런데 "한창 젊을 적 나이라면 쿵, 하고 쓰러졌을 텐데/힘이 없어 팽, 하고 쓰러졌"는가 하면 한쪽에서는 집 잃은 설움을 톡톡히 당하지만 "오봉이네 자동차"처럼 새 길이 나서 "오지게" 좋은 경우도 있는 것이다(「팽나무가 쓰러졌다」). 팽나무나 까치 부부의 사연이 딱하긴 하지만 팽나무가 '쿵' 하고 장엄하게 쓰러지지 못하고 그저 힘없이 '팽' 하고 쓰러진 것이나 오봉이네 자동차가 오지게 좋아하는 모습이 우스운 걸 어쩌나. 웃을 수도 없고 울 수도 없지만 웃기기도 하고 슬프기도 한 이들 사연은 우리 삶과 하등 다를 게 없다. 이 사건은 무용하지 않다. 현상으로서의 자연이 동시의 언어로 번역되어 꽤 유별한 사건이 되었다. 우리 시야가 협소하다는 것을 알게 하는 것만으로도 이 동시의 소용은 크다. 이 세상에 시인이 꼭 필요한 이유이기도 하다.

숲의 사정은 어떤가. 상수리나무와 허리 굵기를 겨루기로 한 반달곰에겐 다급한 일이 생겼다. "그런데, 오늘 반달곰 시험 준비가 덜 된 모양이다/아침부터 상수리나무한테 헐레벌떡 뛰어와/도토리 백 개만 더 달라고 조르는 중이다"(「반달곰 시험 보는 날」). 숲 역시 저마다의 사정으로 바쁜 동네다.

이렇듯 산, 연못, 저수지, 나무, 땅속 등 송찬호 동시의 공간에서는 생명을 가진 것뿐만 아니라 생명 아닌 것도 생명을 가진 존재로 살아 움직인다. 이는 시적 대상과 시적 주체의 거리가 섞여 간섭하는 방식이 아니다. 존재하는 것들은 저마다 독립적이며 수평적이다. 인간의 눈으로 보는 게 아니라 존재하는 물질의 감각으로 통섭하는 세계의 재현이다. 이런 세계에서 느끼는 긍정적인 감정(즐거움)이 동시의 아름다움, 즉 문학의 미적 감각이다. 『저녁별』에서 송찬호는 달팽이가 사는 마을, 구름 자동차가 다니는 하늘, 잎들의 뒷마을, 호박꽃집 등 우리가 이미 보았으나 보지 못했던 사물들로 동시의 영토를 넓히고 생명을 들여 마을을 완성해 갔다.

보았으나 보지 못했던 세부 혹은 비밀을 발견해 내는 동시 쓰기의 과정은 두 번째 동시집 『초록 토끼를 만났다』에서도 마찬가지다. 송찬호 동시가 몸과 마음을 부리는 세상에는 신기하고 즐거운 일이 많다. 그리하여 우울을 위로하고 피곤으로 오른 열을 식혀 주며 언 마음을 녹여 주는 곳이다. 『저녁별』에서는 활유의 상상으로 그러했고 『초록 토끼를 만났다』에서는 비밀의 공유로 그러하다.

『초록 토끼를 만났다』는 "송찬호 동시의 스타일을 뚜렷이 새긴"(이안 「특집: 평론 현장에서 뽑은 '올해의 책' ─ 동시」, 『창비어린이』 2017년 겨울호, 30면) 동시집이다. 『초록 토끼를 만났다』에서 시도하는 인식의 실험과 이야기성의 강화는 확실히 독자 대상을 확장하는 데 중요한 기능으로 작용했다. 표제작인 「초록 토끼를 만났다」에서 중요한 건 그 말이 태어난 이후였다. 불가능의 거짓말이 초록 토끼의 가능으로 변하자 완전히 색다른 세상 하나가 펼쳐졌기 때문이다. 이렇게 비밀에 접속한 우리 눈앞으로 초록 호랑이(「초록 토끼를 만났다」), 안경을 맞추러 버스를 타고 가는 에디슨 돼지(「에디슨 돼지」), 반딧불이가 된 돌멩이 똥구멍(「반딧불이」), 우아하게 잔인한 거미(「거미줄 초대장」), 셜록 비둘기(「비둘기 탐정」), 눈썹이 허예지고 수염이 숭숭 나게 하는 선풍기(「백년 선풍기」), 우리 동네에 사는 투명 인간(「투명 인간」), 사실은 도깨비였던 우리 가족(「도깨비 가족」), 돌단추를 잃어버린 거인(「거인의 돌단추」) 같은 비밀들이 모습을 드러냈다.

토끼가 일반적인 토끼라는 범주로 이야기되지 않고 '초록 토끼'라는 유일한 의미로 이야기될 때 우리는 이 초록 토끼라는 존재에 대해 사유하기 시작한다. 토끼와 초록 토끼의 차이가 무엇인지는 사유하는 자가 얻게 될 선물이다.

초록 토끼를 만났다
거짓말이 아니다
너한테만 얘기하는 건데
전에 난 초록 호랑이도 만난 적 있다니까

난 늘 이상하고
신기한 세상을 기다렸어

'초록 토끼를 만났다'고
또박또박 써 본다
내 비밀을 기억해 둬야 하니까

그게 나에게 힘이 되니까

— 「초록 토끼를 만났다」 전문

이 동시에서 눈여겨봐야 하는 대목은 '써 본다' 혹은 '기억한다'는 주체의 적극적인 행위다. '느낀다' '상상한다' '생각한다'와 같은 비가시적·소극적 행위까지는 아직 나의 소유가 아니다. 일단 발설하는 것, 그보다 확정적인 '써 본다(기록한다)'는 행위를 통해 불가지 사태 하나를 나의 소유로 선언해 버리는 것이 중요하다. 비밀이란 너는 소유하지 못한 것을 나는 갖고 있다는 것이어서 의기양양 힘이 센 것이다. 네가 보기에는 엉터리 같은 말이지만 나는 그것들로 씩씩하다. 이것이 비밀의 비밀이다.

송찬호 동시가 발명한 비밀은 장난스럽고 앙큼하며 재미있고 슬프다가 사랑스럽고 아름다운데 또 기특하고 신비롭다가 애틋하다. 이것들은 사람의 일, 특히 어린이의 현실 생활보다는 사물과 자연에서 발명되는 것들이다. 이 비밀의 주인공들은 어린이의 현실과 그들의 생활이 동시적 배경과 바탕이 되어야 한다는 동시 윤리에서 살짝 비켜나야 우리를 찾아온다. 어린이의 현실이라는 범주에서 자유로워진 덕에 생긴 이 비밀들은 어린이와 어른이 불화하거나 관계를 어긋나게 하지 않고 오히려 공유하고 소통하게 돕는다. 인간과 자연, 인간과 사물이 각자의 삶에 충실하고 그 열심이 만들어 내는 조화로움과 개별성이 저마다의 비밀로 존재한다. 송찬호가 보여 주는 세상은 이처럼 비밀스럽지만 풍요롭고 환상적이다.

비밀은 어떻게 발명되는가. 대단한 비밀이 있는 것은 아닐까. 시인은 사뭇 대단치 않다고 말하는 것 같다.

여름에서 가을로 넘어가는 계절이

얼마나 빠른지 아니?

글쎄, 여름날 초록 기차가 터널로 쑥 들어가더니

어느새 가을날 울긋불긋 단풍나무 기차로 빠져나오더라니깐

—「기차 터널」전문

계절이 변하는 속도의 비밀은 "쑥"이라는 순간에 있다. 쑥 들어가더니 "어느새" 도착하는 것. 그렇게 사과가 붉어지기 시작한 것도 곰이 어슬렁어슬렁 걸어왔다가 지나가는 어느새 즈음이다(「이상한 곰」). 비밀은 순간의 사건이기도 하지만 우연의 행위이기도 해서 반딧불이가 보고 싶으면 새끼손톱만 한 돌멩이 똥구멍에 노란 칠을 하면 된다(「반딧불이」).

이처럼 비밀은 바로 시적 주체들이 하는 어떤 행위에서 순간적으로 태어난다. '~했더니' '~하더니' '~하자'라는 시어에서 드러나듯이 우발적이다. 그냥, 아무 생각 없이, 스윽 저지른 어떤 행위들에서 뜻밖에 생겨나는 것이 비밀이어서, 비밀을 짓는 비밀 같은 것은 없어 보인다. 세상은 잘 짜인 각본이나 계획, 숨 막히는 도모에 의해 결과가 예측되는 곳이 아니라 우연성과 변신의 쾌락이 펼쳐지는 곳이기에, 그것들이 발명해 내는 비밀은 즐거운 놀이가 될 수 있다. 이것을 삶의 태도로 삼을 만하다고 느끼게 하는 것이 송찬호의 동시이며 그가 세상에 내놓은 동시들이 대체로 그렇다.

이런 태도는 구체적인 삶의 자리에서도 꽤 유효하다. 「도깨비 가족」은 가난한 집의 잠든 척하는 아이를 내세워 그들 가족이 도깨비의 변신

체라고 상상하는 작품이다. 아이는 부모의 내력(비밀)을 "잠든 척"하면
서 듣게 되는데 알고 보니 "그때 우리가,/금 나와라 뚝딱! 은 나와라 뚝
딱! 해야 할 걸/꽃 나와라 뚝딱! 나비 나와라 뚝딱! 했"기 때문에 이들
가족이 가난한 것이었다. 결정적인 순간에 우발적으로 변심을 하고 말
았지만, 아무러면 어떠한가.

　현실의 우리는 대부분 꽃과 나비보다 금과 은을 더 좋아한다. 하지만
반드시 좋지는 않다고 믿는 족속들이 있다. 이 도깨비 부부는 분명히 그
렇다. 우리가 지금 꽃과 나비를 보며 마음이 환해지는 순간이 가능한 것
은 이 도깨비 부부 덕분이다. 그리고 이들은 그렇게 불행해 보이지 않는
다. 이것이 선하고 낭만적인 거짓말이며 동시 안에서만 가능한 환상이
라 해도 우리는 자꾸 이런 말을 듣고 싶다. 궁금하다. 잠든 척하며 비밀
을 엿들은 동시 속 화자는 과연 금과 은을 대체하는 꽃과 나비의 변주
목록을 찾아가는 것으로 방향을 잡아 갈까.

　인간 중심적인 것들을 부수며 모든 존재의 가능성을 상상하는 것, 그
(것)들의 고유성을 직조해 내는 것이 송찬호의 동시들이다. 실재하는
토끼가 아니라 초록 토끼를 상상하는 순간, 새롭게 열리는 문을 경험하
는 것이 비밀의 힘이다.

말과 이야기의 발명

　"이 낱말들을 발음하게 되는 사람은 이미 배웠던 말을 다시 배우는
사람처럼 발음기관에 닿는 그 물질성을 의식하고, 말 한마디에 사물 하
나가 솟아 오르는 현장을 참관한다. (…) 나는 나와 무관하였던 일체의

사물과 사건에 꿰뚫린다."[7]

시의 언어에 대해 말하고 있는 이 말의 현상을 우리는 송찬호 동시를 읽으면서도 경험하게 될 것이다. 시를 읽는 또 다른 이유가 있다면 그것이 감각을 훈련하고 언어를 습득하는 체험이기 때문이다.

요게 서원계곡 바람의 속눈썹
요게 서원계곡 바람의 콧등
복숭앗빛 요게 서원계곡 바람의 뺨
옹알이하는 요, 요게 서원계곡 바람의 입술

서원계곡에 아기 바람 태어나셨네
바람아, 불어오너라
아장아장 불어오너라

—「서원계곡의 바람」 전문

시와 동시를 막론하고 '바람'만큼 내력 깊은 소재가 또 있을까. 그리고 송찬호에 의해 바람 하나가 이렇게 '태어나 오는 것'을 경험했다.

이성과 상식 수준에서 바람과 아기를 조화롭게 마주 놓는 일은 낯설다. 물론 이런 상황은 송찬호의 시와 동시에서 자주 있는 일이다. 하지만 중요한 건 우리가 물기 없이 날카롭기만 하던 겨울바람을 밀어내며 오는 봄바람의 속살을 알고 있었다는 것이다. 다만 알고 있을 뿐, 이 바람이 주는 감각을 옮길 말이 없었다. 송찬호는 복숭앗빛 꽃을 피우며 오

---

7 황현산 「시 쓰는 몸과 시의 말」, 『잘 표현된 불행』, 문예중앙 2012, 27~28면.

는 이 가볍고 부드러운 바람을 "아기 바람이 태어나셨네"라고 말함으로써 생경한 단어 하나 없이 사랑스럽고 갸륵한 바람의 비밀을 말한다. 우리는 비로소 "바람의 속눈썹, 바람의 콧등, 바람의 빰, 바람의 입술"이라는 말을 얻었다.

초록 토끼라고 말하는 순간 토끼는 질적으로 다른 존재가 되어 나타난다. 이때 초록 토끼는 무한한 변화 가능성을 머금은 존재다. 우리의 시각은 토끼에서 초록 토끼로 열렸고 시인은 그동안 은폐되어 있던 초록 토끼를 가시화했으며 이는 보이지 않는 세계의 이면을 드러내는 일이다. '안 보이는 것'이 아니라 '못 보는 것'을 보여 주는 게 송찬호가 동시로 말하는 방식이다. 이처럼 사물이 존재할 가능성의 용적을 넓히는 상상은 새로운 차원의 열림이며 인식의 지평을 넓히는 계기로 작동할 것이다.

안경을 쓴 에디슨 돼지(「에디슨 돼지」), 셜록 비둘기(「비둘기 탐정」), 딴딴한 물(「소금쟁이」), 아주 조그만 돌멩이 똥구멍(「반딧불이」), 눈썹이 허예지고 턱 수염이 숭숭 나게 하는 백 년 된 바람(「백년 선풍기」), 제비꽃의 하품(「제비꽃」), 느티나무 겨드랑이(「느티나무에서 매미가 더 세게 우는 이유」) 같은 말들은 대상과 거리가 멀고 모순이며 불화하는 것처럼 보인다. 하지만 이 말의 발명은 우리를 설득하고 오히려 이 낯선 상황이 즐거움으로 다가오게 한다. 이를 송찬호가 시도하는 실험이라고 봐도 좋을 것이다.

송찬호 동시에서 언어의 발명과 함께 또 하나 눈여겨보게 되는 것이 『초록 토끼를 만났다』에서 특징적으로 시도되는 이야기다. 시인은 『초록 토끼를 만났다』에 첫 동시집과 다른 새로운 모습과 변화를 담으려 했다. '이야기로 꾸며 볼 만한 동시'로 그는 '실질적인 아이 화자의 등장이 없더라도 동시를 끌어갈 수 있다고 생각'한 것이다.[8]

거미줄을 쳐 놓고 나비를 잡아 우아한 식사를 즐기겠다고 말하는 「거미줄 초대장」, 이상하게 그가 지나가니 사과가 빨갛게 익는 사건이 벌어진다는 「이상한 곰」, 할아버지와의 추억을 간직하고 있는 「느티나무 구멍」, 나의 가난의 연원을 밝히는 「도깨비 가족」, 쿵쿵쿵 심장 뛰는 소리가 거인이 돌단추를 찾으러 오는 소리라고 말한 「거인의 돌단추」, 인간과 곰의 적당한 거리에 대해 말하는 「산뽕나무」 등은 이야기를 품은 동시들이다.

그중에서도 「아기 바구니」는 시인 자신이 말한 '자기 나름의 형식을 만들어 가는 과정'을 보여 주는 동시다.

아기를 담은
바구니가
강물에 떠가고 있네

바구니 안
아기는 방긋방긋 웃으며
손에 꼬옥 쥐여 준 딸랑이를 흔들며

엄마는 일하러 갔겠지
아기를 맡길 데 없어
저렇게 시간의 강물에 띄웠겠지

---

8 「저녁별에서 초록 토끼를 만났다: 송찬호 편」 217면.

한참 흘러 흘러

저녁이면 엄마한테

가 닿을 수 있겠지

—「아기 바구니」 전문

이 동시를 선뜻 우리가 아는 동시로 받아들일 수 있을까. 일단 담겨
있는 이야기가 단순하지 않다. 이 시대의 현실을 담고 있으면서도 오래
된 이야기를 함께 풀어놓아 어떤 상황의 유구함을 알리면서 동시의 겹
을 늘려 잡았다. 과연 어떤 이야기들이 섞여 있을까.

우선 바구니에 담겨 버려진 아기 이야기가 있다. 우리는 태어나지 말
았어야 할 아기가 태어났을 때 그 아기를 살리는 방법으로 바구니에 담
아 강물에 띄워 보냈다는 이야기를 알고 있다. 성경의 출애굽기에 등장
하는 예언자 모세는 이집트 왕의 명령에 따라 강물에 던져 죽임을 당해
야 하는 사내아이로 태어났다. 아기를 더 숨겨 둘 수 없게 되자 그의 어
미는 갈대상자를 얻어다가 역청과 나무진을 바르고 그 속에 아기를 뉘
어 강가 갈대 숲 속에 놓아두었다. 그 뒤 공주에 의해 길러졌다.

여기에 동요 「섬집 아기」도 떠오른다. 일하러 간 엄마를 기다리다가
섬집 아기는 팔 베고 스르르 혼자 잠이 든다. 우리는 노래의 1절만 주
로 불렀으나 2절의 내용은 예상대로다. "아기는 잠을 곤히 자고 있지
만/갈매기 울음소리 맘이 설레어/다 못 찬 굴 바구니 머리에 이고/엄마
는 모랫길을 달려"온다. 엄마의 마음이 그렇지 않은가. 바구니는 동서
고금 막론하고 아기를 담아 기르던 도구였고 현대에 와서는 아기 바구
니를 유모차라고도 부른다. 일하는 엄마를 둔 이 시대의 아기들을 담은
바구니는 여전히 시간의 강물에 떠서 흘러가고 있다.

상상하면 살아나는 비밀   203

그러니까 이 동시는 유모차를 탄 아기를 보고 있는 시적 주체의 마음을 표현한 것이다. 일하러 가는 엄마가 아기를 강물에 버리지는 않았다. 하지만 아침마다 반복되는 이별이 아기에게는 죽음과도 같다. 시간의 강물은 흘러야만 한다. 시간이 가고 저녁이 되어야 엄마가 돌아오기 때문이다. 그런데 이 이별의 과정은 그 후로도 '한참 흘러 흘러' 꽤 오랫동안 반복, 지속될 것이다. 이 동시에서 슬픔이 느껴진다면 아마 그런 이유 때문일 것이다.

　이 동시에서 강물은 버림받은 아기를 실어 나르는 상관물이기도 하면서 시간의 흐름을 풀어놓은 감각이기도 하다. 시간의 흐름은 눈에 보이지 않으나 흐르는 강물은 눈으로 볼 수 있다. 이 동시에 유독 생각이 많이 모이는 이유는 마치 이 아기가 홀로 있는 것처럼 보인다는 점 때문이다. 이 지점은 독자의 사유를 지연시킨다. 엄마는 일하러 갔지만 현실의 아기에게는 보호자가 있다. 그런데도 시의 화자는 '아기를 맡길 데 없어 저렇게 시간의 강물에 띄웠겠지'라고 생각한다. 사실 관계를 떠나, 유모차를 탈 정도로 어린 아기가 엄마와 헤어졌다는 자체만으로도 아기는 혼자 견디는 것이다. 엄마와 아기를 갈라놓는 사정은 감춰져 있지만 현실의 아기들이 엄마 없이 시간의 강물을 혼자 흘러가야 하는 까닭을 우리는 안다.

　우울하지만 그것에 빠지지 않고 끝내 이 동시가 위로와 안심으로 단단해지는 이유는 바로 아기의 모습 때문이다. 아기는 "방긋방긋 웃으며/손에 꼬옥 쥐여 준 딸랑이를 흔들며" 시간의 강물을 이겨 내고 있다. 그저 견디는 것이 아니라 방긋방긋 웃으며, 딸랑이를 흔들면서 아직 한참 멀었지만 저녁이면 엄마한테 가 닿을 것을 아기는 알고 있는 것 같다. 여기서 "꼬옥"은 엄마의 '꼬옥'이면서 아기의 '꼬옥'이다. 아기와 엄마를 떼어 놓는 현실은 슬프다. 그러나 이 동시는 엄마가 꼬옥 쥐여 준 미안과 걱정을 아기가 꼬옥 움켜잡았다. 그리고 엄마의 걱정에 마치 응답하듯 아기는 딸랑이를 흔든다. 이렇게 이 동시는 엄마 없는 하루를 견디는 아기를 향한 믿음이 그 비슷한 처지의 누군가를 위로하는 이야기가 되었다. 저 작은 생명의 최선이 슬픔을 이겼기에 눈물 나게 갸륵하다.

「아기 바구니」의 힘은 슬픔의 정서를 걷어 내지 않으면서도 슬픔에 빠져 버리지 않았다는 데에 있다. 슬픔이 없는 삶은 없다. 다만 견디고 이기기 위해 애쓸 뿐이다. 모든 존재가 제 나름의 슬픔을 갖고 있으며 그걸 이기며 살아 내는 것이 삶이라는 말은, 슬픔을 없애는 것보다 더 큰 위로가 될 수 있다.

몇 편의 동시를 예로 들어 살폈지만 언어의 발명은 송찬호 동시 전반에 걸쳐 특징적으로 나타난다. 우리는 그의 동시를 통해 새로운 말을 배우게 되었다. 이야기를 품은 동시는 이렇게 발명된 말들로 구성되어 말의 소비가 적고 여백을 많이 남긴다. 그만큼 독자의 개입이 자유롭고 상상의 영역은 넓어졌다.

시와 동시, 두 갈래 길

송찬호의 시와 동시는 두 갈래 길 위에서 따로 또 같이 만나고 갈라지다가 결국엔 나란히 간다. 마치 그의 동시 「산뽕나무」(『초록 토끼를 만났다』)에서 산에 사는 곰과 산 아래 사는 사람들이 서로 다치게 하지 않고 빼앗지 않으면서 사이좋게 산뽕나무 그늘을 공유한 것처럼 사이가 적당하다. 송찬호의 시와 동시는 「산뽕나무」의 세계와 닮았다.

시집 『고양이가 돌아오는 저녁』(문학과지성사 2009) 뒤표지에서 그는 사는 곳 작은 고개에 지천인 쑥부쟁이를 대상으로 두 편의 시를 완성했으나 두 편 다 마음에 들지 않아 쓰다 만 시가 되었다고 하면서 "나는 「쑥부쟁이」를 다시 고쳐 쓸지도 모르겠다. '쑥부쟁이 촌장'이나 '쑥부쟁이 모자'로 아예 다르게 말할지도 모르겠다"라고 적었다.

독자가 서 있는 때와 마음 상태에 따라 달리 읽히는 시와 동시처럼, 시인이 대상을 대하는 태도도 때에 따라 달라진다. 그토록 많은 시와 동시가 쓰였대도 또다시 시와 동시가 새롭게 쓰이는 것은 언제나 처음인 것처럼 대상에 닿고자 하는 시인의 태도 덕분일 것이다. 이 태도의 차이를 따라가 보면 그가 말한 동시의 출구를 가늠해 볼 수 있지 않을까.

그는 시에서 다룬 대상을 동시에서도 다룬다. 반달곰, 눈사람 혹은 투명 인간이 그것이다. 어떤 시집의 시는 동시로 읽어도 된다고 하지만 시집과 동시집의 자리가 다르다면 거기 있는 텍스트도 그 집에 맞게 읽어야 할 것이다. 먼저 반달곰 이야기를 들어 보자.

시집 『고양이가 돌아오는 저녁』에 있는 반달곰네는 지리산 제승대 옆 등산로에서 휴게소를 운영한다. "솔내음차, 바위꽃차, 산각시나비팔랑임차, 뭉게구름피어오름차" 등을 파는데 등산객들이 즐겨 찾는 차는 "맑은바람차"다(「반달곰이 사는 법」). 게다가 반달곰은 등산 안내까지 하는데 부부는 곧 부모가 될 모양이다. 이 시에서 태어난 아기 곰이 동시집 『저녁별』에서 "겨울잠을 자기 위해/도토리를 먹고/얼마나 살을 찌웠는지" 허리를 재어 보는 날에 시험 준비가 덜 된 모양인지 "헐레벌떡 뛰어와/도토리 백 개만 더 달라고 조르는" 반달곰(「반달곰 시험 보는 날」)이 아닐까 생각해 본다.

반달곰과 차(茶)의 상상, 반달곰과 도토리의 상황은 시냐 동시냐에 상관없이 둘 다 동화적으로 다가오는 풍경이다. 시인의 의도가 어디에 있는지는 정확하지 않으나 시집의 자리에 있어 시로 읽고 동시집의 자리에 있어 동시로 읽기를 원한 거라면 그렇게 읽었을 때 어떤 차이가 생길까.

시 속의 반달곰 부부는 생활과 생존의 문제로 고민스럽다. 동시 속 반달곰은 겨울잠을 자기 위해 살을 찌우는 시험을 봐야 하는데 아직 준비가 안 됐는지 상수리나무에게 도토리를 더 내놓으라고 한다. 시 속 반달곰 부부의 생활은 생존을 위해 무언가를 팔고 두 배의 노동을 하면서 지켜야 하는 정지의 세계다. 반면 동시 속 반달곰의 생활은 살을 더 찌워야 하는 생기와 성장의 세계다.

지키는 삶과 성장하는 삶은 다른 듯하지만 그렇지 않다. 어른이나 아이나 그들이 처한 생활의 곤경은 마찬가지다. 각자 삶의 충실함에 대해 말해 보려는 시적 주체의 태도가 반달곰 부부와 어린 반달곰의 생활을 구분해 냈을 것이다. 생애 주기에서 성취해야 할 삶의 과정을 살아 내는 것은 아이나 어른이나 최선을 다해야 하는 일이다. 다만 성장이 멈춘 삶(시의 삶이며 어른의 삶)은 생기가 없는 것처럼 다가오지만 어린 반달곰의 삶은 그것과 반대(생기와 성장이며 아이의 삶과 동시의 삶) 감각으로 다가온다.

반달곰에 대한 시와 동시가 생활의 구체를 바탕으로 개별 존재의 삶을 수평적으로 제시하면서 차이를 드러냈다면 시집 『분홍 나막신』(문학과지성사 2016)에 실린 시 「눈사람」이나 「환(幻)」, 동시집 『초록 토끼를 만났다』에 실린 「눈사람」과 「투명 인간」은 시의 추상과 동시의 구체로써 차이를 드러내며 송찬호 동시의 출구를 감각하게 한다.

시집의 「눈사람」이나 동시집의 「눈사람」은 둘 다 눈을 굴려 만든 형상을 대상으로 삼고 있다. 하지만 시에서의 시적 화자는 이 눈사람의 형상이 "기나긴 겨울전쟁에서 패하고/간신히 고향으로 돌아가는/상이군인" 같다고 느꼈다. 한여름 열차에 동승했는데 눈사람은 화자보다 먼저 내렸으나 흔적 하나 남겨 두지 않았다. 한여름의 눈사람이라는, 상식을 뒤엎는 상황이 벌어졌으나 이 시의 눈사람은 무엇을 상징하는지 명확하지 않다. 상이군인 같다는 비밀스러운 존재를 살짝만 내보여 놓고 눈이 녹듯 완벽하게 사라지게 함으로써 독자의 눈앞에 더 많은 잔상이 남게 하였다.

그렇다면 동시 「눈사람」은 어떻게 형상화되었는가. 눈이 오면 돌아오는 눈사람은 "눈나라를 찾으러 온 하얀 독립군"이다. 눈이 녹으면 아마 하얀 독립군은 또다시 제 나라를 잃을 것이다. 하지만 걱정이 없다. 반복되는 계절 주기에 따라 우리는 눈사람과 함께 겨울마다 "신이 나서 만세를 부를" 것이다. 하얀 독립군은 겨울마다 확실한 존재로 돌아와 나라를 되찾고 이길 것이다.

시의 눈사람은 피곤하고 생기 없으며 패배한 상이군인이지만 동시의 눈사람은 씩씩하고 생기발랄하며 승리한 독립군이다. 시의 눈사람은 시간의 질서를 어긋나게 하여 모호해지면서 눈사람의 이미지를 벗어 내고 있다. 동시의 눈사람은 시간과 물질의 질서 안에서 시간의 비밀 혹은 계절의 약속을 수행하는 대상이다. 동시의 눈사람은 독립군이라는 구체적이고 긍정적인 형상으로 표현되었으며 이로써 눈사람은 겨울마다 더 단단하게 제 모습을 지킬 것이다.

한편 시 「환(幻)」에서는 오직 시의 주체만이 '활짝 핀 벚꽃나무 아래를 어떠한 접선도 없이 지나간 수상한 사람'을 알아챘을 뿐, 수상한 사람은 아무것도 아닌 존재로 없는 것과 같다.

아무것도 의심할 것 없는

화창한 사월의

어느 날 오후

—「환(幻)」 부분

아무것도 아니며 아무 일도 일어나지 않는 사월의 오후는 벚꽃의 계절임에도 불구하고 생기 없는 흑백 풍경 사진처럼 보일 뿐이다. 수상한 사람은 더욱 수상한 사람이 되어 불길한 채로 남아 버렸다.

반면 동시 「투명 인간」에 나오는 수상한 사람은 "약을 잘못 먹고/투명 인간이" 된 존재로서, 구체적인 실체로 등장한다. 수상한 사람은 아무런 접선이 없지만 투명 인간은 "내 뒤통수를 톡 치고 지나간다." 없는 것이 아니라 눈에 안 보이는 것뿐이다. 그런 존재를 발견하면 세상에는 어떤 일이 벌어질까.

나는 빙긋이 웃으며

뒤돌아서

까딱 인사를 한다

우리 동네가 점점 재밌어지고 있다

—「투명 인간」 부분

세상의 일에 관여하는 시적 주체의 경험은 시에서는 아무 일도 없는 것으로, 동시에서는 재미있어지는 것으로 나타났다. 수상한 사람은 추상으로 불안하지만 투명 인간은 구체이며 재미를 주는 존재다. 아름다운 벚꽃을 보면서도 아무런 내통이 없는 것과 보이지 않는 사람과 주고받은 소통의 결과는 우리 마음속 파문도 다르게 그린다.

도식적인 비교의 위험성을 감수하고 시와 동시를 함께 읽어 보았다. 시와 동시를 함께 쓰는 시인이 같은 대상을 시와 동시로 달리 쓴 텍스트는 그가 지닌 동심의 구체를 엿보는 계기가 될 수 있다.

나가며

인간의 눈으로 본 세계, 혹은 인간 중심의 의인(화) 세계보다 반경을 더 넓혀 잡은 활유(活喩)의 세계는 송찬호 동시의 시적 공간이다. 생기 없는 사물 혹은 자연현상에서 생기와 발랄, 유정(有情)의 감각을 발명해 내는 것은 동시의 오래된 창작법이고 송찬호 동시 또한 그렇다. 그러나 송찬호 동시는 유별나다. 거기에 잘 어울릴 것 같지 않은 사물이나 사건을 배치하고 거기에서 생기는 의외의 낙차는 그의 동시가 재미와 의미를 함께 얻도록 기능한다.

아이들은 자라는 동안 세상 만물이 살아 있다고 믿는 시기를 거친다. 그러나 이 생(生)과 활(活)로 꽉 찬 마음의 시기는 그리 길지 않다. 동시는 이러한 마음을 회복하고 재현하는 데 정성을 다하는 장르이다. 새롭다 할 것 없다 해도 이 활유의 상상은 송찬호 동시에 다다라서야 유난히 빛나는 창작법이자 동시 정신이다.

송찬호 동시는 보이지 않으나 없다고 말할 수 없는 비밀의 세계에서 태어나기도 한다. 세계의 이면은 송찬호 동시가 발생하는 또 하나의 장소다. 그는 물질세계 내에 있는 구체적이고 개별적인 존재를 마주 보기도 하지만 그 존재의 이면도 발견하고자 한다. 세계의 다면을 상상하면서 그가 발명한 동시의 언어는 긍정과 살림의 언어들이다. 우리가 그의 동시를 읽는 것은 새로운 언어를 배우는 것이다. 그가 발명한 언어를 통해 이 세계가 딱딱한 죽음이 아니라 말랑한 생명의 감각으로 가득하다는 것을 경험한다.

언어의 발명은 새로운 인식과 감각의 지평을 넓히는 계기로 작동한다. 송찬호 동시의 언어는 그저 사생(寫生)의 행위가 아니라 구체와 생활의 발명으로 세계를 확장한다. 처음 만나는 말이 난해할 때도 있다. 그렇기에 조금 특별한 동시를 갖게 되었다고 볼 수 있지 않을까.

또한 그 세계는 수평적인 세계이다. 그 세계의 주민은 모두가 개별적으로 빛나는 존재들이다. 작고 어리거나 인간이 아닌 것들, 쓸모가 적거나 소용이 다한 것들, 생활에 무용해 보이는 것들은 중심에서 밀려난 하위 존재들이다. 송찬호 동시는 이들을 발견하고 명명하여 처음 만나는 존재로 재현했다. 우리는 그것에 감응하여 세계 내에 존재하는 다른 삶을 감각하고 그 경험으로 조금씩 변한다. 그의 동시를 읽는 일은 최종적으로 우리가 더 행복해지는 과정이다. 이것이야말로 송찬호 동시를 읽는 의미일 것이다.

그 의미의 구체가 두 권의 동시집을 통해 우리에게 왔다. 『저녁별』에서는 산책하는 주체가 독자(청자)와의 대화로서 발견의 전달에 골몰했다면, 『초록 토끼를 만났다』에서는 혼잣말(비밀)로 내면을 키우며 사유하는 주체가 비밀의 목록을 전해 준다. 발견하고 사유하는 주체는 동시의 청자(1차 독자인 어린이)보다 조금 더 깊이 보는 눈을 가졌다. 덕분에 우리는 새로운 말을 얻었고 신비한 이야기를 듣게 되었다.

시와 동시를 함께 쓰는 송찬호에게는 그 둘이 다르지 않다. 시와 동시를 담는 바구니가 다를 뿐이다. 다만 대상을 바라보고 소통하며 빚어내는 색깔이 다를 뿐이다. 우리는 그의 동시를 읽고 하나 더 알게 되었다. 토끼만 있는 세상이 아니라 초록 토끼와 함께 공존하는 세상은 낯설지만 즐겁고 힘이 세다. 이런 동심의 발명은 동시의 궁극이다. 나아가 이 동심은 특정 독자 대상의 전유물로 한정 지을 것이 아니라 더 넓게 번져나가 더 많은 독자가 공유해야 할 마음이다. 동심의 품은 넓다.

송찬호는 또 다른 동시를 기획하려는 모양이다. "동심의 세계를 넘어 인간과 삶에 대한 깊은 통찰이 담겨 있는 동시를 써 보고 싶"[9]다는 그의 바람은 동시 쓰는 송찬호 자신의 바람이자 독자인 우리의 바람이다. 동시로 표현될 인간의 삶에 대한 통찰이란 어떤 지경일까. 새롭게 다시 올 그의 동시를 기다려야겠다.

---

9 창비어린이 편집실 「『초록 토끼를 만났다』의 시인, 송찬호를 만나다」 77면.

주술적 놀이의 가능성

이안 동시론

존재의 외부, 생성되는 존재들의 세계

지난 시간 우리 동시가 호명하고 언어화한 무수한 비인간 존재, 재현 불가능한 상상, 비가시적 세계의 가시화 등을 떠올려 보면, 동시는 인간의 이성과 이성적 주체성을 가장 전위적으로 해체하려는 의지였다. "시인은 보이는 것 너머 보이지 않는 것까지 자신의 삶과 몸을 통해 끄집어내는 사람"[1]이다. 동시를 읽는 행위는 인간 너머의 세계와 존재들을 만나 내 감각의 일부가 변형되는 것을 경험하는 일이었다. 포스트 휴머니즘 문학으로서 미래의 동시도 그러길 바라고 특히 이안[2] 동시는 전위

---

1 김륭 「'이안'이라는 이름의 마법사와 참기름병에 든 뱀의 비밀」, 이안 『고양이의 탄생』 해설, 문학동네 2012, 108면.
2 이안은 시와 동시를 쓰는 시인이며 평론가, 편집자, 활동가나 운동가에 가까운 동시 강연자로, 그 자신의 말에 의하면 2006년 이후 15년 넘는 시간 동안, 시집 한 권, 동시

의 맨 앞에서 미래진행일 것이라고 믿는다.

그의 시에 관한 비평적 작업이 다소 소극적이라고 느끼는 것은 그가 이미 다르게 반복하며 동시에 관해 말하고 쓰고 있는 탓이 아닐까. 다만 그의 말처럼 무의식의 껴듦으로 의식적 불가능을 낳게 되는 시처럼, 자신의 시에 대해 시인이 모르는 의미가 있다면[3] 이 글은 시인이 독자에게 '아는 체할 수 없는' 그것을 목표로 나아가야 할 것 같다.

그는 내가 아는 한 시의 말을 고르는 데 있어서 결벽에 가까울 만큼 엄격한 시인 중 한 사람이다. 그의 동시 텍스트에는 비거나 흘러나온 말이 없다. 틈 없이 단속된 텍스트를 읽으면 정확함이 주는 쾌감을 느낀다. 외부는 흔들림 없고 단정하며 단단하지만, 개별 텍스트 내부에선 의외의 반전이 잦고 이 낙차에서 이안 동시의 리듬이 태어난다. 순조롭게 쌓아 오던 시적 흐름을 일순간 깨뜨리고 기어이 새로운 국면으로 마무리한다. 이로써 심심하던 일상이 한순간에 얼어붙거나 정신이 번쩍 드는 의외성을 경험하는데 이것은 이안 동시에서 흔한 일이다.

우리 모두 알다시피 울퉁불퉁한 생김새가 모과의 존재 형식인 것처럼 개별의 존재는 그 자체로 완전하다. 이안 동시는 그런 개별 존재들의 변형 생성 가능성을 사유하는데, 존재와 존재의 접촉, 단어의 배치만으로도 가능하다는 것을 보여 준다. 그의 시에서는 존재와 존재가 미끄러지

집 네 권, 평론집 한 권, 격월간 동시 전문 잡지 『동시마중』 70권을 펴냈으며, 500개 가까운 팟캐스트 에피소드를 업로드했고, 두 번의 전국 동시인 대회를 개최했다. 시 쓰고 말하는 일이 곧 그의 삶이다. 이 평론집을 내려고 편집 교정하는 동안 그의 다섯 번째 동시집 『기쁨의 비밀』(사계절 2022)이 출간됐다. 이 글에서는 『고양이와 통한 날』(문학동네 2008), 『고양이의 탄생』(문학동네 2012), 『글자동물원』(문학동네 2015), 『오리 돌멩이 오리』(문학동네 2020)를 다룬다.

3 「이안 시인에게 듣는다」, 『동시마중』 2022년 1·2월호.

듯 서로에게 스며 기어이 새로운 존재로 다시 온다. 예를 들면 이렇다.

> 네발나비가 나풀나풀 날아와 바위에 앉았어
> 접었던 날개를 펴자
> 반짝!
> 바위가 눈을 뜨지 뭐니
>
> 바위는 이때 나비가 본 모든 것을 본 거야
> 그렇게 딱 한 번 본 것을
> 오래 맛보느라
> 바위는 오늘도 눈을 감고 있는 거지

—「외눈바위」 전문(『글자동물원』)

바위와 나비는 나비가 바위에 앉는 접촉의 사건이 있기 전까지는 개별 주체였으며 외눈바위는 미지의 존재였다. 나비가 바위에 날아와 앉아 날개를 펴는 것은 매우 평범한 일이다. 하지만 이 텍스트에서 그것은 사건이다. 바위와 나비는 접촉 사건 이후, 이전의 바위와 나비가 아니다. 외눈바위라는 전혀 새로운 존재를 구성하는 요소로서 전혀 다른 존재로 변이가 되었다. 유동성의 나비는 부동의 눈이 되고, 영원에 가까운 시간과 또 그만큼 남은 시간 동안 부동과 무정의 운명이었을 바위는 눈이라는 신체 기관을 가진 유정의 존재가 되는 존재론적 변이는 사건이다. 바위도 아니고 나비도 아닌 새로운 존재인 외눈바위는 새로 온 존재이다. 이것은 존재의 발견이 아니라 생성에 가깝다. 나비가 바위에 앉는 사건과 시적 주체의 특별한 감각이 외눈바위를 이 세계로 오게 했다. 다만 내가 감각할 수 없을 뿐, 수많은 존재가 내 주위에 우글거리고 있다는 사실은 오싹하지만 매우 즐거운 가능성이다.

이안 동시에서 접촉은 매우 중요한 순간이다. 대상과 대상은 언제나 서로에게 스미고 섞인다. 그렇다고 개별 존재가 대상을 위한 필요조건은 결코 아니다. 개별 존재는 이미 그 자체로 빛난다. 나비와 바위는 서로 접촉하기 전에도 이미 존재자였다. 새로운 존재의 탄생은 한쪽을 희생하거나 해체하는 방식으로 이루어지는 것이 아니다. 나비의 접었다 폈다 하는 날갯짓, 마치 눈을 깜박이는 것 같은 나비 본연의 속성이 중요하다. 바위의 무한에 가까운 고정성은 바위의 본질에 가깝다. 이 두 개별 존재가 있고 나서야 외눈바위는 존재의 드러냄이 가능해졌다. 타자들을 통해서야 보게 되는 비가시적 존재가 얼마나 많이 있을까.

나비가 바위에 앉은 것, 바위가 눈을 뜨고 나비가 본 것을 '딱 한 번' 본 것은 지극히 짧은 순간이었다. 무게감을 전혀 느낄 수 없을 나비의 가벼움은 어쩌면 찰나의 무게가 아닐까. 그런데 어쩌자고 바위는 나비의 눈으로 본 모든 것을 바위처럼 오래, 깊게, 굳게 오래 맛본다는 건가. 찰나에 나비의 삶, 나비의 우주가 외눈바위에게 스미고 외눈바위가 그 한순간을 영원처럼 오래 맛보는 이들 관계는 사랑의 방식, 만남과 존중의 방식이다. 작고 연약한 나비는 크고 강한 바위의 비교 대상이 아니라 외눈바위의 절대적인 조건이다. 이렇게 나비와 바위가 만나고 스며 외눈바위라는 존재가 탄생하는 것을 지켜보는 것은 마치 의식의 한 절차를 목격하는 것처럼 경이롭다.

강가에 갔더니
오리 떼가 돌멩이처럼 앉아 있더라

돌멩이야? 오리 떼야?

가까이 다가가니까

놀란 오리 떼가 푸드드득 날아오르는데

깜빡 잠에서 깬

돌멩이도 몇 점

덩달아 날아오르더라

그날 가져온 돌멩이 하나

창가에 놓아두고 기다리는 중이야

그때 날아가지 못한 오리 한 마리가

저기,

돌멩이처럼 앉아 있어

— 「오리 돌멩이 오리」 전문(『오리 돌멩이 오리』)

　두 개의 개별자가 접속해 또 다른 존재를 데려오기도 하지만 하나의 대상에서 또 다른 존재가 발견되기도 한다. 접촉의 우연성과 착각의 비정상성은 부정하거나 정정해야 하는 것이 아니라 생성의 시발점이다. 날아간 것이 오리인지 돌멩이인지, 주워 온 것이 돌멩이인지 오리인지 도무지 알 수 없는 혼돈 속에서 '오리 돌멩이 오리'는 기다림의 대상이다. 이때의 기다림 역시 축원(祝願)과도 같다. 아직 오지 않은 오리 돌멩이 오리는 비존재이지만 언젠가는 오는 존재다. 보이지 않을 뿐 없는 존재라고 말할 수 없다는 말에 우리는 동의하지 않을 수 없다. 「오리 돌멩이 오리」는 검은 비닐봉지로 변한 새인지, 아니면 새가 검은 비닐봉지

인지 어느 것이라고 단정할 수 없는 순간을 그린 「새」(『고양이의 탄생』)의
변주다. 고양이 발자국에 고인 물이 언 얼음은 고양이 발자국이 아니라
첫얼음의 발자국일지도 모르고(「첫얼음」, 『글자동물원』) 물살은 물이 꾸는
꿈, 물뱀은 꿈을 이룬 물살 한 마리(「물의 꿈」, 같은 책)일지도 모른다. 이것
과 저것의 경계를 무화시키는 사이, 우리는 여태 진실 혹은 사실이라고
인식했던 것이 그게 아닐지도 모른다는 혼돈 상태에 든다. 이렇듯 경계
를 없애 존재자의 외부로 확장하는 상상은 이안 동시에서 자주 보인다.
사물의 배치뿐만 아니라 언어의 배치에서도 새로운 존재와 의미는 온다.

앵두꽃 하양
저 많은 하양 중
어떤 한 송이는
지난겨울 앵두나무 가지에 앉아
쯔빗쯔빗 쯔,
울다 간
박새의 울음소리를 한 번 더 듣고 싶어
하얗게 귀를 열고
피었을지 몰라

앵두꽃 하양
저 많은 하양 중
어떤 한 송이는
지난겨울 앵두나무 가지에 앉아
쯔빗쯔빗 쯔,

울다 간

박새의 울음소리에 꼭 한 번 대답하려고

하얗게 입을 열고

피었을지 몰라

—「앵두꽃」전문(『오리 돌맹이 오리』, 강조는 인용자)

언뜻 반복처럼 보이는 이 동시는 문장의 낭비가 아니기 때문에 끈기를 갖고 보기를 권한다. 이 동시를 놓고 우리는 앵두꽃이 어느 해 봄에 한꺼번에 태어났는지, 아니면 몇 번의 봄을 보내면서 따로 태어났는지 생각해 봐야 한다.

이 텍스트의 탄생 과정을 생각해 보는 것은 「도라지꽃의 올해도 하는 절망」(『오리 돌맹이 오리』)을 읽었기에 가능하다. 이 시에 등장한 도라지꽃은 해마다 피지만 늘 새롭게 피고 싶은 주체다. 다르게 저만치 혼자서 피어 보고 싶었던 도라지꽃이 절망하는 것으로 보아 제 바람을 이루지 못한 것 같지만 불가능해 보이는 '다르게'가 실현 불가능한 것도 아니다. 똑같은 모양이라고 생각하는 것은 우리의 고정된 시각 탓이다. 그것을 새로 다시 고쳐 보려고 한 적 없는 주체의 시선 때문일 것이다. 반복 순환의 고리에 갇혀 도라지꽃의 절망에 동질감을 느끼는 존재자들은 도라지꽃의 동무다. 도라지꽃의 절망은 가능성이기도 하다. 절망과 가능성은 서로를 딛고 존재하는 것이고 인용한 「앵두꽃」을 보면 도라지꽃도 다르게 필 수 있다. 2연으로 구성된 「앵두꽃」은 각 연이 각각의 서사를 품고 있는 텍스트다. 한 편의 작품으로 놓여도 좋을 연이 두 번 반복하는 바람에 무게감이 가중되었다. 우직하거나 고집스러운 반복이 간절함의 다른 표현이라는 것을 깨닫는 것은 어려운 일이 아니다.

각 연의 서사 구조는 매우 닮았다. 여기에 '울음소리를 듣고 싶다'와 '울음소리에 대답하다'는 문장, 듣다와 대답하다의 주어인 '귀'와 '입'만 달리 써 완전히 새로운 존재 하양 앵두꽃을 데려왔다. 여기서 멈추지 않고 앵두꽃은 또 한 번 변주하고 이제 하양 앵두꽃은 일반명사가 아니다. 하양이라 불린 앵두꽃 중 하나는 듣는 주체의 귀이며 다른 하양 앵두꽃은 대답하는 주체의 입이다.

이 텍스트에서 앵두꽃은 앵두나무의 구성 요소(신체 기관)로 기능하기보다는 박새 울음이라는 또 다른 절대적 존재에 반응하는 또 하나의 주체적 존재다. 상황이 이렇다면 저 수만 송이 앵두꽃은 수만 개의 존재 가능성이다. 대중 속 고독자가 아니라 대중 속 개별자로 무리 지어 지는 공동의 난장. 앵두나무는 하양 앵두꽃들로 구성된 것, 대중은 개별자가 모여 만들어지는 것과 같은 이치다. 우리는 이미 앵두꽃을 보아 알고 있되 입이며 귀인 하양 앵두꽃은 이제야 만나게 되었다. 그뿐인가. 하양 앵두꽃을 귀와 입이 되게 한 박새의 울음은 어떻게 듣고 말해질 것인가.

귀 없고 입 없이 볼 때는 그저 익숙해서 무심했을 풍경일 텐데 익숙한 것이 주는 편안함이란 감각이 무디어진 상태를 이르는 것일지 모른다. 귀와 입으로 돋을새김한 하양 앵두꽃과 박새의 만남은 말해진 적 없는 사건이다.

동시성(同時性)과 다정의 세계

이안 동시에서 나중에 온 텍스트는 먼저 간 텍스트의 그림자가 되거나 서로의 이유가 되고, 마치 평행우주 속 또 다른 개별자처럼 텍스트의 세계는 확장한다. 개별 텍스트들이 서로 반응하고 확장하며 구축하는 동시성의 세계를 경험할 수 있는 것은 이안 동시가 주는 즐거움이다.

그의 시 세계에서 한 권의 시집은 하나의 세계이면서 여기에서 다루는 네 권의 시집 역시 또 하나의 세계다. 네 권의 시집이 완성되는 자연사적 시간이 세계의 횡에 해당한다면 개별적인 시적 대상의 어제(지난해)와 오늘(올해)은 이안 동시의 종에 해당한다. 종이와 화면에 오로지 문자로 구축해야 하는 이 세계는 짧으면 1년, 길면 수천 년이 걸리는 대서사다.

그의 말처럼 그의 동시가 모과, 또는 모과나무, 고양이, 돌이거나 바위, 앵두, 그림자, 꽃, 나비, 뱀, 물 이미지를 반복하는 것은 시각의 계보를 파악하고픈 욕망일 것이다.[4] 어떤 도라지꽃은 올해도 다른 꽃이 되지 못해 절망하겠지만 또 다른 시선의 주체는 지난해와 다른 도라지꽃을 봤을지 모른다. 그가 소재를 반복해 '매일 보지만 대상이 지니는 수많은 면모'를 '새롭게' 보고자 하는 것은 의미 있는 행위다. 그의 시적 행위를 통해 우리는 개별 존재와 개별 존재의 전체를 동시에 만나게 될 것이다. 이를테면 모과는 모과면서 모과나무, 혹은 모과들이면서 모과나무들이다. 2008년의 모과나무(『고양이와 통한 날』)는 껍질이 들뜨도록 자라느라 애써 새끼손톱만 한 모과를 맺었고(「모과나무」), 이 모과는 못생긴 얼굴이 아니라 단단한 주먹(「모과」)이었다. 2012년의 모과(『고양이의 탄생』)는 어떤가. 그날의 모과 한 알은 생쥐네 방을 가득 채울 향이다. 사람의 방을 채울 만큼은 크지 않다는 것인지, 아니면 사람이 아니라 생쥐의 방을 의도한 것인지 알 수 없다. 중요한 건 누군가의 방을 가득 채워 줄

---

4 같은 글 100~101면.

모과의 향을 맡는 누군가의 마음의 상태일 것이다.

그런가 하면 또 모과는 사람과 사람이 눈을 맞추게 하는 매개여서 그 소중한 모과는 '(꼭)' 두 손으로(「모과」, 『글자동물원』) 주고받아야 한다. 이 동시에서 모과를 든 손과 마음을 문자로 표현한 저 "(꼭)"은 재미있다. 괄호와 괄호 안의 '꼭'은 행위이자 행위 주체의 태도를 문자화한 것이다. 또한 괄호가 모과를 든 손의 형상이라면 '꼭'은 문자화된 모과여야 한다. 이것은 사회적 약속이 아니지만 이안이 창안한 동시어(語)로서 그의 시 세계에서는 특별한 의미와 자격을 갖는다. 대개 이런 행위의 결과는 의미의 강조로 되돌아오거나, 「른자동롬원」(『글자동물원』)에서처럼 문이 곰을 열고 탈출하는 전복적인 상황을 목격하는 일이어서 우리는 즐겁다. 어슐러 르 귄(Ursula K. Le Guin)의 말처럼 "새로운 언어에는 고유한 신화와 세계관이 담겨" 있다. 시인들은 아무도 직접 듣거나 전해 들은 적 없는 언어로 행복한 존재들이다. 우리는 고양이가 입에 조붓한 길 하나씩 물고 태어났다(「고양이의 탄생」, 『고양이의 탄생』)는 것을 알 길이 없었다. 이 동시를 통해 비로소 고양이가 살아 낼 이야기의 탄생을 목격하게 되었다. 대부분의 좋은 것들과 모든 예술이 그러하듯, 하는 것 자체만으로 즐겁고 좋은 것이다.[5]

또 있다. 어느 날의 모과는 지상에 떨어진 달이며, 이제껏 상상해 본 적 없는 달의 향이다(「모과나무 달」, 『글자동물원』). 이미 그가 모과가 아니라 달이라고 명명했기에 떨어져 상처가 난 것은 모과이면서 달이다. 당연히 모과의 향 또한 모과 향이며 달의 향이다. 달과 모과는 우주적 거리만큼 서로에게 먼 존재들이었다. 도무지 접점이라곤 없는 두 대상은 그

---

5 어슐러 르 귄 「언어 만들기」, 『찾을 수 있다면 어떻게든 읽을 겁니다』, 이수현 옮김, 황금가지 2021.

러나 '노오랗다'는 점이 닮았으므로 이 텍스트의 진술은 과학적 사실은 아니나 상상적 진실이다. 먼 것, 혹은 불가능한 것을 손안에 담을 수 있게 된 것이다. 달이 온다면 모과 향으로 올 것이며 모과는 모과이면서 또 달이기에 우리는 달을 쥘 수도, 향을 맡을 수도 있다. 그뿐인가. 모과나무는 그 자체가 모과나무 본질이다. 빨간 눈, 하얀 털, 용수철 같은 뒷다리를 가진 게 토끼이듯, 모과나무는 모과나무다. 다른 말이 필요 없는 절대적 존재(「모과나무」, 『오리 돌멩이 오리』)라는 것을 잊어서는 안 된다.

이것은 모과나무의 진화도 아니고 순차적인 변화도 아니다. 이전에는 말할 수 없었을 뿐이다. 이 모과나무는 동일한 대상이면서도 서로 다르게 동시에 존재한다. 하나의 존재는 전체를 구성하는 부분이면서도 전체는 개별 전체가 확장된 세계이기도 하다. 동일성과 동시성이 경계 없이 넘나드는 세계가 이안 동시의 세계이다. 개별 존재자로 빛나면서도 또 다른 존재 생성의 가능성을 품은 존재이면서 가능성이게 돕는 존재들이 그의 세계에 산다. 이런 세계를 창조하고 감당하는 자가 시인이며, 단순 직선의 시간을 사는 우리를 멈춰 세우는 것이 시였다. 같은 소재를 반복해 다시 보고 새로 말하기는 일회성의 완결된 형식과 무한 반복 가능한 놀이의 형식적 재현과 닮았다. 알다시피 동일 형식의 놀이는 시간과 장소, 함께하는 상대에 따라 새로운 놀이로 완성되는 법이다. 다만 이안의 놀이적 동시는 우스꽝스러운 상황 연출이나 재치 넘치는 말로 유혹하는 재미와는 다른 차원의 시도이다. 하나의 사물을 다시 보려면 최소한 1년이라는 시간을 기다려야 하는 일이다. 기다리는 일은 정성과 간절함이 있어야 가능한 일이고 기다림은 시간을 견디는 일이다.

그렇기에 이안 동시에서 만나는 시간성은 특별한 체험이 될 것이다. 그의 동시에 반복적으로 등장하는 시적 대상 중 돌 혹은 바위는 시간을 감각할 수 있는 중요한 소재다. 그의 동시에서 마주치는 돌(바위)은 마치 시간의 육체처럼 느껴질 때가 많다. 시간을 사는 법이란 돌을 다루는 법과 같다는 듯 이안 동시에서 돌은 시간이란 무엇인가를 곰곰이 사유하게 만드는 존재였다.

돌 지난 아기만 한 돌을
구석구석 씻겨 주는 아저씨를
잘못 들어선 골목에서 만났다

자라는 걸 잘 몰라봐서 그렇지
하루도 빼놓지 않고 씻겨 주면
영 안 자라는 것 같아도
몇 년 새
이만큼이나 자랐다며

돌의 머리통을 썩썩
쓰다듬어 주었다

며칠 전부턴
옹알옹알
옹알이도 시작했으니
몇 년만 더 씻겨 주면
안녕, 소리도 곧 듣게 될 거라며

돌의 입에

쪼옥,

입을 맞추어 주었다

—「돌」 전문(『오리 돌멩이 오리』)

　돌에서 부처의 모습을 발견하는 석공처럼, 돌을 키우는 아저씨처럼, 이안 시인에게 돌이나 바위는 도저한 부동성에 갇힌 존재가 아니다. 관습적 인식을 깨는 것도 의미가 있지만 이안 동시의 깊이는 부동성과 무정성의 바위라는 인식을 부정하지 않고 품는다는 데 있다. 깨 버리는 대신 품고 안고 쓰다듬어 새로 오는 존재를 기다리는 것이다. 주술사가 초자연적 힘이나 신묘한 힘을 빌려 주술을 행한다면 이안은 시간과 정성을 들여 보고 듣고 기다려 겨우 오는 것을 언어로 받아적는다. 「말뚝」(같은 책)에서 오리가 말뚝에 앉은 그림을 그려 보려고 개흙 속에서 꼿꼿했던 말뚝이나, 물속 말뚝에 앉은 오리 그림을 그려 보려고 아주 멀리서부터 날아온 오리는 분명 다른 욕망의 주체다. 하지만 말뚝의 부동성과 오리의 유동성, 이 둘을 연결하는 물은 이 텍스트의 상황에서 필연적이다. 너를 통해 나를 보고, 네가 있어야 완성되는 그림은 그 자체로 절절한 기다림이고 우리는 누군가에게 그런 대상이어야 한다.

　보다시피 기다리는 일은 기다리는 주체의 의지와 태도와 관계가 깊다. 기다림은 나태하거나 막연한 방치 후에 오는 뜻밖의 사건이 아니다. 기다린다는 것은 행위다. 가령 토란잎에 떨어지는 빗소리, "토토토 토토토"(「토란잎 우산」, 『글자동물원』)를 듣고 싶다면 토란을 심고 기다려야 한다. "기다리자"는 말은 권유이면서 다짐이고 꽤 긴 시간이 걸리는 일이다. 이것이 시적 주체 혹은 이안 동시가 살아가는 삶의 태도로 보이는 것은 당연하다. 연못에 비친 돌탑 그림자를 보려고 연못을 파고 돌탑을 쌓는 것(「연못」, 『오리 돌맹이 오리』)도 같은 행위다. 이 행위의 본질은 지극과 정성이다. 그리고 이것은 「오리 돌맹이 오리」에서 절정에 다다른 듯보이지만 처음부터 그랬고 그의 시의 본질이었다.

호르르르 벚꽃잎이 떨어진다

벚꽃잎 그림자가 조르르르 달려간다

벚꽃잎 엉덩이에 방석을 대어 주려고

— 「그림자 방석」 전문(같은 책)

단 세 줄로 어느 해 봄, 한 사람의 태도까지 바꿔 놓은 이 아름다운 동시 「그림자 방석」에서 주목할 것은 그림자의 행위다. 행위자로서의 그림자는 낯선 상상이다. 그림자의 개념, 그림자에 대해 우리가 가졌던 습관화된 인식을 떠올려 보라. 이안 동시에서 그림자는 본체의 증명, 전면의 후면, 타자적 개념으로서의 그림자가 아니다. 전체를 완성하는 데 필수적인 개별 존재로서의 그림자는 그림자에 대한 인식과 감각의 확장이다. 이 짧은 텍스트에서 그림자는 벚꽃이 떨어지는 걸 보고 "달려간다". 분명 벚꽃잎과 별개의 존재다. 벚꽃잎과 그림자를 분리하여 꽃잎은 꽃잎대로 환대받는 존재가 되고 그림자는 존재를 증명하는 보조자가 아니라 환대하는 주체가 되었다. 분열과 해체, 지우는 게 아니라 불러오는 것, 기다려 듣고 받아 적는 행위의 따스한 장면은 이안 동시에서 자주 볼 수 있다. 다정한 세계는 아직 오지 않은 존재를 기다리며 확장되고 깊어진다.

그림자의 변주도 특별하다. 「른자동롬원」(『글자동물원』)에서는 거울에 비친 반대의 상(글자동물원 – 른자동롬원)이었다면 『오리 돌멩이 오리』에서는 그림자로 변주되었다. 꽃 대신 꽃말을 적어 와 기르자(「사월 꽃말」, 『오리 돌멩이 오리』)는 마음 역시 그렇다. 이안 동시에서 만나는 그림자는, 그림자야말로 존재를 존재케 하는 주체일지 모른다는 듯, 그림자의 본체(원형)보다 자유롭다. 본체는 외부 작용으로 굴절되거나 휘어지지 못하지만, 그림자는 찬 바람에 미끄러지기도 한다. 돌탑이 기운 것은 돌탑 그림자가 미끄러졌기 때문이다(「봄 연못」, 같은 책). 그동안 그림자 기표에 갇혀, 보지 못했던 뜻밖의 세계를 발견하는 순간이다. 고착된 언어와 의미 사이를 어긋 내며 미끄러지기. 이것이 이안 동시의 의외성이며 즐거운 변주이며 리듬이다. 그림자 등의 역할을 지켜보면서 우리는 경계를 지우는 존재론적 사유, 경계를 지우는 게 아니라 경계의 연결을 통해 모든 존재가 연결될 수 있고 필연적으로 연결되어 있음을 사유한다. 그의 동시는 보이는 것과 보이지 않는 것, 앞엣것과 뒤엣것, 본체와 그림자, 가능한 것과 불가능한 것을 연결하여 비로소 완성되는 어떤 것들을 보여 준다. 생성되는 존재들의 나열은 그것을 하나하나 구체적으로 감각하도록 만들어 이 세계가 텅 빈 곳이 아니라 채워지는 곳으로 상상하게 한다. 그것은 외롭지 않게, 다정하게 느끼게 한다.

절망을 기다리며

해석자의 감식안에 따라 또 다른 해석이 가능한 것은 이안 동시의 특질이다. 여백이 많고 표면과 이면을 함께 감상하는 것이 가능하다.

절대적인 진리가 설령 존재한대도 그것이 정말인지 의심하는 것, 또 우리의 언어가 그 진리를 온전하게 포착했는가를 질문하는 것이 문학의 일이다. 그 질문이 있어서 앵두는 꿀벌의 날갯짓 소리가 익은 것이고 (「앵두」, 같은 책), 숫자 1은 잎 다 떨어진 나무일 수 있으며(「1은 나무 2는 오리」, 같은 책), 돌탑이 기운 건 돌탑 그림자가 미끄러진 것(「봄 연못」, 같은 책)일 수 있다.

이것은 인식 가능한 현실의 일이 아니다. 현실의 바깥에서 벌어진 일이다. 보이지 않으나 없다고 말할 수 없는 것들을 말함으로써 현실에 영향을 주는 바깥의 사유. 이안의 동시 세계 또한 이렇게 구축되고, 이것은 신화와 원시적 주술의 기능이 사라진 이후의 시에 남아 있는 놀이로서의 유전자가 아닐까. 요한 하위징아(Johan Huizinga)가 말했듯 논리적 판단의 경계를 초월하는 신화나 시 둘 다 놀이의 영역에서 움직이고 시의 사회적 놀이의 기능은 가치 있다. 알다시피 신화는 원시인의 우주론을 표현하는 적절한 매개였고 신화 즉 놀이는 이성의 한계를 돌파하여 까마득한 통찰의 높이까지 솟아오른다.[6] 현실 바깥으로 인식의 영역을 확대하되 통찰의 깊이로 독자를 매혹하는 것도 동시의 유용성이다. 이안 동시에는 분명 제의적 간절함과 지극정성이 있다.

이안 동시를 통해 나는 기다림의 의미 하나를 얻는다. 기다림은 과거에서 출발해 오늘 오는 미래를 엿보는 일이다. 오늘 또 절망하겠지만, 절망으로 오는 오늘은 미래를 부르는 기다림의 가능성일지도 모른다.

---

6 요한 하위징아 『호모 루덴스』, 이종인 옮김, 연암서가 2018.

구름의 사랑학

김륭 동시론[1]

고양이를 묻어 주고 그가 오다

길고양이 한 마리가 죽었는데 사연을 듣고 보니 자못 슬프다. 원래 도둑은 쥐였으나 누명을 쓰고 쫓겨 다녀야 했던 고양이가 쥐약을 먹고 죽었다. 어린 화자의 분석에 따르면 "집도 없이 떠돌다 많이 아팠을" 고양이가 "쥐약을 두통약인 줄 알고" 먹은 것이 사인(死因)이다. 나와 꼬부랑 할머니는 고양이를 프라이팬 비행접시(상여)에 태워 이팝나무 밑에 묻어 주었다. 「프라이팬을 타고 가는 도둑고양이」는 기꺼이 상주가 된 나와 할머니의 행위를 통해 도둑고양이로 살다가 죽은 고양이를 조문한다. 길고양이의 죽음이야 예사로운 일이겠으나 화자의 말에 이끌려

1 이 글에서 다룰 김륭의 작품은 동시집 『프라이팬을 타고 가는 도둑 고양이』(문학동네 2009), 『삐뽀삐뽀 눈물이 달려온다』(문학동네 2012), 『엄마의 법칙』(문학동네 2014), 『별에 다녀오겠습니다』(창비 2014)에 수록된 시들이다.

고양이의 고단한 삶을 돌아보는 것은 의미 있는 순간이다.

고양이를 묻어 주는 행위에 담긴 마음은 김륭 동시 곳곳에 배어 있는 사랑의 변주다. 쥐가 아니라 쥐약을 먹었다든가 쥐약을 두통약이라고 알았다는 말은 비극적인데, 어이없으면서 우습다. 심각함을 비켜나면 죽음이 이렇게 어이없거나 가볍고, 고양이를 묻어 주는 행위는 별스럽지 않지만 소중하다. 이 동시가 김륭 동시를 대표하지는 않지만 김륭 동시의 마음이 향한 길을 가늠할 수는 있다. 내게 김륭은 고양이를 묻어 주고 온 시인이며 그 마음에 깃든 것은 사랑의 정서다.

더불어 그의 시에서 주체와 대상, 사물과 사물은 이질적이지만 서로가 서로에게 닿는 데 막힘이나 경계가 없어 보인다. 이질적인 대상들의 섞임이 낯설고 어색한데 그래서 그의 동시는 새로운 독법을 요구한다. 장옥관이 『삐뽀삐뽀 눈물이 달려온다』 해설에서 김륭을 '구름 공장 공장장'이라고 부른 것은 썩 어울리는 별칭이다. 구름 공장 공장장이 만들어 낸 구름이 김륭의 동시들이다. 구름은 정형을 거부하며 자유롭게 섞이고 다양하게 변형된다. 보는 눈에 따라 다른 형상으로 보이고 하나로 규정할 수 없는 것이 구름의 내재성이다. 또한 물방울이 증발하여 구름이 되었다가 다시 지상으로 오고 또다시 상승하는 자연의 순환처럼 김륭 동시의 주체와 대상, 대상과 대상은 서로가 서로에게 막힘이 없이 흐르고 스며든다.

김륭 동시는 눈에 보이지만 형태가 없고 만질 수 있지만 손에 쥘 수 없으며 자유롭게 변하는 구름과 닮았다. 그리하여 김륭의 동시를 읽는 한 방법으로 그의 시를 '구름의 사랑학'이라고 하자.

낯선 즐거움

　평론가 김이구는 "김륭 동시는 비유의 참신성과 과감함, 단발적인 비유의 구사가 아닌 비유의 전개와 확장을 통해 새로운 경지를 개척하는데, 사물에 대한 관습적 태도와 통념을 거부하는 그의 상상력을 따라잡기가 만만치 않다"라고 하면서 이런 특징들 때문에 난해해진 김륭 동시가 다른 시인들의 동시집 독해를 통해 익숙해진 동시 독법을 배반하고 있으며 동시 읽기의 새로운 훈련을 요구하고 있고 모든 어린이가 아닌 동시 독자로서의 어린이를 불러낸다고 보았다.[2] 그의 상상력을 따라잡기가 만만치 않다는 지적에 주목해 보자. 시시각각 변하는 구름이 형태를 고정시키지 않고 끊임없이 변하는 것처럼 그의 상상력은 이성과 관습을 앞질러 가며 익숙한 의식을 흩어 놓는다. 통념을 깨는 상상력은 경험하지 못했던 것으로서 당연히 낯설다. 그러나 낯섦이 주는 거부감보다 낯선 시도들이 전해 주는 즐거움이 훨씬 강렬해서 결과적으로 그의 동시를 읽는 것은 즐거운 일이 된다. 김륭의 동시를 읽는 것은 무의식의 경험, 꿈의 체험과 비슷하다. 그의 시는 시인이 꾼 꿈 혹은 무의식의 한 장면처럼 읽힌다.

　　늙은 누렁이가 똥을 눈다
　　제 밥그릇 옆에 쪼그리고 앉아 끙끙
　　똥꼬에 힘을 준다

---

2 김이구 『해묵은 동시를 던져 버리자』, 창비 2014, 162면 참조.

그걸 본 엄마 얼굴이
누렇게 신문지처럼 구겨지지만
먼 산 쳐다보며 제 볼일 다 보는
누렁이, 똥배짱이다

쿵쿵 화장실은 없더라도
휴지는 있어야 할 거 아니냐고
콧방귀를 뀐다

끙! 엄마가 앓는 소리를 내며
부엌으로 들어가고
볼일 다 본 누렁이 밑 닦은 바람을
햇살이 슬슬 읽기 시작한다

모락모락 번지는 똥 냄새가
개나리 꽃자루 속으로
숨어드는 봄날

담벼락 위에서 가물가물 졸던
아기 고양이 콧잔등도
노랗게 익었다

——「맛있는 동화」 전문(『프라이팬을 타고 가는 도둑고양이』)

김륭 동시의 특징인 전복적인 발상이 두드러진 시다. 이 시의 부제

'누렁이가 개나리를 낳았다'는 언술은 대상과 대상, 그 말의 거리가 이성과 논리를 뛰어넘는다. 그러나 뒤죽박죽이거나 순서가 뒤바뀌는 것이 예사인 꿈으로 읽으면 누렁이 똥 냄새가 바람이라는 매개를 타고 개나리에 닿아 꽃이 피었다는 말은 오히려 일말의 논리를 갖추고 독자를 설득한다. 이러한 방식으로 시를 읽을 때 이성에 갇힌 논리가 자유로워지고 독자는 일종의 해방감을 느낀다. 이성의 논리에서 해방되면 누렁이가 개나리를 낳을 수도 있음을 시각, 청각(끙끙, 쿵쿵), 촉각(힘을 주는 똥꼬, 밑 닦은 바람, 햇살이 슬슬), 후각(뭐니 뭐니 해도 모락모락 피어오르는 똥 냄새), 미각(햇살이 읽은 누렁이 똥 맛)을 동원해 감각적으로 보여 준다.

개가 똥을 누었다는 단순 사실을 이런 방법을 사용해 시로 썼을 때 만들어 내는 풍경은 더 이상 단순하지 않다. 똥과 냄새, 바람과 햇살, 개나리, 고양이는 따로 존재하는 것이 아니라 하나의 장면 속에서 필연적으로 이어져 있다. 이것은 새로운 관계 맺음의 가능성을 체험하는 일이기도 하다. 그의 동시는 위계나 경계가 사라지고 마침내 모두가 행복해지는 경지로 우리를 데려간다. 그 매개가 이 시에서는 바람이다.

그의 시에 지속적으로 등장하는 신발, 전화기, 그림자, 나무, 달, 아파트 등은 대상과 대상의 소통의 매개로 관여하고 참여한다. 이미 눈치 챘겠지만 이 소재들은 사람과 땅(자연), 사람과 사람, 땅과 하늘, 낮과 밤, 존재와 존재 등을 연결하는 매개다. 집을 주고 하늘과 날개를 얻은 까치 부부와 아까시나무가 밤새 전화를 하는 풍경이 사람의 삶을 닮은 「3학년 8반」(『프라이팬을 타고 가는 도둑고양이』), 새 둥지가 나무와 어미새를 연결하는 수단인 공중전화로 등장하는 「나무들도 전화를 한다」(같은 책), 아빠를 향한 아들의 그리움을 실물과 상상으로 대신 표현한 「달려라!

공중전화」(같은 책), 해와 달은 나무가 훔친 자전거 바퀴라는 상상을 담은 「자전거 타는 나무들」(같은 책) 등 많은 동시들이 그렇다. 대상과 대상에서 관계의 고리를 찾아내는 일은 시인의 몫이겠지만 그것에 대해 시인처럼 반응하고 감응하려면 독자들도 훈련이 필요하다. 이런 이유로 김이구는 김륭 동시는 모든 어린이가 아니라 훈련된 동시 독자를 요구하고 있다고 본 것이다. 구름은 마디가 없는 대상이다. 어디서 뭉치고 흩어지고 사라지는지 그 경계를 알 수가 없다. 이처럼 낯선 대상들이 어느새 한데 섞이고 스미어 또 하나의 무엇을 만들어 내는 것이 김륭의 동시이다.

아래에 인용하는 시도 그렇다. 김륭 동시의 독법에 익숙해진다면 세상의 한 장면이 해석되는 순간을 맛보기에 충분하다.

나뭇가지에 앉은 새들이 고개를 갸웃갸웃 사방을 두리번거리는 것은 하늘을 나는 동안 깜빡, 잊고 있었던 제 그림자를 찾는 것이다 땅으로 내려왔으니 신발을 찾아 신어야 하는 것이다

—「새의 신발」 전문(『별에 다녀오겠습니다』)

보이는 사물로서의 새의 일상적 행동이 시인의 눈에 의해 새롭게 해석되는 순간이다. 이 해석의 결과로 하나의 의미가 발견되는데, 새의 그림자가 새의 신발이 되는 시적 순간이다. 새도 땅과 '만나기' 위해서는 신발을 신어야 한다는 상상이 동시적이라 하겠다. 그런데 이 시에는 그림자를 만드는 해가 생략되어 있다. 이 해의 존재가 있기에 생명 있는 것과 없는 것 모두 그림자를 매개로 하늘과 땅에 이어져 전체로서 하나가 된다.

그가 익숙한 사물을 낯설게 하는 일에 능숙하다고 했을 때, 그것은 특히 평범한 대상인 아파트를 다룬 시에서 도드라진다. 「황구렁이」(『삐뽀삐뽀 눈물이 달려온다』)에서 시인은 아파트에 황구렁이가 등장하는 소동을 바라보면서 아파트라는 공간을 옛것(할머니)과 현재가 섞이는 공간으로 바라본다. 황구렁이를 불러들인 아파트는 코끼리 코의 움직임과 엘리베이터의 운동 유사성이 자유연상을 거치면서 엄마를 기다리는 코흘리개 아이 이미지로 인격화되어 '코끼리가 사는 곳'(「코끼리가 사는 아파트」, 『프라이팬을 타고 가는 도둑고양이』)이 되고, 아파트 층간 소음의 고통을 코끼리의 덩치에 얹어 놓으면(「코끼리」, 『별에 다녀오겠습니다』) 소음이 주는 고통도 잠시나마 유머가 된다.

코끼리는 아파트의 공간적 이미지를 설명하기에 더없이 맞춤한 대상이다. 「코끼리」나 「코끼리가 사는 아파트」는 '크다'라는 공통점 때문에 호응이 자연스럽다. 아파트와 코끼리의 외적 이미지의 유사성에 기대 아파트는 살아 있는 상상적 공간으로 변신하는데, 아파트가 코끼리 형상으로 변환되고 거기에서 펼쳐지는 발상의 전환 장면들이 변화무쌍한 구름처럼 재미있고 발랄하다. 이러한 시들이 아파트의 외면적 특징에서 나온 발상이라면 다음의 작품처럼 안으로, 밑으로 몰입하여 감정을 그러모으기도 한다.

끙끙, 가장 힘든 1층은
누가 업고 있나?

글쎄, 어쩌면 지하에 세 든
가난한 개미 한 가족이 끙끙

용을 쓰고 있겠지

지렁이 몇 마리도
꿈틀꿈틀, 있는 힘껏
도울 거야

곰곰 생각해 보면
땅속의 개미 가족과
지렁이 몇 마리가
30층 아파트를 통째로
업고 끙끙

—「아파트」 부분(『삐뽀삐뽀 눈물이 달려온다』)

　과학이 주도한 근대화의 과정은 인간 중심적 사고가 심화되는 과정
이었다. 인간의 눈으로 보아 인간이 아닌 것을 소외했고 파괴했으며 외
면했다. 이 시는 눈에 보이는 것을 지탱하는 힘이 사실은 눈에 보이지 않
는 것들이라고 말하고 있다. 시인의 눈은 30층 아파트를 업고 있는 힘의
근원이 지렁이와 개미 가족이라는 것을 보아 낸다. 과학적이지 않지만 시
인은 이렇게 말할 수 있다. 그게 시의 특권이다. '가난한 개미 한 가족'
과 '꿈틀꿈틀 지렁이 몇 마리'는 더없이 약한 자의 모습이다. 이 약자에
게 30층 아파트를 업고 있는 주술적 힘을 장착해 줌으로써 '가난'과 '꿈
틀꿈틀'이 당당해지고 감동을 끌어내며 언뜻 통쾌해진다.

이토록 뜨거운 사랑

김륭 동시가 다루는 사랑은 설렘, 두근거림, 미움, 증오, 그리움, 외로움으로 다양하게 변주되어 나타난다. 많은 동시가 사랑의 감정을 다루었으며 김륭 동시에서는 대체로 이루어지지 못한 사랑이거나 서툰 사랑이어서 안타까운 사랑이다.

나, 너 좋아해. 고백한 소년은 소녀의 그림자 위에 소금쟁이처럼 떠 있습니다.

소녀의 그림자 밑으로 발이 푹 빠질까 봐 소년은 소리 내어 울지도 못합니다.

소녀를 만난 후 소년은 두근두근 마음이 몸을 업고 다닌다는 것을 알았습니다.

—「소금쟁이」 전문(『엄마의 법칙』)

그 사랑은 서툴러서 소금쟁이처럼 조심스러운 사랑이다. 서툴러서 자주 실패하는 사랑이다. 그러나 "두근두근 마음이 몸을 업고 다닌다"라는 말은 바로 이해되지 않는다. 이처럼 설명할 수 없어 답답한 감정이 사랑이다. 「소금쟁이」는 소리 내어 울지 못할 만큼 조심스러운 소년의 사랑을 구체적인 대상물인 소금쟁이에 얹어, 보이지 않는 소년의 사랑을 표현한다.

소금쟁이와 물의 관계는 소년과 소녀의 관계를 대신한다. 소녀를 향한 소년의 마음은 눈에 보이지 않는다. 소녀는 물이고 소년은 소금쟁이다. 물에 잠기지도 못하고 물을 떠나지도 못하는 소금쟁이다. 그런데 소년은 안다. 물에 빠지는 순간 소금쟁이는 죽는다는 것을. 이루어질 수 없으나 떠날 수 없는 사랑은 슬프다. 그러나 소년은 죽을 수도 있는 사랑 앞에서 죽지 않고 떠나지 않음으로써 사랑을 지키는 방법을 깨닫는다. 소금쟁이는 물에 빠질 수 있는 자기 몸을 바꾼다. 이 불가능한 상황은 시인이 소금쟁이의 몸이 사실은 소금쟁이의 마음이라고 보는 순간 가능해진다. 어떤 사랑이 몸과 마음을 뒤집을 만큼 강렬하겠는가.

몸의 무게감과 마음의 가벼움이라는 일상적 상식을 바탕으로 소금쟁이의 몸을 마음으로 바꿔 인식한 시가 「소금쟁이」다.

그런데 사랑은 위의 해석처럼 지독한가. 소년이 소녀를 사랑하는 마음은 그야말로 소금쟁이처럼 가뿐한 것이고 두근두근 설레는 것이 아닌가. 이쯤 되면 소금쟁에서 느껴지는 첫 번째 이미지처럼 가벼워서 설레는 것이 사랑인지, 사랑에 빠져 사랑을 잃지 않기 위해 소금쟁이처럼 몸과 마음을 바꿔 버리는 것이 사랑인지 혼란스럽다. 무엇보다 마음이 몸을 업고 다닌다는 언술은 지나치게 어렵다. 훈련된 동시 독자라도 저러한 사랑의 경지를 받아들이기 쉽지 않아 보인다. 사랑은 소금쟁이처럼 가벼운 것인가, 몸과 마음을 뒤바꿔야 할 만큼 목숨을 걸어야 하는 것일까. 쉽게 끝나지 않는 질문과 생각으로 독자를 골몰하게 만드는 동시라고 하겠다. 이렇듯 의미가 복잡하고 바로 이해하기 어려워 고통스럽지만 동시 독자로서 나는 김륭 시가 말하는 사랑이 아름다워 기꺼이 따라가고 만다. 대상을 온몸으로 껴안고 네가 아픈 것을 견디지 못해 내가 아파 버리거나(「감기몸살」, 『삐뽀삐뽀 눈물이 달려온다』) 꾀병이라도 부려 제대로 헤어지고자 하는 사랑의 형식(「꽃 피는 눈사람」, 『프라이팬을 타고 가는 도둑고양이』)은 김륭이 세상을 대하는 태도로 읽힌다. 그것은 인간 중심의 생각을 거부하는 것으로 확대된다. 인간 중심의 생각을 거부하는 눈으로 세상을 보면 전복된 세상의 풍경은 어떻게 변할까.

> 추석 제물 준비하던 시골 할머니의 깊은 한숨을
> 천장 한쪽 모서리에 가만히 웅크리고 있던
> 거미가 들은 게 틀림없습니다.
>
> "세상에, 물가가 얼마나 비싸던지
> 거미만 한 문어 한 마리에 오만 원이 넘는 기라."
>
> 문어 좋아하던 할아버지 제사상 위로
> 살찐 거미 한 마리 어슬렁어슬렁
> 내려오고 있습니다.
>
> ──「추석」 전문(『엄마의 법칙』)

추석 명절날을 묘사한 이 시에는 주체가 전면에 드러나지 않는다. 주체가 해석해 내는 시적 상황의 전개로 보아서는 어린이의 시각이라고 할 수 없다. 그렇기는 해도 경어체의 서술어 때문에 할머니의 차례 상차림 과정을 들여다보는, 생각이 깊은 아이의 목소리로 읽을 수도 있다. 어른의 시선으로 읽으면 쓸쓸하지만 아이의 눈으로 읽으면 제사상 위로 내려오는 거미의 행동이 가능할 것도 같아 가만히 흐뭇해진다.

이 시가 재미있는 것은 거미 때문이다. 마치 할머니의 푸념을 들은 거미가 자청하여 내려오고 있는 것처럼 보인다. 인간의 시선으로 보면 거미는 미물이며 가녀린 외모로 인해 측은의 대상이다.[3] 그렇지만 이 시에서는 거미의 행동이 자발적인 의지에 의한 것인 듯 보여 거미의 제물되기가 더욱 기꺼운 일이 된다. 할머니의 가난한 제사상에 거미가 제자신을 보시한다는 이 상상은 전복적이다. 이것은 거미가 인간(할머니)를 사랑하는 방식이다. 이 순간 할머니와 거미는 대등해진다.

가격에 비해 문어가 턱없이 작다고 생각한 할머니의 심사를 풀어내기 위해 가져온 문어와 거미의 비교는 바다와 땅만큼 멀어서 더욱 기발하다. 김륭 동시의 많은 작품들이 그렇듯이 두 사물의 생김의 유사성과 크기의 차이가 주는 격차는 시를 즐겁게 출렁거리게 한다. 거기에 거미가 할머니의 푸념을 들었을 거라고 확신하는 듯한 상상은 동화적이다.

그래서 할머니는 비싸도 문어를 샀을까, 비싸서 못 샀을까. 시는 끝내 모호하고 시인은 짐짓 모르는 척, 독자에게 맡겨 버렸다. 시적 긴장을 잃지 않으면서 모호해지기는 난해함과는 다르다.

사랑을 다루는 김륭의 시는 소통하고 공감하는 감정을 훈련하는 방식으로 유용하다. 그것은 문학의 중요한 기능이며 특히 시문학이 그렇지 않은가.

그의 사랑이 특별한 것은 개인의 사랑을 이야기하는 것이 아니기 때문이다. 그가 말하는 사랑은 온전한 사랑의 다양한 은유다. 사랑을 실현하는 방식으로 그의 시들은 눈물을 흘리고 껴안고 뽀뽀를 하고 어린 꽃나무를 품어 기꺼이 아프고 희생하며 이해하고 돕는다. 그러다 보면 어느 순간 지렁이의 죽음 앞에서 지렁이의 삶을 번역해 내고 지렁이의 죽

---

3 김륭의 「추석」을 읽으면 백석의 시 「수라(修羅)」가 떠오른다. 물론 「추석」은 「수라」
만큼 쓸쓸하지는 않지만 분위기가 닮았다. 「수라」에서 거미는 가족을 그리워하는 백
석의 마음을 대신한다.

음에 '노란 우산을 빌려주는 일'(「지렁이는 우산을 쓰고」, 『엄마의 법칙』)이 가능해진다. 그가 말하는 사랑의 세계에서는 사람과 자연과 동물, 인공의 곰돌이 인형까지 서로 사랑을 나누는 일이 가능하다. 이는 공존을 향한 모색이라고 볼 수 있을 텐데 이때 절실하게 필요한 것이 '엄마의 법칙'이다.

> 사자에게 엄마가 곁에 있었다면
> 살찐 너구리는 통통 무사했을지 몰라.
>
> 엄마, 저거 먹는 거야?
> ── 먹을 순 있지만 너구리 엄마가 얼마나 슬프겠니.
>
> 악어에게 엄마가 곁에 있었다면
> 어린 누는 무사히 강을 건넜을지 몰라.
>
> 엄마, 저거 먹는 거야?
> ── 먹을 순 있지만 누 엄마가 얼마나 울겠니.
>
> ──「엄마의 법칙」 전문(『엄마의 법칙』)

이 시는 다분히 도덕적이고 윤리적이어서 시로서는 재미없을 가능성이 크다. 우리가 알고 있다고 생각하는 포식자 이미지를 배신하는 엄마의 저 너그러운 말은 교훈적이다. 약육강식의 자연법칙으로 보면 저 사자와 악어의 언술은 위선적이다.

이 시가 시적 긴장이나 언어적 모험, 감정의 밀도가 헐거워 조금 심심하지만 시로 읽히는 것은 '엄마의 법칙'이라는 제목 때문이다. 엄마라고 하는 모성, 혹은 질주하는 강자를 제어할 수 있는 유일한 힘이 저 시속에 등장하는 엄마의 사고방식이라는 것. 그래서 이 시는 조금 더 확대 가능한 사랑으로 읽힌다.

강자인 사자 엄마와 악어 엄마가 그의 생각을 바꾸면 약자인 너구리와 누는 살고 너구리 엄마와 누 엄마도 사자와 악어 엄마처럼 제 새끼와 행복할 수 있다. 변해야 하는 것은 사자와 악어가 상징하는 강자, 그들이 회복해야 하는 것은 엄마의 마음이다. 내 새끼가 소중한 만큼 남(타자)의 생명도 소중하다는 것, 필요 이상의 것을 욕심내지 않는 마음을 아는 것이 엄마의 마음(법칙)이다. 모든 강자가 엄마의 마음을 회복하거나 알 수 있다면 세상의 약자인 어린 생명들은 살고 그들의 엄마는 웃을 수 있다.

이 시는 동물이 보여 주는 공존 의지를 통해 결국 사람의 변화를 요구한다. 이것이 실현된 세상이 김륭이 꿈꾸는 세상이 아닐까. 그런데 김륭에 따르면 공존하기 위해 나는 우선 한 사람의 주체로서 홀로서기를 해야 한다.

사유, 주체의 홀로서기

이안은 김륭과의 인터뷰에서 그의 시 창작 과정을 두고 "참신한 발상, 개성적이고 독창적인 비유, 입체적인 상상력, 현실과 상상의 결합, 환상으로 이어지는 방식"에 뛰어나지만 "무엇을 말하는가"도 중요하지 않은가 질문한다.[4] 이 말은 어린이가 처한 현실 문제에 대해 김륭의 문학적 발언이 부족하다는 지적이라기보다는 김륭의 시적 작업에 거는 기대라고 생각한다. 그의 시적 관심이 방법적 측면에만 기울어져 균형을 잃은 것처럼 보이지 않는다. 네 권의 시집에서 받은 인상은 무엇보다 그가 다양하게 시적 모험을 감행했다는 점이다.

동시에서 주체의 내면은 다루기 힘든 부분이다. 많은 동시들이 시적 자아의 내면을 정면으로 다루지는 못했다. 개별화되고 파편화되어 가는 아이들의 내면을 어른 창작자가 속 깊이 읽고 번역해 내는 일은 쉽지 않다. 또한 동시가 태생적으로 안고 있는 형식상의 한계는 대상이 어린이라는 점이다. "아동이 보고 느끼고 생각하기에 가능한 세계와 소재"[5]는 동시의 태생적 조건이며 때로는 시인들을 억압하는 한계이기도 하다.

김륭 또한 어린이 주체를 내세워 어린이의 내면을 정면으로 다루지는 않는다. 그러나 '꽃나무의 그늘'(「꽃그늘」, 『별에 다녀오겠습니다』)이 상징하듯 존재들의 내면을 표현하고자 한 것은 분명하다. 구체(보이는 것)에서 추상(보이지 않는 것)으로 나아가는 것은 존재들의 성장과 맞물린다. 사유하는, 다시 말해 꽃나무의 그늘에 비로소 생각이 닿는 주체가 내는 목소리는 경청할 만하다.

봉구네 할머니가 지키고 있는 구멍가게 앞
낡은 나무 의자 위로 툭, 불거져 나온
못 하나

4 이안 「김륭 시인에게 듣는다」, 『동시마중』 2012년 9·10월호.
5 이오덕 「동시란 무엇인가?」, 『시정신과 유희정신』, 굴렁쇠 2005, 66면.

나무는 살던 자리에 슬그머니 주저앉아

어디 한번 울어 보지도 못했다

몸 깊숙이 단단하게 박혀 있던 눈

죽어서도 감지 못한

나무의 눈(目)

빨갛다

— 「나무의 눈(目)」 전문(『삐뽀삐뽀 눈물이 달려온다』)

이 시에서 못은 의자를 만들 때 썼던 실재의 못이다. 이 못이 시인의
눈을 거쳐 울어 보지 못하고 잘린 나무의 중심, 핵심, 혹은 내면으로 변
환되었다. 그의 다른 시 「마른 멸치 한 마리가」(『삐뽀삐뽀 눈물이 달려온다』)
에도 못이 등장하는데 거기에서 못은 마른 멸치의 변환이다. 멸치와 못
의 마른 형태와 딱딱한 감촉의 유사성에서 촉발된 상상이다. 거기에서
못-멸치는 멸치 다시물이 되지만 못의 단단한 이미지에 기대 마른 멸
치 한 마리가 15층 아파트를 데리고 바다로 가는 장면을 연출한다. 못은
멸치의 죽음을 이미지화하면서 죽음을 넘어서는 멸치의 귀향을 이끌며
멸치의 귀향 의지를 대신하는 대상이 되었다.

이성과 논리로 보면 나무에 내면이나 중심이 있을 리 만무하다. 하지
만 시인은 한 존재의 죽음 혹은 사라짐을 이렇게 목격하고 나무에 눈을
달아 줌으로써 나무의 생을 추모한다. 녹슨 못이 눈이 된 이상 이제 그
눈은 빨갛게 충혈되어 나무의 슬픔과 끝내 포기하지 못하는 나무의 실
존 의지를 대신한다.

「나무의 눈」은 동시로서 김륭의 시 중에서도 꽤 어려운 시라고 하겠다. 낡은 나무 의자는 언젠가 살아 있었던 나무의 현재인데 의자가 된 것은 나무의 의지와 무관하게 벌어진 일이다. 나무는 인간의 욕망에 의해 나무 의자로 강제되었다.

'못-마른 멸치'가 그렇듯이 '못-나무의 눈'도 이성과 논리로 받아들이기 전에 감각으로 받아들여야 하는 관계 설정이다. 중요한 것은 이 어울리지 않으나 가능한 조합이 말하려고 하는 것, 말의 중심이 무엇인가 하는 것이다. 「나무의 눈」에서, 드러나지 않는 주체가 대상으로서 바라본 '못'은 어쩌지 못하고 힘에 굴복한 어떤 것, 나무의 맨 마지막의 그 무엇이다. 이 모호한 그 무엇은 설명되지 않지만 감각적으로 수용된다. "그저 막연히 아름다움이 감지되는 시의 환원 불가능한 불투명성"[6]은 종종 김륭 동시를 어렵다고 느끼게 한다. 하지만 동시 독자로서 나는 나무의 중심을 대체하는 못의 은유가 매력적이라고 말할 수밖에 없다. 이러한 사유의 과정은 주체가 홀로서기를 위해 거쳐야 하는 성숙의 과정이며 주체의 홀로서기란 결국 자기를 사랑할 줄 아는 주체가 된다는 것이다. 사유하는 주체적 인물 오병식이 바로 그 예이다.

오병식은 어떤 아이인가. 오병식 연작시집이라고 할 만한 동시집 『별에 다녀오겠습니다』에 등장하는 소년 오병식은 드러낼 만큼 잘난 아이는 아니라는 점, 즉 사회적 약자이지만 그런 처지에 기죽지 않고 당당하게 홀로 선 주체로서 새로운 캐릭터다. 오병식 연작에서 김륭 시가 구축해 가는 세상은 사람과 자연의 경계가 없고, 사람끼리 차별이 없으며 한 존재(오병식)의 아픔에 달이 함께 아파해 주는 곳이다. 세상의 약자이

<hr>

6 알랭 바디우 『윤리학』, 이종영 옮김, 동문선 2001, 96면.

며 소외될 가능성이 큰 존재를 대표하는 오병식이 그 세상의 중심이다.

쉬는 시간에도 세상이 잠잠했다.

하늘로 둥둥 떠올라야 할 교실이 잘 돌아가지 않았다.

알고 보니 우리 반 꼴통 오병식이 결석을 했다.

몸이 아프다고 선생님이 말했다.

오병식이 아프다니, 세상이 깜짝 놀랄 일이어서

달도 따라 아픈 모양이다.

달에 병문안 간다.
                                ―「달이 오지 않는 밤」 전문(『별에 다녀오겠습니다』)

이 시는 오병식 연작을 통해 오병식이라는 인물에 익숙한 상태에서 읽을 때 더욱 실감이 난다. 몸이 아파 결석한 오병식의 빈자리가 얼마나 큰가. 그런데 마지막 연에서 이야기의 흐름상 오병식에게 문병을 가야 한다는 말이 나와야 하는데 달에 병문안 간다는 말이 나와 당황스럽다. 또 아픈 달은 어떤 달인지 모호하다. 달이 뜨지 않았다는 것을 두고 달이 아프다고 보는 것 같기는 하다. 달이 오지 않은 것은 오병식이 결석한 것과 자연물로서의 달이 뜨지 않았다는 이중의 의미를 담고 있는 것이다.

이것은 김륭이 자주 사용하는 건너뛰기의 화법이다. 예를 들면 지갑이 새가 되고, 새가 다시 지갑이 되는 상황(「새의 발견」, 『엄마의 법칙』)이나 못이 나무의 눈으로 변환된 상황(「나무의 눈」), 휴대폰에게 물먹은 뒤 달을 낳는 공중전화와 동전이 된 '나'가 부풀어 오르는 아빠 호주머니로 이어지는 과정(「달려라! 공중전화」), 항구에 묶인 배들이 바다 생물의 신발이 되는 상황(「파란 대문 신발 가게」, 『프라이팬을 타고 가는 도둑고양이』)들은 자연스러운 인식의 흐름을 툭툭 단절시킨다. 이런 상황이나 과정을 받아들이지 못하면 김륭 동시는 난해하거나 황당한 것으로 느낄 수도 있다. 김륭 시의 건너뛰기 혹은 생략이기도 하고 여백이기도 한 화법은 확실히 모호하고 낯설다.

앞의 인용시 또한 오병식이 달과 연결되는 과정을 선뜻 받아들이기 어려운 데다 시점과 내용도 모호하다. 제목이 「달이 오지 않는 밤」이니 시의 주체는 지금 달이 뜨지 않은 밤하늘을 보고 있는가? 그러나 시의 내용을 보면 시적 주체는 오병식이 없는 한낮의 교실에 있는 듯하다. 그렇다면 시적 주체는 달과 같은 오병식이 오지 않아 밤이라고 느낀다는 것인가? 그런데 "달도 따라 아픈 모양이다"라는 말은 오병식이 달이라는 생각을 비튼다. 달도 따라 아플 수 있다는 것을 받아들인다면 병문안을 가야 하는 대상은 달이 아니라 현실의 오병식이어야 한다. 그런데 또 달에 병문안 간다고 하니 결국 오병식은 달이라는 말일까. 이것이 의도된 것인지 논리적 모순인지 모르지만 끝내 아리송해서 즐겁기도 하지만 어렵기도 하다.

사물로서의 달이 오병식의 대체로서 달이 되는 과정은 논리적 이해를 뛰어넘어야 가능하다. 이를 거부한다면 달에 병문안 간다는 마지막 언술은 끝내 시 안에 들어오지 못하고 말 것이다. 동시가 이렇게 복잡해도 되는 것인가. 물론 김륭의 동시는 그 가능성과 모험을 동시에 제출하고 있다.

오병식의 존재를 달이 되게 하는 것은 시인의 조작이다. 하지만 우리는 이 조작을 통해 특별한 인물 오병식을 경험한다. 오병식의 처지로 봤을 때 그는 어둠(약자) 쪽에 가깝다. 그런 오병식이기에 밝음 혹은 강자쪽인 해와 반대쪽인 달이어야 마땅하다. 그러나 어둠 쪽에서 빛나는 달의 생명력을 대신하는 것이 오병식이다. 고유명사 오병식은 임길택의 '지역과 시대의 아이들'을 잇는 인물이다. 우리 동시에 아이들은 늘 등장하지만 그 아이들이 하나의 캐릭터가 되지는 못했다면 임길택은 탄광촌이라는 특정 지역에서 살았던 1970년대 아이들의 개별적 일상을 지속적으로 다루었고, 그 아이들은 시간이 흘러 특정 시대와 지역을 대신하는 아이들이 되었다. 김개미의 '어이없는 놈'은 분명 개성적인 인물이지만 그 '놈'은 고유명사가 아니었으므로 입체적인 캐릭터가 되지 못했다. 오병식은 '이름이 없는 어이없는 놈'을 잇는 인물의 등장이다.

김제곤은 "오병식이 다른 동화 작품이나 기존 어린이문학 작품 속에서 무수히 반복되었던 상식적인 인물이며 낯익은 인물상에 가까운 것이 아닌가"[7]라고 했다. 그 지적 중에서 오병식이 문학작품 속의 반복된 인물이라는 말에는 동의하면서도 상식적이고 낯익은 인물상이라는 말에는 전적으로 동의하기 어렵다. 시적 주체로서 오병식은 분명 김륭에 의해 창조된 인물이다. 수많은 동화 작품이나 문학작품은 결국 인물의 이야기며 인물은 끊임없이 창조되어야 하고, 동시에서도 마찬가지다.

7 김개미·김유진·김제곤·이지호 「특집: 『어린이와 문학』 동시 좌담」, 『어린이와 문학』 2015년 1월호, 19면.

오히려 김제곤의 지적은 '오병식'을 제외한 주변 인물들에게 더 합당하다. 매력적인 오병식에 비해 김륭 동시에 자주 등장하는 '가족'이야말로 기존 어린이문학에 자주 등장하는 낯익은 인물이다. 외박하는 아빠, 잔소리하는 엄마, 막무가내로 공부만 하라고 하는 아빠, 오락실에서 논다고 꽁꽁 꿀밤을 때리는 엄마를 그린 「낮달」(『프라이팬을 타고 가는 도둑고양이』), 월말 각종 세금 고지서를 든 엄마를 은행나무에 비유했으나 엄마의 고민이나 걱정이 절실하게 드러난 것 같지 않은 「은행나무」(같은 책), 장난감 사 달라고 떼를 쓰는 동생을 무당벌레에 비유한 「무당벌레」(같은 책), 제목에 비해 평범한 엄마를 그리고 만 「우리 엄마 사용 설명서」(『삐뽀삐뽀 눈물이 달려온다』), 나를 감시하는 엄마를 비유한 「헬리콥터」(같은 책), 말이 안 통한다고 싸우는 엄마 아빠의 모습을 그린 「국어는 참 나쁘다」(『별에 다녀오겠습니다』), 발을 동동거리며 술 취한 아빠를 기다리는 엄마의 모습을 담은 「꽃잠」(같은 책) 등은 그의 다른 동시에 비해 시적 긴장감이 떨어질 만큼 평범하다. 어린이들의 삶의 현실을 담아내지 않았다는 것보다 이토록 평범하고 일반적인 주변 인물을 그대로 가져왔다는 것이 더 큰 문제다.

다시 구름의 사랑학

김륭 동시는 비교적 짧은 시기(2009~2014)에 집중적(4권)으로 발표되었기 때문에 소재가 겹친다고 느껴지고 이야기도 반복되는 듯하다. 하지만 그의 동시에 일관되게 흐르는 사랑의 정서만큼은 지루하지 않고 오롯하다. 사람과 사람, 사람과 사물, 주체와 대상은 시공간을 넘나드는 것에 거리낌이 없다. 그 사랑은 때로는 관념적이고 철학적이며 낯설고 모호해서 쉽게 다가가기 어렵다. 그러므로 '그의 시가 어린이 독자에게는 지나치게 어려운 것이 아닌가'라는 지적은 마땅하다. 어린이 독자와 소통하는 것은 동시의 운명이기 때문이다. 그러나 어렵다는 이유로 어린이 독자에게 말조차 건넬 수 없는 것은 아니다. 화법이 낯설어 바로 이해되지 않지만 독자가 아예 못 알아들을 이야기는 아니다. 그렇기에 그의 동시는 새로운 가능성으로 받아들여야 한다.

이질적인 두 사물을 특유의 상상력으로 한 그림 속에 담아내는 것은 김륭의 동시 창작 방법이다. 이성과 논리로는 합일되지 못하는 사물 혹은 대상이 김륭 동시에서는 가볍게 서로에게 스미고 섞이면서 새로운 풍경과 정서를 만들어 낸다. 막힘이 없는 상상은 현실 너머의 새로운 공간, 장면으로 번져 간다. 이것은 마치 구름과 구름이 하나로 뭉쳐 또 다른 형태를 만들어 내는 것처럼 자유분방하다. 그의 동시가 생성되는 과정은 구름의 형상과 비슷하다. 분명히 존재하지만 손안에 잡아 둘 수도 형태를 느낄 수도 없는 것이 구름이며, 김륭 동시 또한 그러하다. 그의 동시를 통해 독자가 느끼는 일종의 해방감도 구름의 성질과 비슷하다.

구름은 종종 몽상의 은유로 사용되지만 구름은 해방의 은유이기도 하다. 또한 구름은 바다와 육지, 하늘을 이어 주는 매개이다. 구름은 순환하는 물이 꾸는 꿈의 현현이다. 볼 수는 있지만 만질 수 없다. 구름이 없는 하늘은 빈 공간이다. 구름은 제멋대로 몸을 바꾸는 일에 어떤 구애도 받지 않는다. 그러나 구름을 구름이게 하는 것은 바람의 존재다. 구름은 바람의 손을 잡고 있으며 눈에 보이는 것과 보이지 않는 것이 하나가 된다. 그때 느껴지는 감정을 해방감이라고 하자. 해방감은 다시 사랑을 부르고 해방과 해방 사이에서 사랑은 또 다른 모습으로 만들어진다.

이렇게 구름의 성질과 김륭 동시는 서로 닮았다. 김륭 동시를 읽는 것은 구름을 체험하는 것과 비슷하다. 구름이 없는 하늘은 심심하고 사랑이 없는 세상은 불모지이다. 사랑하기 때문에 울고 껴안고 슬퍼하고 아파한다. 사랑하기 위해서도 마찬가지다. 또한 구름은 어떻게 변할지 모르는 궁금함이며 어떻게 변해도 가능한 즐거움이다. 고양이가 죽어서야 프라이팬을 타고 간다는 발상이 유머러스하지만, 고양이를 낡은 프라이팬에 태워 토닥토닥 묻어 주는 행위와 거기에 쓰인 말들은 사랑을 내장하고 있다. 그 사랑의 말과 행위는 가족과 이웃을 포함한 타자로 향하며 나아가 사물과 동물을 배제하지 않는다. 그의 동시에 흐르는 주된 정서는 사랑이고 다양한 사랑의 형식을 탐구하고 형상화한다는 점에서 그의 동시는 김륭의 사랑학이다.

누군가 혹은 무엇인가를 사랑한다는 것은 주체가 홀로 서야 비로소 가능해진다. 오병식 캐릭터는 구체적인 가능성이다. 오병식의 당당함이 달의 생명력으로 변환되어 한밤의 어둠을 밝히듯 이 땅의 아이들 또한 각자의 가능성이어야 한다. 서로가 서로를 환대하고 사랑하고 긍정하고 인정할 때 김륭 동시가 그리는 아픈 사랑이 꽃을 피우게 되지 않을까. 김륭 동시를 통해 본 사랑의 지향은 궁극적으로 온전한 자유이며 해방이라고 해야 할 것 같다.

이 문제적 시인의 등장으로 우리 동시단은 즐겁게 출렁거렸다. 머지않아 새로운 동시가 출현하겠지만 그의 동시가 우리로 하여금 새로운 존재 방식을 결정하도록 요구한 '사건'이었던 것만은 분명하다. 어린이 '만'을 의식하지 않겠다고 말한 시인에게 어린이를 의식하지 않았음을 지적하는 것은 온당하지 않다. '구체적인 현실의 아이들이 없거나 부족하지 않은가'라는 지적과 의식하지 않았다는 지적은 면밀하게 구분되어야 한다. 그의 동시에 아이들의 현실이 부족한 것은 사실이겠으나 그의 시가 어린이와 더 확대된 동시 독자들에게 전하려고 하는 의미를 놓쳐서는 안 되기 때문이다. 그럼에도 불구하고 첫 번째 동시집『프라이팬을 타고 가는 도둑고양이』책머리에 밝혔듯이 '빨강 내복'의 관습적인 상상력을 벗어 내겠다는 김륭의 동시가 '탈피와 도피[8]' 사이에서 논쟁적인 것은 사실이다. 도피라는 의혹을 벗는 것은 앞으로 그가 극복해야 할 과제로 남게 되었다.

[8] 같은 좌담 17~18면 참조.

사이를 보다

이장근 청소년시[1]

사이

'사이'를 눈여겨보는 것은 이장근 시를 읽는 하나의 방법이다. 그의 시에 나타나는 사이는 이것과 그것, 혹은 의미와 또 다른 의미의 어느 빈틈이다. 그 빈틈은 대상과 대상이 부딪히는 중에도 발생한다. 이때의 틈은 거의 눈에 보이지도 않을 만큼 밀착되어 있지만 시인은 그 틈도 가를 만큼 예리하다. 왜냐하면 그는 자신이 무딘 칼이었으나 숫돌로 변한 칼 가는 노인의 몸에다가 이제 틈을 벌려 사이를 만들 만큼 예리하게 벼렸기 때문이다(「숫돌」, 『꿘투』, 삶이보이는창 2011).

이 예리한 시의 칼날로 다듬은 이장근의 시들은 요란스럽게 들뜨거나 우울하게 가라앉지 않아서 단정하다. 그의 시에서 느낄 수 있는 이런

1 이 글에서는 『나는 지금 꽃이다』(푸른책들 2013)를 중심으로 이장근의 청소년시를 살펴본다.

분위기는 그가 낸 시집 앞에 청소년시라거나 동시라는 특별한 이름이 더 붙은 시에서도 대체로 유지된다.

또한 그의 시에서 사이는 '나와 나'가 부딪히고 관계하는 지점에서도 발견된다. 시의 화자로 등장하는 '나'는 나 자신과 상관하기도 하고 타인이나 외부 환경과 상관하기도 한다. 모든 상관은 주체인 '나'라는 한 점과 그 주변 혹은 또 다른 점이 있어야 가능한 것이다. 그러니까 이장근의 시는 나와 나, 나와 너 혹은 외부와의 관계에서 태어난다.

이 상관들이 부딪히고 스치고 스며들면서 만들어 내는 '사이'는 이장근 시에서 시적 사유가 발생하는 중요한 지점이다. 이 사이에서 낯설지만 신선한 의미가 발견되고 강렬한 존재 증명들인 시가 태어나며 사이 자체가 시적 공간이 된다.

이장근의 시가 파고드는 이 사이는 무의 공간이었다가 시인이 눈여겨보기 시작한 순간 전혀 새로운 의미가 생겨나는 곳이어서 즐겁다. 그러니까 그의 시는 사이에서 태어난다고 말할 수 있다. 특히 그가 관심을 기울이고 들여다보는 청소년들을 생각하면 사이는 한 존재의 유의미한 성장 과정으로 행태 변화(「변태 만세」, 『나는 지금 꽃이다』, 푸른책들 2013, 이하 이 시집에서 인용한 경우에는 시집 표기 생략함)가 일어나는 시간이 되기도 한다.

이 사이는 청소년에게 더 유효한 공간이며 의미가 있다. 어른은 이미 성장이 멈추었거나 의도하지 않는 한 새로운 관계 맺기를 하지 않아도 된다. 어른이라는 존재는 이 사이를 뭉개 버리거나 다시 사이를 가르고 싶어 하지 않는다. 또 아직 사이를 가를 줄 모르는 어린이에게도 사이는 크게 중요하지 않다.

사이라는 의미 공간은 이제 막 세계와의 관계에 눈뜨는 청소년들에게 다가갈 때 좀 더 강력해진다. 청소년이라는 존재 자체가 어른과 아이

'사이'의 존재가 아니던가.

사이가 대상과 나, 나와 나 등의 관계에서 발생한다고 볼 때 청소년은 누구보다 사이에 내몰린 존재들이다. 하지만 그들은 사이를 규정하거나 사이에서 자유로울 만한 인식의 힘이 아직은 부족하다. 게다가 그들은 많은 부분에서 선택권이 없거나 희박한 존재이기도 하다.

이장근은 청소년을 수신자로 생각하여 시를 쓴다. 그가 쓰는 청소년 시는 말 혹은 감정을 표현할 마땅한 언어를 갖지 못한 사이의 존재가 미처 꺼내지 못한 '말'을 시의 언어로 대신한다.

청소년들은 오리무중인 존재의 의미 앞에서 늘 당황스러워하는데 그러한 답답한 사정을 표현한 시가 「거울」이다.

거울 속은

오늘도 조용하다

무성영화 같다

대사는 없고

지시문만 있다

움직임은 있는데

소리가 없다

요즘 내 마음 같다

가슴은 뭔가로

꿈틀대는데

말이 없다

내가 사는 하루가

찰리 채플린의 연기처럼

웃긴데
슬프다

—「거울」 전문

　거울을 보는 실재의 자신과 거울 속 화자 사이에 거울이 있다. 거울은 이 시에서 화자와 화자 '사이'를 가시적으로 증명하는 사물이다. 거울 밖 실재의 '나'와 거울 속 허상의 '나' 사이의 그 간격을 이 시에서는 소리와 움직임으로 표현하였다.

　움직임은 있으되 소리가 없고 지시문은 있으나 대사는 없고 웃긴데 슬픈 그 모순적인 '사이'가 청소년 시기의 불안과 혼란스러움으로 이해된다. 나아가 이 시의 화자가 처한 사정이 오늘날 비정상적인 시간을 살아가는 청소년의 현실과 맞물리면서 거울이라는 그 어찌할 수 없는 무성의 물질이 더없이 답답하게 느껴지는 것이다.

　『나는 지금 꽃이다』에 실린 여러 편의 시를 보면 이 사이의 의미가 분명하게 인지될수록 시가 당당해진다. 답답함에 머물지 않고 그것을 뛰어넘어 스스로 사이를 만드는 것이다. 이때 시가 만들어 내는 사이는 이것과 저것의 차이를 확인시켜 주는 경계로서 작동한다. 즉 사이를 두고 답답함과 답답함을 넘어선 이후의 차이를 보면 우리가 답답함을 넘어서야 하는 이유가 눈에 보인다는 것이다.

　"12년 학교생활"을 "3막 12장의 연극"에 비유한 시(「2막 2장」)를 보면 중학교 1학년과 3학년 사이의 존재인 '나'는 '2막 2장'에 존재한다. 이 시에 따르면 12장 중에서도 2막 2장은 '나'를 완성하는 전체의 구조에서 바로 "심장"에 해당하는 시기다.

나는 지금

2막 2장에 등장하고 있다

이번 장은 험난하다

하루하루

시한폭탄을 들고 다니는 기분이다

(…)

정상이 눈앞인데

다리가 후들거리고 심장이 터질 것 같다

12장 중 심장이 가장 뛰는 장

2막 2장은

내 심장이다

—「2막 2장」 부분

이 시를 읽을 땐 "내 심장이다"라는 마지막 연은 마치 정상에 선 것 같은 느낌으로 읽기를 권한다. 그건 과장이나 허풍이 아니라 세상을 향한 존재의 증명이다. 2막 2장을 심장이라고 '부름'으로써 이제 중학교 2학년이라는 존재는 신체 기관 중에서도 가장 중요한 심장이 된다.

대한민국에서 중학교 2학년은 사뭇 도발적인 시기다. 그들은 종잡을 수 없고 앞뒤 가릴 줄 모른다는 부정적인 오해를 덮어쓰고 산다. 가장 큰 태풍 같은 시기를 사는 그들을 시인이 2막 2장이라고 상징적으로 불러 보자 한 호흡을 쉬어 갈 만한 인식의 거리가 생겼다. 한 호흡 쉬어 가는 사유 사이에서 중학교 2학년인 그들은 심장, 즉 살아 있음을 증명하는 중요한 존재가 된 것이다.

부정적인 존재의 의미를 통쾌하게 뒤집어 보여 주는 것이 이 시의 매력이다. "나는 심장이다"라는 시적 화자의 말은 시인이 2막 2장과 그 외의 것들 '사이'에서 발견한 존재의 자기 증명이다.

이렇듯 이장근의 시는 그가 시로 불러낸 화자들의 존재를 규명하는 데 집중한다.

내가 누구냐고 묻거든

『나는 지금 꽃이다』에는 유난히 '나'의 존재를 밝히는 명제가 많다. 시집 제목부터 '나는 꽃이다'라고 내세우고 시작한다.

이러한 명제들을 조금 더 찾아 보면 "애교는 미친 짓이다" "팥 심은 데 팥 난다" "나는 미지수다" "내가 원하는 답이 아니라고 오답은 아니다" "내 손은 금광이다" "나는 변태다" "나는 선인장이다" "나는 편곡 중이다" "뜬구름도 쌓이면 비가 된다" "사람은 모두 메이드인 엄마다" 등 많다. 이런 분명한 자기 확신의 말들로 읽는 독자는 속이 후련해지는 경험을 한다.

이러한 명제들은 대부분 시의 핵심에 닿으며 폭발하듯 절정으로 치닫는다. 그렇게 한 편의 시 읽기가 끝났을 때 뒤따라오는 통쾌함이 이장근 시를 읽는 재미라 하겠다.

　기적이 일어날까
　알고 보면 아빠와 엄마도 제물이다

아빠의 눈을 뺏어 가고

엄마의 마음을 뺏어 간 세상

내 눈과 마음마저 빼앗길 수는 없다

내 마음이 시키는 대로 두 눈 똑바로 뜨고

내 길을 가겠다

이것이 오늘 내게 일어난 기적이다

아빠의 눈과 엄마의 마음을

세상에서 되찾아 오겠다

—「심청뎐」부분

그동안 청소년 화자인 그들은 불만을 호소하고 억울함을 주장하며 이해받기를 요구하는 시적 화자로서 등장했다. 그들은 자주 피해자의 모습으로 나타났으며 그들의 주장은 지나가는 한때로서 가볍게 취급받은 것도 사실이다. 그러나 이장근 시에 등장하는 청소년 화자는 대체로 당당하고 자기주장이 분명해서 신선하다.

지금 읽은 시는 제목에서 짐작한 대로 시 앞부분은 「심청전」을 패러디한다. 원전을 패러디함으로써 사이를 확보한 경우다. 학교와 학원은 배가 되고 입시 과정은 파도치는 바다가 된다. 현대의 아빠는 입시에 눈이 멀고 엄마는 뺑덕어미가 되었다. 이런 상황에서 옛이야기 속 심청이 아버지가 눈을 뜬 것과는 다르게 오늘날 우리 부모가 눈이 번쩍 떠지는 기적은 불가능해 보인다.

원전 「심청전」과 그 패러디의 틈 그 사이에서 패러디판 심청은 용궁 입학 거부를 단행한다. 엄마 아빠가 제물이라는 인식은 청소년이 더 이상 보호의 대상이 아님을 주장하는 듯하다. 아빠의 눈과 엄마의 마음을

세상에서 되찾아 오겠다는 다짐은 하도 당차서 패러디판 심청 이야기
를 믿어 버릴 것 같다.

화자의 말이 워낙 직접적이라 시적 감흥이 떨어진다고 느낄지도 모
른다. 하지만 이장근 시에서 이런 도발적인 직접 발화는 이 시인의 시가
갖고 있는 시적 특질이라고 말해야 한다. 특정한 시 한 편에만 드러나는
특징이 아니라 『나는 지금 꽃이다』에 실린 시가 대체로 이러한 어조를
유지하고 있다.

도발적이되 절박한 직접 발화의 대목이 하나 더 있다.

> 방학하려면 백 일이나 남았는데
>
> 아침저녁 전쟁 치르느라 나도 지친다
>
> 커서 뭐 될 거냐 비꼬지 마라
>
> 설마 호랑이가 되고 싶겠냐
>
> 곰이 되고 싶겠냐
>
> 사람도 사람 대접 받아야 사람이다
>
> 나는 사람이 되고 싶다
>
> ──「사춘기 신화」 부분

사춘기에 접어든 청소년은 깰 때 못 깨고, 잘 때 안 자서 늘 전쟁 같은
삶을 산다. 이런 사춘기의 특성은 마치 신화처럼 굳어져 버린 듯하다.
빨리 지나가 버리거나 언젠가는 지나가 버릴 것이라는 포기의 심정으
로 보내고 마는 시간이다.

사춘기가 이미 신화가 되었다 한들 그 주인공인 '나'가 곰이나 호랑
이가 되고 싶지 않고 사람이 되고 싶다는 발언은 문제아가 되고 싶은

'나들'은 없다는 아이들의 억울함을 대변하는 말로 들린다. 인간 삶에서 그냥 혹은 어서 지나가 버렸으면 좋을 시간은 없다. 순간순간이 소중하고 살아야 하는 시간들이다. 사춘기는 청소년들이 가장 뜨겁게 자기 시간을 살아야 하는 기간일지도 모른다.

그런 생각으로 청소년을 바라볼 때, 이장근 시에서처럼 청소년들의 말이 들리는 것이다. 이장근 시인은 그들의 소리에 귀를 기울이고 그들을 대신해 당당하게 주장한다. 이런 전복적인 발언이 확고하고 분명할수록 시적 쾌감은 크다. 너희가 누구냐고 묻는 질문에 대한 당당한 자기 선언들이 든든한 심줄로 버티고 있어서 『나는 지금 꽃이다』에 실린 시들을 읽는 동안 독자는 신발 끈을 단단히 조여 맨 것 같은 느낌을 받는다.

이장근 시인에게는 시적 과장이 없으면서 또한 가볍지 않아 은근하고 속 깊은 사유의 샘이 있을 것만 같다. 그 발원지는 이 시인이 시적 대상으로 삼고 있는 청소년을 바라보는 사랑의 마음인 게 분명하다. 그래서 시인은 부지런히 시적 대상인 청소년과 그들의 현실을 시로 길어 올려 우리 앞에 내놓는다.

시인의 눈에 비친 대상으로서 청소년이 어떤 모습인지 따져 보는 것은 그의 시와 현실의 사이를 규정하는 중요한 사안이다.

그들이 사는 현실

이장근이 보여 주는 청소년의 현실은 다른 청소년시에서 다루는 현실과 크게 다르지 않다. 현실의 청소년은 시험 때문에 힘들고(「황금비율」)

빈부나 학업 성적에 따라 친구를 차별하여 사귀어야 하고(「친구 면접」) 부모의 이혼이나 갈등으로 힘들어한다(「내가 있는 곳」「부러진 발」등).

그의 시는 단소를 닮았다고 말하고 싶은데, 단소는 위아래가 뚫려 바람 한 점 담지 못하게 된 나무의 몸에 여기저기 구멍을 뚫고(상처를 내고) 그 상처를 짚어 제 몸에 들어찬 마지막 바람까지 내뱉는 물건이다(「단소 소리」,『꿘투』).

단소는 상처로 만들어진 아름다운 물건이다. 이 상처로 만든 악기가 만들어 내는 소리가 이장근 시가 품고 있는 정서인 것이다.

내게 이장근의 시 쓰기는 나무의 속을 비워 내고 거기에 '무(없음)'의 사이를 만드는 일처럼 느껴진다. 없음은 곧 있음의 짝이다. 없다는 것은 있음으로 채워야 하는 빈 공간이며 사이다. 속을 비운 나무의 몸에 구멍을 내는 일은 상처를 내는 일이다. 하지만 그 상처를 눌러 소리를 만드는 것은 무(없음)였던 사이의 존재를 규명하는 일처럼 느껴진다. 사이를 만들고 사이를 채우고 다시 사이를 벌리는 연주는 이장근 시가 품고 있는 가락이다.

그리고 이러한 시 쓰기의 자세는 그가 공들여 쓰고 전하는 청소년시에서도 달라지지 않는다.

철든 아이들은
자석 공장에 쉽게 달라붙었다
나는 철가루를 먹은 적이 없어서
자석 공장이 아무리 끌어당겨도
달라붙지 않았다
(…)

철가루는 딱딱하고 차가웠으며

맛이 없었고 배도 부르지 않았다

(…)

나는 한글도 모르는

할머니 손에서 컸다

나는 철가루보다 밥이 좋다

쌀값을 보태기 위해

주유소에서 아르바이트를 한다

사람들은 내게 철 좀 들라고 하지만

나는 밥이 좋다

—「딱딱하고 차가운 이야기」 부분

이 시에 등장하는 자석 공장은 학교며 철가루는 교육의 이름으로 주입되는 지식일 것이다. 그 철가루(지식)가 미래의 성공을 보장한다는 믿음 속에서 학교는 과거에 그랬듯이 앞으로도 여전히 기세등등할 것이다. 물론 우리 아이들은 조기교육이라는 철가루를 듬뿍 먹은 상태다.

학교는 이미 조기교육으로 철이 가득 든 아이들에게 더 많은 철가루를 주는 곳이지만, 시 속의 화자인 '나'는 철가루를 먹은 적이 없다. 가난하고 부모 없이 사는 '나'에게 할머니는 철가루를 줄 수 없는 존재다. 아무것도 가진 게 없다는 점에서 '나'는 단소처럼 속이 텅 빈 존재다.

이 시에서 가장 두드러진 사이는 철가루와 밥이 만들어 내는 이질감이다. 철가루와 밥의 대비, 두 물질이 만들어 내는 사이는 미각적으로나 기능적으로나 간격이 멀다. 그만큼 어울리지 않는 두 물질의 틈이 벌어지면 벌어질수록 철가루를 부정하며 뒤를 받치는 밥의 무게가 진지해진다. 시인은 철가루와 밥이라는 물질의 틈을 숫돌 할아버지의 몸에 예리하게 벼린 칼로 선명하게 분리해 낸다.

무언가를 만들어 내는 생산의 장소 혹은 보장된 미래라는 의미를 강조하는 학교 – 공장이 아무리 좋아도 밥을 대신할 수는 없다. 먹고사는 일, 밥을 먹는 일은 모든 일에 앞선다. 이 시에서도 역시 '나'는 분명하고 단호하게 자신의 현실을 옹호한다. 이 당당함이야말로 철든 자의 모습이라는 묘한 여운이 되살아난다.

철든 자의 당당함이 이 시의 매력이기는 해도 이 시가 가슴 아픈 것은 어쩔 수 없다. 경제적 여건과 상관없이 학교의 시간을 누려야 할 현실의 '나'가 먹고살기 위해 노동(아르바이트)를 해야 한다는 현실이 감정을 건드린다. 이장근 시가 이 땅의 청소년들이 처한 현실을 낭만적으로 그리지 않고 있음을 짐작게 하는 대목이다.

이 시에서 의미와 감정이 모아지는 지점은 마지막 행일 텐데 '나'는 철가루와 밥 사이에서 당당하게 밥이 좋다고 말하는 대목이다. "나는 밥이 좋다"는 이 말은 가난한 현실 앞에서 눈물을 참아 가며 빚어내는 말이다. 이 말이 하도 안쓰럽게 들려서 말은 당당하게 했어도 시 속의 '나'는 어쩌면 속으로는 엄마를 부르며 눈물을 훔칠 것만 같다.

이장근의 시에 등장하는 현실의 청소년들은 이 시의 화자 '나'와 어슷비슷하다. 그들은 대개 자신의 정체를 분명히 알고 있으며 혹시 불완전하더라도 좌절하지는 않는다. 살면서 겪는 어려움은 줄넘기를 하다가 발목에 줄이 걸리는 것과 같은 일이며 줄은 다시 돌려 넘으면 된다(「줄넘기」, 『악어에게 물린 날』, 푸른책들 2011)는 게 시인의 인식이다.

이렇듯 이장근 시를 여러 번 읽으면서 역시 시가 위로가 된다는 것을 경험하는데, 그 힘은 그의 시가 내장하고 있는 단단함과 긍정에 있다.

그의 시는 청소년이 자기 목소리를 갖지 못한 존재가 아니라고 말한다.

시의 틈을 넘어서는 일

자명한 것이지만 청소년시가 우선 향하는 대상은 청소년이다. 모든 시가 문학으로서 시여야 한다는 점에서 독자의 범주를 정하는 일은 다소 무의미해 보인다. 하지만 시를 포함한 동시와 청소년시 사이에서 청소년시가 정체성을 확보하는 기준은 시적 대상으로서의 청소년이며 그들의 현실이다. 청소년시가 청소년을 향하는 것은 지극히 자연스러운 과정이다.

문제는 청소년시라고 말하는 것이 범주를 정하는 것이 되어 버림으로써 말할 수 있는 것과 말해야 하는 것으로, 혹은 그것들이 발화하는 대상이 청소년으로 한정된다는 것이다.

최근 한 동시 전문 잡지를 통해 청소년시의 존재가 유의미한가라는 의문과 청소년의 발견이 있는 이상 청소년시의 존재는 당연하다는 반론이 오고 갔다.[2]

이 논쟁을 접하면서 혼란스러웠던 것은 나 또한 청소년시 존재의 당연함을 의심했던 순간이 있었다는 것이다. 청소년시 중에는 성인시와 동시 사이에서 자기 자리를 확보하지 못한 것들도 있었기 때문이다. 그렇다면 결론은 청소년시 스스로가 자신의 존재를 증명해야 한다는 것이다. 어떤 이유나 논리도 시 앞에 나설 수 없다. 청소년시의 존재를 의심

---

2 김률 「하이틴로맨스와 19금 사이」, 『동시마중』 2013년 7·8월호 참조.

하는 눈이 있다면 의심을 거두게 할 시를 내놓음으로써 의심을 물리는 수밖에 없다.

이장근은 2011년 첫 청소년시집 『악어에게 물린 날』을 내고 2013년 두 번째 청소년시집 『나는 지금 꽃이다』를 냈으니 최선을 다해 청소년시의 존재를 증명하고 있는 셈이다.

청소년시가 청소년을 특정한 독자로 삼고 있고 많은 청소년시들이 소재나 내용에서 동시보다 덜 확장적으로 보이는 문제를 어떻게 넘어설 수 있을까.

청소년시가 갖고 있는 대상과 주제, 소재의 한계를 고민하거나 그런 생각을 하고 있다면 다음에 인용하는 시가 그 생각에 틈을 낼 수 있지 않을까 기대해 본다.

이별은
별이 되는 것

이 한 칸 띄우고 별
한 칸, 그래
한 걸음 멀어졌을 뿐이다

그 별도 아니고
저 별도 아니고
내 가장 가까운 곳에서
빛나는 별

너는 나의

별이 되었을 뿐이다

──「이별」 전문

　이장근 시에서 더러 보이는 것은 하나의 단어의 틈을 벌려 그 사이에서 새로운 의미를 만들어 내는 것이다. 이 말(언어)에 틈을 내는 것은 해체의 과정이 아니라 생성의 과정이다.

　이 과정에서 독자는 그 말 속에 숨어 있던 새로운 의미가 틈(사이)에서 피어나는 것을 목격하는데, 이런 시 쓰기는 자칫 말놀이가 될 위험이 있다. 하지만 이장근의 시에서라면 이런 말의 틈에서 생겨나는 새로운 소리를 듣는 즐거움을 경험할 수 있다.

　계절인 '봄'이라는 말의 틈을 벌리고 거기서 "본다"는 것을 찾아내는 시 「봄」(『악어에게 물린 날』)은 생성의 계절 봄과 본다는 의미가 봄기운처럼 엮여 발랄한 시로 완성되기도 했다.

　앞서 인용한 시 「이별」도 단어의 틈을 벌리자 거기에 생긴 사이에서 새로운 의미를 찾아낸 시다. 이별은 슬프거나 부정적인 어떤 것이라는 생각이 일반적인데, 이 시는 이별의 또 다른 면을 이야기한다.

　어린이와 어른 사이를 살고 있는 청소년들에게 이별은 큰 사건이다. 쉽게 맹세를 하지만 또한 쉽게 허물어지는 것이 청소년 시기의 사랑이다. 이 사랑의 실패가 남긴 이별의 상처가 아픈 것은 모든 인간의 감정이다. 오히려 감정을 단속하는 데 서툴다는 의미에서 어쩌면 청소년들에게 더 큰 문제이겠다. 그런데 함께 읽은 「이별」에서는 그 헤어짐이 영영 끊어지는 관계가 아니라 또 다른 관계가 만들어지는 것이라고 말한다. 이별을 대하는 성숙한 태도가 한 편의 아름다운 시가 되었고, 시의 별이 되었다. 나는 청소년시집이라는 특정한 이름으로 묶인 시집에서 이런 시를 더 많이 발견하기를 바란다.

청소년은 모든 시를 읽을 자격이 있다. 그래서 청소년시의 존재가 무의미하다는 것이 아니라 청소년을 향한 좋은 시가 더 많이 창작되어야 한다는 것이다. 이장근의 노력들이 그런 절실함으로 다가오는 것은 나뿐이 아닐 것이다.

지금까지 이장근 시를 읽는 하나의 방법으로서 '사이'에 주목할 필요가 있다고 했다. 그런데 재미있게도 그가 발표한 시집들을 보면 그가 쓰는 시에는 범주적 측면에서 사이가 없다는 것이다. 달리 보면 그는 시라는 단소에 구멍을 내어 서로 다른 높낮이의 소리를 동시에 내고 있다 하겠다.

2011년 한 해에 간행된 것만 보더라도 시집 『꿘투』, 청소년시집 『악어에게 물린 날』, 동시집 『바다는 왜 바다일까?』 등이다. 보통 성인 시집을 낸 시인이 시간적 거리를 두고 동시를 쓰는 관행과는 달리 그는 한번에 골고루 식탁을 차려 낸 것이다. 그리고 그는 청소년시의 존재를 말로 하는 대신 시로써 증명하는 데 누구보다 열심이다. 지금도 그는 자신이 가르치는 학생들을 예리하게 살펴 시를 쓰고 있으리라 믿는다.

마지막으로 그의 시가 왜 '사이'의 시인지 증명하는 셈으로 『나는 지금 꽃이다』의 처음과 끝에 있는 시를 읽는다. 시집을 다 읽었다면 책꽂이에 꽂기 전에 첫 번째와 마지막 시를 다시 한번 읽어 보라는 어느 문학평론가(신형철)의 말을 이 시집에 적용해 본다.

『나는 지금 꽃이다』 맨 앞에 자리한 시는 이런저런 일로 난처하게 된 시의 화자가 선생님께 부탁을 하고 있다. 세 번째 연이 재미있는데, 살이 쪄서 속상한데(그것도 두 달 동안 십 킬로나!) 교복을 줄였다는 오해를 받아 벌점을 받았으니 벌점을 없애 달라는 부탁이다(「선생님 부탁합니다」). 이 시의 화자가 여학생이라고 생각하니 화자의 부탁이 이보다 안타까울 수가 없다.

이제 시집 마지막에 자리한 시다. 시의 화자는 새끼손가락에만 날마다 색을 바꿔 매니큐어를 칠한다. 새끼손가락의 손톱은 어릴 때 문틈에 끼어 까맣게 죽었다. 자꾸자꾸 바르니 주변에서는 안 바른 날도 바른 줄 알고 이쁘다 한다. 그래서 시의 화자가 하는 말, "이뻐하면 이뻐진다"(「매니큐어」). 살이 십 킬로그램이나 찐 화자와 새끼손가락이 죽은 화자가 이렇게 시집 안에서 사이를 만든다. 그리고 그 사이에서 "이뻐하면 이뻐진다"라는 사유의 꽃이 피어난다.

이장근 시를 읽는 한 가지 방법으로서 이 '사이'는 절정 혹은 어떤 명제에 닿기 위해 잠시 숨을 고르는 휴식 같은 것이다. 그 사이는 때로는 긴장이고, 때로는 쉼이며 결국 이것과 저것을 이어 주는 단단한 건널목이다. 무엇보다도 독자에게 다가오는 사이의 의미는 사이 자체가 사이의 존재 방식이고, 청소년은 사이의 존재이며 그 사이의 주인이기도 하다는 것이다.

나누기의 감성

진형민론

들어가며

인공지능, 복제, SF, 가상현실, 기묘한 환상, 대체 역사, 의인화, 판타지 등으로 직조된 새롭고 낯선 형질의 문학작품 속에서 진형민은 별스러운 장치 없이 실질의 세계를 이야기한다. '인간의 노력으로 다가갈수 있고, 인간의 사고와 언어로 파악될 수 있는 세계와 상대하기'(정홍수)로서의 현실주의가 그의 작가로서의 세계인식 태도 혹은 관점일 것이다. 여기에서 인간은 아이들이라는 좀 더 구체적인 대상으로 좁혀졌을 뿐이다. 진형민은 문학이 사회로부터 분리될 수 없는 것처럼 아동문학 역시 그렇다고 말한다. 어린이들의 사회 역시 강자를 중심으로 구조화된 사회이며 아이들의 사회적 관계 발생의 토대인 학교는 종종 어른 사회의 축소판으로 보이기 때문일 것이다.

학교 사회도 몇 겹의 사회적 연대 혹은 집단으로 구조화되어 있고 성적, 외모, 성, 부모의 경제력, 인종, 규칙과 제도, 억압 등은 상황에 따라 집단으로 구조화되는 기제들이다. 이들 집단에 포함되지 못하는 또 다른 집단이나 개인은 권리를 유보당하거나 박탈당한다. 이미 많은 작품들이 아이들이 속한 사회가 어른 사회의 축소판임을 증명해 왔다. 특히 진형민에게 있어 학교는 또 하나의 사회이지 대리 사회가 아니다. 그러므로 크든 작든 사회의 구성원으로서 상처받거나 배제당하는 주체는 자기 보존을 위해 인격 불가침의 권리를 당연히 요구해야 한다.

악셀 호네트(Axel Honneth)에 의하면 인정투쟁은 인간이 자신의 삶을 성공적으로 실현하여 좋은 삶을 살기 위한 사회적 투쟁이다. 인정투쟁의 핵심은 상호인정을 목표로 한다는 것이다. 상호인정은 사랑, 동등한 권리의 인정, 사회적 연대라는 형태로 실현되는데 상호인정의 궁극적 지향은 각 개인이 비로소 한 공동체의 완전한 구성원이 되는 것이다.[1]

진형민 작품 속 인물들은 나를 위해 투쟁을 시작했으나 모두를 위한 방법을 찾으면서 한 뼘만큼 성장한다. 이것을 성장이라고 느끼는 까닭은 개별 주체들 사이의 투쟁이 공동체의 투쟁으로 확대되는 양상을 보이기 때문이다. 하나의 실험 같기도 한 사건 해결 과정에서 아이들은 인정과 공정, 연대와 나눔이라는 감수성을 경험하고 아주 조금 성장한다.

문학은 당장의 효과를 바랄 수 없어서 무용해 보이는 예술이다. 다만 언어의 직조로 짜 나간 감각의 경험을 사랑할 뿐이다. 그 주체들이 진형민 동화에서처럼 상호인정과 연대의 형식을 고민하고 나누기의 가능성을 실천하는 아이들이라면 더 많이 사랑할 수 있다.

---

1 악셀 호네트 『인정투쟁』, 문성훈·이현재 옮김, 사월의책 2011.

진형민이 권리를 유보당하거나 박탈당하는 개인과 집단의 장소로 등장시킨 곳은 학교라는 큰 틀과 학교가 포함한 세부로서의 교실, 운동장, 공부방 등이다. 이 장소들은 학교 밖의 장소 즉 문덕시장, '날뺀'의 공연장, 아파트 등으로 확장된다. 수런거리는 일상의 공간은 인정투쟁의 장소로 변하고 아이들은 그곳에서 연대와 나누기의 감각을 발명해 낸다. 일상의 공간이 특별한 곳으로 장소화되는 것, 우리가 우선 진형민 작품에서 주목해야 하는 지점이다.

이 공간들을 구성하고 유지하는 아이들은 '강자에 의해 구조화된 세상'에서 '함께 잘 존재할' 수 있는 가능성을 찾아가는 모험을 하게 될 것이다. 그 과정은 좌충우돌과 정면충돌, 완전 실패이겠지만 어느덧 일상의 공간은 조금씩 색을 바꿔 갈 것이다.

진형민은 2018년 현재까지 연작 동화집 『꼴뚜기』(창비 2013)를 비롯해 『기호 3번 안석뽕』(창비 2013), 『소리 질러, 운동장』(창비 2015), 『우리는 돈 벌러 갑니다』(창비 2016), 『사랑이 훅!』(창비 2018)까지 한 권의 동화집과 네 권의 장편동화를 냈다. 이 작품들을 관통하는 주제는 권리와 참여, 분배와 공유, 나누기의 감각 등으로 볼 수 있고 진형민은 우리 삶에 매우 이롭고 중요한 가치에 대해 묻고 답하는 데 능숙하다. 그의 작품을 읽는 동안 우리가 경험하는 것은 공동체를 구성하는 개인은 인격적으로 평등할 권리를 갖는 존재라는 사실이다.

인정투쟁과 나누기의 가능성

진형민에 의해 익숙하고 습관적인 것들로 배치되었던 공간인 학교,

교실, 시장, 운동장, 공부방은 낯설고 실험에 가깝지만 즐거운 가능성을 상상하는 장소가 된다. 아이들은 공부를 못 해도 학교의 대표가 될 권리가 있음을, 성별이나 능력이 독점과 배제, 권리 유보나 박탈의 근거가 될 수 없음을, 가난해도 욕망할 권리가 있음을 아주 조금 경험하게 될 텐데 그 실패와 성공의 체험이 의외로 기쁜 것이다.

『기호 3번 안석뽕』의 첫 장면은 이렇게 시작한다.

전교 회장 선거에 나갈 자격이 있는 반장 패거리가 교실에 들어오면서 다짜고짜 하는 첫마디는 "야, 좀 나가 줄래? 우리 뭐 중요한 거 해야 돼서"(7면)다. 이 말은 몹시 익숙하고 흔한 것이다. 그 말을 들은 안석진 일행이 '눈치껏 가방을 챙겨 일어서려는' 것도 심상한 모습이다. 교실은 자주 성적이 모든 평등할 권리를 누르고 특권으로 작동하는 걸 알면서도 눈감아 버리는 장소로 변한다. 이 장소를 어떻게 재구조화할까.

공부 못하는 패거리에 속한 '기무라'가 즉흥적으로 반발을 하고 나서면서 반장 패거리와 안석진 패거리가 모종의 대결을 펼치게 된다. 예상대로 공부 못 하는 아이들은 석진이를 회장 대표로 내세운 뒤 몰랐던 자기 권리를 찾아 고군분투하고 실패한다. 석진 일행이 우발적으로 시작한 권리 찾기 과정은 꽤 힘들지만 의미 있는 과정이다. 과정의 주체로 일주일을 보내는 동안 학교나 교실은 공부 못하는 아이들도 권리 행사를 하려는 인정투쟁의 장소로 재설정된다. 문학은 실패에 관한 이야기고 아이들은 그 실패를 반동 삼아 튕겨져 오를 때 훨씬 아이다울 테니 실패를 아쉬워할 필요는 없다.

학교가 성적이 우수하고 부모 입김의 세기에 따라 공식·비공식적으로 서열화되는 곳이라면 시장의 서열은 자본이 매긴다. 더구나 시장에는 학교처럼 은근슬쩍 석진이 패를 도와주는 교감 선생님도 없다. 법과 제도가 있으나 그것보다 힘이 센 자본이 압도하는 곳이다.

낡고 오래된 것들의 집합 장소, 남루하지만 그것으로 삶을 보존해 온 떡집, 기름집, 전집, 생선집, 동네 슈퍼를 품고 있는 문덕시장은 피마트라는 거대 자본을 이겨 내지 못할 것이다.

학교 안에서는 석뿡(석진) 일행이 성적과 부모의 경제력과 싸우는 형국이라면 학교 밖에서는 백보리(백발마녀)가 중심이 되어 재래시장을 잠식하는 거대 자본과 투쟁을 벌인다. 백발마녀는 바퀴벌레로, 거봉 선생은 부적으로 피마트의 진군을 막아 보려고 하지만 백발마녀의 울음은 실패를 예견케 한다. "아니, 화장실이 끅, 겁나 좋아서 끅, 화장실이 끅끅, 이렇게 좋으면 어떡해……"(84~86면)라며 무너지는 것은 백발마녀 혼자가 아니다. '겁나 좋은 화장실'이 대신하는 자본의 위력 앞에 문덕시장 전체가 무너지는 것이다. 백보리의 실패가 어른들의 단체행동을 추동케 하는 건 당연하다. 그런 과격한 억지라도 없으면 과연 피마트 관리자는 눈썹 하나 움직이지 않았을 것도 같다. 백보리의 바퀴벌레 작전도, 거봉 선생의 부적 공격도 발각되어 실패했다. 이 실패는 석진 일행의 실패처럼 당연한 것이다. 진형민은 실패를 통해 우리에게 필요한 것이 자각이라고 말하려는 듯한데 어쨌든 문덕시장은 무기력한 일상의 공간에서 자신의 권리를 지키고 보존하고 주장하는 장소가 되었다.

이런 변화는 『소리 질러, 운동장』에서도 일어난다. 운동장은 이미 주어졌으나 습관적으로 양도했던 권리를 회복하고 행사하기로 하면서 소외와 배제의 공간에서 참여와 공유의 장소로 변한다. 진형민은 이 작품에서 운동장이 애초의 기능을 상실하고 특정 대상을 위한 장소가 된 현실을 재현한다. 특정 대상을 위한 곳이 되면서 배제되고 권리를 박탈당한 주체들이 그것을 회복하는 과정을 흥미롭게 펼쳐 보였다.

현재 운동장은 정식 야구부를 위한 공간이다. 학교를 대표하는 야구부는 개인의 욕망을 지워야 한다. 그래서 김동해는 욕망을 거부당한다. 야구를 좋아하지만 잘하지 못하기 때문에 좋아하는 야구를 할 수 없다. 김동해가 야구를 할 수 있는 권리는 후보로 유보되었다가 강제 방출로 박탈당했다. 공희주는 남자와 야구부라는 이중의 사회적 연대에 의해 야구할 권리를 빼앗긴 존재다. 야구를 남자 선수만큼 잘하지만 여자라는 이유로 선수가 될 수 없다. 선수가 될 수 없다면 막야구라도 할 수 있게 운동장을 내어 달라는 요구도 거절당했다.

진형민은 남자로 구성된 정식 야구부 혹은 야구부 감독 혹은 규칙에게 빼앗긴 운동장 지분을 되찾아 오는 과정을 통해 운동장이라는 공간을 공유의 장소로 재구조화한다. 운동장은 정식 야구부의 것은 확실히 아니지만 막야구단만의 것도 아니다. 무엇을 하든 안하든 상관없이 원래 학생 공동의 장소였다.

우리 시대 '공부방'은 자본으로부터 배제된 아이들을 위한 '게토' 같은 느낌이 드는 공간이다. 기표로서 '공부방 아이들'은 경제적 여유가 없어 학원에 진입하지 못한 아이들, 돌봐 줄 보호자가 없는 아이들, 이주노동자 자녀들로 등치되는 인상이다. 공부방을 다룬 작품들이 이 자장 안에서 크게 벗어나지 않는다. 공간 자체를 새롭게 상상할 만큼 이 공간이 큰 매력이 없는 탓도 있을 것이다.

진형민은 『우리는 돈 벌러 갑니다』에서 공부방이라는 공간의 내면을 보여 주지 않는 것으로 공부방을 다룬다. 공부방을 전면에 드러내지 않는 대신 '공부방 세 친구'를 통해 공부방이라는 배경을 내면화한다. 공부방에서 만난 친구라는 사실로 세 아이의 사회적·물적 토대를 보여 주고 있는데 이를 구구하게 설명하지 않지만 공부방 친구라는 말은 공부방과 관련해 이미 많은 이해를 내포한 말이다.

이 세 아이가 눈에 띄는 것은 '공부방 아이들'의 거세된 욕망을 거침없이 드러내기 때문이다. 그들은 주눅 들어 있지도, 열등감에 사로잡혀 대상 없는 분노를 돌발적으로 드러내지도 않는다. 이 아이들에게는 자신들의 결여를 채워 줄 친구들이 있다는 게 중요하다. 진형민은 함께 놀았던 추억의 힘, 서로의 처지에 대한 깊은 이해의 힘이 서로에게 든든한 버팀목이 될 수 있다고 말한다. 그들이 돈을 대하는 방식으로 그것을 증명한다.

공부방 삼총사 중 한 사람인 용수의 축구화를 사기 위해 세 친구가 그토록 돈에 집착하는 것은 용수의 간절함을 자기 것처럼 느끼기에 가능하다. 짐작한 대로 세 아이의 욕망은 실패할 것이다. 돈이라는 현실의 높은 벽 앞에서 주저앉은 초원이가 할 수 있는 일이란 고작 "김치찌개……. 으흐흑, 으흐흐, 내 김치찌개애애……"(94면) 하고 목 놓아 우는 것뿐이다. 마늘을 까는 것으로 생계를 이어 가는 할머니가 대체 무엇을 해 줄 수 있단 말인가. 초원이도 그것을 알고 그럼에도 울 수밖에 없고 그것이 고작 김치찌개 해 달라는 것이기에 가슴이 아픈 것이다.

백보리가 안방처럼 깨끗한 화장실 앞에서 좌절했듯이 초원이는 매일 먹는 된장찌개를 고작 김치찌개로 바꿔 달라며 자신의 처지를 두고 우는 것이다. 누구 탓을 하는 것보다 자신의 처지가 딱해 우는 울음이어서 더 크게 출렁거리는 거다. 육체가 느끼는 통증은 아니지만 백보리와 오초원은 마음이 이미 아픈 것이다. 어떤 말들은 고통을 드러내는 능력을 담고 있고 문학은 그 말에 공감하게 함으로써 경험하지 못했던 통증을 느끼게 한다.

당장의 욕망은 실패하였으나, 세 아이가 끝내 돈 앞에서 노예와 같이 낮아지는 존재의 비굴을 거부하기로 했다는 것이 중요하다. 용수 개인을 위한 축구화를 포기하고 세 친구가 '함께' 행복할 수 있는 치킨을 선택하는 것은 현실의 세 아이가 선택할 수 있는 최선이다.

가난과 포기와 좌절의 기표로 뭉쳐진 공부방이라는 공간의 '아직은'이 '언제나'가 될지, '언젠가는'으로 뒤집어질지 아무도 모른다. 누군가는 계층 이동의 불가능에 더 무게를 둘지 모르겠다. 하지만 진형민이 보여 준 '공부방 아이들'의 건강한 나누기의 방식을 나는 열렬히 응원하고 싶다. 나아가 소외와 배제의 공간에서 먹고 자란 이 아이들이 그 공간을 우정과 환대의 장소로 바꿔 가는 것을 상상해 본다. 백발마녀와 오초원은 자신이 흘린 패배의 맵짠 눈물을 그냥 마르게 두지 않을 것 같다.

진형민은 이처럼 작은 정치의 가능성, 즉 선거와 투표 같은 직접 정치의 실현 과정, 인격 주체로서의 잃어버린 권리 회복, 파편화된 존재들이 공동체적 유대를 회복하는 과정을 실험한다. 그리고 파편화된 개인을 공동체의 유대로 조직화하는 데 필요한 공유의 감성을 찾아내었다. 그 과정에서 일상의 공간은 대조적인 인물과 사건들이 빚어내는 변증법의 리듬을 타고 작은 정치의 장소로 바뀐다.

사랑의 감정을 다루는 방식도 다르지 않다. 다만 앞선 세 작품이 다수 혹은 공동체 연대를 향한 나누기의 감수성을 발견하려고 하는 데 비해 『사랑이 훅!』은 개인적이다. 학교 대신 학원과 집으로서의 아파트를 다루고 사랑이라는 내밀한 감정을 얘기하고 있는 탓이다. 하지만 파국으로 치달을 가능성이 큰 사랑의 삼각관계와 제대로 사랑하기의 어려움에 대해서도, 진형민은 소유하지 않는 것으로 나눌 수 있는 방법을 모색한다.

진형민이 다루는 사랑은 소유가 아니라 각자 다른 사랑을 경험하는 것으로서의 사랑이다. 박담과 김호태, 신지은은 친구이자 삼각관계다. 담이와 호태는 서로의 감정을 충분히 알지 못하고 아직 그 감정을 표현할 수 있는 언어도 부족하다. 하지만 서로의 감정을 억압하지 않고 하나씩 배워 보리라 마음먹는다. 지은은 호태를 좋아하므로 고통스러운 감정을 경험하는 중이다. 호태를 향한 마음을 접음으로써 호태를 친구로 남기고 담이와의 우정도 지키기로 결정한다. 지은은 미워하다 잃어버리는 대신 간직하는 방법을 안 것 같다.

개인적으로 흥미로운 것은 엄선정과 이종수의 관계다. 누가 봐도 아쉬울 것 없는 모범생 반장 엄선정이 별로 눈에 띄지 않았던 이종수를 좋아하는 것은 사건이다. 갸우뚱하는 타인의 시선을 신경 쓸 수밖에 없는 관계라 어렵다. '낙랑과 호동'의 관계를 연상시키는 어려운 관계를 그만두지 않고 한번 가 보기로 한 엄선정이나 선정의 마음을 최선을 다해 받아 주려고 노력하기로 마음먹은 이종수의 변화는 '어린것들의 치기 어린 장난' 같은 마음이 아니다. 세속의 시선으로는 인정받을 수 없지만 선정과 종수는 주변의 시선을 이겨 보기로 했다. 설령 그 끝이 이별이라고 해도 전혀 중요하지 않다. 이 커플의 선택 자체가 이미 빛나고 있으므로.

어렵다면 어려운 선택을 하기로 한 담이, 지은, 선정이 토요일 아침마다 함께 밥을 먹기로 한 것은 사랑과 우정은 우위를 결정할 수 없다는 말로 들린다. 게다가 사랑이 하나 된 둘, 즉 너와 나만으로 축소되고 심화되는 감정으로서 중요하다면 우정은 너와 나, 우리로 확장되고 나누기하는 감정으로서 마찬가지로 소중하다. 사랑과 우정은 서로를 배제하거나 소유하지 않는다고 진형민은 말하고 싶은 것 같다. 『사랑이 훅!』

은 사랑과 우정 중 하나를 선택하지 않는 방식으로 사랑과 우정을 함께 느끼게 해서 모든 게 다행이라고 느낀다.

다름의 인정 후

동료 작가이기도 한 평론가 김민령은 진형민의 작품이 시종일관 사회적인 이슈를 제기하고 있는 데도 한편으로는 현실감이 잘 느껴지지 않는다는 것은 짚어 볼 만한 대목이라고 했다.[2]

김민령이 본 진형민은 '슬픈 어린 시절' 대신 밝고 안온한 세계, 명랑한 학교생활을 그린다. 또한 작품 속 주인공들은 세속적인 가치와 욕망에 별 관심이 없고 사춘기 아이들의 감정 이해에도 어설프다. 김민령이 가장 우려하는 것은 계몽의 의도성인 듯하다. 미적 자율성을 포기하고 문학을 사회화의 수단으로 여기는 것이 아닌가 의구심마저 든다고 토로한다. 이것이 진형민만의 문제라기보다 동화작가의 운명이 아닐까 생각하지만 분명 짚어 볼 대목이다.

현실감이 잘 느껴지지 않는다고 짚은 대목에 생각이 머물렀는데 이유는 조금 다르다. 진형민의 작품 속 아이들을 김민령은 '놀이하는 인간'으로 보았지만, 나는 실험하는 아이들로 보는 입장이다. 놀이도 실험도 하나의 모험이지만 실험의 모험은 놀이의 모험보다는 조금 더 목적의식적이며 결과를 증명하려는 욕망이 내재해 있다. 놀이는 무작위성을 지닌 반면, 실험은 자의식적인 행위에 더 가깝다.

---

2 김민령 「리얼리즘 아동문학이 서 있는 자리」, 『창비어린이』 2018년 가을호.

놀이나 실험은 슬픔을 이야기하는 방식으로 적절하지 않다. 대체로 현실에서 고통받는 아이들은 경제적으로 어려움을 겪거나 외부에서 가해지는 물리적·정신적 폭력을 당한다. 진형민이 문학적 토대로 삼고 있는 현실은 중산층이거나 서민계층에 가깝다. 진형민은 아이들이 처한 삶의 조건을 극빈으로 몰고 가지 않고 다만 넉넉하지는 않지만 궁핍하지도 않은 삶이 가능한 세계를 선택했다. 슬픈 어린 시절 대신 밝고 안온한 세계를 그린 것이 현실감 유무의 기준은 아닐 것이다.

진형민 동화의 현실감 부족이나 밋밋함의 원인은 오히려 인물을 그리는 방식에 있지 않을까. 갈등이 벌어지면 대개는 선과 악으로 대립되는 인물을 내세워 끝내 누군가를 징벌하게 된다. 선과 악의 대립이 극적일 수는 있겠으나 진형민이 인간을 바라보는 시선은 선악이 아니라 다름이다. 아이들 역시 구체적인 욕구와 욕망을 지닌 특성화된 개인이다. 개별 주체인 아이들은 서로의 다름으로 서로의 개성에 영향을 주고받는다. 진형민의 경우 다름을 배제 사유가 아니라 연대의 가능성으로 그려낸다. 그래서 아무도 패배하지 않는다. 그 나름의 사정이 있고 그 사정은 일련의 과정을 거치는 동안 이해받을 가능성으로 변한다.

백보리와 안석진, 공희주와 김동해, 오초원과 박용수, 박담과 김호태는 각각 전자의 아이들이 적극적이고 빠른 판단으로 행동하는 인물형이라면 후자의 아이들은 조금 늦게 깨닫거나 소극적인 인물형으로 다소 상반된다. 안석진을 돕는 기무라나 조조도 생각보다 행동이 앞선다는 점에서 이 아이들은 돈키호테형에 가깝다. 이 아이들과 달리 안석진, 김동해, 박용수, 김호태, 이종수는 머뭇거리거나 조심스럽고 자기주장을 펼치기보다 동조하는 햄릿형 인간과 닮았다. 중요한 것은 이들이 작품 안에서 대립하거나 짝을 이루며 맞부딪히고 변화하는 과정에서 서로의 다름이 서로의 부족을 채워 줄 수 있음을 발견한다는 것이다. 이 세상은 선하고 악한 인간이 있지 않고 햄릿형 인간과 돈키호테형 인간이 함께 살아가고 이들은 필연적으로 서로에게 영향을 주면서 좋은 삶을 위해 함께 투쟁할 것이다.

다름의 인정은 상호인정의 감성으로 확장되고 다양한 공유의 형식을 낳는다. 학생회장에 출마한 뒤 사사건건 부딪히는 고경태는 일주일 내내 진심으로 전교 회장이 되고 싶어 노력했으므로 고경태가 회장이 될 자격은 충분하다고 인정받는다. 야구부 주장이 야구부와 막야구부가 게임을 통해 서로의 지향점이 다름을 인정하고 운동장을 공유하기로 한 것도 멋진 일이다. 돈을 주기로 하고 친구를 자기 대신 줄 세우는 부잣집 아들 최규도의 행위는 비난받을 수 있는데도 오초원과 최규도는 밴드 '날뺀'을 공유하는 것으로 화해한다. 사랑으로 축소되지 않고 우정으로 나누어 보는 일도 가능하다.

진형민이 그린 여자아이들은 서사의 중요한 계기를 만들고 이끈다. 이들로 인해 한 박자 늦지만 변하고 바뀌고 성장하는 쪽은 남자아이들과 어른들이다.

이들은 어떻게 변하는가. 석진이는 백보리가 피마트에 맞서 최선을 다하듯 공부 못하는 아이들이 빼앗긴 권리를 되찾기 위해 다음번 학생회장으로 조조가 적격임을 알고 출마시킬 마음을 먹을 만큼. 김동해는 사실과 진실을 말해야 하는 순간이 오면 언제든 진실을 말해야 한다는 것을. 용수는 축구화를 살 힘이 생길 때까지 욕망을 미뤄 두는 법을. 이종수는 선정의 노력이 헛되지 않도록 한 번 해 보는 것으로. 비단 상대뿐만 아니라 한 발 앞선 것 같은 여자아이들도 자기와는 다른 남자아이들을 통해 다름을 인정하게 된다는 것. 진형민 작품에는 많은 아이들이 과정의 주체이며 작품이 끝나 갈 즈음에 이르러 한 뼘 성장하지 않는 아이들이 없다.

극의 효과를 높여 주고 독자의 흥미와 관심, 멈추지 않고 끝까지 읽기를 유도하는 장치가 있는데 이것을 코러스라고 하자. 진형민 작품에서 이 코러스 역할을 하는 것은 뭐니 뭐니 해도 약간 둔한 남자아이와 반짝반짝 빛을 내며 그 남자아이의 마음을 묘하게 흔들어 놓고야 마는 여자아이의 묘한 눈빛, 웃음이다. 더러 작품 속 인물들이 먼저 알기도 하지만(공희주를 보면 웃는 김동해를 남나리가 가장 먼저 눈치챈 것처럼) 눈치 빠른 독자가 서둘러 이 사실을 알게 된다는 점이 중요하다. 독자는 도대체 이 멍청하고 둔한 남자아이가 언제쯤 여자아이 맘을 알게 되나 설레며 작품을 떠나지 못하기 때문이다.

어떨 땐 작품 속 인물들 아무도 모르는 걸 독자만이 알 때도 있다. 자기감정의 정체와 마음이 변해 가는 것을 느끼는 인물들을 따라 독자도 기분 좋은 감정 변화에 동참한다. 이렇게 독자는 등장인물과 공모자의 감정으로 하나가 되고 이는 진형민 작품을 읽을 때 놓칠 수 없는 재미이고 웃음이 발생하는 지점이다. 그 인물들은 주인공은 아니지만 모두가 개성적인 인물로서 진형민이 그려낸 이야기 속에서 빛난다.

사실 현실의 이야기, 진실의 이야기는 지나치게 진지하거나 교훈의 함정에 빠질 위험이 크다. 그 묵직한 이야기에 공기구멍을 내어 제법 가볍게 떠오를 수 있게 하는 것이 있다면 사랑의 감정만큼 효과적인 것이 없지 않나. 거기에 허를 찌르는 재치 있는 말들의 향연. 상황이 만든 웃음도 있지만 순간을 비트는 반전은 주로 말에 의해서 이루어진다. 아이들 말이라고 들리지 않을 만큼 능청스럽고 알차고 당찬 말들은 사랑 혹은 우정의 감정과 더불어 진형민 작품에 흐르는 유쾌한 코러스라고 해야 한다.

나가며

진형민은 동화(문학) 쓰는 자아와 사회적 자아 사이에서 힘겨운 균형 잡기를 하는 것은 아닌가 하는 생각을 해 본다. 그의 작품이 목적의식적으로 느껴진다거나 메시지 전달에 좀 더 기울어져 있다고 느끼는 것은 주제의 무게감 때문일 것이다.

나는 그가 이후에는 사회적 자아의 무게감을 조금 덜어 냈으면 좋겠다고 생각한 적이 있다. 『기호 3번 안석뿡』『소리 질러, 운동장』『우리는 돈 벌러 갑니다』에 이르기까지 하나의 이미지로 굳어지는 것은 확장성의 범위가 좁아지는 것이기도 하다.

그런 점에서 보면 『사랑이 훅!』은 사회적 자아의 무게를 많이 덜어 낸 작품이다. 사랑의 감정을 표현하기 위한 언어의 밀도는 웃음기를 걷어 냈지만 대신 속이 깊다. 소유하는 사랑과 나누기하는 우정 사이에서 우정을 선택함으로써 빼기를 제거해 버린 지은의 선택은 색다른 사랑의 발명이다.

진형민의 작가적 고민과 선택은 대체로 좋은 삶을 향해 있다. 그가 그리는 아이들은 어떤 어른이 될 것인가 고민하지 않는다. 먼 미래의 일을 근심하지 않고 당장의 사건에 몰두한다. 현실의 시간은 아이들보다 빠르게 흐르고 무엇인가를 빼앗아 가지만 진형민 동화의 시간은 아이들의 속도에 맞춰 흘러가 준다. 아이들은 현재의 존재이며 그들은 어떤 구조화된 질서로부터 배제되어서도 안 되고 권리를 박탈당해서도 안 될 것이다.

그러므로 그의 작품 속 아이들은 주인공이나 주변 인물이 따로 있지 않다는 것은 중요한 사실이다. 아이들은 개별 주체로서 각자 자기 역할에 충실하고 그 와중에도 울고 웃으며 딱 한 발쯤 앞으로 나아간다. 오늘 뗀 한 발자국은 어제와 다른 내일을 위한 한 걸음일 테고 진형민은 그닥 서둘지도 않는다. 그의 작품을 통해 만나는 아이들은 과정의 주체로 현재를 사는 존재들이다. 아이들에게도 삶이란 멈출 수 없는 인정투쟁의 연속이다. 그것을 멈추는 것은 삶의 나태이며 포기에 가깝다. 그가 보여 준 실패를 포함한 작은 성공 체험들은 보이지 않게 쌓여 언젠가 필요할 근육을 키우는 데 쓰일 것이다. 진형민 동화의 건강함은 폐쇄적이지 않은 데 있고 거기야말로 동화의 자리다.

닫힌 죽음과 갇힌 질병에 관한 보고서

유은실의 『마지막 이벤트』와 『2미터 그리고 48시간』

말한 것과 말하지 않은 것

건강한 몸과 비장애인의 삶을 정상이라고 생각하는 사회적 인식체계에서 병든 몸과 장애인으로 사는 일은 차이로 인정받기보다는 지속적으로 배제되기 쉽다. 알다시피 질병과 장애는 대부분 후천적이다. 일상을 사고 이전으로 되돌릴 수 없을 때 우리는 어떻게 대처해야 하는지 모른다. 이것은 어쩌다 운이 나쁜 몇몇 개인의 문제가 아니므로 우리에게는 배울 기회가 필요하다.

작가 유은실에게도 영향을 준 『아픈 몸을 살다』(메이 옮김, 봄날의 책 2017)의 저자 아서 프랭크(Arthur W. Frank)는 취미가 마라톤인 사회학자였다. 그러나 그는 어느 날 어떤 외부적 영향도 없이 길 위에서 정신을 잃고 쓰러진 일을 겪고 또 두 번의 암과 맞서 싸우는 중이다. 『거부당한 몸』(강진영 외 옮김, 그린비 2013)의 저자 수전 웬들(Susan Wendell) 역시 어느 날 견디기 힘든 피곤함과 함께 찾아온 근육통성 뇌척수염이라는 만성질병의 습격을 받기 전까지 대학에서 철학과 여성학을 가르치면서 의욕적이고 즐겁게 살던 중이었다.

아서 프랭크와 수전 웬들이 아픈 몸을 사는 자신의 경험의 기록을 통해 우리에게 배울 기회를 제공했다면, 유은실은 두 편의 문학작품을 통해 죽음과 질병을 경험할 기회를 공유한다. 협심증이라는 질병을 갖고 살다가 마지막 숨을 내쉰 표시한 할아버지(『마지막 이벤트』, 비룡소 2015)와 갑상선기능항진증으로 4년째 아픈 몸을 살다가 평생 약을 복용해야 한다는 '낙인'이 찍힌 채 마지막 방사성 요오드 치료(피폭)를 끝낸 고등학생 이정음(『2미터 그리고 48시간』, 낮은산 2018)이 이야기의 주인공이다.

표시한 할아버지의 죽음과 고등학생 이정음의 피폭 치료라는 사건을 작품의 중심에 놓고 일련의 과정을 촘촘하게 삽입하면서 이야기에 살을 붙여 나간 서술 방식은 시간의 흐름을 따른다. 대개의 작품이 그렇듯이 이 작품들 또한 주목하는 지점에 따라 달리 읽힐 가능성이 크다. 무리 없이 이야기의 흐름에 독자의 감상을 얹고 따라가다 시간의 끝, 사건의 끝에 도착하면 된다. 하지만 표시한 할아버지의 죽음이 제대로 죽었나, 그리고 이정음이 아픈 몸을 제대로 살았는가에 관심을 둘 경우 의외의 풍경이 펼쳐진다. 시간의 흐름에 따라 과정을 기록한 것 같지만 무심한 듯 삽입해 놓은 많은 장면들에는 말했으나(사실) 말하지 않은 말들(진실)을 숨겨 놓은 것 같다.

이 글은 죽음과 질병에 대한 두 사례에서 발견하게 될 의외의 풍경에 주목하여 작품이 말하는 것과 말하지 않은 것을 들어 보려고 한다. 이를 통해 도모하고자 하는 것은 죽음과 질병이 어떻게 아동청소년문학의 언어로 말해지는지 엿보고 최선을 배우기 위함이다. 우리에게는 유한

한 삶이 주는 불안을 대면할 근력이 필요하다.

죽음을 죽지 못한 몸

필리프 아리에스(Philippe Ariès)에 의하면 18세기 종교 저술가에게 삶을 경건하게 마감하기 위한 그리스도교적 방법론은 중요한 탐구 주제였다. 하늘의 법정에 출두하기 위해 환자가 준비해야 할 일 중 하나가 지상에서의 업무를 가능한 한 잘 정돈하고, 또한 갖고 있는 재산 모두를 가장 나은 상태로 되돌리고 처분하는 일이었다.[1] 재산을 처분하는 과정에서 죽어 가는 자의 유언은 법적 강제력까지 갖고 있었다. 유언과 유언장이 더러 산 자에 의해 훼손되기도 하지만 죽어 가는 자의 말은 아직까지도 그 권위를 인정받는다.

35여 년 전 나의 기억 속에서 죽음은 마을 공동체의 일이었다. 마을 구성원은 임종 직전의 병자가 저세상으로 돌아가기 전 모두 찾아가 안타까움을 표현했다. 그의 죽음이 알려지면 상엿집 문이 열리고 모든 장례 과정에 마을 구성원들이 참여했다. 상여가 마을 어귀를 돌아 사라질 때까지 뒤따르지 못하는 마을 사람들은 곡(哭)으로 애도를 했던 것이다. 어린 우리들은 몹시 두렵고 어색했지만 할아버지나 할머니를 잃은 동무를 가만히 위로하는 것을 잊지 않았다.

죽음이 사회로부터 격리되고 가족과 가까운 친지에 한정된 사적인 행위가 되어 공적인 의례로서의 성격이 제거되기 시작한 것은 20세기

---

1 필립 아리에스 『죽음 앞의 인간』, 고선일 옮김, 새물결 2004, 357면.

초부터다. 지금 우리가 목격하고 경험하는 죽음에는 공적인 의례로서의 성격이 거의 사라졌다. 정서적 공동체가 사라진 현실에다 한곳에 오래 머물지 못하는 삶의 조건들이 더해져 죽음은 한 집안의 일이 되었고 세상은 한 사람의 죽음에 아무런 영향을 받지않는다. 게다가 병실 입원이 보편화되면서 가족마저 죽음으로부터 배제되었다는 아리에스의 말처럼 가족이 죽어 가는 자의 마지막을 함께했는가가 특별한 일이 되어 버렸다.

『마지막 이벤트』가 슬쩍 감춘 죽음이야말로 가장 현재적인 죽음이다. 이 작품에서의 죽음은 사고처럼 느닷없지 않다. 표시한은 살 만큼 산 노인이며 협심증이라는 병으로 적어도 머지않은 시간에 들이닥칠 자신의 죽음을 예상하고 있었을 것이다. 그렇기에 그는 죽어서 입을 수의까지 준비해 두었다. 이 작품에서 죽음이 그나마 죽음으로서 가깝게 느껴진 것도 표시한이 자신의 현재가 죽음과 멀리 있지 않다는 것을 인식하고 있기 때문일 것이다.

그러나 이 죽음은 고독하다. 표시한 할아버지의 병은 위로받지 못한다. 까스 활명수 몇 병으로 애써 외면하거나 육체의 고통은 스스로 감당해야 하는 것이었다. 그는 존경받는 집안의 어른이 아니라 쓸모없고 골칫거리인 데다 짐스러운 존재였다. 무섭고 폭력적인 아버지이며 사업에 실패하고 남은 돈도 사기당하고 황혼 이혼까지 당해 지금 아들 집에 얹혀사는 그는 실패한 자, 아무것도 가진 게 없는 자, 살아 있으나 살아 있음을 존중받지 못하는 자이다. 그랬으므로 그의 죽음은 가족의 무심에 가까운 무관심과 장례 회사가 대리하는 장례 절차로 타자화된다. 이것은 현실적인 측면에서야 전혀 의도한 것이 아니겠으나 표시한 할아버지의 죽음이 다뤄지는 방식에는 사실과 진실이 교묘하게 얽혀 있다.

그의 죽음이 가족에게 아무런 영향을 주지 못하는 가장 큰 이유는 그가 가진 게 아무것도 없는 탓이다. 병들고 빈털터리로 죽은 표시한의 죽음은 비용과 절차에 따른 실리와 환경오염의 현실 논리 앞에서 무기력하다.

> "뭣하러 돈 써. 됐어. 내일 무슨 입관하고 이십만 원짜리 제사상을 올리라는데, 내가 기본으로 바꿨어. 돌아가신 양반이 와서 먹는 것도 아니고 완전 바가지야. 이거 다 나중에 쓰레기 돼. 장례식 한 번 치르면 쓰레기가 얼마나 나오는 줄 알아? 일회용 접시만 몇 포대라고. 다 환경오염 일으키는 것들이다."

> 나도 모르게 입이 손으로 들어가 있었다. 이는 손톱을 물어뜯고 있었다. 할아버지가 아빠 앞에서 잔뜩 움츠리고 있을 때처럼, 덩달아 기가 죽었다. 할아버지는 죽은 것도 잘못한 일처럼 느껴졌다. 환경이나 오염시키는······.
> (『마지막 이벤트』 139면)

표시한 할아버지의 죽음이 이렇게 오염되는 것은 이 이야기가 따라가는 장례의 세부 절차에 의해 가속화된다. 꽃다발은 근조화환으로 교정되며, 축의금은 조의금이라고 해야 옳고, 장례식장에서 나오는 음식의 종류가 조사되며, 상조회사, 장례지도사의 역할이 설명되고, 화환에 적힌 이름들이 고인의 인간관계를 대신하고, 이해관계에 따라 조문과 조문객을 구별하고, 화환의 실효성과 비효용성이 비교되고, 조문을 오는 사람들의 순서, 신문의 부고 기사, 입관 절차 등이 설명된다. 표시한 할아버지의 죽음은 누구도 설명하지 않는데 죽음의 절차가 시시콜콜 설명되고 실행되는 사이 표시한 할아버지의 죽음이라는 사건은 주변으로 밀려난다. 유언을 둘러싼 자식들의 미묘한 감정, 부의금 계산과 가족들이 보여 주는 위선은 익숙한 장면들로 우리 시대의 죽음의 민낯이다.

이렇듯 이 이야기에서 죽음 이후의 과정은 마치 장례 절차에 대한 르포처럼 자세한데, 상황이 이럴수록 죽음의 얼굴이 흐릿해진다. 결국 이 이야기가 죽음을 바라보는 태도의 한 축은 형식과 절차로서의 죽음이다. 병원에서 숨을 거둔 뒤 모든 절차는 장례 회사가 도맡기 때문에 죽은 할아버지를 위해 가족이 할 일은 없다. 뒤늦은 후회도 잠깐, 가족은 장례가 끝나면 곧바로 일상으로 되돌아올 것이다. 표시한 할아버지는 수의를 준비하고 영정 사진에 '뽀샵'까지 해 가며 자신의 죽음을 준비했는데도 말이다.

이렇듯 장례 과정의 형식적 절차로만 드러나는 죽음에 대한 풍자적 의도가 한 축이라면, 표시한 할아버지와 손자 표영욱이 목소리를 잃은 타자로서 공유하는 밀도 높은 감정들이 이 이야기의 문학적 내면을 구성한다.

인물이 곧 사건인 것처럼 독특하고 특별한 인물을 창조하는 유은실답게 표영욱은 구석진 문간방이 좋고, 축농증이 있어 할아버지 냄새를 맡지 못하고, 1분 안에 잠들어 코 고는 소리를 듣지 못하며, 꿈이 노인 복지사인 인물이다. 할아버지의 저승꽃까지 좋아하는 영욱은 이야기를 통틀어 유일하게 진심으로 할아버지의 죽음을 애도했다. 하지만 할아버지가 그렇듯 영욱의 애도 또한 절차와 형식에 묻혀 버렸다.

본의 아니게 할아버지의 임종을 지킨 표영욱은 흐릿한 말투, 어리병병한 태도, 보통의 아이들과 다른 취향들로 인해 아버지로부터 '아무짝에도 쓸모없는 놈'이며 '돼먹지 못한 놈' 소리를 듣는 인물이다. 문간방이라는 소외의 장소에 기거하는 표시한 할아버지와 손자 표영욱은 타자화된 가족 구성원이다. 할아버지의 마지막 말을 전하는 권위를 넘겨받았지만 가족 안에서 목소리를 인정받을 수 없는 인물이고, 끝내 영욱의 애도는 장례 절차에 편입되지 않는다. 죽음을 잘 죽게 하는 얼에 관여하기에는 영욱은 아직 어리고, 대행되는 장례 절차는 한 인간의 죽음을 조문하기에는 감정의 얼굴을 갖지 않는다. 형식에 갇혀 버린 죽음을 이야기하면서도 작가는 죽음을 대하는 이런 태도에 대해 긍정도 부정도 하지 않는 것 같다. 죄 많은 남편 표시한이 부인에게 사죄하고픈 마음을 담아 여자 수의를 입은 마지막 이벤트 장면이 워낙 강렬해 관심이 거기에 쏠린 탓인지도 모른다.

형식에 갇혀 버린 죽음도, 할아버지의 죽음에 관한 비밀이 오직 한 사람에게만 전달되었다는 것도 슬픈 일이다.

발터 베냐민(Walter Benjamin)은 "인간의 지식이나 지혜뿐만이 아니라 그가 살아온 삶의 모든 얘기는 임종에 이르러 비로소 전수될 수 있는 형태를 취하게 된다. 임종의 순간에는 갑자기 그의 표정과 시선에 잊혀 질 수 없는 일들이 떠오르고 또 이 잊을 수 없는 일은 그와 관계했던 모든 사람에게 권위를 부여한다. 그가 관계했던 사람이 아무리 하찮은 사람이라도 그는 죽음의 순간에 자기 주위에 모여 있는 살아 있는 사람들에 대해 그러한 권위를 부여하게 되는 것"[2]이라고 했지만 『마지막 이벤트』에서 표시한 할아버지가 마지막으로 한 말은 "무섭다"와 "잘 자······좋······은 꿈 꾸······구"(74면)였다.

이렇듯 『마지막 이벤트』는 형식과 절차에 묻혀 버린 죽음을 이야기

---

2 발터 벤야민 『발터 벤야민의 문예이론』, 반성완 옮김, 민음사 1983, 178면.

하는 것에 집중하는 것으로 보였으되 그것에 대한 작가의 입장은 여전히 분명치 않다. 형식과 절차에 맡겨진 죽음을 따라갔지만 우리가 죽음이라는 마지막 사건을 배울 기회를 가졌을까. 죽어 가는 자의 머리맡에 불이 밝혀지고 산 자들이 그의 주변을 포옹하듯 감싸는 것. 임종 직전의 그는 모처럼 정신이 맑고, 마지막 숨을 모아 유언을 남길 때 가족과 이웃, 친구들이 그의 말에 집중하는 것. 환대 속에서 태어나 환대 속에서 돌아가는 것. 유은실은 이런 죽음에 대해 말하는 대신 우리 시대의 죽음이 장례 절차와 형식에 묻혀 버린 세태 및 비웃음거리가 된 한 노인의 죽음을 충실하게 보고할 뿐이다. 또 다른 의미에서 약자였으며 할아버지와 함께 소외당한 표영욱에게 죽음의 진실을 목격하고 애도할 권위를 줌으로써 표시한이라는 한 인생이 그나마 간신히 죽을 수 있게 되었다. 그러나 이마저도 두 사람 외에는 아무도 모르게 닫아 버림으로써 타자화된 죽음으로 끝맺었다.

아픔을 아프지 못한 몸

『2미터 그리고 48시간』은 열여덟 정음이 지난 4년간 갑상선기능항진증이라는 질병을 살아온 과정을 꼼꼼하게 기록하고 있다. 『마지막 이벤트』가 한 인물의 죽음을 중심에 놓고 가족들의 반응과 서비스화된 장례 절차를 세밀하게 삽입해 낯익은 풍경이 된 죽음의 한 사례를 보여 주었다면, 『2미터 그리고 48시간』은 피폭 치료 후 병원에서 할머니 집까지 가야 하는 하루의 낮에 지난 4년의 투병기를 삽입하면서 아픈 몸으로 사는 일의 한 사례를 제시했다.

정음은 그날 방사성 요오드 치료로 갑상선 기능을 방해하는 그레이브스 씨를 쫓아내기는 했지만, '난데없이 찾아든 그 병'은 안구 돌출과 지속적인 약 복용이라는 '낙인'을 남겼고 이후로도 아픈 몸으로 살아가야 한다. 정음의 사례는 자연스럽게 아픈 몸으로 사는 일의 어려움에 대한 공감의 감각을 이끌어 내기 위해 유은실이 보일 듯 말 듯하게 던지는 질문이 아닌가 싶다. 질문의 핵심은 정음은 과연 잘 아팠나가 될 것이다. 우리는 정음이 아픈 몸으로 살아온 과정을 지켜보면서 아픈 몸으로 살아야 하는 사람들이 단지 질병으로만 아픈 것이 아님을 배우게 될 것이다. 수전 웬들이 질병을 병리적 맥락뿐만 아니라 사회적 맥락에서도 파악해야 한다고 한 이유도 그것이다.

『2미터 그리고 48시간』의 문제의식은 프롤로그에 이미 제시되어 있다. 암으로 아픈 몸을 사는 선우가 "정음아, 나처럼 숱 적은 애가 안경 쓴 애들만큼 많으면 좋겠어"(8면)라는 말에 담은 진의는 머리가 빠지는 신체적 변형이나 눈이 나빠 안경을 쓰는 일이 다르지 않다는 것이다. 선우의 인식 속에는 둘 다 질병인 게 자명하므로 선우는 끝까지 "난 가발을 안 쓸 거야. 모자도 안 쓰고 이렇게 살 거야"(9면)라고 말할 수 있는 것이다. 선우의 이 말은 다수가 정상이며 소수는 비정상이라는 우리 사회의 일그러진 인식에 대한 항변임에도 선우의 말이 "선우야, 나처럼 눈 튀어나온 사람이…… 안경 쓴 사람만큼 많아졌으면 좋겠어"(10면)라는 정음의 말이 되는 것은 난데없이 그 병이 찾아든 뒤다. 선우가 아픈 몸을 잘 살아 냈던 것처럼 정음도 그러했는가. 다시 말하지만 『2미터 그리고 48시간』은 아픈 몸으로 살아온 정음의 4년을 얘기하되 지난 4년은 짧게 삽입하고 치료의 끝인 오늘에 집중 밀착하여 카메라에 담듯 들여다볼 뿐이다. 질병의 끝에 도달했음에 힘을 주고 마치 실험하듯이 정음의 최선을 따라가기 때문에 정음이 잘 아팠는가라는 질문은 은폐되어 있다. 작가는 말하는 것을 통해 말하지 않는 것을 건져 올리기를 바란 걸까. 만약 우리가 『2미터 그리고 48시간』을 읽으면서 '주인공 정음의 캐릭터가 너무 착하지 않은가'라고 묻거나 '정음이 혼자서 너무 조심하는 모습이 안쓰러웠다'는 말에 동의한다면, 아픈 몸을 잘 살지 못한 정음의 사정을 알 필요가 있다.

앞에서도 말했다시피 유은실은 가족과 장례 절차에 의해 타자화된 한 인물의 죽음을 통해 역설적으로 죽음의 의미를 되물었다. 마찬가지로 정음을 통해 우리 시대가 아픈 몸을 어떻게 타자화하고 소외시키는지 보여 준다. 정음이 잘 아플 수 없었던 이유로서 『2미터 그리고 48시간』을 통해 우리가 발견해야 하는 진실은 우리 사회가 갖고 있는 몸에 대한 인식, 의학의 권위, 돌봄의 어려움, 몸을 통제할 수 있다는 환상, 무차별적이며 비가시적인 전염 공포에 대한 집단적 트라우마 등이다.

우리 사회가 이상적인 몸으로 끊임없이 재구성하는 몸에 뚱뚱한 몸의 자리는 없다. 많이 먹어도 살이 빠지는 질병의 증세에 대한 우리의 1차적 반응은 "소원 성취! 체질 바뀜"(12면)이라고 말한 정음과 크게 다르지 않다. 갑자기 체질이 바뀐 아이로 주목받고 교복 허리 치수를 줄이는 것이 부러움의 대상이 되고 살이 찌면 체중 관리를 해야겠다는 말을 듣는 상황이란 마른 몸에 대한 체질화된 강요와 습관적 욕망이 빚어낸 장면이다. 정음이 그레이브스병 때문에 살이 찌고 눈이 튀어나오고 거북목이 되었을 때 또래 아이들의 반응 역시 즉각적이다. 선우가 '아만자'(암환자)가 되었듯 정음은 '놀란정음' '심슨'으로 타자화되고 놀림의 대상이 되는 것이 질병을 대하는 우리의 현실이다. 정음에게뿐만 아니라 우리에게도 그들은 분명 악마들이지만 정음은 '심슨' 애니메이션을 틀어 놓고 그냥 나쁜 년이라고 중얼거릴 뿐이다.

'우울한 얼굴로 늘어져 있지 말고 더 아파도 잘 웃는 사람처럼 웃으라'고 충고하는 J에게나, 사귄다는 이유로 함부로 몸을 안으려 하고 빌려 간 돈을 갚지 않은 K에게도 변변한 항의조차 할 수 없을 만큼 정음은 이미 약자가 되었다. 뚱뚱한 몸, 웃지 않는 몸, 눈이 튀어나온 몸, 목이 굽은 몸은 아픈 몸이 아니라 비정상적이고 함부로 만져도 되는 몸이 되어 소외되고 고립당하는 동안에도 '그레이브스 이 개새끼'는 4년 동안 세 번씩이나 정음의 몸을 공격해 왔다. 정음이 이토록 약자가 된 것은 선우처럼 절대 모자를 쓰지 않겠다고 말할 수 없는 정음의 문제인가, 질병을 비정상으로 보고 아픈 몸을 쉽게 타자화하는 우리의 무지가 문제인가. 분명한 것은 정음의 항변이 음소거된 채 내면에서만 울릴 뿐 J에게나 한때 남자친구 K에게는 가닿지 않는다는 것이다. 마치 정음의 말은 작품 속 몇몇 개인이 아니라 작품 밖 다수인 독자가 듣도록 설계되어 있는 것 같다.

현대사회에서 아픈 사람이 의학과 의학의 수행자인 의사에게 거는 기대와 신뢰는 전적이다. 한 인간의 생과 사를 증명하는 최초이자 최후 승인자는 의사(의학)이다. 대단한 권위답게 그들이 환자와 그 가족 일반에게 얼마나 불친절한지 알면서도 아픈 몸은 의학의 권위 앞에 언제나 무릎을 꿇어야 한다.

몇 번의 약물 치료가 실패로 끝나도 의사의 치료가 잘못되었을지도 모른다는 의심, 왜 처음부터 갑상선 조직을 파괴하는 방사성 요오드 치료를 하지 않았는가에 대한 불만을 표시하는 것은 불경스럽다. 의사의 치료와 처방에 대해 어지간해서는 거부할 수 없으며 불친절과 무책임에 대한 불편은 아픈 사람과 가족의 몫이다. 『2미터 그리고 48시간』에

서 정음에게 수행하도록 한 치료 후 환자 지침을 보며 나는 화가 났었
다. 아무리 치료 후라고 해도 회복기 환자 혼자 감당하기에 벅차 보였기
때문이었다.

　병원에서 할머니 집까지 물리적인 거리가 그리 멀지 않음에도 불구
하고 정음이 하루의 절반이 걸린 것에는 「방사성 요오드 치료에 관한
환자 안내문」 때문이다. 작품은 장면마다 안내문의 각 항목을 삽입하면
서 정음이 피폭 환자임을 각성시키고 불가능해 보이고 온당치 않은 임
무를 수행토록 강요받는 모습을 보여 준다. 의학의 권위가 담긴 안내문
은 거부할 수 없는 힘을 가졌으며 정음처럼 강박에 가깝게 도덕적인 인
물에게는 더욱 강력한 힘을 발휘한다. 안내문은 정음을 억압하고 통제
하는 의학의 권위이고 이미 지난 4년 동안 튀어나온 눈을 가리느라 날
마다 앞머리를 내려 고립되었던 정음에게는 거역할 수 없는 명령이다.
피폭 치료 후 타인과 2미터 거리를 유지하면서 48시간을 보내야 한다
는 것은 정음에게는 정언명령 같은 것이다. 우리의 의문은 택시조차 탈
수 없는 상황이라면 누구도 이 임무를 수행할 수 없어 보이는 데다 만약
그것이 꼭 지켜야 하는 의무 사항이라면 이게 아픈 사람이 감당토록 하
는 게 맞는가 하는 것이다. 여기에 대해 유은실은 인애의 입을 통해 '대
한민국이 아직 복지국가가 못 돼서 그렇다'고 하고 정음을 통해 "국민
의 안전을 위해, 나 같은 환자는 48시간쯤 국가에서 독방에 가둬야 했
다. 죄수처럼 옷과 음식을 제공하면서"(100면)라고 말한다. 의료체계를
관리하고 통제하지 못하는 국가의 책임이기도 하지만 의학이 권위에
맞게 책임을 다하지 않았다는 혐의에서 자유로울 수는 없다. 의학의 권
위 앞에서 한없이 약자이며 순종적일 수밖에 없는 아픈 몸을 대표하는
정음은 육탄전에 가까운 전투를 치르면서 역설적으로 무책임한 의학과

국가의 의료체계를 고발한다.

정음은 2미터 거리 유지 수칙을 지키며 할머니 집에 가는 동안 아무에게도 도움을 청하지 않았다. 정음이 말하지 않았기 때문에 그녀가 피폭 환자라는 것은 아무도 모른다. 정음이 자신의 상태를 알리고 택시 운전사에게나 버스 안에서 도움을 청하지 못한 이유에 대해 짐작이 어려운 것은 아니다. 무차별적이고 비가시적인 전염에 대한 공포에 공동체의 결속력은 무기력하고 현재 정음의 몸은 전염병의 원인체가 아닌가. 그걸 공개하는 것은 또 다른 사건의 가능성이지만 유은실은 그 길을 택하지 않았다.

전염병보다 무서운 것이 핵-방사능-피폭-회복 불가능으로 이어지는 공포심이다. 정음 자신도 자주 떠올리는 체르노빌 원전 사고와 후쿠시마 원전 폭발 등 핵에 대한 공포 또한 우리의 집단 트라우마다. 의학은 방사능 유출이 소량이니 안심하라고 말하면서도 어린이와 산모에게 피폭될 가능성에 대해 경고를 잊지 않음으로써 책임을 환자에게 떠넘겼다. 가임기 여성, 어린아이에게 피해를 주지 않으려는 정음의 행동이 강박적이라고 느껴지면서도 우리 안의 공포가 그와 같다는 데에 동의할 수밖에 없다. 누군가를 오염시킬 수 있다는 것이 피폭자의 책임이 아닌데도 우리의 얄팍한 심사는 그 화를 아픈 사람에게 돌리고 그가 스스로를 격리하지 않았다는 데에 성급하게 화를 내지 않았던가.

아픈 몸을 살아야 하는 정음과 같은 사람들이 겪는 또 다른 어려움은 경제적 사정으로 돌봄을 받을 수 없다는 점이다. 정음이 택시를 타지 못하는 이유가 돈 때문이었다는 걸 기억하자. 택시를 타라고 엄마가 준 돈 10만 원은 이혼 뒤 가족의 생계를 책임진 엄마가 밤샘 근무를 하여 번 돈이다. 아빠에게 정음이 유일하게 속내를 드러내 화를 낸 것은 아빠가 돈을 벌지 못하기 때문이다. 아픈 사람이 마음껏 아플 수 있으려면 경제적인 어려움이 없어야 가능하다는 말처럼 들리는데 이것은 사실이다. 가난한 집의 아픈 몸은 잠든 엄마의 잠을 깨울까 봐 자신의 어깨를 빌려주어야 한다. 정음이 48시간 가출하기로 마음먹은 것도 엄마와 동생을 위한 것이었으니 피폭에 대한 두려움도 있지만 자신 때문에 불편을 겪어야 할 가난한 엄마에 대한 미안함이 더 컸던 것이다.

> 나 때문에 다른 사람이 불편해지는 게 싫었다. 별 위로도 되지 않았다. 엄마는 내게 닥친 큰비를 헛짚은 것 같았다. 나는 피폭 후 48시간이 가장 두려웠다. 모두와 2미터를 벌려야 하는 그 시간, 숨 쉬는 것만으로도 주위에 피해를 줄 수밖에 없는 그 시간……. 막막하고 외로울 것 같았다. (『2미터 그리고 48시간』 85면)

인용문에도 드러나듯 정음은 주위에 피해를 주지 않기 위해 거의 사투를 벌인다. 여기에는 오래된 기원이 있는데 예닐곱 살 전 외할머니로부터 자신이 엄마의 혹이라는 말을 듣고 난 뒤부터다. 엄마를 힘들게 하지 않으려고 노력하던 아이였고 남에게도 피해를 주고 싶지 않았던 이 아이는 우산 들고 버스 타면 옆 사람 옷에 빗물 닿을까 봐 품에 꼭 안았고 파 봉지를 씻어서 우산 담는 데 쓰는 '고딩'이 되었다.

그런데 아픈 몸이 되자 이 착함 때문에 병이 안 낫는다는 말까지 듣게 되었다. 착해서 병이 생겼다거나 착함 때문에 병이 낫지 않는다는 말에는 너무 참지 말라는 뜻이 담긴 것이겠지만, 이 말이 자신을 잘 돌보지 못해서 생긴 병이라는 뜻일 경우에는 수정되어야 한다. 즉 일상생활, 정신, 영혼을 어떤 식으로든 잘 가꾸지 못해서 스스로 병이나 장애를 갖게 된다는 말은 수전 웬들에 의하면 일종의 환상이다.[3] 이런 환상은 '몸을 사건의 원인으로 고려하지 않는다'는 점에서 아픈 몸을 소외시킨다. 정음을 공격한 그레이브스 씨는 정음이 어떤 사람이기 때문에 들이닥친 것이 아니다. 우리 몸을 공격해 오는 질병이나 장애는 대부분 이유가 없다. 그리고 우리는 언제든 공격받을 수 있는 몸이다.

정음이 지키려고 한 2미터란 세상으로부터 정음의 무해함을 공증하려는 최대한의 거리이며 아픈 몸이 안전하게 세상을 보호하는 최소한의 공간이다. 정음 자신도 느꼈듯이 그것은 감옥이며 아픈 몸이 스스로를 격리하고 타자화하여 가둔 거리라는 점에서 온당치 않다. 이 보이지 않은 감옥 속에 정음이 갇혔다는 것을 아무도 모른다는 것, 나아가 아무에게도 정음 자신이 2미터 감옥 안에 갇혔다는 말을 할 수 없다는 것 때문에, 우리는 정음의 아픈 몸이 눈에 밟히고 결과적으로 정음이 잘 아프지 못했다고 말하는 것이다. 정음이 타인을 보호하려고 보여 준 안간힘이 갸륵하면서도 지나치다는 생각에서 벗어날 수 없는 탓이다.

2미터 투명 감옥을 '끄을고' 4년의 투병기를 되새기며 48시간 쉴 수 있는 할머니 집까지 가는 과정은 그레이브스 씨(질병)와의 이별기이기도 하다. 이 사실의 보고는 같은 질병을 가진 사람들의 보편적 과정이기에 이것이 문학이 되는 지점은 어디에 있을까.

몇 겹으로 타자화되고 고립된 채 아픈 몸으로 살고 있는 정음이라는 인물 자체의 개별성과 그가 보여 주고 있는 싸움 자체라고 말해야 한다. 환자 안내문에 따라 집까지 무사히 도달했으므로 의학이 지시한 미션에는 성공했으나 그 지침 자체가 부당하게 보이므로 아픈 몸으로 잘 살

---

3 수전 웬델 『거부당한 몸』, 강진영 외 옮김, 그린비 2013, 199면.

지 못했다고 보인다. 그러나 그것과 상관없이 정음의 필사적인 노력을 폄하할 수는 없다. 유은실이 정음을 통해 말하고 싶은 것 중 하나가 '일상의 의무'인 듯한데, 남에게 피해를 주고 싶지 않은 삶을 실천하는 것은 일상의 의무이고 이것은 무척 어렵지만 매우 가치 있는 일이다.

이 작품에서 대부분의 독자를 놀라게 했을 인물이 인애일 텐데 특별히 친한 사이가 아님에도 혼자 병원에 온 정음을 만나러 와 준 인물이다. 인애는『마지막 이벤트』의 영욱처럼 하나의 가능성이다. 약자인 사람이 같은 처지의 약자의 희망일 수 있다는 것이 한계처럼 느껴지기도 하지만, 가진 게 없는 사람이 나눌 게 있다는 점은 언제든 놀랍고 중요한 깨달음을 준다.

나가며

『마지막 이벤트』에서 표시한 할아버지가 스스로 '빤쓰'를 빨면서 마지막까지 지키려고 했던 존재의 자존심이나 여자 수의를 통한 사과가 가족들에게 뒤늦게 인정은 받았으나 그가 준비한 죽음이 가족에게 어떤 인상을 남겼는지는 알 수가 없다. 누군가의 죽음이 삶의 중요하고 창조적인 단계(수전 웬들)로 여겨지고 그것이 독자인 나에게도 소중한 배움의 기회가 되길 바랐으나 그것이『마지막 이벤트』가 나아가고자 하는 길이었는지는 확신할 수 없다. 마찬가지로『2미터 그리고 48시간』에서 정음은 무해한 사람으로서 일상의 의무에 충실하고 싶을 뿐 아픈 몸으로 사는 것이 어떤 일인지 알려 주려고 한 것은 아닐지 모른다.

정음의 질병은 질병의 끝인 죽음으로 악화되지는 않을 것이다. 그러나 많은 질병의 끝은 종종 죽음을 향해 나아가려고 한다. 죽음과 질병은 우리와 아주 가깝지만 우리는 그것에 대해 잘 모른다. 우리는 매일 다양한 지식을 습득하지만 수전 웬들이 말했듯 '잃어버린 지식'이 있고 죽음과 질병이 주변화되는 문화에서는 고통받고 한계가 있는 몸을 갖고 사는 방법에 대한 지식이 전파되지 못한다.[4]

유은실은 『마지막 이벤트』와 『2미터 그리고 48시간』을 통해 무엇을 환기하고 싶었을까. 그 속내가 정확히 드러나지는 않고 그래서 나로서는 오히려 작품에 더 오래 머물게 되었다는 것만은 분명하다. 말한 것과 말하지 않은 것의 사이를 벌려 이야기의 품을 넓히는 데에 책 읽기의 행위가 갖는 의미가 있을 것이다. 말함으로써 말하지 않는 것을 말하게 하는 것, 마치 불에 가까이 가져가면 그때서야 드러나는 비밀 글씨처럼 두 작품은 독자에게 보여 준 사실 외에 여분의 궁리를 하게 만든다. 그 자리에서 우리가 잃어버린 것들이 드러날 테고 이야기는 새로운 길에 들어설 것이다. 『마지막 이벤트』와 『2미터 그리고 48시간』은 우리 시대의 질병과 죽음에 대한 경험으로써 사실의 보고와 문학적 진실의 변증법적 자극이다.

---

4 같은 책 209면.

막다른 골목에서 문이 되는 아이들

최영희 청소년소설을 중심으로[1]

현실과 상상을 오가는 즐거운 혼란

최영희 소설은 사건과 갈등을 둘러싸고 인물의 내면을 길게 변호하거나 사건의 원인을 시시콜콜 따지거나 되묻지 않는다. 대신 그렇게 된 현실을 빠르게 인식하고 해결하려는 쪽에 가깝다. 인물들이 맺고 있는 인간관계는 지극히 단조롭고 주인공과 연루된 주변 인물들은 서넛을 넘지 않는다. 인간관계의 협소함이 가장 극단적으로 나타나는 게 역설적이게도 가족이다. 최영희 소설 속 가족은 거의 해체 직전이다. 그나마 남아 있는 엄마는 미쳐 버렸고(『꽃 달고 살아남기』), 아버지는 노름에 빠져 어디론가 떠난 뒤 돌아오지 않고 있거나(『구달』), 부모의 이혼과 재혼을

---

1 이 글에서는 『꽃 달고 살아남기』(창비 2015), 『구달』(문학동네 2017), 『현아의 장풍』(북멘토 2019)을 중심으로 이야기하되, 『첫 키스는 엘프와』(푸른책들 2014), 『알렙이 알렙에게』(해와나무 2018), 『너만 모르는 엔딩』(사계절 2018)에 대해서도 언급한다.

목격하면서 혼자 살아야 하는 처지다(『현아의 장풍』).

한국의 청소년들이 발 딛고 있는 삶의 토대가 이토록 위태롭기에 그것은 과장되거나 틀린 진단이 아닐 것이다. 그렇기에 감정에 통제당하지 않고 어떻게든 제 삶의 무게를 감당해 보려고 하는 아이들, 특히 여성 청소년은 그 자체로 영웅처럼 보인다. 부모가 사라진 자리에 최소한의 이웃 혹은 학교 친구가 있다. 진아에게는 인애가, 구달에게는 공직구와 이웃이, 현아에게는 같은 반 친구 지훈이 옆에 있어 준다.

이들은 정서적으로 자기 안에 갇혀 있는데, 삶의 토대마저 폐쇄적이다. 대한민국 끄트머리 어딘가에 간신히 있을 것 같은 마을(『꽃 달고 살아남기』의 감진 마을은 가부장적인 사회체제가 유효한 곳으로서 구성원 대부분이 노인들이다), 철거 직전의 재개발지역(『구달』에서 구달은 옥탑방에 혼자 남았다), 설계자에 의해 만들어진 시뮬레이션 공간(『현아의 장풍』에서 현아는 존재값을 언제든 제거당할 수 있는 피설계자이다), 우주 행성(『알렙이 알렙에게』는 우주 이주민이 된 지구인의 이민을 다룬다), 좀비 마을(『검은 숲의 좀비 마을』[크레용하우스 2019]은 좀비 균에 먹혀 좀비 마을이 된 채석장과 그런 줄 모르고 남매를 맡긴 뒤 자살을 하려는 부모가 등장한다)이란 더 이상 뭔가를 할 수 없을 것 같은 공간이다.

이렇게 문제적인 상황 속에 내몰리게 된 최영희 소설 속 인물들은 이 닫힌 공간에 틈을 내거나 살 만한 곳으로 만드는 임무를 부여받은 것 같다. 어느 순간 그들이 히어로물의 영웅처럼 보이는 것도 그 이유다. 특이한 점은 이 모든 상황이 현실과 상상의 경계를 모호하게 느끼게끔 설정되었다는 것이다. 이렇다 보니 분열적 증상을 보이는 주체가 정상과 비정상으로 선명하게 가름되지 않고 제3의 인간 유형으로 인정하게끔 설득한다는 것도 눈길을 끈다.

그가 포착하는 아이들은 무언가를 하는 것, 즉 행위 하는 것이 중요하다. 좌표가 정해진 이상, 방해가 있고 고비가 있어도 좌절하거나 포기하지 않는 뚝심을 가졌다. 그런데 그 아이들은 이제 겨우 열여섯이거나 열일곱이다. 어리다고 할 수 없지만 어른이라고도 할 수 없는 아이들이지만 그들이 용감하고 정의로운 현재를 살아 내는 인물들임을 곧 확인하게 될 것이다. 그들은 자기 삶을 책임지려는 안간힘으로 끝내 막다른 골목에서 문을 내고야 만다. 이 영웅적인 여성 청소년들의 분투가 이루고자 하는 것이 최영희 소설의 지향점일 터. 그것은 최영희가 그의 이웃인 청소년들에게 보내는 응원의 메시지인 동시에 그가 만들어 내고 싶은 희망이었을 것이다.

최영희가 시도하는 또 하나의 목표는 인물들의 선택과 행동을 통해 비정상성의 가능성을 추적하는 동시에 규범 혹은 정상성을 기각하는 것이다. 이분법적으로 나뉠 수 없는 그 경계를 다루면서 경계 자체를 또 하나의 실재로 설득시킨다. 이렇게 그의 작품을 읽는다는 것은 현실과 상상을 오가는 즐거운 문학적 혼란을 경험하는 일이다. 이때 SF적 설정들이 중요한 매개로 작동하면서 최영희만의 SF적 상상이 펼쳐진다. 최영희의 SF적 상상이라 함은 지극히 지구적·한국적인 현실을 토대로 인간정신의 분열과 과학적 사실 및 SF적 간섭이 교묘하고 치밀하게 섞이면서 발생하는 의외의 현상이라고 하겠다. 스스로 찢어지며 태어나는 아이들이 타자를 돕거나 구원하는 쪽으로 몸을 돌리는 순간, 우리가 문학을 통해 확인하고 싶은 게 무엇이었는지 드러날 것이다. 막다른 골목의 끝에서도 끝내 놓을 수 없는 게 희망이며 그런 게 인간이고 우리가 그런 인간이어서 다행이라는 사실 같은 것. 이 글은 『꽃 달고 살아남기』 『구달』 『현아의 장풍』을 통해 그것의 진행 과정을 톺아보려고 한다.

최영희가 2013년에 월간 『어린이와 문학』에 단편 「꽃 찾으러 왔단다」

와 「인기 절정 영길이」를 추천받고 같은 해에 「똥통에 살으리랏다」로 푸른문학상을 받은 뒤 첫 단편집 『첫 키스는 엘프와』(푸른책들 2014)를 내놓았을 때 문학평론가 오세란이 받은 첫 인상은 "문장 사이에서 웃음이 쏟아져 내린다"였다. 이어 "사건이나 구성이 단조롭거나 느슨하지만 그럼에도 똑똑하지는 않지만 어느새 마음을 주게 되는 캐릭터들, 감칠맛 나는 대화, 곳곳에서 조용히 빛나는 세태 비판 등을 장편으로 만날 수 있기를 기대한다"[2]라고 했는데 『첫 키스는 엘프와』에는 이후 그가 발표하는 장편의 씨앗이 되는 화소들이 많다.

확장되고 변주되는 동안에도 변치 않는 것이 위로와 희망이다. 그의 소설을 읽으면 꼭 한 번은 마음이 따뜻해질 거라고 확신하는데 첫 단편집에 실린 「우리들의 라커룸」의 한 장면은 이렇다. 우선 오늘날 중학교 교실 풍경부터 짚자면 나와 관계된 일이 아니면 같은 반 도하가 날마다 해달의 돈을 빼앗든, 반장이 각성제를 마셔 대며 공부하든 관심이 없다. 그런 아이들이 일련의 사건에 얽히며 반 전체 아이들이 뒤엉켜 싸우다 단체로 벌을 받는다. 마침 가을비가 추적추적 내렸고 아이들은 비에 젖고 흙 범벅이 되었고 그때 누군가 재채기를 한다면 어떤 일이 일어날까.

이제껏 코를 박고 책만 보던 반장이 벌떡 일어나서 교실을 둘러보았다. 그러고 나서 무슨 생각에선지 부반장을 데리고 교실 밖으로 나갔다. 잠시 후 반장은 어디서 구했는지 커피포트 두 개와 종이컵, 커피믹스를 들고 돌아왔다.

"이거 마시고 몸 좀 녹이자."

---

2 오세란 「웃음은 힘이 세다」, 『청소년문학의 정체성을 묻다』, 창비 2015, 249면.

재수 없기로는 타의 추종을 불허하던 반장의 반전이다.

커피는 따뜻했다. 도하도, 돈을 꿔 주던 아이들도, 등풍도, 반장도, 다른 아이들도 모두 커피를 마셨다. 커피 향이 교실에 가득하던 쉰내를 몰아냈다.

(「우리들의 라커룸」145면)

물론 아이들은 언제 그랬냐는 듯 제자리로 돌아갈 것이다. 그러나 이 장면이 없던 시간으로는 돌아갈 수 없다. 그래서 이 짧은 장면은 사건이다. 앞으로 이야기하겠지만 최영희에게 인간의 기억은 꽤 특별한 힘을 발휘한다. 삭막하게 얼어붙은 몸과 마음을 녹여 주었던 커피믹스 한 잔의 맛과 그날의 분위기는 다른 것들보다 뒤늦게 지워지거나 오래 되새기게 될 것이라고 믿는다. 되새길 때마다 경험하게 되는 어떤 마음의 재생은 꽤 유효한 무엇이 된다.

닫힌 공간에 갇혀 분열하는 여성 청소년들

그들만의 리그를 치르고 있지만 공동의 라커룸을 쓰는 동료라는 걸 알게 한 고다린이 자기 일도 아닌데 무리하게 나선 까닭은 옳지 않은 일이 일어났기 때문이다. 친구에게 돈을 뜯는 일은 정의롭지 않고 돈을 뺏기면서도 돌려달라고 요구하지 못하는 건 부당하기 때문이다. 무모하거나 용감한 고다린은 감진 마을에 진아로도 있고, 흔전동 옥탑방에 구달로도 있고, 왕십리 동흔고 교실에 현아로도 있다. 이들은 각자 다른 시공간에 살고 있지만 동시대를 살아가는 동료이며 이웃으로 봐야 할 것이다.

이제 '겨우' 열여섯이거나 열일곱의 여성 청소년들이 무엇을 할 수 있나 싶지만 최영희는 보란 듯 그 보통의 생각을 뒤틀어 버린다. 최영희에게 있어 '주체로 선다는 건 현실을 감당한다는 뜻'이고[3] 그녀들에게도 감당해야 할 현실이 있는 건 당연하며 피할 생각도 없어 보인다. 이들이 해내는 일은 자신을 지키는 데서 멈추지 않고 타자를 구조하는 데까지 다다르기 위한 투쟁이고 이들은 결국 해내기 때문에 영웅을 닮았다. 이들이 처한 녹록지 않은 환경부터 알아본다.

『꽃 달고 살아남기』에서 곧 고등학생이 될 진아의 자아는 분열적 증상을 겪고 있다. 진아는 고아인 자기 존재의 근원을 찾아 나섰는데 이 친엄마 찾기란 자기가 성폭행으로 태어났고(진아의 아버지가 누구인지 아무도 모르는 대신 미친 엄마를 바라보는 남성들 모두가 공범자일 가능성이 있는 것으로 유추 가능한), 양부모 집에 버려졌으며, '미친 꽃년이'가 진아 생모라는 소문이 사실이라는 것을 확인하는 과정인 동시에 진아의 자아가 분열하는 과정이기도 하다.

진아의 성장 과정은 가뜩이나 불안한 존재의 기반이 지속적으로 흔들리다 붕괴 직전까지 내몰리는 것과 다르지 않다. 감진 마을은 아직 마을공동체의 전통이 유지되고 있지만 실상 가부장적 남성권력의 권위와 지도를 승인한 상태의 마을이다. 평상은 가부장적 권위가 여전히 막강한 통제력을 발휘하는 상징적 장소인 것이다.

그 평상에 젖먹이 상태로 놓인 이후 마을의 아이로 자랐다는 것은 정상처럼 보이는 보호와 돌봄이 가린 비정상적인 인격 침해에 가깝다. 첫 생리 날짜까지 공유하는 감진 마을에서 진아는 투명하게 '까발려진' 거

---

3 최영희 「내 작품을 말한다: 맨땅에 헤딩하는 맛」, 『어린이책 이야기』 2015년 가을호, 173면.

고 진아 엄마만큼 진아 또한 시선과 간섭의 폭력에 무력하고 지속적으로 노출되었던 것이다.

그렇기 때문에 진아로서는 아무도 못 보고 자기만 볼 수 있는 헛것, 즉 자기만의 시선을 찾아낸 것이라고 유추해 볼 가능성이 생긴다. 분열적 증상으로서의 헛것 보기란 진아에게는 유일하게 자기 것인 신우를 통제와 감시로부터 감추기 위해 자기 무의식 속에 감춘 것이 아니겠는가.

진아는 감진 마을에 감금당한 것이나 다름없다. 가부장적인 통제와 억압이 있는 감진 마을에서 '버려진 아이 진아'는 가장 나약한 타자다. 관심과 간섭에 포박당한 채 분열하는 진아는 전통, 권위, 규범 같은 기성의 제도에 갇힌 오늘날 청소년들의 환유로도 읽힌다. 다만 감진 마을 노인들의 행위는 인정과 폭력의 경계에 있다. 결국 진아가 엄마를 거두어 주기로 한 마을의 인정을 받아들이고 다시 마을의 아이가 됨으로써 마을의 인정을 돌봄이었다고 승인한다는 게 진아의 한계는 아닐 것이다.

다시 말하지만 진아가 자아의 분열을 겪으며 묻고자 하는 것은 감진 마을이 상징하는 권위적이고 가부장적이며 남성화된 폭력이다. 정신이 온전치 못한 여자를 대상으로 한 성적 욕망의 해소는 범죄이며, 보호와 돌봄이라는 공동체적 가치란 실상 진아의 욕망을 거세한 것이나 다름없다.

사랑과 관심을 정상성으로 내세우며 마을 공동체와 어른들이 지속해 왔던 것이 폭력적인 관심과 억압이었을지 모른다는 게『꽃 달고 살아남기』에서 찾을 수 있는 문제의식이며 진아의 분열 증상은 그 추측이 가능성 있는 해석임을 증명한다.

투명하게 까발려지기가 진아를 분열시키는 원인이었다면 『구달』에서의 구달과 『현아의 장풍』에서의 현아의 분열 원인은 거의 완벽에 가까운 고립이다. 특히 열일곱 살이 된 구달의 고립은 생존을 위협받을 만큼 위태롭다.

사실 달이도 학교에 가고 싶었다. 급식도 먹고, 좋아하는 체육 수업도 하고, 복도에서 매점에서 운동장에서 오며 가며 재현이와 마주치고도 싶었다. 그럼에도 달이가 학교에 가지 않는 이유는 단 하나였다. 생활비가 바닥났기 때문이다. 학교에 다닌다는 건 돈 들어갈 일투성이란 뜻이었다. (…) 그러나 아빠가 떠난 뒤로는 그 평범한 일상이 달이의 인생에서 증발해 버렸다. (『구달』15면)

가스비 때문에 냉수 세안을 하고 문 닫던 대중탕에서 주워 온 로션을 바르고, 간헐적 단식(사실은 먹을 게 없다)을 하고 국물 멸치 몇 마리를 씹으며 허기를 달래는 달이의 정신은 과연 멀쩡할까. 그런 달이에게 어느 날 초인간적인 가청 능력이 생겼다. 이를테면 관심을 갖고자 마음을 먹고 주파수를 맞춰 놓으면 상대를 보지 않고도 재현이가 슬프게 우는 소리, 슈퍼집 강문이가 꽂니를 흔드는 소리를 들을 수 있다. 이것은 비현실적 사건이고 의사도 진즉 신경정신적 원인에서 비롯된 것, 환청이라고 진단을 내린 상태다.

물론 달이의 생각은 다른데 누군가 인체 실험을 했고 달이는 실험 실패 개체로 분류되어 추적 관찰 대상에서 제외되었다는 것이다. 그러니까 달이의 초인간적 가청 능력은 감염의 부작용이다. 달이는 이제 미스터리협회의 도움을 받아 나쁜 실험을 한 자들의 음모의 실체를 밝히는 중이다.

인체 실험 설계자와 가담자로 분류할 가해자가 이야기의 한 축, 인체 실험 대상이 된 감염자와 피해자가 또 다른 이야기의 한 축, 그들의 비밀을 폭로하려고 고군분투하는 공직구와 구달이 다른 한 축이다. 감염자와 폭로자는 이웃, 연인, 친구라는 밀접한 관계로 얽혀 있으므로 피해자는 폭로자를 돕고 폭로자는 피해자를 위해 목숨을 건다. 피해자와 폭로자들은 구체적이지만 가해자의 정체는 당연히 모호하고, 끝내 가해자의 실체와 가해 목적은 미해결로 남았다. 인체 실험 설계자의 음모를 밝히는 동안 등장하는 가해자와 피해자, 폭로자는 미움의 대상이라기보다 자주 연민의 대상으로 다가온다.

음모의 비밀을 파헤치는 과정에서 벌어지는 다양한 양상을 세부까지 꼼꼼하게 기록하는 것은 최영희의 장기다. 무엇보다 청각에 집중했을 때, 온몸이 청각의 기능체가 되는 과정과 소리가 육화되는 상황에 대한 묘사는 허구이지만 실재의 감각으로도 유용해 보일 만큼 신선한 충격이다.

어차피 인간은 단독자이지만 열여섯의 구달에게 단독자의 삶을 요구하는 것은 무책임하다. 하지만 구달은 초인간적인 가청 능력으로 이웃을 구하고 설계자를 찾는 추적을 멈출 생각이 없다. 환청과 인체 실험이 실재와 허구적 상상으로 엮이면서 구달의 세계는 사실과 허구가 뒤섞이고 음모 속 진실 찾기가 더 간절해진다. 진실과 거짓, 사실과 허구가 뒤섞인 이런 시대를 이해하기 위한 새로운 감각이 필요해 보인다면, 『구달』의 듣는 행위는 세계를 보는 하나의 태도로 인정하지 않을 수 없다. 그보다도 중요한 것은 구달이 이런 시대를 구조하려고 한다는 것이다. 달이는 감진 마을의 진아와는 조금 다른 여성 청소년의 등장을 알리고 있었다.

『현아의 장풍』의 시공간은 시뮬레이션 세계로 명명된다. 특이한 것은 이 사실을 이른바 피설계자들은 전혀 모른다는 것이다. 설계자의 의도적 개입으로 무도인 최배달과 한 몸에 동거하는 상황이 벌어지면서 현아 역시 분열적인 인물이 되었다.

특히 이 작품은 집단 기억이라고 할 만한 것들의 소환을 요구하는데 그건 마치 농담처럼 자유롭다. 이 소설을 읽으면 떠오르게 될 기억을 환기해 보자. 현아가 살고 있는 왕십리는 이토록 살갑지만, 이 세계를 설계한 자가 있고 현아는 피설계자라는 것. 수많은 SF에서 다룬 지적 설계론이 떠오르는 대목이다. 이 지적 설계는 누군가 의도했다는 것, 즉 기독교적 창조론이 자연스럽게 겹쳐진다. 설계된 세계라는 설정은 영화 「매트릭스」가 다룬 것이기도 하다. 두 번째로 지구로 다이빙한 설계자 미카의 옷자락에서 네오가 어른거리기도 하고, 벌거벗은 채 지구로 다이빙한 설계자의 모습에서는 「터미네이터」의 그 유명한 첫 장면을 떠올리지 않을 수가 없다. 여기에 무도인 최배달이 이끌어 가는 무협지 스토리가 삽입된다. 인간을 사랑한 설계자는 인간을 사랑한 신의 변주가 아니겠는가.

허구적인 것과 지극히 실재적인 것, 그것도 당장 손에 만질 수 있는 요소들이 섞이니까 당황스럽기는 해도 짓궂은 어긋냄이 재미있다. 대중문화와 전통, 사회와 개인, 역사와 신화 등 기억의 조각으로 구성된 세계가 『현아의 장풍』의 세계다. 설계자(외계의 존재 혹은 신)가 파괴하려는 지구를 구하는 영웅 이야기는 많고 많으므로, 왕십리 출신 현아의 출현은 왜 안 되겠는가. 현아의 세계는 다중우주의 하나로서 수많은 기억의 조각들로 만들어진 이상하고 재미있는 세계의 재현이다.

기억의 조각으로 이루어진 세계란 역설적으로 현재 현아가 가진 게 기억 외에는 아무것도 없다는 뜻이기도 하다. 이혼을 앞둔 부모가 각자 따로 살게 되면서 혼자 살게 된 현아는 마음을 가두었지만 사실은 엄청난 외로움에 갇혀 버린 것이다. 이런 처지의 현아에게 설계자가 무언가를 이식하면서 피설계자 현아의 신체는 분열하게 되었는데 전작들에 비해 비현실적 요소가 강해지고 최영희 특유의 애매함, 즉 교묘한 혼란은 여전하다.

설계자의 조작으로 설계자의 힘을 가진 현아는 설계자에게는 제거해야 할 오류지만 자유의지를 가진 존재임을 분명하게 증명한다. 현아는 설계자(신)의 뜻대로 움직이지 않고 설계자였던 미카가 결국 피설계자가 아닌 인간 현아를 선택한다는 것은 설계자에 맞선 피설계자의 승리이다. 신(설계자)이 인간을 만들었다고 해도 설계된 이후의 삶은 인간의 의지에 달려 있다는 게 최영희의 판단이고 이때 현아는 '이브'이거나 영웅이다.

첫 장편 『꽃 달고 살아남기』에 이은 또 다른 장편 『구달』과 최근작 『현아의 장풍』은 나란히 이어 보거나 층으로 쌓으며 읽어 볼 필요가 있다. 이어 놓으면 조금씩 달라지는 인물의 변화를 감지할 수 있는데 진아―구달―현아는 서로 다른 세계에 살고 있지만 어딘가 닮아 있기도 하다.

진화적 변화라는 흐름에서 볼 때 주목하게 되는 것은 세 여성 청소년의 신체이다. 『꽃 달고 살아남기』에서 진아가 의식의 분열을 겪으며 헛것을 보지만 이것은 비정상성만 가시적으로 드러낼 뿐 진아의 무엇이 되지는 못한다. 이렇게 무력하던 신체가 『구달』에서는 달이가 스스로를 구할 수 있고 이웃까지 도울 수 있는 초인간적 가청 능력을 가진 존재로 변하더니 『현아의 장풍』에 오자 현아는 설계자의 힘(신의 능력)을 가진 신체로 변화한다. 신체 능력치가 증가할수록 구조하거나 구원하는 타자의 범위도 자기 - 이웃 - 지구인으로 확장된다. 그러나 비현실적 이행에도 불구하고 인물들이 자신을 가둔 세계를 탈출하거나 스스로를 구조하기에 이르고 더 나아가 타자를 구하는 영웅으로 진화하는 모습에 대해 논리적 이치를 따질 수는 없다. 독자들은 수많은 생명을 구조하지 못한 채 무기력하게 지켜보기만 했던 기억마저 떠올라 재난 영화 속 영웅을 꿈꿔 보기도 하는 것이다.

그래서 세 작품을 다중우주로 읽을 필요가 생긴다. 검증할 수 없다는 한계에도 불구하고, 없다고 단정 지을 수 없는 세 개의 우주. 각기 다른 우주이지만 공통점이 있다. 닫힌 세계에 갇혀 있는 그들이 회로를 열고 나오려고 한다거나 이타적인 자질을 강화해 가면서 닫힌 공간의 공기를 사람이 살 수 있게 바꿔 간다.

물론 차이는 있다. 진아가 사는 감진 마을은 여전히 봉건적이고 가부장적인 제도가 유효한데 공동체적 가치를 거의 상실한 지금, 그것의 가치를 돌아보게 하는 세계다. 약간의 무리를 한다면 이 세계는 다중우주 세계에서 시차적으로 과거의 세계에 속한다. 구달이 사는 세계는 그에 반해 현재적이다. 우리 시대는 자본이 휘두르는 폭력으로 최소한의 가족(아버지와 딸) 관계조차 유지할 수 없게 되었고 '재개발' '철거' '연결도로 없음'은 가장 실재적이다. 그리고 현아가 살고 있는 세계는 텔레포트가 가능한데, 과학과 가상의 세계란 미래형이다.

이렇게 최영희 소설은 혼란스럽다. 동시적이면서도 시차가 있고 현실과 허구가 깨끗하게 분리되지 않는다. 그러니까 이 세 개의 우주는 있기도 하고 없기도 하다. 교묘하게 얽혀 있고 전략적으로 소통한다. 사정이 이러하므로 우리에게 필요한 것은 현실과 허구를 완강히 나누려고 하는 이성의 통제에서 자유로워지는 것이고 그녀들의 세계를 공유하고 공감하려는 노력이다.

관계의 회로, 기억

『꽃 달고 살아남기』의 진아가 잃어버린 기억을 찾으러 시간을 거슬러 올라간다면,『구달』의 무대인 흔전동은 철거될 건물들과 함께 기억의 힘으로 간신히 버티고 있는 인물들의 이야기다.

노름빚에 떠밀려 딸을 버리고 사라진 구종대를 아빠로 둔 구달이나, 소모품으로 쓰이고 마는 청년 구직자 공직구, 데이트 폭력으로 숨어 사는 최주아 등『구달』에 등장하는 인물들은 모두가 '연결도로 없음'의 골목 그 자체로 보인다. 그들이 피해자와 조력자, 폭로자로 뭉치면서 빚어내는 소리가 구달을 통해 드러나는데, 이것은 거의 마지막 불빛이며 곧 연소될 것이기에 특별하다.

최영희는 어울릴 것 같지 않은 인물들을 짝지어 놓음으로써 생겨나는 불협화음의 즐거운 맛을 아는 작가다. 그런 그답게 구달을 중심으로 박 집사와 은혜점집 보살, 공직구와 구달, 공직구와 최주아, 구달과 강문, 보름내과 원장 등 흔전동에 남은 사람들을 불러내는데 이들은 곧 헤어질 것처럼 위태로운 관계지만 끝내 그들을 그러잡는 것은 구달이 갖고 있는 한때의 기억들이다.

정신적으로나 신체적으로 소멸 직전인 존재들을 일으켜 세우는 것이 서로에 대한 기억이라는 점은 의미가 크다. 최영희 소설에서 기억은 존재와 존재를 다시 연결하는 데 매우 중요한 매개로 작동한다. 기억에 관한 이야기인 「알파에게 가는 길」(『너만 모르는 엔딩』)에서는 기억이란 '기계 따위'(복제 인간)에게도 가능하고 지키고 싶은 것으로 상상했다. 노동 가치를 상실한 복제 안드로이드를 폐기하는 대신 도망가도록 도왔던 원인간에 대한 기억을 베타인간은 끝내 지울 수 없었던 것이다. 원인간을 만나 자신의 기억을 맡긴 베타인간 미카의 모습은 인상적이었다.

구달이, 인체 실험에 가담했다고 동네 병원 원장을 의심하면서도 마지막 끈 하나는 쥐고 있었던 이유도 "어렸을 때부터 보름내과를 드나들며 자랐는데 아빠가 없을 때면 외상으로 진료를 해 주면서 아빠 오면 갚으시라고 하던 그 목소리를 기억"(『구달』 211면, 강조는 인용자)하고 있었기 때문이다.

어린 구달을 견디게 해 준 것도 울고 있던 구달을 달래 준 재현에 대한 기억 때문이었다. '연결도로 없음'의 흔전동의 지리적 골목은 기억과 기억이라는 마음의 도로로 이어져 있고 재개발로 곧 사라질 테지만 이런 기억이 아직 남아 있어서 따뜻할 수 있었다.

설계자 미카가 설정값이 망가져 지구를 떠날 때 현아에게 남긴 말 역시 '기억해 달라'는 거였다. 『현아의 장풍』에서 우리는 무도인 최배달과 강현아가 한 몸을 나눠 살다가 기억을 공유하는 단계까지 나아가는 경이로운 장면을 마주하게 된다. 그러나 그 전에 중요한 과정이 있다. 현아는 외로움으로 만들어진 인물이나 다름없다. 자기 존재를 잃어버릴 만큼 외로운 존재가 현아다. 그런 현아가 최배달의 데이터에 몸을 내준다는 것은 현아 자신은 파괴된다는 의미다. 그러나 현아가 최배달에게 빼앗긴 몸을 되찾아 오고 그와 기억을 공유할 만큼 강해진 것, 그것은 바로 현아가 자신을 기억해 냈기 때문이다.

모자를 벗고 천천히 앞머리를 빗던 무도인은 누구 것인지 불명확한 기억을 더듬기 시작했다. 누군가 아침에 혼자 일어나서 가방을 챙기고, 교복을 털어 입고, 머리를 빗었다. 늦잠을 잔 날은 동네 골목 어귀의 편의점에서 아침을 해결했다. 길고양이를 만나면 꼭 인사를 했고, 동네 먹자골목의 메뉴와 음식값을 꿰고 있었으며, 남자 아이돌 그룹을 광고 모델로 기용한 가전제품 대리점 앞에서는 꼭 걸음을 멈추었다. 매장 유리벽에 붙어 있는 실물 크기 모델 사진과 눈을 맞추며 인사도 잊지 않았다. 오빠들, 저 학교 다녀올게요! 그 순간 무도인은 오래 참았던 숨을 터뜨렸다.

"강현아!" (『현아의 장풍』 179면)

내가 누군지 기억해 내는 것부터 시작이라는 듯, 현아의 기억을 구성하는 저 아무것도 아닌 일상의 장면들이 바로 현아라는 듯, 현아는 닫힌 세계의 문을 열고 나오게 되었다.

기억해야 할 사건들을 집단적으로 공유한 우리들이 아닌가. 왜 기억해야 한다고 하는지, 왜 기억을 부탁하는지 그 이유를 조금만 알게 된다고 해도 그것은 의미 있는 회로 하나를 연결하는 일이다.

진아, 구달, 현아에게 특징적인 사실은 혈연으로 기능하는 가족이 없거나 있어도 그 역할을 못 한다는 것이다. 정신적·신체적으로 최소한의 방호벽이 되어 줄 가족은 붕괴되었고 고립된 인물들은 분열적 증상을 앓는다. 놀라운 것은 그들이 분열적 증상에 먹히지 않고 오히려 그 증상이 정말 병증인가 묻고 결과적으로 병증이 아닐 수 있다는 걸 보여 준다는 것이다. 물론 이것은 불가해한 초능력이거나 SF적인 설정, 즉 과학적·논리적으로 설명하지는 못하지만 없다고 할 수 없는 초월적 상상력을 이용하기에 가능하다. 이것을 믿든지 안 믿든지는 각자의 선택에 달려 있지만 우리가 주목해야 하는 것은 비현실적이며 초인간적인 현상으로 신체가 변형된 그들이 무엇을 선택하는가이다. 분열하는 여성 청소년들이 타자를 향해 관심과 구조의 회로를 작동시켰다는 것이다.

생각해 본다. 현실감각이 없지 않은 최영희가 아닌가. 그렇다면 그런 시공간을 설정하고 일반적이지 않은 인물을 데려온 것은 무엇을 노린 걸까. 그저 상상으로라도, 고립되어 소멸 직전에 몰린 여성 청소년들에게 세상을 구원할 힘을 주고 싶었던 걸까. 어차피 상상이니까. 이미 수많은 히어로와 슈퍼히어로가 우리의 욕망을 대리해 세상을 구원하고 있지 않은가. 왜 최영희의 영웅들을 향해서는 고개를 갸웃거리기만 하고, 대중적 히어로물이라고 인정하고 즐거워하지 않는가.

그래서 최영희 작품을 읽는 독법이 필요하다. 현실과 상상의 경계에서 어느 쪽으로 기울지 않고 또한 어느 쪽이라고 하기에도 애매한 상태에서 생기는 긴장감 혹은 혼란을 즐기는 것이다. 그들은 우리가 알지 못했던 우주의 원주민일지도 모른다. 탄소와 질소 등 물질로 구성된 지적 생명체가 아닌 피가 흐르고 살갗이 따뜻하며 생명을 빼앗기기도 너무나 쉬운 인간을 닮거나 그런 인간을 사랑하는 새로운 종족 말이다.

이들은 어떤 힘으로 인간을 사랑하는가. 특별하지 않다. 이미 우리도 알고 있는 그것, 단 한 사람의 내 편만 있어도 세상은 살 만하다는 평범한 진실이다. 최영희는 단 한 사람에게 받았던 관심의 기억은 힘이 세고 그 힘을 다시 타인에게 발휘하고 홍익으로 나아감을 상상한다. 그런 탓일까. 진아와 인애, 구달과 공직구, 현아와 지훈의 관계는 최영희 소설이 반복해서 작동시키는 인간관계이다. 인애와 공직구, 지훈은 분열하는 신체들인 진아와 구달, 현아를 현실 쪽으로 잡아끄는 친구들이다. 배신하지도 않고 변심하지도 않은 채 그들이 단단히 현실에 발을 딛고 있었기에 진아와 달이, 현아가 가까스로 균형을 유지할 수 있었다.

최영희 작품 속 인물들이 기억을 믿는 이유에 대해 생각해 보았다. 진아나 구달, 현아는 현재 가진 게 없다. 가진 거라고는 소박한 인간관계와 기억뿐이다. 가진 게 기억밖에 없다는 이 참으로 쓸쓸한 살림을 버텨내게 하는 것 또한 기억이라고 하니 우리가 만들어야 하는 게 무엇인지 알기도 하겠다. 기억의 힘으로 현재를 견뎌 내듯 오늘의 기억은 미래를 추동하는 동력으로 작용할 것이다. 게다가 이제 이들은 조금 더 강해졌다. 달이가 "자라는 걸 지켜봐 주고, 추억거리를 모아 줄 사람이 없다면 저 스스로 모으고 챙기며 살아야 한다"(119면)라고 생각할 만큼!

소수(자)성의 힘

최영희가 초점의 대상으로 삼는 인물들, 특히 여성 청소년들은 대개 관계에서 소외된 존재거나 사회제도로부터 제외되고 가족에게 버려진 존재들임을 기억하자. 이들은 사회적·정서적·신체적인 폭력에 노출되었거나 그럴 가능성이 큰데, 이들이 정상 혹은 사회적 질서와 규범에 속하지 못했기 때문이다. 최영희가 나아가고자 하는 방향성은 분명하다. 이 소수의 인물들을 내세워 이들이 자신만의 존재값을 가진 유일무이한 존재이며 따뜻한 피가 흐르고 연약한 살갗을 가진 인간임을 증언하는 것.

최영희의 첫 청소년소설집인 『첫 키스는 엘프와』에 실린 「꽃 찾으러 왔단다」는 단편이지만 그가 지속적으로 밀게 될 인간관계도 하나를 보여 준다. 우리 사회가 신체적 조건을 계급화하는 것은 교실에서도 진행

된 지 이미 오래다. 뚱뚱해서 '덩치'라고 불리던 연두는 이름만 잃은 게 아니다. '덩치'라는 호명은 교실에서 연두가 어떤 위치에 있는지를 짐작게 한다. 연두가 공부를 잘한다는 것이 이 상황에서는 왕따의 가능성을 가중시킬 뿐이다.

뚱뚱한 여성의 신체란 놀림의 대상, 지우개를 함부로 던져도 되는 아이, 이름(존재)을 잃어버려도 되는 대상이다. 그런데 뚱뚱한 여자의 신체보다 더 바깥으로 밀려나는 신체가 축구하는 여학생이다. '축구'에게도 '혜란'이라는 이름이 있다. 그날 연두가 치마를 입을 수 있었던 것은 '축구'라는 더 강력한 왕따가 나타났기 때문이다. 축구하는 여학생은 여학생답지 않다는 낡은 젠더 규범이 적용돼 '덩치'에게서 '왕따'의 자리를 물려받았다. 연두가 '축구'에게 왕따의 자리를 내주고 치마를 입지만, 그런다고 연두가 주류(여왕이라고 불리는 지니 그룹)에 낄 가능성은 없다는 게 곧 확인되는 사이, 연두와 혜란은 '덩치'와 '축구'라는 호명에 상관없이 친구가 되어 있다. 주류에 끼는 대신 비주류성을 자신이 정체성으로 받아들이는 순간 주류성과 비주류성의 경계는 모호해진다는 게 즐겁지 않은가. 누군가의 관계를 비난하는 대신 새로운 관계를 만드는 것, 그것이 단둘이어도 상관없다는 것은 최영희가 마련하는 새로운 관계의 영역이다.

이 단편집의 표제작 「첫 키스는 엘프와」에도 흥미로운 장면이 들어있다. 전직 '베프'를 되찾기 위해 키스 경험이 필요한 여학생 윤채아와 호모라는 혐의를 받고 있는 남학생 최상연이 서로의 필요를 위해 키스를 한다는 것. 결국 윤채아는 베프를 다시 찾는 대신 베프 찾기를 적극 도와주었던 친구 구자를 새로운 친구로 만나게 되었다.

다소 습관적인 배치처럼 보이는 탓에 인물 관계가 정형화되어 있다는 혐의가 있을 수 있겠지만 다중우주적인 시각으로 본다면 우주적 삶이 크게 다르지 않다는 것이 아니겠는가. 아무튼 사랑의 행위로만 기능했던 키스가 일종의 거래 혹은 구조의 차원으로 가능하다는 것을 상상하고 이것은 『꽃 달고 살아남기』에서 좀 더 발전된 형식으로 나타난다.

　『꽃 달고 살아남기』에 등장하는 남성 교사 '물리'는 성소수자로서 학교 사회에서 교사의 권위를 잃은 지 오래다. 그러나 물리는 지금까지 읽어 본 최영희 소설에서 가장 성숙한 인간으로 돋보였다. 이는 무슨 의미일까. 물리는 자신의 성적 정체성을 부정하지 않지만 내세울 것도 아닌 상황에서 진아와 인애가 처한 곤란 앞에서 머뭇거리지 않았다. 진아의 친모는 엄마의 기능을 상실했고, 구달의 아버지는 사라졌으며, 현아의 부모는 현아를 혼자 살게 했던 것을 떠올려 보자. 물리는 사회적 관계로 맺어진 삶의 이웃으로서 새로운 관계를 모색하게 하는 희망이 되어 주었다. 무엇보다 누군가의 약점이란 타인이 함부로 말해 버린 것일 뿐이라 여기고 약점 그 자체를 자신의 정체성으로 삼아 버린 자의 당당함을 보여 준 인물이기도 하다. 이렇듯 최영희 소설에 들어 있는 퀴어적인 요소들은 다양한 상황의 낙차에서 발생하는 웃음과 더불어 그의 소설이 갖고 있는 강점이다.

　최영희 소설 속 여성 청소년들의 행위는 초기의 소극적 관계 맺기에서 차츰 사람 구하기로 전환된다. 이는 자신을 구한 그 힘이 타자화된 이웃을 구조하는 근원이 될 수 있음을 보여 주는 것은 아니었을까. 이제 이들은 불의에 맞서고 폭력에 대항하며 위기에 처한 누군가를 구한다. 누군가란 『구달』에서는 홀로 사는 노인 홍세라, 두 번이나 재혼하는 아버지랑 살면서 쌍둥이 누나마저 죽은 뒤 아침마다 우는 재현, 이갈이조차 관심 가져 주는 사람이 없는 어린 강문, 데이트 폭력을 당해 숨어 사는 최주아처럼 타자화되어 갇혔거나 갇힐 위기에 처한 인물들이다.

구하는 것에서 멈추지 않고 한 발 더 나아가 응징을 하는데 『현아의 장풍』에서 아동성범죄자, 임산부에 손가락질하는 자, 동물 학대자, 나아가 피설계자인 인간을 소멸시키려는 설계자(신)마저 응징의 대상이다. 최영희 소설 속 여성 청소년들의 정신과 신체의 분열은 다른 신체로 변화하는 과정으로서의 분열이라는 점이 특이하다.

진아와 구달, 현아는 우리가 상식이라고 말하는 것을 기준으로 보면 정상적인 이성과 신체라고 할 수 없다. 최영희가 그걸 모를 리 없고 다만 모른 척 이 비정상적으로 보이는 신체를 통해 정상성에 빗금을 그으려는 것이 아니겠는가. 우리가 언제나 문학에 기대하는 것은 "현실의 배치를 바꾸는 회로 만들기, 특히 말과 감수성의 회로를 바꾸고 만드는 일"[4]이므로.

결국 최영희도 그 말을 하기 위해 여성 청소년들을 데리고 우리에게 왔다. 꽃을 달고, 환청을 들으며, 아예 몸을 빼앗기면서도 끝내 무릎 꿇지 않고 막다른 골목에서 문을 내면서, 혹은 스스로 문이 되면서 그렇게! '인간'들은 너무나도 왜소하지만 존재를 위협당할 수 없는 생생한 '인간'이기에 그 자신 역시 타자화되었으면서 그들을 구하겠다고 나선 그녀들이 영웅이 아니면 무엇이겠나. 그 아이들은 우리가 아직 가져 본 적 없는 영웅들이다.

---

4 김미정 「마지막 인간의 상상: '개인'의 신화를 질문하며」, 『움직이는 별자리들』, 갈무리 2019, 239면.

4부

스밈과 번짐

김이구 『해묵은 동시를 던져 버리자』
이안 『다 같이 돌자 동시 한 바퀴』

좋지 아니한가

여기 두 권의 동시 평론집이 내게 와서 오롯이 동시만 이야기한다. 김이구와 이안 두 평론가가 읽어 주는 동시와 동시 이야기는 깊이 스미고 넓게 번져 책을 읽는 동안 온전히 취했고 여운은 길다.

책의 만듦새도 다르고, 그들이 읽고 말하는 시인도 다르지만 뫼비우스의 띠처럼 나는 이 두 권을 나란히 놓고 읽고 나서야 비로소 한 권의 책을 읽었다고 느낀다.

최승호의 『말놀이 동시집』(비룡소 2005) 출간 이후 지난 10년간 우리 동시는 '해묵은 동시를 던져 버리고' '경계를 넘어' 새로운 동시로 진화해 왔다고 하겠다. 이 두 권의 평론집은 그 시간이 품고 길러 온 우리 동시와 동시인, 동시집을 살뜰히 어루만진다. 그리하여 독자는 두 평론가의 손길에 마음을 얹어 읽으면서 동시에 젖어 행복해진다.

스밈, 더 깊게

　세상에 나온 순서로 보자면 이안의 평론집이 100일쯤 먼저 출간되었다. 무엇보다 두 권의 평론집은 따로 읽고 충분히 그 성과를 이야기해야만 한다. 그럼에도 두 책을 같이 읽는 것은 이 두 권의 평론집이 서로 대화를 나누고 있다고 여겨지기 때문이다. 김이구와 이안 두 평론가는 동시의 시대를 함께 보내며 동시에 대한 고민을 공유하고 소통하며 "우리 동시의 생태계"를 같이 가꾸어 온 사이가 아니던가.

　먼저 말을 건네는 쪽을 김이구로 보기 때문에, 그의 평론집이 이안의 평론집보다 몇 달 늦게 세상에 나왔으나 그의 책을 먼저 이야기한다.

　김이구는 동시 문학을 비롯해 어린이문학의 현장에서 누구보다 문제적인 질문을 던지는 일에 부지런한 평론가다. 『해묵은 동시를 던져 버리자』(창비 2014)라는 평론집 제목은 정유경 시인의 말처럼 무척이나 도발적인데, 이 문장 안에 이미 그가 하고 싶은 모든 이야기가 담겨 있다.

　그가 우리 동시단에 없는 것, 즉 '4무(無)'로 꼽은 것은 시적 모험이 없다는 것, 자기 작품을 보는 눈이 없다는 것, 비평다운 비평이 없다는 것, 타자와의 소통이 없다는 것이다.

　이것이 동시단에만 없는 것은 아니거니와 이제까지 전혀 없었던 새로운 비판도 아니겠다. 동시단에 필요한 것은 끊임없는 자기 갱신의 중요성을 일깨우는 일이고, 습관적인 자기 복제에 무디어진 신경을 날카롭게 벼리도록 깨워 줄 누군가의 존재다.

　그런 존재가 가장 필요하다고 느낀 순간, 김이구는 종을 울린 것이다. 그것은 간곡했거니와 부탁이나 의견 제시가 아니라 쟁쟁한 지시의 목소리였다. "통념의 동시가 되지 않을지라도, 통념의 시를 배반할지라도 쓰지 않고는 배겨 낼 수 없는 내적 충동이 있어야 시의 모험이 가능해진다. 동시인들이여, 경계 밖으로 저 멀리 뛰쳐나가라"(229면)라는 말은 문학을 하려면 제대로 하라는 단호한 주문으로 들어야 한다. 더불어 이 말은 문학이 계속되는 한 언제까지나 유효한 지침으로서 현재형이며 미래형이 되어야 한다.

위의 인용 글 앞에는 "형태상의 모험이 아닌 내용상의 모험을 밀어붙이라"는 말이 분명하게 적혀 있다. 내용상의 모험이란 결국 시인이 세상을 바라보는 관점, 즉 세계관의 문제이며 그가 다른 글에서 말했듯이 그것은 '아이디어'[1]로는 시가 되지 못한다는 것을 분명히 알아야 가능한 일이겠다.

"쓰지 않고는 배겨 낼 수 없는 내적 충동"이라는 말 앞에서 머뭇거리는 당신이라면 문학을 할 준비가 덜 된 상태거나 어린이문학을 문학의 하위 장르로 생각하고 있지 않은지 의심해 볼 필요가 있다. 김이구의 이 도발적이나 합당한 발언의 바탕에는 어린이문학에 대한 그간의 자세 교정이 필요하다는 생각이 깔려 있는 것이다. 그의 주장은 이렇게 끝을 맺는다.

지금까지 동시단은 어린이를 너무 의식했다. 그 어린이는 시인의 몸 안이 아니라 바깥에 있었다. 기성 동시가 터를 두고 있는 어린이는 깡그리 잊어버려라. 몸에 배어 입만 열면 흘러나올 것 같은 해묵은 구절들도 우주로 펑펑 날려 버리자. '동시의 감옥'을 깨고 나와, 자신의 전 존재를 걸어 쓰자. 그래

---

1 김이구 「아이디어를 버려야 동시가 산다」, 『해묵은 동시를 던져 버리자』, 창비 2014, 27면. 시적 순간이 바로 시가 되지는 않는다는 말로도 이해된다.

서 자신이 쓸 수 있는 최고의 시를 쓸 때, 동시의 새로운 지평도 파르스름한 새벽으로 밝아 올 것이다. (237면)

어린이를 의식해서 나타날 것은 그가 말하는 해묵은 동시밖에 없다. 어린이를 가르침의 대상, 주체적이지 못한 불완전한 존재, 모르는 것이 많은 존재로 의식할 때 우리 동시는 한없이 가벼워질 뿐이었다. 가벼워지고 단순해지다가 결국 말을 잃어버리게 되는 것이다. 문학이 말을 잃어버리면 의미 없는 의성어나 의태어의 나열, 카메라에 담긴 풍경 묘사 그 이상을 넘지 못한다.

해묵은 동시, 동시단의 4무 외에도 이번 평론집을 통해 새겨듣게 되는 것은 동시 독자, 창작 방법으로서의 반복의 문제, 소재를 바라보는 시각, 인간 중심주의 문제, 동시 독법, 어린이의 존재에 대한 새로운 인식 등 동시 창작의 방향에 대한 깊은 고민과 문제의식이다.

결국 김이구가 던지는 문제들은 문학 하는 자로서의 세계관과 무관하지 않다. 그 문제들은 동시 비평가인 그가 동시를 쓰고자 하는 신인이거나 이미 시를 쓰며 동시를 쓰려고 하는 시인이거나 이미 동시를 쓰는 동시인들 모두에게 던지는 과제이기도 하다.

김이구의 평론집을 읽으면서 무엇보다 감동적인 것은 동시를 대하는 태도의 지극함이다. 동시에 대해 말할 때 그는 오로지 동시에만 집중한다. 그는 평론가이기 이전에 가장 열렬한 동시 독자다. 그의 동시 읽기를 따라가다 보면 어느새 동시 독자의 길에 들어선 자신을 발견하게 될 것이다.

번짐, 경계를 넘어

비평다운 비평이 없다는 문제 제기에 김이구가 이번 평론집으로 스스로 답을 보여 준다면, 이안은 어쩌면 김이구가 답하지 못한 나머지에 대해 누구보다 아름답고 실천적으로 답을 찾아간다고 하겠다.

이안은 시집을 낸 시인이며, 동시집을 두 권[2] 출간한 동시인이며, 동시 평론집을 낸 평론가이며, 동시 전문지 『동시마중』의 편집자이면서 최근에는 동시 전문 팟캐스트까지 운영하고 있다. 그는 이렇게 스스로가 번짐의 주체가 되어 경계를 넘고 우리 동시의 외연을 확장하는 데 몰두한다.

그가 동시 이야기를 하면서 하이쿠를 함께 이야기하거나 영화 기법을 들여와 동시를 읽을 때 그것은 우리 동시의 외연을 확장하려는 그의 의지와 상상력으로 받아들여야 한다.

이안의 평론집 『다 같이 돌자 동시 한 바퀴』(문학동네 2014)는 한 편의 시에 대한 짧은 에세이 형식의 글(1부), 좀 더 본격적인 비평 글(2, 3부), 동시집 해설(4부)로 구성되어 있다. 앞에서 살펴본 김이구의 평론집 구성과 비슷하다. 다만, 두 사람이 읽고 이야기하는 동시와 시인들은 김륭 등을 제외하고는 겹치지 않는다.

이안은 동시와 시의 경계에 주목하는 듯 보인다. 그리하여 그는 우리 동시단이 동시 문법을 극복하고 시와 동시의 경계 안팎을 오가는 일에

---

2 『고양이와 통한 날』(문학동네 2008), 『고양이의 탄생』(문학동네 2012)에 대해서는 다른 자리에서 본격적인 비평을 통해 '해묵은 동시'와 시적 모험의 거리를 이안의 동시가 어떻게 극복하고 있는지 밝혀야 한다고 생각한다.

몰두하며 그런 동시적 성취를 이뤄 내고 있는 시인들을 불러낸다.[3] 동시와 시의 경계를 없애는 것은 새로운 것의 탄생과 진화의 과정으로 이해되는데 결국 (동)시 쓰기란 '문학'으로 깊어지고 성장하는 일임을 그의 글을 통해 깨닫는다.

평론가와 편집자, 시인과 동시인인 이안은 자신의 존재론적 위치를 평론가가 아닌 창작자로 분명하게 설정한다. 그래서 이 평론집은 동시인 이안의 동시 창작론이면서 동시론으로 읽어야 할 것 같다.

그렇다면 이안에게 동시란 무엇일까?

이안에게 동시는 "쉽고 단순해야 한다. 단순하되 형식이 품고 있는 이야기는 결코 만만치 않은 것이"어야 한다. 그에게 "동시란 어른 또는 어른의 세계로부터 어린이의 세계를 지키려는 문학 양식이며, 어린이가 어렵지 않게 다가와 즐길 수 있도록 키를 한껏 낮춘 문학 양식이다." "키를 한껏 낮춘 시가 또 쉬운 것을 의미하지는 않"으며, "좋은 동시는 아이의 성장을 자연스럽게 옹호하면서 상처받은 내면을 따뜻이 위로해 준다."[4]

동시＝쉬운 시라는 공식에 길들여져, 화자의 내면을 이야기하면 동시가 어려워진다고 생각해 머뭇거렸던 것이 사실이다. 지금 이안이 말하는 '내면'은 해묵은 동시의 경계를 넘어 동시가 어린이라는 한 세계를 동시 문학적 양식에 담아야 한다는 의지로 보인다.

시라는 문학 형식의 존재 근거는 주체의 내면 성찰이며 자기로의 탐

---

3 이안이 불러오는 송찬호나 박성우, 김륭 등 성인 문단의 시인들은 대체로 동시와 시의 경계의 안과 밖을 성공적으로 오가는 시인들이다.

4 이안 「안 잊히는 동시집: 『겨레아동문학선집』 9, 10권 다시 읽기」, 『다 같이 돌자 동시 한바퀴』, 문학동네 2014, 265~73면.

험이다. 동시라고 다르지 않다. 다만 그 아이들이 꼭 상처받은 아이들일 필요는 없다. 중요한 것은 "어린이가 처한 현실을 어떻게 동시로 담아 낼 것인가를 생각하"는 것이다.

동시 창작자로서 이안은 동시를 읽을 때 때로는 시행과 시어를 떼어 내고 붙이고 옮겨 보는데, 그 과정에서 시가 어떻게 다른 음을 내는지 예민하게 골라 섬세하게 보여 준다. 독자는 이안의 글을 따라 읽으면서 시행의 위치, 시어의 자리에 따라 시가 어떻게 달라지는지 알아 간다. 동시를 읽는 안목을 높일 수 있는 적절한 방법을 터득하는 독서가 될 것이 분명하다. 시 창작을 꿈꾸는 예비 시인이라면 더욱더 꼼꼼히 들여다보기를 권한다.

그뿐만 아니라 이안의 시 읽기는 '싸이 옵바'에서 정지용, 하이쿠와 일본의 옛 시인을 거쳐 『논어』, 영화 「매트릭스」까지 자유롭게 시의 환경을 확장해 가고 경계를 넘나들면서 더없이 발랄하다.

특히 인상적인 글은 「존재의 형식을 탐구하다」이다. 따로 존재하던 동시들이 서로에게 스미고 번지는 과정을 거치며 울음이 연대로 나아가는 과정을 엮어 내는데 시와 글이 모두 감동적이다. 이 글을 읽다 보면 왜 동시가 쓰여야 하고 동시를 읽어야 하는지, 동시 자체의 존재론적 의미를 확인할 수 있을 것이다.

또한 아름다운 문장을 만나는 일은 이 평론집을 읽는 일 중에서도 가장 즐거운 일이 될 것이다. "꾹 짜면 독자의 옷에서도 빗물이 주르륵 떨어질 것만 같다"(256면)거나, 한 시인의 시 쓰기가 결국은 "요즘 아이들에게 건강한 삶의 자리를 지어 주고 싶어서였을 것이다"(같은 곳) 같은 문장을 평론집 곳곳에 무수히 "쟁여 놓고" 있다.

둘이지만 하나 같은

만약 당신이 동시를 공부하는 학생이라면 이 두 권의 평론집을 통해 2005년 이후 우리 동시단의 흐름, 우리 동시의 생태계를 가늠하게 될 것이다. 동시 독자라면 동시 읽는 눈높이를 높일 수 있을지도 모른다.

그러나 그 누구보다 이 두 권의 평론집은 동시 창작을 희망하는 이들에게 아주 많은 것을 줄 것 같다. 동시 창작을 하고자 할 때 꼭 필요한 구슬들이 이 두 권의 책 곳곳에 숨어 있다. 이것들을 발견하여 꿸 수 있다면 아마 좋은 시를 쓸 수 있으리라. 물론 쉬운 일이 아니어서 그야말로 문학에, 동시에 전부를 바치고자 할 때에만 구슬들이 모여 한 줄에 꿰어지는 신비를 체험하게 되겠지만.

하지만 나는 무엇보다도 이 두 권의 비평집이 동시 비평집으로서만 읽힐 게 아니라 하나의 문학작품으로 읽히기를 바란다. 우리 동시 비평은 이렇게 비평의 경계를 넘어 문학으로 나아가고 있으며 이 두 권의 동시 평론집이 그 증거라 하겠다.

처음 배우는 것 같은 말

차영미 『으라차차 손수레』

동시가 좋은 이유를 나 역시 몇 개는 갖고 있다. 하지만 동시집을 읽고 난 뒤 그 이유를 마치 처음 알게 된 것 같은 기분에 들 때가 있다. 사실은 그럴 때가 더 많다. 읽지 않으면 알 수 없으나 읽으면 얻게 되는 어떤 것들 때문에 나는 시를 읽는다.

차영미 시인의 세 번째 동시집 『으라차차 손수레』(브로콜리숲 2020)를 읽고 동시가 필요한 까닭을 새삼 깨달았다. 그의 시 곳곳에 스며 있는 누군가를 돕는 마음이 소중했다. 꼭 그 자리여야 할 것처럼 거기 놓인 말은 처음 배우는 말 같아서 즐거웠다.

피로와 우울, 공포의 말들이 '무지무지하게 큰 회색 거인처럼 막 몰려다니며 널름널름 길과 집, 나무와 사람들을 먹어 치우고 있다'(「안개」). 겨울을 보내고 새봄을 맞이했지만 감각은 둔해졌다. 때가 이러해서인지 '꽃을 피우느라 얼굴이 온통 새빨개지도록 애를 쓴 배롱나무'(「안간힘」)에게 위로를 받았다. 존재의 의무를 다하려는 것들의 안간힘이 굳은 감각을 풀어 주는 듯하다.

이 동시집에는 오르막길을 오르는 손수레를 으라차차 밀어 주면서도 굳이 드러내지 않고 숨기는 마음(「으라차차 손수레」), 언덕돌탑에 돌 하나 얹는 대신 그 돌로 비뚜름한 제비꽃을 받쳐 주려는 마음(「길을 가다가」), 갈대숲 새 둥지 속 새알을 남모르게 지켜 주려고 모른 체하는 마음(「한 편」), 창틀에다 참새를 위해 좁쌀 한 줌 내놓는 마음(「아침 인사」)들이 가득 하다. 소박한 마음 씀이 새삼스러운 건 역시 마음의 여유를 잃어버리게 한 감염병 때문일 것이다.

『으라차차 손수레』는 익숙해서 별스럽지 않았던 말들을 다시 듣게 한다. 가령 "힘내!/보고 싶다./고마워!/널 믿어./잘했어./네가 최고야!/ 진심으로 축하해!"(「새해 결심」) 같은 말들은 평범하다. 하지만 저 말들은 일상이 유지되어야 사용 가능하다. 코로나19로 사회적 관계가 줄고 저 말들을 주고받을 일상을 공유하지 못하게 되었다. 그러고 나니 저 말들 이 가야 할 자리도 사라졌다. 관계를 지우니 말도 따라 줄어들고 마음도 자리를 잡지 못한다.

시의 화자는 새해에는 저 말들을 더 많이, 더 자주 쓰겠다는 결심을 했지만 알다시피 올봄 우리는 새해맞이도, 졸업식도, 입학식도, 생일도 잃어버렸다. 그냥 시로만 읽어도 저 평범한 말들에 저런 힘이 있었나 싶 었는데, 그 말을 할 기회가 없어졌다고 생각하자 마음이 더 다급해진다. 잊어버리지 말아야 할 말들이 참 많았던 것이다.

시절이 이래서인가. 차영미 시에서 뭔가 이겨 보겠다고, 지지 않겠다 고 안간힘을 쓰는 대상을 만나기라도 하면 그게 누구든 응원하게 된다. 거기 쓰인 말들이 기운을 한껏 북돋운다. "풋고추 토마토 토란이/자랄 때//쇠비름 바랭이 뚝새풀도/자란다.//기를 쓰고 자란다."(「바득바득」)에 제목으로 쓰인 '바득바득'은 악착스럽게 애쓰는 모양이라는 뜻이다.

유용함(식용)과 무용함(잡초)을 놓고 겨루는 힘이 팽팽하다. 그것을 맞춤하게 전달하는 말 '바득바득'을 따라해 본다. 발음할 때 입술과 혀에 감도는 힘이 느껴진다. 성질을 여민 말이 좋고 요즘 같은 시절 바득바득 유세를 떠는 코로나19에 바득바득 맞서고 싶어진다. 시집을 읽고 한동안 저 말이 입 속에 돌아다녔다. 처음 배운 말 같았고 괜히 힘이 나는 것도 같다.

'반짝반짝'도 그렇다. 시인이 보기에 바람에 흔들리는 미루나무 잎은 미루나무가 부르는 노래였다. 그래서 햇빛을 받아 흔들리는 모습이 마치 반짝반짝한 노래로 들렸을 것이다(「바람 부는 날에는」). '바득바득'처럼 "반짝반짝한 노래, 노래가 반짝반짝해"라고 말해 보길. 노래 대신 다른 말을 넣어도 '반짝반짝해'라는 말이 주는 즐거움을 나누어 가질 수 있다.

「방법이 없다」 「나랑 같이 가」 「두고 보자 너!」 「피곤한 녀석」 「끄떡 없다」 등 시의 제목이면서 아주 중요한 시의 문장이 상황에 딱 맞는 자리를 잡으니 그 말이 주는 쾌감이 의외였다.

차영미 시는 자주 어떤 장면을 집중해서 바라보기 때문에 풍경화 같기도 하다. 하지만 지시하고 설명하는 풍경이 아니라 소통하는 풍경에 가깝다. 그러니 품고 있는 이야기를 찾아내는 것은 각자의 즐거움이 될 것이다.

잃어버린 우리의 봄을 위해 시인의 마음과 말이 주는 위로의 시 한 편을 옮긴다.

동네

골목길이

마악
연보랏빛 양말을 꺼내 신었다.

제비꽃 무늬

다문다문

수놓인

—「봄이 오는 길목」 전문

일상, 어쩌면 오롯한 집중

방주현 『내가 왔다』

방주현이 그의 시 쓰기에 의인화 말고는 이렇다 하게 눈을 끄는 수사법을 쓰지 않음으로써 확보하는 것은 담담한 현실감이다. 최근의 동시들은 이전에 없던 것처럼 자유롭고 분방해 보였다. 그 과감함에 나 역시 환호했고 상식을 훌쩍 뛰어넘는 상상의 그네를 타느라 어지러웠다. 그렇게 울렁거리던 마음이 평범한 일상을 그린 그의 동시집 『내가 왔다』(문학동네 2020)를 읽다 보니 차분해졌고, 이 느낌이 문득 소중해졌다고 말하고 싶어졌다.

우리의 일상이란 손톱을 깎으며 한 주의 생활을 정리하거나(「손톱 깎기」), 생일날 아빠가 엄마를 위해 끓여 준 미역국에 엄마가 엄마의 엄마(외할머니) 입맛에 맞게 간을 맞추거나(「간 맞추기」), 전학 간 친구가 잊히는 모습을 통해 곧 자신도 그처럼 잊힐 것을 쓸쓸하게 예감하거나(「전학」), "영어 학원 가방 멘 훈이가/오른손으로 자전거 핸들을 잡고/왼손으로는 슬러시를 껴안고/자전거를 타고"(「훈이」) 가는 것처럼 별스러울 것 없는 날의 연속이다.

그런데 방주현 시들을 읽다가 문득 돌이켜 보니 우리가 평범해서 일상이라고 말하는 순간이 사실은 오롯한 집중의 시간일지도 모르겠다는 생각이 든 것이다. 왜 그런가.

손톱을 깎을 때 나는 '똑' 소리는 별스러울 것 없지만 달리 들으면 너를 좋아하는 내 마음이 내는 소리와 같다. 손톱을 깎는 일이란 누군가를 좋아하는 마음을 문득 깨닫는 시간이었던 것이다. 생일이 태어난 사람을 축하하는 날인 동시에 낳아 준 엄마에게 감사하는 날이라는 것은 흔한 말이다. 하지만 낳아 준 엄마의 입맛을 온전히 재현한 특별한 미역국이 끓여지는 순간이라면 다르다.

가장 흔한 일상의 아이를 '유일'한 훈이로 포착한 「훈이」가 나는 왜 각별했을까. 한 손으로 핸들을 잡고 한 손으로 슬러시를 껴안고 자전거를 타면서도 넘어지지 않는 훈이. 어쩌면 훈이는 지금 온몸의 신경을 팽팽하게 그러모아 가장 적절한 균형을 잡기 위해 집중하고 있을 것만 같은 것이다. 저 유연한 자유가 새삼 만만해 보이지 않기 때문이다.

게다가 일상이, 돌봐 줄 엄마도 없이 어제 입학한 1학년 아이가 혼자 '뚫고 가'(「혼자 갈 수 있다」)야 하는 결정과 다짐의 순간이라면 어떤가.

빛나는 것이 크고 화려한 것만은 아님을 익히 알고 있다. 다만 아무렇지 않아서 아무것도 아닌 것 같은 것들의 가치를 찾을 줄 모르기에 시인이 필요하다. 방주현의 시가 크고 유별나지는 않은데 읽고 난 뒤 마음이 오래 머문 이유가 여기에 있다.

의인화 외에는 별다른 수사법을 쓰지 않는다고 했던 의인화에 대해 살펴보자.

의인화란 알고 있다시피 대개 사물이나 비인간 타자를 인간의 자리에 놓아 봄으로써 없던 마음을 만들거나 대상을 이해하도록 돕는 데에 유용하다. 입이 없는 것들에게 입을 주고 마음이 없는 것들에게 마음을 줄 때 세상이 어떻게 달라지는지 우리는 잘 안다.

더러 의인화 방식이 지나친 친절로 느껴질 때도 있다. 그러나 방주현 동시에서 의인화 방식이 특별해지는 지점은 비유나 은유가 아닌 상황 그 자체를 말함으로써 인식과 경험의 세계가 확장한다는 것이다.

가령 나무를 패거나 자를 때 밑에 받쳐 놓는 나무토막을 의인화한 「모탕」의 경우, 그는 왜 모탕에 마음이 닿았을까. 모탕이란 "도끼가 날아올 때마다/(…)//나에게 오는 것이 아닌 줄 알면서도//언제나/꽉!/꽉 눈을 감"아야 하는 운명을 갖고 생겨난 사물이다. 시는 모탕의 마음을 다루는데, 시는 나무를 자르기 위해 날아 오는 도끼를 보고 모탕이 눈을 감았다는 상상만 할 뿐이다.

도끼와 나무와 모탕의 삼각관계에서 도끼를 바로 받는 것이 나무다. 그렇기에 먼저 든 생각은 도끼에 몸이 잘릴 나무의 운명 혹은 나무의 심정을 이야기했을 법하다는 것. 패거나 자르기는 고통과 파괴를 연상케 하는 행위이므로 가해와 피해의 이분법이 가능하고 이 구도에서 도끼와 나무는 가해와 피해로 분리되고 모탕은 제3자로 보였다.

하지만 방주현은 도끼와 나무가 아니라 모탕에 감정을 이입했고 나는 그 마음이 궁금해 모탕의 마음을 상상해 보았다.(이것을 적극적인 읽기라고 하자. 그의 시는 다 말하지 않은 말들이 있어 편하게 읽다가 생각에 잠기게 한다.)

그러자 떠오른 생각 하나. 모탕은 이 구도에서 제3자가 아니라 어쩌면 나무보다 더 지속적인 고통에 묶인 당사자일 수도 있다는 것. 이것을 목격자의 운명이라고 할 수 있겠다. 그리고 이것은 인간의 어떤 행위로 치환해 이해할 필요가 있다. 목격자란 어쩌면 우리가 생각하는 것보다 더 오래, 더 강력한 고통에 묶여 있는 피해자가 아닐까. 왜 아니겠는가. 우리는 사건 당사자에게 집중하느라 목격자가 느꼈을 마음에는 미처 이르지 못할 때가 많다.

내가 맞지는 않으나 마치 맞는 것처럼 '환상통'을 느끼게 하는 시는 결코 단순하지 않을뿐더러 친절하지도 않다. 이처럼 방주현은 다 말하지 않고 남긴 말들을 찾게 하는 방식으로 동시가 쉽다는 오해를 거두어들이게 한다.

의인화와 함께 방주현 시의 또 다른 특징은 한 장면에 여러 장면을 동시에 담는 방식으로 말한다는 것이다. 이런 방식을 통해 우리는 일상의 단면이 아니라 삶의 여러 지경을 동시에 경험한다. 한 장면이 품고 있는 다양함은 우리 삶의 이치와 다르지 않다. 한 장소에 머물지만 우리는 각자의 입장이 있다. 한 장면 안에는 다양한 풍경과 시간이 있다.

세계를 보는 이러한 방식은 하나의 가치나 의미만 말하지 않음으로써 더 많은 것들을 품는다. 「고민」처럼 정문과 후문 두 가지 길을 동시에 보여 주되 어느 길의 낫고 못남이 아니라 두 가지 길이 따로 품고 있는 길의 가치를 말하는 방식이 그렇다. 정문으로 나가면 수하를 만나 얘기하며 갈 수 있고 후문으로 나가면 공원 사잇길에서 개미집이랑 지렁이 시체들을 구경할 있으니 다 재미있고 기대된다. 시의 화자가 수하를 만나면 독자는 개미랑 지렁이 시체를 구경하는 길을 따르면 될 테니 오늘 선택한 길이 선택하지 않은 길의 가치를 떨어뜨리지 않아서 좋은 것이다.

할머니 속에 엄마가 있고 엄마 속에 내가 있는 것처럼(「알맹이」) 세상은 없는 것(안 보이는 것)과 있는 것(보이는 것)이 결국 동시에 존재하는 곳이다. 만약 세상이 다양한 일들이 서로 섞여 동시에 존재하는 곳이라면 엄청난 사건 사고가 없어도 세상은 제법 흥미로운 곳이 될 수도 있겠다.

「소망빌라 5층 꿈탑」 역시 각기 다른 일상을 동시에 담아 보여 준다. 거기 사는 사람들이 풀어놓는 소망의 목록은 대단한 게 아니다. 누군가는 조금 힘이 세졌으면 좋겠고 또 누군가는 일을 찾기를 원하고, 지팡이 없이 산책을 갈 수 있기를 바라는 것, 그저 사는 일이다. 그 일상의 소망이 누군가의 간절함이라는 것은 이 시가 말하지 않음으로써 말하고 싶은 것이리라.

11시라는 특정 시간에 다른 장소에서 벌어지고 있는 풍경들을 담고 있는 「학부모 공개 수업」 역시 배제가 아니라 고른 관심으로 일상을 품는다. 제목에서 이미 알 수 있듯이 학부모 공개 수업이 있는 날, 이런저런 이유로 11시 약속 시간에 참여할 수 없는 다양한 사람들이 있다. 이렇게 공개 수업에 참여하지 못한 사람들의 처지가 계층이나 계급에 따른 특별한 사연 때문이 아니라 '일' 때문이라는 공통점을 동시에 보여 줌으로써 우리 모두의 일이 되었다.

이처럼 동시에 말하되 이것과 저것 중 어떤 것의 선택이 다른 것의 배제가 되지 않도록 하는 것이 방주현 시의 마음이라고 해야겠다. 그는 차이나 가치를 따지는 대신 여럿을 함께 품는 방식으로 시를 쓰고 싶은 것 같다. 시선을 어긋내는 대신 한눈에 담는 것, 시선이 많이 모일수록 이야기가 풍성해지는 것은 자연스럽다.

시인의 마음을 다 안다고 할 수는 없겠지만, 같이 보는 것만으로도 아파할 줄 알고 불가능해 보이는 것이 가능하기를 바라는 마음은 알겠다. 그 마음으로 새끼거북이를 보고(「교문 거북이 살아남기」), 달팽이를 보며

(「달팽이 안전 교육」), 모탕에 마음을 쓰고(「모탕」), 가지 잘린 벚나무 그루터기에 꽃이 피기를 바라며(「환상통」), 배가 되고 싶었으나 주전자가 된 쇠(「주전자」)를 보아 내는 게 아니겠나.

낯설고 이상한 것들이 없으며, 의인화의 영역에 머물되 일상의 리얼리티에 충실한 시가 오늘 온 방수현 시다. 시인 황인찬이 "자신의 시가 굳이 어딘가 쓰잘데기가 있었으면 좋겠다"라고 말했을 때, 나는 시가 굳이 무언가를 한다고 믿는 사람이 여기 있으니 염려 말라고 말해 주고 싶었다. 방주현에게도 같은 마음이라는 말을 굳이.

뜨개질의 상상

임수현 『외톨이 왕』

임수현의 첫 동시집 『외톨이 왕』(문학동네 2019)을 읽기로 했다면 뜨개질의 행위를 떠올리며 읽는 것도 좋겠다. 고양이가 나를 만지는 행위를 '풀다'라고 말하는 순간, 고양이가 나를 풀고 내가 엄마와 아빠를 풀었다 다시 뜨는 행위(「고양이 뜨개질」)가 바로 뜨개질과 같지 않은가.

만지는 행위가 푸는 행위로 이어지는 게 언뜻 알 듯 모를 듯 몽환적이다. 하지만 '터치' 혹은 만짐의 순간은 대상과 대상의 접촉의 순간으로서 그 행위는 뜻밖의 위로가 되기도 한다는 것을 우리는 알고 있다. 고단한 몸을 안아 주는 순간 피곤이 풀리고 행복이나 쉼이라는 마음이 새로 생긴다는 것도 말이다.

뜨개질이라는 행위의 축적은 어떤 형상을 만들어 내는데 임수현 동시에서 이것이 재생이나 회복의 마음으로 읽혀 인상적이었다. 게다가 문틈에 끼어 상처 난 손가락, "돌돌 풀려 버린 내 손가락/흰 붕대를 감고 잠들었어//그날 밤,/돌아가신 할머니/작은 코바늘에 흰 실을 꿰어 내 아픈 손가락을/다시 짜" 준(「흰 실로 짠 검지손가락」) 회복의 기억은 또 얼마나 든든한가.

실을 푸는 행위와 실을 감거나 걸거나 꼬아 무언가를 뜨는 행위, 즉 실로 뜬 옷이든 실 뭉치든 형태를 풀어(허물고) 다시 형태를 뜨는(짓는) 행위는 실의 변형이면서 언어의 변형이다. 임수현 시에서 특히 눈에 띄는 '풀다'와 '뜨다'라는 행위와 그 결과에서 우리는 뜨개질과 시를 만드는 행위가 같음을 눈치채거나 상상하게 된다. 여기에다 풀거나 뜨는 행위에 힘입어 나타나는 풀리거나 떠지는 것들의 다양한 변형이야말로 그의 시에서 주의 깊게 살펴야 하는 지점이다.

임수현의 시에서 시적 대상과 그것이 관계 맺고 있는 시공간은 실의 감각을 닮아 연속적이다.

어쩌면 재생의 기원을 담은 듯한 「퐁당퐁당 도토리」에서 물에 떨어진 도토리는 '이제 물고기가 된 거냐'고 묻는다. 이 엉뚱하면서도 존재 소멸에 대한 안타까움이 담긴 질문을 받은 시인은 상수리나무의 입을 빌려 지금은 아니지만 한숨("오백 년"쯤) 자고 나면 물고기가 될 거라고 말해 준다. 이 말을 하는 상수리나무도 자기의 전생은 얼룩 고양이였다고 말하는 중이다.

이것이 논리 이전의 영역임은 당연하다. 그러나 이렇게 말해 버림으로써 도토리의 현생은 물고기의 내생으로 이어지게 되었고 생의 종말이 아니라 실처럼 이어지게 된 것에 마음이 놓인다. 현생의 나라는 존재는 전생의 나와 다르며 다음 생의 나와도 다르다. 풀리고 떠지면서 적어도 도토리는 다양하게 변형되는 존재로 시공간을 거듭 살게 될 것 같다. 누군가는 생의 연속을 거부하겠지만 한때 강렬하게 윤회적 재생의 리듬을 경험했던 나로서는 풀어서 다시 뜨는 재생의 상상이 나쁘지 않다.

그게 아니더라도 아주 작은 동시가 품은 길고 깊은 시간의 흐름에 올라 타 보는 게 좋다.

실처럼 이어졌거나 뜨개질의 감각으로 이어진 대상과 세상은 서로 무관치 않다. 풀고 뜨고 다시 풀리거나 떠지면서 사건이 사건을 부르면서 넓게 번져 가고 길게 이어진다. 이 확산과 응집의 공간 경험은 임수현 동시의 또 다른 매력이다. 예를 들면 물소 가죽으로 만든 소파를 물소(풀어)라고 호명(뜨는)하는 순간, 풀과 모래바람 냄새가 나고 하늘에는 별자리가 돋아나고 물소 엄마가 일하는 사바나 초원이 펼쳐지는 「달려라 소파」, 배달 짜장면을 따라오는 오토바이, 저녁 가로등, 아파트 계단, 짜장면 접시, 꼬르륵 소리를 담은 「코가 점점」 같은 동시가 그렇다. 이 동시들은 하나의 사건에서 시작했지만 품은 이야기가 참으로 불룩하다. 이런 시들이 횡으로 퍼지면서 확산하는 시들이다.

종으로 깊어지면서 감정을 응집하는 동시들 또한 임수현 동시만의 힘이다. 욕실 거울을 통해 동굴을 상상하고 그 끝에서 과거의 아빠와 할머니를 보기만 하고 돌아오는 「상상사전 1: 샤워기」나, 할아버지의 생애를 기록한 「할아버지가방에주무시다」나, 운동장 밖으로 나가 긴 여행을 하는 축구공의 시간을 다룬 「지구를 굴리는 축구공」, 잃어버린 셔틀콕을 찾아 나오는 사이 등이 굽어 버린 아버지를 그린 「셔틀콕 찾기」 등이 그렇다.

이 과정에서 시적 주체들은 위안과 부탁, 회복과 재생의 정서로 기운을 차리고 이때 독자도 마찬가지라는 게 중요하다. 누군가의 고단한 일상이 풀리고 새로 떠지면서 생기를 회복하고 우리는 잠시 안심을 한다. 누군가는 과거를 돌려받고 미래를 약속받는다. 상처가 아물고 잃어버린 것들과의 만남을 목격하면서 독자의 마음이 반응하는 순간, 비로소 임수현 동시가 표정을 갖게 되었다. 이때 그의 시에서 줄곧 차용되는 환상 장치는 논리의 결계를 푸는 데 유용하다. 언제나 그렇듯이.

그의 시를 지배하는 정서는 외로움이라고 해야 할 듯하다. 시집 제목조차 독자의 짐작을 거든다. 외로움을 뜨개처럼 뜬다면 "갈래머리"에 "땡땡이 반바지"를 입은 "메아리"가 아닐까. 작은 새의 증언에 따르면 메아리는 "산에서 내려오는 사람들/뒤꽁무니를 졸래졸래/따라 내려"(「메아리」)갔다고 하니 산에서 태어나 산에만 사는 줄 알았던 메아리는 지금 어디에 있나. 메아리는 왜 산에서 내려왔나.

> 작은 새는
> 메아리를 본 적 있는데
> 아주 작고 귀엽게 생겼더래요
>
> 갈래머리를 하고
> 땡땡이 반바지를 입고 있더래요
>
> 메아리는 작은 바위에 혼자 앉아
> 나뭇잎을 톡톡 따며
> 흥얼흥얼 노래를 부르다가
>
> 산에서 내려오는 사람들
> 뒤꽁무니를 졸래졸래
> 따라 내려가더래요
>
> ──「메아리」전문

갈래머리에 땡땡이 바지를 입은 메아리는 어느 날 문득 당신이 외롭다고 느끼는 순간 당신 마음이 불러낸 그 자리에 있을 것만 같다. 그러니까 외로움의 출처는 바로 나 자신이 아니겠나. 외로움을 외롭게 산에 두지 말고 그냥 호주머니에다, 마음의 방에다 두고 흥얼흥얼 노래를 부르게 두면 덜 외롭지 않을까.

임수현 동시의 인물들이 외로운 이유는 아마도 소중한 사람들을 잃은 탓일 게다. 할아버지는 가방이 되어 방에 계시고 엄마와 아빠는 당신들의 집인 달에 돌아가 "불빛이 환한 식탁에 둘러앉아//내가 가면 주려고/찹쌀떡을 만들고/동글동글 경단을/쟁반 가득 만들고 있"(「집으로 가는 길」)다. 홀로 남은 나는 아직 집에 가는 중이므로 엄마, 아빠 생각에 "빨간 눈"(「눈 빨간」)이 된 채 '나는 잘 지낸다'는 편지를 먼저 보낼 뿐이다. 그 아이는 집으로 가는 길 위에서 모퉁이 지나 모서리 안쪽 가장 오목하고 어두운 곳의 민들레(「모서리 아이」)에 제 마음을 포개며 '외톨이 왕'으로 여기에 조금 더 머물러야 한다.

그나마 맨 나중까지 곁에 남아 다친 손가락을 다시 떠 주고, '체한 나에게 무즙을 짜 입에 넣어 주고 거칠거칠한 손바닥으로 발바닥을 쓱쓱 문질러 주던 할머니'(「겨울밤」)는 그만 눈이 멀어서 '꿈속에서 꿈 밖으로 까끌까끌한 손을 뻗어 오래오래 내 손을 잡아 줄'(「눈먼 할머니를 부르면」) 뿐이다. 그마저도 곧 올이 풀려 바람으로 풀어질 것처럼 불안하기만 하다.

임수현 동시의 '풀다'와 '뜨다'라는 언어에 마음이 풀려 그의 시를 뜨개질하듯 읽는다. 한 코 한 코 엮어 장갑이 되고 목도리가 되는 것이나 언어가 모여 시가 되는 게 다르지 않다. 거기 담긴 깊고 넓은 마음도 다르지 않다. 동시를 읽는다는 것은 까끌까끌한 마음을 풀고 보드라운 새 마음을 뜨는 것일지도.

나도 우는 것들을 사랑합니다*

성명진 『오늘은 다 잘했다』

동시가 원래 그런 것인지는 알 수 없으나 어찌 됐건 웃음이 많은 건 사실이다. 성명진 동시도 그렇다. 잘 웃고 자주 웃는다. 갖고 있는 웃음의 모양도 많고 웃기는 비법도 다양하다.

『오늘은 다 잘했다』(창비 2019)에 실린 「눈치 없이」도 슬그머니 웃게 만든다. 하지만 시를 만드는 사연이 그 나름대로 문제적이다. 성현이는 '혀 쭉 내밀고 원숭이 흉내 내면서 방귀까지 뀌어 대며 촐랑대느라' 제가 좋아하는 나연이가 뒤에 와 있는 줄도 모른다. 삶은 어리석음과 배신이 뒤섞이는 혼돈의 현장이라는 듯 눈치 빠른 놈들은 성현이한테 알리지도 않고 이미 몸단장을 끝냈다. 성현이를 '이상한 놈'으로 만든 눈치 빠른 놈들은 비겁하고, 눈치 없는 성현이는 딱하다. 그런데 그걸 보는 독자들도 다문 입술을 비집고 비질비질 새 나오려는 웃음을 참기가 힘

---

* 이 글의 제목은 임길택 산문집 제목(『나는 우는 것들을 사랑합니다』, 보리 2004)에 기댄 것이다.

들다. 왜 그럴까. 제게 무슨 일이 닥쳤는지 꿈에도 모른 채 꾸밈없고 한 없이 자유로운 성현이 몸짓이 의외로 통쾌해서다. 나연이 마음은 알 수 없으나 나는 저 눈치 없는 성현이가 온몸으로 발산하는 디오니소스적 인 생기발랄에 기분 좋게 물들고 말았다. 무엇보다 성현이만 우습게 만 들어 버린 친구들의 약삭빠름이 딱히 성현이에게 상처를 남기지 않을 것 같다. 성현이라는 인물은 그런 것쯤이야 별거 아니라는 듯 쓱 웃어 버릴 것 같아서다. 배신의 장면이 상처를 남기지 않고 웃을 수 있을 때 가 있다면 딱 이때가 아닐까.

웃음기 가득한 동시 얼굴을 보고 같이 웃다 보면 딱딱한 마음이 말랑 말랑해지고 굳었던 몸에 생기가 돈다. 그 느낌이 좋아 자꾸 동시를 보는 거다. 자주 동시를 만나는 거다.

성명진 동시가 자주 웃는 것은 맞지만 자꾸 울려고 하는 것도 사실이 다. 더러 터뜨리는 울음이지만 대개는 참는 울음이다. 눈물이 그렁그렁 하다. 잘못 건드렸다가는 애써 참고 있는 눈물이 왈칵 쏟아져 버릴 것만 같다. 숨소리를 낮추어 출처를 더듬어 보자.

잠깐 온
눈

승기가
웬일이세요?
물으니

아니야

얼버무렸다

하굣길
모퉁이에서 서성이던
다른 데 사는 승기 아빠

멈칫거리다가
더는 말없이
그냥 갔다

승기 탈 없는 거 보고
봄 온 거 보고

— 「삼월에 온 눈」 전문

　삼월, 그러니까 봄이 다 되어 오는 눈은 기운이 없다. 내리자마자 녹
는다. 짧게 끝나는 사건이다. '잠깐' '웬일이세요?' '얼버무렸다' '모퉁
이' '서성이던' '다른 데' '말없이 그냥'이라는 말들은 아버지와 아들 사
이에 놓기에 적절하지 않다. 단절과 부재의 말들이 이 짧은 만남을 더욱
쓸쓸하게 만든다. 웬일이냐고 무심하게 묻는 승기의 눈물은 멀겠으나
아들의 무탈을 본 뒤 돌아선 아버지의 눈물은 현재다. (눈물샘에서 나
온) '눈물'과 (눈이 녹아서 된) '눈물'은 서로를 감싸 안으며 한데 섞인
다. 아버지와 아들의 이별에 눈물이 등장하지는 않았으나 이미 울음이
가득 배어 있다.
　친구의 변심, 떨어진 성적, 고립감 등은 '그깟 것들'이 아니어서 울고

(「그깟 것들」), 엄마의 노동과 부재로 혼자 먹는 저녁밥엔 엄마의 미안함이 울고(「혼자 먹는 저녁밥」), 속으로 울고 있는 것을 들키고 싶고(「들키고 싶은」), "잠든 할머니의 가느다란 숨소리"에 놀란 성현이는 잔뜩 웅크린 채 울고(「눈발 속」) 있는 것이다. 사는 일은 왜 이다지도 쓸쓸하고 미안하고 두렵고 외로운가.

이 눈물 많은 동시는 기쁠 때도 운다. 울지 않겠다는 듯, 지지 않겠다는 듯 다부지게 참고 견디어 마침내 도모한 일을 해내고 말았다는 뿌듯함의 눈물이다. 세상에 온 지 얼마 안 되어 우뚝 서고 만 송아지의 생명력(「탄생」), 기어이 담장 위에 올라앉은 호박의 의지(「시월」), 고단한 노동 속에서도 가족을 지켰다는 자부심(「추운 날」) 등은 특히 그렇다.

성명진의 이번 시집이 눈물에 젖어 축축하다고 느껴지는 건 그간 우리 동시에 '울음'은 그리 많지 않았던 까닭이다. 울음은 참아야 할 것도 아니고 부끄러운 것은 더더욱 아니다. 웃음이 무거운 마음을 털어 가볍게 만든다면 눈물은 자칫 불이 날 것 같은 마른 마음을 진정시키는 힘이 있지 않던가.

성명진 동시에는 아버지에 대한 말이 많은데 그의 동시에서 아버지는 가족과 따로 살거나 경제적으로 그리 유능하지 않지만 존재를 부정당하지도 않는다.

먼 길을 걸어
집으로 가는데요 문득
저녁 하늘 올려 보며 벙글거리는 아버지
— 저 별 하나씩 가져가자.
아버지는 내 가방에

별을 한 개 넣어 주고
당신이 멘 짐짝에도 한 개를 넣더니
어깨를 들썩거려 보는 거예요
── 한결 가볍다. 날아갈 것 같네.

길을 그렇게 걸었어요
그렇지 않았다면
집에 어떻게 닿았겠어요

──「별 하나씩」전문

별다른 설명이 필요 없어 보인다. 다만 이상한 것은 짐짝에 별을 넣었
는데 아버지는 어찌 날아갈 것 같다고 했나. 아버지와 연결된 어떤 기억
을 재현하고 있는 이 시는 고단한 귀갓길 가방에 별을 넣지 않았다면 집
에 닿지 못했으리라고 회상하였다. 있을 것 같지 않은 일이 일어났는데
그건 마치 아버지가 남긴 특별한 유산 같지 않은가. 별의 진위라거나 의
미를 밝히는 일보다 저 별의 자리를 대신할 '또 다른 나'들의 유산 같은
목록이 문득 궁금해진다.
　또 하나 말해야 하는 것이 성명진 시의 자기 갱신이다. 같은 제목에
번호를 붙이기도 하고 같은 대상을 다르게 말하기도 하면서 시는 시집
안에서 성장하고 변화한다.
　『오늘은 다 잘했다』에 실린 「뿌리 2」는 『축구부에 들고 싶다』(창비 2011)
에 실린 「뿌리 1」(시집에는 일련번호 없음)과 짝이다. 역시 「이 꽃을 봐」는
『축구부에 들고 싶다』에 실린 「동백꽃」의 또 다른 현재다. 『축구부에 들
고 싶다』에 실린 「해 질 녘」이나 「둘이는」은 『오늘은 다 잘했다』에는

「어떤 친구」로 다시 온다. 여기 실린 「탄생」은 『축구부에 들고 싶다』에 실린 「불빛」과 나란히 읽어 볼 필요가 있다.

시적 대상을 낭비했다고 말하려는 것이 아니다. 동백꽃을 보고 쓴 「동백꽃」과 「이 꽃을 봐」를 보면서 창작 주체에게 일어난 어떤 인식의 변화가 흥미로웠던 것이다. 앞선 시집의 시(「동백꽃」)에서는 떨어진 동백 꽃을 할머니가 손안에 담아 다시 피우는 동백의 재생을 그렸다. 이번 시집의 시(「이 꽃을 봐」)에서는 "시시하게/바람 같은 것에 지지 않고/자기 힘으로" 생을 마감한 동백의 낙화를 그렸다. 자기 복제가 아닌 확장으로서 다가왔고 대상뿐만이 아니라 세상을 바라보는 주체의 인식과 시각의 변화 또한 자연스럽다.

오래전에 읽었던 『축구부에 들고 싶다』를 다시 열어 보니 「하나도 안 아픈 일」 밑에 '동시가 어린이 독자와 어른 독자를 다 둘 수 있는 이유로서 그 동시가 어떤 정서만 줄 수 있다면 된다'는 메모가 적혀 있다. 동시가 이해 가능한가, 즉 쉬운가, 난해한가의 차이는 사랑, 우정, 슬픔, 두려움 등 다양한 정서의 공유 여부가 아닐까라는 생각의 자투리였던 것 같다. 스치는 감정을 붙잡아 적어 놓았을 텐데 이 물기 가득한 『오늘은 다 잘했다』를 읽으면서 그때와 크게 다르지 않다고 다시 생각한다.

'울다'라는 행위가 담고 있는 '울음'의 정서는 매우 중요해서 우리는 우는 일에 망설일 필요가 없다. 더 잘 울어서 촉촉해진 뒤에라야 뭐라도 싹을 틔울 수 있다. 눈물을 애써 막지 말고 서둘러 거두지 말자. 아이든 어른이든. 우리 함께.

재생의 리듬

송현섭 『착한 마녀의 일기』

송현섭 동시의 주체는 스스로를 '괴물'이라고 말하는 듯하지만 나는 어찌하지 못할 장난기로 가득 찬 악동(惡童)이라 부르겠다. 악동답게 그는 자기중심적이고 일을 벌이되 도모한 일이 뜻한 바대로 이뤄지지 않기도 한다. 하지만 그 마음이 갸륵함에서 발원했다는 것을 의심할 수 없어서 이 아이의 무지를 미워할 수 없다. 악동이란 제가 한 일의 결과를 책임질 필요가 없고 설령 엉뚱한 결과가 나타난대도 시무룩할 필요가 없다. 그야말로 악동은 자유로운 영혼인 데다 욕망에 충실하며 생기 발랄하다. 악동과 같은 시절을 사는 동무들이라면 즐겁게 공감하겠고 그 시절로부터 멀리 떠나온 동무들은 혀를 내두르면서도 모처럼 솟는 기운에 즐거울 것이다.

괴물 혹은 악동이 하는 일이라는 것이 대강 이렇다. 태어나 한 번도 본 적 없는 귀뚜라미를 울음소리로 처음 만난 아이는 구두 속에 사는 귀뚜라미와 그 새끼들이 도랑에 빠질까 봐 걱정이다. 궁리 끝에 구두가 움직이지 못하도록 커다란 돌 하나를 올려놓으니 기쁘고 뿌듯했으리라.
귀뚜라미는 어찌되었나. "물론이지, 그 후로/구두 귀뚜라미는/한 번도
울지 않았어."(「구두 귀뚜라미」) 제가 한 일이 뜻하지 않게 귀뚜라미를 쫓
아낸 꼴이 되고 말았대도 저 아이의 걱정에 눈을 흘길 수가 없다. 그 일
의 결과는 아이의 몫이 아니다.

　듣는 일이 신통치 않은 할머니에게 '주변의 나뭇잎들이 기절할 정도
로 우렁찬 소리의 왕, 참매미로 만든 보청기'(「참매미 보청기」)를 선물하려
는 '나'의 마음은 귀뚜라미를 걱정한 아이와 다르지 않다. '가위로 참매
미의 날개를 자르고, 사마귀 같은 더듬이를 떼어 내고, 몸통을 정성껏
다듬고, 사포로 문지르고, 말랑말랑해지라고 무려 한 시간 동안이나 참
매미 몸에 풀을 발라 발명한 보청기'다. 이것은 철모르는 아이의 잔인한
장난인가, 할머니를 위해 최고의 발명품을 만들고 싶은 발명가의 몰입
인가. 아무튼 사랑하는 할머니에게 최고의 보청기를 선물하기로 했으
니 그 정성이 대단하다.

　하지만 귀뚜라미 가족이 어디론가 가 버렸듯이 할머니는 이 발명가
의 발명품이 감당이 안 되는 모양이다. 참매미 보청기를 귓속에 쏙 집어
넣는 순간 "뭐냐! 귀에 뭘 넣은 거야! 이놈아……"라고 소리를 치는 바
람에 옥수수밭에 숨어 들어간 발명가는 묻는다. 놀란 할머니가 불쌍할
까요, 내가 더 불쌍할까요?

　그 나름의 이유와 목적으로 자기 과업에 몰입하는 주체로서의 악동
은 배우고 깨닫고 성장하는 과정의 인물과는 결이 다르다. 후자의 인물
은 익숙하지만, 선악의 구획 안에 포함되지 않는 인물들은 낯설다. 송현
섭 동시에서 만나는 악동은 김개미의 '어이없는 놈'과 김륭의 '엄동수'
를 잇는 개성적인 캐릭터의 등장이라 이 새로 온 아이가 반갑다. 이 존

재는 오지 않은 시간에 겁먹지 않는다. 오직 현재의 생에 몰입하는 존재들이 뿜어내는 빛은 주변의 기운을 돋운다.

새로 온 인물답게 이 악동(괴물)은 하느님, 용왕, 남편, 형, 아버지, 외할아버지 등 남성 위주 사회의 절대 권력을 비웃으며 힘을 빼는 데에 열심이다. 괴물은 괴물로만 오지 않는다. 하느님을 삥 뜯는 존재로 고발하는 마녀로(「착한 마녀의 일기」), 가족도 없이 허울만 갖고 있는 용왕을 비웃는 용자로(「용왕님께」), 동생보다 딸기를 더 먹을 셈이었으나 동생에게 '바부— 바부—' 소리나 듣는 형으로(「딸기」), 제대로 놀 줄도 모르고 배고프다며 집으로 가 버린 남편을 보면서 '아무리 귀여운 녀석이 와도 다시는 결혼하지 않을 거'라는 당찬 여성으로(「엄마 아빠 놀이」), 뱀을 협박하는 것 같지만 어쩌면 뱀보다 더 무섭고 잔인한 아빠(인간)를 고발하는 것 같은 아들로(「뱀에게」), 비윤리적 육식을 꼬집듯 토끼 식용을 하는 외할아버지를 지우개로 만들어 버리는 손자로(「토끼는 풀을 지우고, 외할아버지는 토끼를 지우고」) 온다.

하지만 송현섭의 동시들은 도발적인 듯 자유로운 상상과 발언을 흩어지는 대로 두지 않고 감정의 남발 없이 단단하게 여며져 있다. '찢어진 꽃처럼'과 같은 언어들이 서술의 풀어짐을 이미지로 잇고 엮음으로써 설명하면 길어질 마음의 표정을 대신해 주었다. 특히 「잠꾸러기 고양이」 「암탉의 유언」 「자전거 도둑들」은 색채의 선명함과 묘사의 섬세함이 빛나는 작품들이다.

언어적 표현과 함께 그의 동시에서 도드라지는 것은 압축과 풀어짐 혹은 상승과 하강, 확장과 축소에서 발생하는 쫀득한 긴장감이며 여기에서 리듬이 태어난다. 이 발랄한 리듬이 시의 풍경과 내면을 조이고 풀면서도 고른 숨을 쉬고 있어 안정적이라고 느껴진다. 「부엉이」 「자전거 도둑들」「일기예보」「괜찮아」「비밀이, 풀풀」「할머니의 기억 상자」「우리 마을에 내리는 눈은」「장마가 길어지면」「얼음꽃」 같은 시들에서 리듬을 타고 발생하는 감각은 삶의 연속성이다. 우리 삶은 반복의 연속이지만 이 반복의 리듬에서 발생하는 차이로 이전과 다른 삶을 이어 간다. 이 재생의 리듬을 생명력이라고도 할 수 있겠다. 재생이 주는 위안이야말로 송현섭 동시의 힘이고 그 힘의 영향으로 메마른 것들이 기운을 차리게 된다는 것이 중요하다.

마음이 하는 일

임동학 『너무 짧은 소풍』

"세상의 중심에는 쓰이지 않은 역사가 있고, 세상을 빚어내는 더 깊은 움직임은 눈에 보이지 않는 마음의 충동"(278면)이다. 미국을 대표하는 교육지도자이며 사회운동가인 파커 파머(Parker J. Palmer)가 쓴 『비통한 자들을 위한 정치학』(김찬호 옮김, 글항아리 2012)에서 만난 문장이다. 그의 마음은 주로 일그러진 미국의 정치 현실을 들여다보면서 거기에 생기를 불어넣는 일에 바쳐진다.

이 책을 읽는 동안 자주 문학의 역할 혹은 힘을 생각할 수밖에 없었다. 그가 "훌륭한 문학가가 허구적 세계에 관심을 갖는 것은 문학이 사실을 상상력으로 끌어들이기 때문이다. 실재와의 가장 깊은 연결은 사실들의 정복만이 아니라 사실을 상상하는 데서도 온다"(205면)고 했을 때도 마찬가지다. 부서져서 흩어지는 게 아니라 열리는 게 마음이고 그때 우리의 마음은 비로소 환대로 열린다. 우리에게 필요한 것은 이런 마음의 습관을 기르는 것이다. "그 마음이 형성되는 공간은 학교나 교회 등 물리적인 장소뿐만이 아니라 이미지, 관념, 이상"(241면)에 의해서도 창조된다.

우리 안에 갇힌 마음의 이미지를 불러내기 위해 동시가 부리는 마법은 각별하다. 독자인 나는 마음을 발명하는 1차 생산자가 될 수는 없다. 하지만 어떤 시를 읽었고 그 시에서 발생하는 개별적인 감정은 "내가 만든 뉴스이며 내 내면의 소식"(246면), 내가 발명한 나의 마음이다. 아주 많은 동시가 모든 물질은 생명이나 혼, 마음을 가지고 있다고 믿는 물활론의 감각을 받아들이는 데 주저함이 없다. 이런 동시에서 우리가 느끼는 감동의 실체가 '동'이라고 할 수 있고 이 '동'은 우리에게 '살림'의 가능과 놀라움을 경험하게 한다. 살리는 마음을 표현한 '동'과 그 마음의 습관을 익히는 독자가 어우러져 동시의 공간을 만든다.

그 공간에 더욱 활력을 집어넣고 싶다면 임동학 시인의 말을 귀담아 들을 필요가 있다. "좀 낯선 말, 낯선 일이 있더라도 획 지나치지 말고 시 속으로 살짝 들어가 보"아야 한다. "시 속의 인물이 되어 보기도 하고, 시 속의 장면에 끼어들기도 하"면, 어른, 친구, 동식물과 자연, 여러 가지 물건들과도 다 통할 수 있다(『너무 짧은 소풍』, 소금북 2018, 5면). '경계'가 사라지는 순간을 경험한다. 그 순간 일렁이며 생겨나는 마음의 무늬를 적은 게 이 글이다.

그는 오랫동안 동시를 써 왔으나 이제 막 첫 동시집 『너무 짧은 소풍』을 냈다. 학교 선생님이라고 하는데 학교나 교실보다 밖의 일을 담은 시가 더 많다. 지역이라는 몸의 감각과 성격이라는 마음의 질감을 넣은 사투리가 시에 생기를 불어넣었다. 이런 시를 읽으며 그가 사는 곳이나 그의 성격을 짐작해 보는 일은 새로운 맛을 느끼게 한다. 또 그의 가족이나 이웃도 만난다. 이번 시집에서 특히 독자를 사로잡는 마음의 발명품은 인간 이외의 존재, 즉 사물이든 자연물이든 저마다 어엿한 지구별의 구성원이라고 말하는 시들이다. 그리고 그들을 인간 못지않게 욕망하는 존재로 말하는 시들이다.

> 엄마, 애들이 나보고 자꾸
> 쬐끄만 민들레래
>
> 아니다, 누가 뭐래도 넌
> 씀씨 가문의 예쁜 아이란다

—「씀바귀꽃」전문

당연하다. 민들레는 민들레고 씀바귀는 씀바귀다. 어떤 게으름 혹은 무심함이 "씀씨 가문의 예쁜 아이"를 "쬐끄만 민들레"로 만들었으니 애들 놀림에 잔뜩 볼이 부어오른 씀바귀꽃은 위로받아 마땅하다. 꽃 얼굴이 작아 눈에 덜 띄는 것뿐이지, 식용의 가치, 꽃잎의 색이나 모양새, 야생의 내력을 따져 봐도 씀바귀 가문의 존재감은 민들레 가문 못지않다.

게다가 알아보니 민들레와 씀바귀는 모두 국화과 집안의 자손이더라. 씀바귀 엄마가 화가 났는지 의연했는지 자세한 마음까지는 모르겠다. 다만 저 "아니다"라는 단호한 부정의 말에서 풍기는 자존심의 향기가 만만치 않다고 느껴져서 신난다. 씀바귀에게는 자존심이 필요하고 우리에게는 무지와 편견을 이길 마음의 긴장이 요구된다.

세상의 어떤 존재도 다른 것의 일부가 되기 위해 존재하지는 않는다. 자연의 일이 이렇고 사람의 일도 마찬가지다. 「씀바귀꽃」은 이런 마음의 시작점이 되려고 생겨난 시처럼 보인다.

이런 마음의 눈으로 세상을 보면 세상은 특별한 말들을 보내오는가
보다.

　달이 안 보였다

　"요 며칠 새 살이 쏙 빠졌더라"

　"무슨 일이 생긴 게 아닐까?"

　별이란 별은 다 나와서

　밤새도록 수런거렸다

—「그믐밤」 전문

　달을 걱정하는 별들의 걱정스러운 수런거림을 통해 누군가를 걱정하
고 안부를 묻는 것이 사람의 일만이 아니라고 말하는 이 시는 거짓말이
아니다. 다만 사람인 우리가 별들이 저렇게 보고 말할 수 있다는 것을
보고 듣는 감각을 갖지 못했을 뿐이다. 달이 차고 기우는 것을 별들의
시선으로 봤을 때 생겨나는 마음의 일들이 다정도 하여라. 이 시를 읽고
난 뒤라면 하늘 한번 쳐다보는 일이 심상치 않을 것만 같다.
　존재를 알아봐 주고 그의 안부를 묻는 일도 소중하지만, 우리에겐 자
기 몫의 충실 혹은 긴장이 여전히 필요하다. 욕망은 불어 터진 면발 같
은 삶이 탱탱한 탄력을 갖도록 생기를 불어넣는다. 이기고 지는 게임이
아니라 다만 개별자로서 최선을 다한 대결은 흥미롭다.

바싹 마른 깻단을 작대기로 때린다
다 털어놓아라 다 털어놓아라

세워 잡고 눕혀 두고 빙빙 돌려 가면서
더 털어놓아라 다 털어놓아라

깻대가 터져서 너덜너덜하도록
다 털어놓아라 다 털어놓아라

그래도 한두 알은
끝내 털어놓지 않는다

—「깨 털기」전문

　　무지막지하게 깻대를 쥐고 흔들고 털어 내는 저 행위의 주체도 그렇거니와 끝내 한두 알은 털어놓지 않는 깻대의 기세가 만만치 않다. 늦가을 평범한 추수의 한 현장이 다 털겠다는 욕망과 그렇게는 안 될 거라는 저항의 대결장이 되었다. 둘의 대결을 보면서 야무진 깻대의 손을 들어 주고 싶어지는 건 무슨 까닭인가. 실재라면 인간과 자연의 대결에서 승자는 인간 쪽일 확률이 높다. 이런 상상을 통해서라도 혹시 모를 상대의 마음을 헤아려 보는 체험은 인간의 일로만 꽉 차 있는 우리들 머릿속을 헹궈 보는 일이다. 인간을 비우고, 인간 아닌 것들과의 경계를 지워 보는 일이다.
　　하필이면 토란잎에 내려 짧은 소풍을 억울해하는 빗방울(「너무 짧은 소

풍」), 모래밭을 걷는 바다(「바다」), 아빠한테 꺼들려 눈가새가 새빨개지
도록 일한 여름 해, 게으르게 어정거리다 코가 맹맹하다고 후딱 집으로
간 겨울 해(「해」), 오른쪽 왼쪽, 왼발 오른발 다 까먹고 구멍이 날 때까지
동그랗게 껴안고 살자는 양말(「양말」), 그늘을 쏟아부어 연못을 만드는
버드나무(「버드나무 아래서」), 썰매 타고 오느라 귀때기가 차가운 바람(「바
람」), 장마 때문에 발이 퉁퉁 불어서 울상인 고추와 참깨(「장마」) 등은 임
동학 시 이전에는 그냥 사물이었다. 그의 마음이 무언가를 하고 나자 그
것들은 전혀 다른 존재가 되었다. 그의 시는 살아 움직이는 몸에서 느껴
지는 감각들로 인해 입체적이다.

살림의 상상은 사물과 자연, 대상을 가치 있는 무엇이 되게 한다. 동
시를 읽는 체험은 그 가치를 전해 받고 우리 마음의 습관이 되도록 훈련
하는 과정이다. 마음이 하는 일에 대하여, 또 어떤 마음의 습관을 익혀
야 하는지에 대하여 말하고 듣는 것은 빛나는 일이다. 임동학 동시는 그
런 마음들로 빚어져 빛난다.

마음이 환해지는 동시

윤동주·윤일주 『민들레 피리』

가시 돋은 말들이 마음을 가득 채우는 걸 그냥 둔 채 가을과 겨울을 보내고 있다. 나의 실패들을 확정 짓는 말들은 아무리 우아해도 칼에 베듯 아프다. 세상의 말들도 다르지 않다. 나와 다른 당신을 적으로 삼아 찌르고 훼손하기 위해 고안한 말들은 오감을 병들게 한다.

기댈 말이 없어 외롭고 머릿속에 당신을 탓하는 말들이 난무해도 모른 척한다. 입만 열면 못된 말들이 쏟아져 나올 것 같다. 사실은 숱하게 썼다 지웠고 적었다 찢어 버렸다. 나는 병든 것이다.

우리의 전통 설화 속 숨살이꽃은 "가슴을 문지르면/숨이 트여 숨살이꽃"(최두석 「숨살이꽃」, 『숨살이꽃』, 문학과지성사 2018)이라 한다. 저 꽃은 내 것이 아니므로 대신 겨우 기운을 내어 시를 읽는다. "하여 꽃 피는 철이 오면 늘/세상일 벗어 던지고 산을 오른다/선연한 분홍 꽃빛으로 마음을 물들이려"(최두석 「솔나리」, 같은 책) 했던 시인의 마음을 빌려 병든 마음에 꽃물을 들이진 못하더라도 뿌연 눈을 씻기라도 해야겠기에.

손안에 들고 다니는 세상을 열어 꽃 사진을 찾아가며 시를 읽는다. 험한 말들만 보인 것은 마음이 그런 말만 쫓았기 때문일지 모른다. 꽃을 찾으니 세상은 마치 옆에서 보는 듯 꽃을 보여 준다. 흰빛과 보랏빛 도라지꽃이며 솔나리의 '선연한 분홍 꽃빛' 등을 아낌없이 내놓는다. 꽃으로 해서 "세상의 한 귀퉁이가 문득 환해졌"(「고들빼기」, 같은 책)다는 말은 시인의 경험이지만, 시로 인해 마음의 한 귀퉁이가 문득 환해진 것은 독자의 경험이다.

죽은 사람을 살리는 설화 속 재생의 꽃들은 시로도 오고 동시로도 온다. 이번 겨울 시난고난 시들어 가는 뼈와 살을 살리고 숨을 불어넣어 재생시킨 것은 최두석 시집 『숨살이꽃』과 윤동주·윤일주 동시집 『민들레 피리』(창비 2017)인 셈이다. 시와 동시의 말에 기대 버석대는 마음을 겨우 추스르는 것이다.

지금 내게 있는 윤동주의 『하늘과 바람과 별과 시』(소와다리 2016)는 1955년 정음사판을 오리지널 그대로 재현한 시집이다. 여기에는 윤동주의 동시가 따로 나뉘어 22편이 실렸고, 말미에는 동생 일주가 기록한 형의 짧은 생애가 실려 있다.

그것만으로는 못내 아쉬웠는데 이번에 나온 『민들레 피리』에는 동주의 동시가 여러 편 더 실려 있어서 기쁘다. 동주와 몽규의 사촌 간 이야기는 익숙한데 동생 일주가 동시를 썼다는 사실은 이제야 안다. 형제의 동시가 한 권에 묶인 동시집도 반갑거니와 거기 실린 동시들은 마치 옛날 사진첩을 보는 것 같은 기분을 부른다.

소수의 동시 독자의 가능성을 물으며 동시가 다소 어렵다고 말해지는 건 꽤 된 이야기들이다. 거기에 동시 언어는 점점 더 세련되어 가고 다양하고 파격적인 형식적 모험 등으로 최근의 동시는 성장하고 변화하는 모양새다. 잠시도 가만있지 않는 아이들처럼, 자고 나면 한 뼘 자라 있는 아이들처럼 동시가 그렇다.

형제의 동시는 꾸밈도 없고 과장도 없이 짧고 담백하다. 우리가 사진 첩에 꽂아 둔 것이 순수의 시절인 것처럼 두 형제의 동시가 꼭 그와 같다. 동시는 동시로 마음 한 귀퉁이를 밝히는 힘이 있다. 가령 「호주머니」 같은 동시.

넣을 것 없어
걱정이던
호주머니는

겨울만 되면
주먹 두 개 갑북갑북.

— 윤동주 「호주머니」 전문

이 동시를 사랑하지 않을 수 있을까. 그렇다면 이 동시의 '동(童)'은 어디에서 발견할 수 있나 곰곰 생각해 본다. 호주머니에 넣을 것을 걱정하는 마음, 호주머니라는 것이 무언가를 넣는 곳이라는 인식, 그보다도 우선 호주머니라는 대상 그 자체에 대한 관심이 눈에 띈다. 이 마음은 어른보다는 어린이의 마음에 가깝다. 어른들이라면 호주머니 두 개쯤 채운들 만족을 몰랐을 것이다. 호주머니보다 더 큰 욕심을 부려야 어른으로 자연스럽다. 무엇보다 어른이란 호주머니 같은 하찮은 것에 관심을 갖지 않을 것이다.

그래서 우선 이 동시에서 호주머니가 시적 대상이 된 것이 즐겁다.

이 가난한 호주머니의 주인은 왠지 쓸쓸하기도 하지만 또 얼마나 소박한가. 주먹 두 개를 넣었는데 가득 찬 듯 불룩하다는 걸로 만족한 듯 보이면서도 그게 다가 아니다. 자신의 가난 혹은 결여를 위로할 줄 알아서 갸륵하다. 주먹 두개로 갑북한 옷이라면 어쩌면 누군가가 작아 못 입는 옷을 얻어 입은 것이리라. 형에게 물려받은 옷일 수도 있다.

그러니까 동시 「호주머니」는 호주머니가 달린 옷을 입은 평범한 아이를 시적 대상으로 삼았으며 내용도 별스러울 것 없는 일상이다. 하지만 이 동시가 내게는 별스러웠는데, 시적 주체에게서 옅게나마 느껴지는 페이소스가 슬픔에 함몰되지 않고 깜찍한 놀이로 되살아나는 경험의 순간이었다. 슬픔을 놀이로 바꾸는 아이들의 긍정성, 낭만성을 보여주는 것 같다. 당대뿐만 아니라 현재의 아이와 어른이 함께 읽어도 이 텍스트가 주는 감동을 공유할 수 있다는 것이 이 동시의 힘이다.*

윤동주의 동시에는 그의 시와 다름없이 사물을 달리 보는 섬세함이 단연 돋보이는데, 그 바탕 역시 사물과 사람을 향한 지극함이라 느껴진

---

* 이 서평은 2018년 봄에 썼고 이 글을 다시 읽는 지금은 2019년 11월이다. 나는 이 동시에 들어 있는 '갑북갑북'이라는 말이 좋다. 본문에서도 언급했지만 '갑북갑북'이라는 말은 뭔가 들어 있어서 불룩하다는 느낌을 주었다. 왜 그렇게 느꼈는지 알 수 없다. 그냥 자연스럽게 연상된 것이다. 그렇게 읽으니 가난한 아이의 모습이 오히려 씩씩하게 다가왔고 윤동주의 마음이 그러하리라 짐작되었다. 그런데 '갑북하다'는 평안도 지역말로서, '가뿐하다'는 뜻이라는 것을 알게 되었다. '불룩하다'와 '가뿐하다'는 의미가 전혀 다르다. 나는 이 작품을 잘못 읽은 것이다. '가뿐하다'로 읽으면 빈 호주머니가 그나마 겨울이 되면 주먹 두 개가 가볍게 들어가니 걱정이 덜어진다는 의미가 될 것 같다. 이렇게 읽으니 가난한 아이의 마음이 더욱 안타깝게 다가온다. 이 말에는 아이의 긍정이 아니라 가난한 현실을 받아들일 수밖에 없는 순응의 마음이 섞여 있다. 독자의 마음에 따라 다르게 받아들이겠지만 시적 대상을 바라보는 시인의 마음은 내가 느낀 것보다 더욱 애틋했던 것이다. 말뜻을 모르고 읽은 것에 대해 쓰는 걸 늘 경계해야 하는 이유다.

다. 때로는 '겨울날 새벽에 나무 팔러 가는 아버지의 무사 귀가를 바라는 마음을 문풍지에 구멍을 내는 개구쟁이 장난인 듯 말하고'(「창 구멍」) 또 때로는 '눈이 없는 나라에 간 누나를 위해 흰 봉투에 눈을 한 줌 넣은 편지를 보내고픈'(「편지」) 마음으로 표현하지만 걱정과 무사, 사랑과 관심이 복합된 지극함이다.

「귀뚜라미와 나와」 「만돌이」 「거짓부리」 「사과」 「굴뚝」 「병아리」 「빗자루」 「버선본」 등 일상의 이야기를 다룬 동시들이 대개 그렇다. 이 동시들이 품고 있는 이야기는 요란하거나 거창하지 않지만 동시 또한 삶의 일부라는 사실이 사진 속 피사체처럼 선명하다.

그의 동시가 진지하기만 한 건 아니어서 「만돌이」나 「개 2」 「참새」와 같은 동시에서는 아이들의 심리를 재밌고 현실감 있게 그리고 있는데 꽤 인상적이다. 아울러 「반딧불」 「겨울」 「눈 1」처럼 감각적 이미지로 환한 동시도 만날 수 있다. 형식에 가까울 만큼 충실한 대구를 통해 리듬을 만들고 시어의 변주를 통해 의미에도 변화를 주었다. 시인이 말을 고르고 배치하는 일에 엄격했음을 눈치채지 않을 수 없다.

처마 밑에
시래기 다람이
바삭바삭
추워요.

길바닥에
말똥 동그라미
달랑달랑

얼어요.

—「겨울」전문

처마와 길바닥, 시래기와 말똥, 다람이와 동그라미, 바삭바삭과 달랑
달랑, 추워요와 얼어요는 장소, 시적 대상, 대상의 형태, 성질, 상태의 대
구를 통해 집 안팎의 겨울 풍경을 담아내고 있다. 겨울은 가깝거나 멀거
나 골고루 닥쳐와 있지만 대구와 조사의 생략으로 얻은 리듬 덕분에 몸
이 움직이는 듯하다. 시린 발을 달래려고 동동 발을 구르듯 쉽게 입에
붙는 말 덕분에 겨울이 재미있어졌다.

윤일주가 정음사판 후기에 형의 생애를 적으면서 첫 문장으로 옮겨
놓은 "2월 16일 동주 사망 시체 가져가라"라는 말은 전보에 적힌 것이
다. 동주 나이 29세였으니 그보다 열 살 아래 일주는 19세로서 형의 죽
음을 또렷하게 기억하고 있었을 것으로 짐작된다.

그런 참담함이 있대도 그는 형과 상관없이 자기만의 문학을 하고 동
시를 썼다. 윤일주의 동시는 대상을 그림 그리듯 묘사하고 있다. 꾸미
지 않아 담백한 동시들이 지저분한 마음을 씻어 주는 듯해 마음이 맑아
지는 경험이 뜻밖이다. 동시집 표제가 된 「민들레 피리」는 형을 그리는
아우의 조사(弔辭)일 것이다. "햇빛 따스한 언니 무덤 옆에/민들레 한
그루 서 있습니다./한 줄기엔 노란 꽃/한 줄기엔 하얀 씨.//꽃은 따 가슴
에 꽂고/꽃씨는 입김으로 불어 봅니다./가벼이 가벼이/하늘로 사라지
는 꽃씨.//―언니도 말없이 갔었지요."(「민들레 피리」)라며 꽃이 다시 피는
봄이 되면 만나리라는 말로 형을 그리는 애달픈 마음을 표현하고 있다.

한국 근현대사에서 우리가 목격한 죽음이 온전한 것이 거의 없지만
순수한 영혼이었던 청년 윤동주의 죽음은 유난히 아픈 자리일 것이다.

읽으면 마음이 환해지는 동시를 썼던 시인이었으므로 더욱 그렇다. 그 형과 같은 길을 간 아우의 동시도 울퉁불퉁하고 미운 마음을 쓰다듬어 주니 그 힘으로 나는 겨울을 견딜 수 있을 것 같다.

꼰대가 된 남자들을 정신분석 하는 이승욱은 "지금부터라도 마음을 좀 찾아보자. 우리가 내 마음도 그리고 소수자, 약자, 여성의 마음도 찾게 되면 꼰대가 어른이 되지 않을까 기대해 본다. 나와 타인의 마음을 찾으려는 그 마음이 더 갸륵하지 않은가"(「지질한 꼰대를 위한 마음」, 『한겨레』 2018. 2. 12)라고 제안한다. 이 글은 최두석의 시와 윤동주·윤일주의 동시가 부른 문장이라고 말하고 싶다. 하나의 문장은 또 다른 문장을 부르고 그걸 알아볼 줄 아는 마음을 키워 준다고 믿는다. 시와 동시를 읽어 환해진 마음의 여진이 남았기에 저 마음의 의미가 가까운 것이다. 우리가 찾아야 하는 마음의 텃밭이 되어 주는 것으로 내가 아는 것은 시이며 동시(여전히 문학)이다. 시와 동시의 마음을 다시 내 마음의 본적지로 두기로 한다.

언제나 가장 좋았을 때를 간직하고 있는 사진첩에 『숨살이꽃』과 『민들레 피리』를 새로 꽂는다. 당분간 기댈 말들이다.

일상의 힘

김유진 『뽀뽀의 힘』

김유진의 동시는 우리가 일상이라고 부르는 평범한 생활 모습들을 전면으로 다룬다. 시집 제목을 빌려 와 이 동시집에 흐르는 중심을 '일상의 힘'이라고 부를 수 있겠다.

『뽀뽀의 힘』(창비 2014)에 실린 여러 시편들은 서로 다른 소재와 공간으로 흩어지면서도 일상이라는 하나의 줄기로 다시 만난다. 다양한 시편들이 품고 있는 마음이 모여 뚜렷한 줄기를 보여 주는 것이 마치 시인이 만들어 가는 그만의 시 세계로 초대받는 것 같아 무엇보다 반갑다.

이 시집에 실린 시들은 '가족'으로부터 시작하는데, 이는 분명 "김씨 가족"(「김」)의 일이지만 예상대로 그 이야기는 우리 모두의 일상이 된다.

우리 일상이란 것이 어느 날 느닷없이 전기가 나가는 날이 있는가 하면(「전기 나간 밤」), 부모는 돈 때문에 작은 다툼을 벌이는데 어린 우리들은 염치없이 삼겹살이 맛있는 날이기도 하고(「삼겹살 먹는 날」), 부부 싸움을 하고 다음 날이면 부끄러워 옆집 눈치를 살피는 엄마 아빠의 날들이며(「부부싸움 다음 날」), 화가 난 엄마가 진정될 때까지는 나뭇가지인 양 숨 죽이고 있어야 하는 내가(「변신 모녀」) 울고 웃는 날들의 연속이다.

그 '가족'을 중심으로 벌어지는 어린 화자인 '나'의 일상 바깥에 한집 에 세 들어 사는 '인도 아이 영미'네 집의 일상(「짜파티를 빚는 저녁」)이 자 리한다.

엄마 일 나간 토요일
저녁도 라면으로
때울 뻔하다가
짜파티를 먹었다

영미와 나
같은 지붕 아래 뜬
보름달
인도 빵 짜파티

—「짜파티를 빚는 저녁」 부분

"풍선처럼 후욱/부풀어 오르다가/풀썩, 납작해지는/인도 빵 짜파티" 는 참으로 슬픈 빵이다. 한껏 부풀다가 여지없이 납작해지는 빵의 이미 지는 토요일 저녁이라는 여유로움이 현실로 이어지지 않고 엄마의 토 요일 노동, 이민자의 딸이라는 가라앉음으로 나타나 쓸쓸하다.

이 동시의 긍정성은 바로 이 지점에서 돋아나는데, 엄마 없는 토요일 저녁이 쓸쓸하기는 하지만 함께 '빵'을 나눠 먹을 수 있는 친구가 있어 서 '영미와 나'는 환한 보름달로 뜰 수 있게 되었다. 혼자 라면으로 저녁을 때우던 외로운 일상에서 함께 먹는 짜파티가 따뜻한 저녁으로 변하고 얇은 짜파티는 둥근 보름달로 의미가 확장되는 과정이 과하지 않게 포착되었다.

이 시의 화자는 여름방학이 되었으나 친구들은 모두 학원에 간 사이, 빈 놀이터를 지키며 친구들이 돌아오기를 기다리는 가난하고 외로운 '나'(「여름 방학」)와도 닮아 있다.

그의 시 속에 나타나는 일상의 삶은 그리 넉넉해 보이지 않지만 시인은 그런 현실을 비극적이거나 혹은 낭만적으로만 그리지 않는다. 그 대신 가난하거나 평범해서 혹은 아무것도 아닌 것만 같아서 그냥 지나치기 쉬운 일상과 사람들이 빚어내는 소음에 주목하는데, 그 소음이 따뜻해서 듣기 좋다.

아파트는 개인이 빚어내는 소음이 모여 일상을 공유하는 공동체로서의 가능성을 기대하는 공간으로 등장해서 눈길이 간다.

십 분만 있으면 밤 아홉 시
모두 조용해야 할 시간인데

501호 아이 피아노를 치니
공부하다 졸던 401호 언니
'에라, 모르겠다.'
문제집 밀쳐 둔 채
저도 덩달아 피아노 치고
301호 아줌마 이때다 싶어
일주일 치 마늘 콩콩 빻고

누워 티비 보던 201호 아저씨는

'온 동네가 시끄럽네.' 투덜대다

낮에 잊어버린 못이 생각나

탕탕탕탕 못을 박는데

—「일요일 밤 여덟 시 오십 분」 부분

   이 시는 사람들이 움직이는 모습이 훤히 보이는 데다 피아노를 치고, 마늘을 빻고, 못을 박는 시 속의 소리까지 들리는 듯하다. 독자의 경험이나 마음 상태에 따라서 이 시가 불행하고 각박한 현실의 모습으로 다가가기도 하겠다.

   주거 공간이 아파트로 바뀌면서 우리의 일상은 배려와 오해, 이해의 영역을 넘나들며 아파트라는 공간에서만 벌어지는 살풍경을 만들어 낸 지 오래다. 아파트는 개인적인 공간이면서도 공공의 장소여서 내 마음대로 하다가는 얼굴을 붉히는 일이 생겨 버린다. 게다가 일요일 밤 아홉 시는 모두가 알아서 조용히 할 시간이다.

   어떤 독자는 마치 신데렐라의 '열두 시 종 치기 전까지'라는 긴장감을 느끼며 즐겁게 이 시를 감상할지도 모르겠다. 아홉 시가 되기 전에 딱 십 분을 남겨 놓고 피아노도 치고, 마늘도 빻고(그것도 일주일 치를!), 못도 박아야 하다니, '일요일 밤 여덟 시 오십 분'에 벌어지는 이 소동이 자못 폭발적이어서 즐겁기도 할 것이다.

   물론 이 소동을 극적인 긴장으로 몰고 가는 것은 101호 할아버지라는 존재다. 그러니까 "'아홉 시만 돼 봐라./내 경비실에 연락할 테니.'/벼르고 있는 101호 할아버지"가 있어서 시를 읽는 맛이 훨씬 쫀득해졌다.

   나는 이 동시가 만들어 내는 긴장감 혹은 소음들이 즐겁다. 십 분이라는 시간이 주는 시한부 자유, 당장 시끄럽다고 항의하지 않고, 그래도 아홉 시가 되기를 벼르듯 기다려 주는 할아버지의 마음이 작용과 반작용의 긴장을 유지하고 있기 때문이다.

최후의 십 분밖에는 칠 수 없다는 절박함이 빚어낼 피아노 소리에다 "콩콩" "탕탕탕탕" 같은 의태어가 더해져서 한껏 요란한 소음을 만들어 내는가 하면, 곧 닥칠 아홉 시의 엄정함에 비해 할아버지의 행위가 미해 결로 남아 있어서 시의 뒷맛을 우려먹는 재미가 남는다. 과연 이 모든 일상의 소음 혹은 101호 할아버지의 벼름은 아홉 시 정각이 되는 순간, 어찌 되었을까.

아파트의 일상이 한편으로는 이렇듯 소란스럽지만, 또 다른 일상이 펼쳐지는 아파트 계단의 풍경은 사뭇 다르다.

오늘
아파트 엘리베이터 대신
계단에 출석한 사람

우유 배달 오빠
신문 배달 오빠
학교 지각한 3층 아이
청소하는 할머니
교회 아줌마 둘
걸음마 하는 아기와 엄마
(여기까지 오전반)

—「계단 출석부」 부분

시인의 눈에 비친 아파트 계단은 뒷골목처럼 음침한 공간이 아니라 조용하고 은밀하게 바쁜 곳이어서 신선하다. 늘 그러했고 늘 그러할 것이라는 의미에서 '출석'이라는 말은 계단의 일상성으로 이해된다. 일상 속에서 계단은 아파트가 품고 있는 또 다른 삶의 공간으로 가만히 살아난다.

엘리베이터가 고장 나지 않는 한 잊고 지내는 공간인 아파트 계단으로는 누가 다니는가. 시인의 눈에 들어온 그들은 오전반을 지나 오후반까지 호명되는데 이렇게 다양한 사람들이 드나들고 오르내리는 것을 보면 시인은 꽤 오랫동안 계단을 지켜본 모양이다.

시인의 관찰은 계속되어 오후에는 중국집 아저씨, 학원 지각한 아이, 전단지 돌리는 아줌마, 택배 아저씨, 세탁소 아저씨가 출석한다. 여기까지인 줄 알았더니 다이어트 중인 아줌마, 데이트 중인 언니, 언니를 따라온 오빠, 뒤쫓아 온 경비 아저씨가 출석하는 자정반까지 하루 종일 바쁜 곳이다.

특히 이 동시의 마지막 세 행은 독자의 감정을 이끌어 내는 역할을 하는데 "데이트 중인 언니/그 언니를 따라온 오빠/뒤쫓아 온 경비 아저씨"가 그렇다. 시인이 줄곧 바라보고 이름 부른 사람들에게는 별다른 감정이 끼어들지 않아 보였지만 자정 무렵 데이트 중인 남녀의 뒤를 쫓아온 경비 아저씨는 좀 다르게 다가온다.

아마도 이 아파트에 살아서 아는 얼굴인 언니와 분명히 모르는 얼굴인 언니의 '오빠' 두 사람의 데이트를 경비 아저씨는 방해할 생각이 없어 보인다. 방해하기보다는 조용히 뒤따르는 모습에서 경비 아저씨가 두 사람을 쫓아온 정황과 걱정과 염려의 마음이 엿보이기 때문에 자정 무렵의 계단 풍경은 조용하고 따뜻하다.*

문을 닫고 돌아서면 하나의 섬이 되는 아파트라지만 이렇듯 여러 사람들이 그들의 일상을 살아 내고 있었던 것이다. 일상의 그들은 특별하게 눈에 띄지 않았지만, 눈 밝은 시인이 바라보면 한 사람 한 사람의 삶이 어엿한 존재로 되살아난다.

그리고 도무지 무슨 일이 일어나기는 할까 싶던, 기껏해야 집 안에서 쫓겨난 아빠가 담배를 피우는 공간인 줄 알았던 계단은 그곳을 오르내리는 사람들이 있어서 바쁜 일상의 공간이었음을 알게 되었다. 엘리베이터가 오르내리는 것과 상관없이 계단으로서의 역할을 묵묵히 해내고 있었다는 사실은 시인의 마음으로 들여다봐야 보인다.

일상의 힘은 사실 대단한 것이 아닐지도 모른다. 이 시집에서 이야기하는 것처럼 그건 '뽀뽀의 힘' 같은 것일지도 모른다.

쉬는 날
잠만 자는 아빠

곁에서 맴돌아도
툭툭 건드려도
두 팔을 잡아끌어도
꿈쩍 않더니

---

* 김유진의 동시 「계단 출석부」와 이시영의 시 「절」을 함께 읽으면서 두 시에 등장하는 경비 아저씨와 그들의 일상이 동시와 시의 공간 너머에서 만나는 것을 보았다. "서초 중앙하이트빌라의 머리가 하얗게 센 경비 아저씨는/저녁이면 강아지와 함께 나와 지나가는 사람들에게 인사를 한다/세상엔 이렇게 겸손한 분도 있다" (이시영 「절」 전문, 『호야네 말』, 창비 2014)

쪽!

뽀뽀 한 방에

"아이구, 우리 딸."

반짝

일어난다

—「뽀뽀의 힘」전문

　쉬는 날, 꿈쩍 않는 아빠를 일으켜 세울 만큼 강력한 힘을 발휘하는 것이 딸의 뽀뽀인 것처럼, 김유진의 동시는 재미없는 일상이 활기를 찾도록 온몸에 들이대는 뽀뽀들 같다.

　아기가 태어나 자라는 동안 겪게 되는 일들을 다룬 제4부의 '아기는 별게 다 신기해'의 시들이 특히 그렇다. 시인이 아이를 낳고 기른 일상의 체험이 고스란히 동시로 녹아 있는데, 아기라는 새롭고 낯선 존재에 대한 유쾌한 이해와 동생을 바라보는 어린 화자의 마음이 생기발랄하게 그려진다.

　아이를 키우는 일은 대단히 고된 일상이어서 자장가를 불러 주다 엄마가 먼저 졸거나 잠드는 일도 생긴다. 엄마를 도와주려고 그랬는지 장난기가 발동해서 그랬는지는 모르겠으나 그 자장노래를 "내"가 받아 "짬뽕이 불러 주는 짜장 노래에……"로 바꿔 버리는 순간, 엄마 웃음보가 터지고 그 소리에 잠들어야 하는 "동생 눈망울은 말또옹말또옹"(「짬뽕이 불러 주는 짜장 노래」)해지는 난처한 일도 벌어진다. "내가 조용히 바꿔 부른 가사"라고 하는 걸 보니 엄마를 도와주려는 형의 마음이 헤아려지는데 그래서 더 애틋하면서도 웃음이 나는 장면이다.

　김유진 동시에서 일상은 사람의 삶으로서 일상뿐만이 아니라 관찰 대상 혹은 시의 소재로서의 평범한 자연물도 일상의 영역 안에서 다루어진다. 이번 시집에서 특히 아름답게 기억되는 시 한 편을 고른다.

　부처님 이마에
　개미 한 마리 붙었습니다

　지그시 감은 눈을 지나
　볼록한 귓불을 타고
　동글한 어깨로 솔랑솔랑 내려옵니다

　겨드랑이에 멈춰선
　사르르 올랐다 사르르 내렸다
　사르르 올랐다 사르르 내렸다

　부처님 간지럼 참으며
　엷은 미소 지으십니다

—「부처님이 미소 짓는 이유」 전문

　특별히 해석하려고 애쓰지 않아도 눈앞에 그려지는 동시다. 부처와 개미의 대조, 솔랑솔랑 부지런히도 부처의 몸을 오르내리는 개미의 행위, 부처의 엷은 미소 등은 이미 눈에 보이는 것들이다. 거기에 "부처님 간지럼 참으며"라는 시인의 감정이 곁들여졌다.

일상에서 시적인 순간을 만나는 것만으로 그것이 바로 시가 되지는 않는다. 시적인 순간이 시가 되기 위해서는 시적인 표현을 통할 때 비로소 온전해진다. 말이 그대로 시가 되지는 않기에 시적인 표현을 얻고자 시인은 쓰고 지우기를 반복하는 것이다.

부처님이 웃는 모습이 새롭게 다가온 순간이 시인이 만난 시적인 순간일 텐데 부처님이 미소 짓는 이유가 '개미의 간지럼'이었다고 표현(발견)하는 순간 시가 되었다.

김유진 동시들이 대체로 발랄한 느낌이 든다면 그것은 "꽝꽝" "탱탱" "후욱" "풀썩" "엉엉" "탕탕" "콩콩" "뺑그르르" "뽀록뽀록" "폴랑폴랑" "와구와구" 등 기운을 상승시키는 어감의 의성어와 의태어가 적절하게 자리를 잡고 있기 때문일 것이다.

그의 시들이 따뜻하게 느껴진다면 일상을 바탕으로 하되, 그 일상을 바라보는 태도가 순정해서일 것이다. 착한 시라는 오해가 없기를 바라는 마음으로 시인의 순정한 마음을 읽을 수 있는 시 한 편을 읽는다.

　　도토리 세 알을 주워 왔어요
　　매끈한 밤 한 톨도 담아 왔고요
　　산수유 산앵두 빨간 열매도
　　주머니에 살그머니 넣어 왔어요

　　가을을 조금만 덜어 왔어요

　　　　　　　　　　　　　　　　　　　　—「오솔길에서」 전문

이 시가 독자의 마음을 울리는 대목을 찾으려면 "가을을 조금만 덜어

왔"다는 부분일 것이다. 가을을 주머니에 잔뜩 채운 것도 아니고, 그저 가을의 흔적이 될 만한 것들로 조금씩만 가져왔다는 것이 시가 되는 지점이다.

시를 읽는 독자는 이 시 앞에서 더 많은 말을 할 수 있을 것이다. 왜 하필 딱 세 알과 한 톨인지, 그리고 왜 조심스럽고 은근한 '살그머니'인지 말이다. 하지만 시의 화자는 그저 그것들을 조금만 덜어 왔다고 말한다. 사실 '조금만 덜어' 왔다는 말에 이미 그 마음이 담겨 있으니 굳이 설명할 필요가 없다. 이렇듯 시는 거기에 쓰인 단어 하나 혹은 말 한마디가 시의 심장이 되기도 한다.

말 한마디, 문장 하나를 통해 독자는 생면부지의 시인을 만난다. 그 말 한마디가 시인의 전부는 아니겠지만, 또 그럴 수도 없지만, 독자는 「오솔길에서」를 읽으면서 화자를 거쳐 결국 한 사람의 시인을 만나기에 이른다.

누가 나에게 당신은 왜 동시를 읽는가라고 물으면 동시를 읽으면 어지러운 마음이 "살그머니" 가라앉기 때문이라고 말할 수 있다. 우리는 누군가의 말 한마디에 마음을 다치기도 하고, 어떤 말은 누군가의 마음을 날카롭게 베는 칼날이 되기도 한다. 시(동시)는 다친 마음을 어루만져 낫게 한다고 믿는다.

김유진 동시가 품고 있는 동시의 마음은 아직 깨어날 것들이 더 많아 보인다. 한 시인의 시집을 읽고 이런 생각이 드는 건 당연해서 깨어날 것들이 더 많아 보인다는 이런 말은 별 감동이 없는 말 같다.

그렇다 해도 그저 머리핀 하나 사고 싶다는 작은 바람이 걷잡을 수 없이 커져 버려 난처하게 된 상황을 재미있게 묘사한 「보라색 머리핀 하나 사고 싶었는데」나 인간에게 상처받고 위협받는 동물들을 향한 「아프리카 동물병원」 등은 그의 시가 일상 너머의 또 다른 세상을 품고 있음을 짐작하게 한다.

눈 온 세상을 아침 밥상에 비유한 「아침 밥상」, 인공의 놀이 기구가 없어진 뒤 비로소 제대로 놀게 되었다는 이야기를 담은 「벼락 맞은 놀이공원」, 뜨거운 여름날 놀이터의 모습을 콘크리트 솥단지에, 그네를 스푼에 비유하여 유쾌하게 그려 낸 「그네 스푼」 등에서는 언뜻 쉘 실버스타인(Shel Silverstein)의 시들이 보여 주는 자유분방한 상상을 본 것 같아 또 다른 시들이 기대가 된다.

김유진의 첫 동시집 『뽀뽀의 힘』으로 들여다보는 일상은 이해하기 어렵지도 않고 담고 있는 비밀이 깊지도 않다. 그러므로 그의 동시 앞에서 독자는 이해 불가의 고통으로 머뭇거리지 않아도 된다.

단박에 읽히고 숨은 뜻이 없어 보인다는 것은 그의 동시를 낮춰 보려는 것이 아니다. 동시의 단순성과 즉물성은 동시를 동시이게 하는 매력이자 힘으로 작동하고 있으니 말이다.

일상이란 살다 마는 것이 아니라 최선을 다해 살아 내야 하는 것이고, 김유진의 동시들은 일상의 결정체 같은 것이다. 일상이 소중하므로 일상을 다룬 그의 동시가 비로소 소중해졌다.

칫밧골족 이야기

장동이 『엄마 몰래』

나는 세상과 살갑게 어울리지 못한다. 의기소침한 성격을 타고난 데다 애쓰지 않아도 뭐랄 것 없는 도시의 삶은 그래서 자주 편하다. 겨우 나의 삶만 있지 주변은 없고 세상의 속사정엔 무디다. 그러니까 이건 좀 외롭지 않은가, 재미없지 않은가, 가난하지 않은가 묻는 동시집이 장동이의 첫 동시집 『엄마 몰래』(문학동네 2016)다.

『엄마 몰래』가 우리를 데려다 놓는 칫밧골엔 '날날'한 삶이 선명하다. 하나하나 낱낱의 삶, 개별화된 것들, 부를 이름이 많다는 것은 추상화된 것들을 부를 때와 달리 왜 풍요롭다고 느낄까. 『야생의 사고』(클로드 레비스트로스)에 나온 코아휠라 인디언에 관한 대목을 본다.

캘리포니아주 남부 지역에 수천 명의 코아휠라 인디언들이 살았다. 그곳은 불모지에 가까운데도 코아휠라 인디언들은 얼마 없는 천연자원을 고갈시킨 일이 없었다. 그들 나름대로 풍요롭게 살기까지 했다. 60여 종의 식용식물과 28종이나 되는 마취제, 흥분제, 약용식물이 있어서 그들은 사는 데 부족함이 없었다. 그 식물들은 각각의 쓸모가 분명했고 고유한 이름도 있었을 것이다. 다음 대목이 중요하다. 오늘날 이 지역에는 '몇몇' 백인 가족들이 '겨우' 생존을 유지해 나가고 있다. 수많은 풀들의 개별화된 가치를 몇몇 백인 가족이 무엇으로 추상화했을까. 돈을 향한 욕망이 수많은 식용식물과 약용식물의 공동 가치와 미래 가치를 가차 없이 갈아엎었을 거다. 부를 것이 사라지자 사람들은 가난해졌다.

저마다의 삶은 옳고 그름, 혹은 좋고 나쁨으로 나뉠 수 없어 소중하다. 독초와 약초가 그 나름의 존재 이유가 있는 것처럼 칫밧골의 생태계에서는 사람도 자기 궤도를 무단이탈해 누군가를 간섭하지 않는다. 그저 저마다 최선을 다해 사는 것뿐인데 고유하고 넉넉하다.

어미 딱새는 새끼 딱새가 눈 똥을 입으로 물어 치우고(「어미 새」) 그 입으로 벌레를 물어다 제 새끼를 기른다(「새끼 새」). 제 피를 빨아 먹는 쇠파리를 원망하지 않는 소도(「외양간 소야!」), 남의 피를 빨아 먹으면서도 미안한 기색이 없는 쇠파리도(「외양간 쇠파리야!」) 생긴 대로 사는 것.

그뿐인가. 민달팽이는 데이트를 하고, 배추흰나비는 비를 쫄딱 맞아 휘청거리고, 고라니와 초롱꽃은 다른 세상을 향해 가출을 하고, 솔개는 일없이 동네 한 바퀴 돌고, 제비꽃은 곰곰 생각하고, 머위는 꽃 대신 주먹을 쥐며, 참매미는 드디어 첫울음을 울고, 노랑턱멧새는 어느 날 그렇게 생을 마감한다. 강아지 '보리'는 배불뚝이 할매와 일요일이면 죽어라 싸우기도 한다. 등 떠밀리듯 찻길로 나와 무참히 밟혀 죽는 새순의 비극도, 하루 종일 콩밭 길이를 재는 자벌레의 열심도 모두 치열하다. 삶의 핵심은 그중에서도 먹고 싸는 일이라.

백로가 논에서 훌쩍 날아오르더니

가랑이 사이로
허연 물똥을 찌익 쌌다.

펄럭펄럭
논 위를 한 바퀴 돌더니
다시 내려와 시치미 뚝 떼고
천천히 걸어 다닌다.

이럴 땐 나도
시치미 뚝 떼고
다시 오디를 똑똑 따서 담는다.

—「시치미」 전문

백로의 우아함과 허연 물똥의 민망함과 시치미가 빚어내는 뻔뻔함이
우습다. 보지 말아야 할 것을 보고 만 자가 취해야 하는 윤리에 고개를
끄덕이면서도 꾹꾹 눌러 앉힌 웃음이 터질 듯 말 듯 아슬아슬해서 더 재
밌다. 하지만 이렇게 맞춤한 거리에서 적당히 시치미를 떼고 각자 자기
할 일을 하는 것, 너무 깊이 간섭하지 않으면서 오래 같이할 수 있는 방
법으로는 쓸 만하다. 누군가의 약점을 말하고 싶어 안달을 하는 아이들
에게도 슬쩍 내밀어 볼 만하다.

여기에 지동 할매, 까불 할매, 봉순 할매, 윤경임 할매, 김정희 할매들
이 펼쳐 놓는 희로애락이 보태져 저마다의 삶으로 고유하고 넉넉한 첫
밧골이다.

나와 이웃과 자연의 경계가 지워지는 이 특별한 생태 공간에서는 서

로가 서로의 반려다. 내 마음이 꽂힌 것도 이 지점이다. 반려가 되는 건 서로 다른 종족이 내통한다는 것이 아닌가. 반려의 내통은 자연스럽고 다만 이 모든 자연스러움에 유일하게 간섭하는 이가 곧 시인이다. 그렇기에 칫밧골과 그 족속에 관한 이 시집은 동시의 언어로 번역한 텍스트인 것이다. 시인은 어떻게 간섭하나.

회관에서 종일 모여 놀다
고시랑고시랑
집으로 가는 할매들

─새들 고얌 복 터졌니더.
─요새 누가 쳐다나 보니껴?

신동 할매네 거름 더미로 날아가
눈치 살피던 참새들을

늙은 고욤나무는
조용조용
다시 불러모으지

─「고욤나무의 겨울」 전문

하필이면 겨울이고 사람은 아무도 쳐다보지 않는 고욤이지만 겨울 참새에겐 소중한 끼닛거리인 모양이다. 인기척에 날아갔다 다시 고욤나무로 날아온 참새들을 시인은 유심히 들여다본다. 그 유심이 늙은 고욤나무의 베풂이라는 인정을 발명하자 참새와 고욤나무와 할매들이 평화로운 시골 저녁 풍경을 그려 내더라는 거다.

단조로운 인식의 세계를 풍요롭게 확장하는 것, 추상의 세계를 구체의 감각으로 표현하는 것이야말로 시와 구별될 동시의 방향성이다. 동시에서 의인화는 더 이상 도구가 아니라 세계관의 표현이다.

늦은 밤인데 조심스럽게
빗소리가 방으로 들어왔다
할 말이 있는 눈치여서
마루로 데리고 나왔다
까만 어둠도 기다렸다

금방 하늘을 다녀왔으니까
함께 들어 보기로 했다
그러나 너무 심심했다
토닥토닥 등 두드리며
한 말 또 하고
한 말 또 하는 할매처럼

—「하늘 소식」 전문

인간과 자연을 구분하지 않는 것, 사물과 대상을 존재로서의 타자로 인정하는 것, 여태껏 아무도 상상하지 않았던 사물에 숨을 넣어 언어로 구조화해 내는 행위자는 내가 아는 세상을 달리 보는 자, 시인이다. 그가 부르는 이름들이 많을수록 그가 아는 세상은 많은 것이며 그 세상은 또 다른 세상의 반려로서 소통하고 경이로움으로 환해진다. 비가 오는 현상에서 하늘 소식과 비의 이야기와 귀를 열고 동참한 어둠과 할매가 한 장면 속에서 만나는 것처럼 말이다. 아마도 시적 화자는 아이이거나 아이처럼 인내심이 얕은 누군가일 것 같다. 발딱 일어나 가 버리지 않으니 아마 여러 번 그런 경험이 있었던 것이다. 비처럼 심심한 할매와 함께 살거나 이웃해 살거나.

이렇듯 저마다의 삶으로 가득 찬 칫밧골이 사람의 일로 우리에게 다가오는 것은 할매들 때문이다. '일깡일깡거리고, 쩔푸덕펄덕대며 다 꼬부라지고 삐뚜름한 할매들, 제대로 서지도 못해 쪼굴치고 앉고 삐딱하게 선 쪼구랑방탱이 병신팔푼 가튼 할매들'(「윤경임 할매」)은 칫밧골의 원주민이다. 늙음이 삶을 앗아가는 것이 아님을, 늙음의 삶 또한 엄연한 실존임을 이 할매들을 통해 체감하게 되는 것은 몹시 매력적인 사건이다. '너무 아는 척해서 싸우고 삐져 요 며칠 집구석에 콕 처박혀 꼴도 안 비치면서도 어디서 노는지 은근슬쩍 알려 주고 또 어디서 노는지 은근슬쩍 궁금한 할매들'(「요 며칠」)은 자기감정에 솔직하다. 우리 동시가 숱하게 다룬 할머니 동시들과 다른 지점도 바로 여기다. 칫밧골 할매들은 삶의 지혜로 누굴 가르치려고 하거나 시대와 문화를 몰라서 안쓰러운 대상이 아니다. 생긴 대로 살고 마음 가는 대로 산다. 할매들의 마음 상태가 여남은 살 먹은 여자아이들과 다르지 않다고 느껴진다. 이 지점이야말로 칫밧골 할매들이 동시의 영역에 들어올 수 있는 배후다.

지동 할매가 언덕 너머 큰마을로 간다. 팔짱을 끼고 웅크린 채 동동거리며 간다. 그 뒤를 홀 꼬부라진 봉순네 할매가 두 손으로 무릎을 잡고 떠듬떠듬 따라간다. 회관에선, 이미 큰마을 할매들이 무시래기 삶는 냄새를 풀풀 풍

기면서 윷놀이 편 가르느라 시끌시끌할 것인데. 한쪽에선 또 누가, 새터 요누
무 할마이들은 왜 이리 늦느냐고 전화 좀 얼른 넣어 보라고도 할 것인데. 꾸
물꾸물한 하늘에선 눈발이 멈칫멈칫 날리다 드문드문 길에 떨어져서는 이내
녹는 아침나절이었다.

—「겨울」전문

설은 아니래도 설 못지않은 흥성거림이 들리는 것 같다. 회관에 그득
한 할매들과 시끌벅적한 놀이와 풀풀 풍기는 음식 냄새가 불러일으키
는 감정은 백석의 「여우난곬족」이 그렇듯 그리운 풍경이 되어 버렸다.
그립다는 것은 잃어버렸다는 것이 아니겠는가. 그런데 칫밧골의 겨울
아침은 석유가 거의 다 탄 등잔불 같지만 아직 불을 밝히고 있는 것이어
서 더 소중하다. 어른인 내게는 이토록 소중한 풍경인데 아이들에겐 어
떨까. 눈 뜨고 잠들 때까지 노는 일이야 아이들이 제일 좋아하는 일이
고, 누구라도 안 보이면 잊지 않고 부르니 이런 인정 혹은 의리를 아이
들이라고 모를까. 함께한다는 것의 기쁨은 칫밧골 할매들이나 도시 아
이들이나 같은 속성의 즐거움이어서 먼 데 이야기가 이렇게 가깝다.
칫밧골 원주민 할매들을 원주민으로 등재시키는 것으로 빼놓을 수
없는 것이 그들의 언어다. 모름지기 하나의 종족은 그들만의 언어가 있
는 법, 칫밧골 할매들은 그 언어의 전승자이며 계승자다.

추석이 왜 이래 적막하니껴?
못 보던 차들만
몇 대 왔다 가고 말이시더.
누들 집 자식이 왔는지

코빼기도 안 비치고
지 집구석에만 처박혀 있다
불이나게 가이,
테레비라도 있으이 망정이지
우쩔 뿐했니껴?

아이고, 할마이도
새삼시룹게 뭘 그러니껴?

—「새삼시룹게」 전문

'~했니껴'체라고 해야 하나, '~했니더'체라고 해야 하나. 이 낯설고 이상한 칫밧골족의 언어는 이 언어의 전승 보유자들인 할매들과 운명을 같이할 것이다. 회관에 모인 할매들 모두가 저 언어로 소통을 하리라. 세고 거침없는 것 같으면서도 묘하게 존대의 어감으로 마무리되는 말, 입에도 귀에도 익지 않아 어쭙잖은 흉내도 내기 어려운 저 말의 어미가 동시의 언어로 등재될 수 있을까. 명절날 풍경이야 익숙하고 동시에서도 대수롭지 않게 다뤄 왔으나 저런 낯선 언어가 전하는 명절 풍경은 그야말로 훅 들어오는 것이다. 같은 소재의 반복이라도 낯선 언어를 사용하면 처음인 것 같은 충격 효과는 있을 것이다.

나무라는 어휘 하나만 갖고 있는 언어와 나무라는 말은 없어도 나무에 대한 수많은 개별 어휘를 갖고 있는 언어는 삶의 질, 두께, 넓이, 깊이, 감동의 차이로 나타날 것이다. 또한 이웃이라는 추상의 언어는 봉순 할매, 지동 할매, 까불 할매, 딱새, 노랑턱멧새, 제비꽃, 초롱꽃, 고라니, 비, 어둠이 주는 저마다의 삶의 풍요를 감춘다.

동시집 『엄마 몰래』는 칫밧골에 깃들여 저마다의 삶으로 빛나는 존재들로 가득하다. 시인은 간섭하지 않으며 대상을 동시 언어로 받아 적었다. 분명 이 시집에 실린 어떤 시들은 동시로 읽히지 않는다. 가령 「날날이」 같은 경우, 감각적인 언어가 시의 육체를 만들어 무가 무말랭이로 되는 변화를 짚는 깊이와 감동이 남다르다. 그래서 시의 속이 깊어 동시가 줘야 하는 공감은 폭이 좁아졌다. 이 고질적인 시와 동시의 개별성은 반려가 되어 내통할 수 없을까. 『엄마 몰래』가 시와 동시의 내통을 얼마만큼 보여 주는가는 더 생각해 봐야겠다. 그렇다고 이상하고 낯설지만 재미있고 풍요로운 칫밧골족 이야기가 아닌 것은 아니다.

지속 가능해야 하는 세계의 상상과 그 주체들

장동이 『파란 밥그릇』

나는 장동이의 첫 동시집 『엄마 몰래』(문학동네 2016)에 대해 '저마다의 삶으로 고유하고 넉넉한 칫밧골 족속에 관한 번역 텍스트'라고 말한 적이 있다(이 평론집 4부에 실린 「칫밧골족 이야기」 참조). 칫밧골에선 저마다의 삶이 옳고 그름, 혹은 좋고 나쁨으로 나뉠 수 없고 독초와 약초도 그 나름의 존재 이유를 갖는다. 사람이라고 자연의 일이나 이웃 일에 함부로 간섭하지 않는다. 특히 "일깔일깡거리지, 찔푸덕펄덕대지/다 꼬부라지고 삐뚜룸한 늙은이뿐이래./또 이래 둘러보니까/우째 그리 청승맞게 하고 있는지/쪼굴치고 앉고 삐딱하게 서서/아이구, 시상이 왜 이럴꼬?/다 쪼구랑방탱이에다/병신 팔푼 가튼 거뿐이래"(「윤경임 할매」, 『엄마 몰래』), 이 늙음들은 칫밧골 생태계가 생명력으로 가득 차게 만드는 '약손 같은' 존재였다.

그의 두 번째 동시집 『파란 밥그릇』(상상 2021)에선 할매들 얘긴 좀 준 대신 이웃들 일상이 조용하지만 분주하게 말해진다. 여기에서 이웃은 사람 이웃이 아니라 사람과 연결되거나 사람이 의존하는 대상으로서의 이웃이다. 물론 그들의 일상도 대단할 것 없다. 그저 밥 먹는 것, 얼굴 씻는 것, 꽃잠 자는 날벌레, 개미의 일, 작약, 배추벌레의 말, 밀뱀이 놀란 사연, 풀들의 거래, 집 나간 검둥이, 장끼의 여행 같은 것들이다.

이웃들 이야기를 담은 시를 읽고 어떤 마음이 드나 보니, 걱정, 미안함, 보살핌, 감사함, 지켜봄, 나눔, 미련 없음 같은 것들이다. 시적 대상이 뿜어내는 저마다의 존재감은 할매들께 받았던 강렬함에 밀리지 않는다. 그중 가장 강렬하게 이끌린 것은 일하는 것들이 뿜어내는 당당함이다. 읽어 보면 알겠지만 장동이의 시 세계에서 하늘과 인간, 자연과 땅, 땅에 속한 생명은 차별 없이 존재하는 것으로 빛난다. 차별이 불가한 근거로 내놓은 것이 '일'이다. 일하는 것은 존재를 증명하는 일이며 그래서 그들은 당당하다.

"우적우적 뭘 씹"는 게 일이고 싸는 게 똥일지라도 그게 염소의 일이기에 염소는 당당하다(「염소의 발견」). 배추벌레가 "이른 아침마다 힘없이 붙잡혀 가도//느닷없이 농약을 뒤집어써도" "아직 꿈틀꿈틀 살아남았으니까" "배춧잎을 떠날 수 없어요"(「배추벌레예요」)라고 말할 땐 사람인 나는 몸이 조금 뻣뻣해지는 것이다.

똥은 수치스러운 것, 벌레는 죽여 없애야 하는 것, 수선화가 활짝 폈을 때만 보는 것은 인간의 생각이고 일이다. 땅에 속한 그들의 일은 '쪼글쪼글 마르고, 노랑이 빠져나가고, 마른 꽃잎이 흙빛으로 물들어 씨를 맺은 뒤에야'(「봄의 완성」) 완성되고 그때에야 봄도 비로소 완성된다.

「옹달샘」 연작, 「개미의 일」 「작약꽃이 벙글벙글」 「풀들의 거래」 「할배 감나무」에서도 일하는 존재들의 당당함을 볼 수 있었다.

물론 압도적인 존재감을 뿜내는 이는 송골 할매(「송골 할매의 하늘」)일 것이다. 송골 할매와 하늘을 마치 연애의 고수와 하수처럼 배치해 흥미를 끄는 작품이다. 당연히 고수는 송골 할매. 그녀가 얼마나 당당하냐면 '다짜고짜 하늘에 대고 비 좀 내려 주시라' 말하면 하늘은 비도 듬뿍듬뿍 내려 주시는 정도. 그게 다가 아니어서 '무심하시다, 이제 그만 내려 주시지'라고 혼잣말로 중얼거린 것만 같은데도 하늘은 또 파랗게 옷을 차려입는 거다. 하늘께 대놓고 '주시라' '무심하시다' '그만 내려 주시지'라고 짐짓 존대하는 듯하지만 어째 눈치 없는 하늘을 구박하는 심사가 담겨 있지 않은가. 이 '밀당'의 승자가 송골 할매처럼 보이는 까닭은 하늘이 할매 요구를 다 들어주었음에도 "이 무렵 할매는/또 너무 바빠서 하늘엔 눈길 한 번 못 준다"라는 마지막 연 때문이다. 무엇보다 이 구도와 설정이 재미있어서 즐겁다.

송골 할매는 하늘에 대해 어찌 이리도 당당할까. 그게 내 보기엔 일하는 자만이 갖는 존재값이었다. 송골 할매의 자존감은 일하는 자의 자존심이기도 할 것이다. 몸을 움직여 밥을 버는 일, 흙빛으로 물들인 후에 꽃씨를 품는 것, 이 노동은 사람과 동식물을 가리지 않고 중요하기까지 한 리얼리즘적 태도인 것이다.

과학의 시대에는 농사에 필요한 물도 인공 조절이 가능하지만 송골 할매는 과학적(근대적) 인물이 아니다. 송골 할매는 땅에 속한 존재이며 하늘과도 소통이 가능한 존재다. 장동이 동시에서 인간을 포함한 땅의 존재들은 하늘과 허공과 소통 가능한 존재들이다. 그뿐 아니라 땅에 속한 존재들끼리도 관계를 맺는다.

이번 동시집에서 일하는 존재들이 뿜어내는 자존의 당당함과 함께 말해야 하는 것이 바로 관계 맺음이 만드는 풍경이다. 관계없어 보였거나 거리가 먼 대상들이 관계를 맺는 순간 생성하는 풍경과 서사는 크고 깊다.

가령 뭉게구름과 개밥, 하늘 누군가와 아랫집 개 몽실이, 사라지다와 먹다, 윤나게 비운 몽실이 밥그릇과 구름 한 점 없는 파란 하늘의 만남을 통해 하늘이 밥그릇이 되는 상상을 그린 「파란 밥그릇」 같은 시.

또는 「겨울 편지」 같은 시. 이 시는 기댈 곳 없이 허공에 뻗쳐 있었을 마른 포도나무 덩굴을 보며 그와 같은 처지인 지구를 떠올린다. 시적 주체가 보기에 포도덩굴이나 지구는 허공에 떠 있는 게 아니라 "허공을 꼭 잡고" 있는 것이다. 궁극엔 허공의 텅 빔을 포옹하는 육체로 상상한 「겨울 편지」는 「파란 밥그릇」과 마찬가지로 관계 맺음이 생성하는 새로운 국면이었다.

「제빵사 하느님의 딴청」 「앞산은 혼자 내버려 두고」 「우리 마을에선」 「감나무 마트」 「겨울 햇살 맛」 같은 시도 같은 맥락으로 읽힌다. 관계 맺음의 양상을 시각적으로 형상화한 「겨울밤」은 애틋하고 아름답다.

떠오르는 보름달에게 감나무가 기다란 가지를 쑥 내밀었다.

보름달도 머뭇머뭇 다가와 감나무 가지를 살짝 잡아 주었다.

바람도 자는데 감나무가 잠깐 휘청 흔들리는 것도 같았다.

감나무와 보름달의 얘기가 밤새 이어질 듯싶은 겨울밤이다.

——「겨울밤」 전문

사진으로 치면 감나무 가지와 보름달이 겹치는 순간을 찍은 장면쯤 될 텐데 "쑥 내밀"고 "살짝 잡아 주"는 행위로 관계를 맺자 하늘과 땅의 거리는 지워지고 달과 나무는 이제 피사체가 아니다. 행위 주체가 된 달과 나무의 관계는 다양한 관계 맺음의 양상으로 변주 가능하다.

이전 동시들에서도 느끼는 것이지만 장동이의 작품 쓰기는 농사법과 닮았다고 생각한다. 농사는 살피고 지켜보고 기다리는 일의 연속이다. 시각적으로 잘 형상화된 시들을 보면 그가 이웃을 얼마나 오래 깊이 들여다보고 살피고 기다렸을지 짐작하기 어렵지 않다.

김이구는 그의 첫 동시집 『엄마 몰래』 해설에서 장동이 시인의 작품은 할머니 동시 이야기로 어린이와의 접점에 중점을 둔 다른 동시와 차별된다고 말했다. 두 번째 동시집은 그 연장선에 있되 땅의 세계에 속한 동식물 이야기로 차별을 두었다. 장동이는 그가 속한 세계의 사람(주민)으로 거주하고 하늘과 땅에 속한 존재들과 관계를 맺는다. 이런 시들은 대체로 우연적이며 결과론적인 것이다. 하늘의 마음이라는 것도 시인의 상상이다. 하지만 장동이 시인이 보고 적는 시는 그가 세계와 대상을 바라보는 태도의 표현일 것이다. 나는 그의 동시를 비롯해 대개의 동시가 취하는 태도, 이를테면 경계와 위계를 두지 않겠다는 의지, 모든 생명은 서로 의존한다는 인식, 지구 행성 안에서 관계 맺고 사는 일의 상상, 거기에서 생성되는 것들의 언어적 표현이 동시의 윤리라고 생각한다.

밥 버는 일에 대해 함부로 말할 수도 없지만 칫밧골에서는 태어난 값은 해야 한다는 듯 모두 제 몫을 증명하고 감당해 낸다. 그들이 뿜어내는 존재감과 당당함이 시집에 깊게 배어 있다. 내게는 '칫밧골'이라는 구체적 장소로 형상화된 장동이의 시 세계에서는 하늘과 사람과 땅의 세계에 속한 존재가 서로를 부르고 의존해 산다. 칫밧골엔 근대적인 것보다 신화적 상상이 '날날'하다. 그곳이야말로 지속 가능해야 하지 않을까.

삶의 한 순간을 잡아채는 권법

박경희 『도둑괭이 앞발 권법』

　시집을 낸 시인이 동시집을 냈을 때 그의 시집을 꼭 살펴보는 까닭이
있다. 동시와 시가 제 길에 들어서는 지점이 나는 늘 흐릿하다. 한 시인
의 시집과 동시집을 나란히 놓고 읽으면 시와 동시가 한 시집에 담기지
않고 따로 문패를 가져야 할 이유가 보일 때도 있다.

　박경희 시인은 시집 『벚꽃 문신』(실천문학사 2012)과 산문집 『꽃 피는
것들은 죄다 년이여』(서랍의날씨 2014), 『쌀 씻어서 밥 짓거라 했더니』(서랍
의날씨 2016)를 냈다. 대학에서 시 창작을 공부했고, 지금은 고향인 보령
에서 사는데 학교에서는 아이들과 글쓰기를 하면서 놀고, 집에서는 '늙
은 과부 어머니의 노처녀 시인 딸년'으로 글 쓰고 욕하고 싸우고 밥 지
으며 정들어 사는 듯하다. 시집과 산문집에는 보령 지역 말이 질펀하게
쏟아져 흥건하고 시골 사람들의 삶과 그들의 애환이 짙고 깊게 표현되
어 있다. 옆에서 듣고 있는 것처럼 실감 나는 입말이 인상적이다. 『도둑
괭이 앞발 권법』(실천문학사 2015)은 그의 첫 번째 동시집이다.

처음 질문으로 돌아가 그렇다면 박경희의 시와 동시는 어떻게 다른가. 사실은 지금까지 내가 본 대개의 시와 동시의 경우가 그랬고, 박경희의 경우도 그렇다. 그가 쓴 시에서는 시적 주체가 내면과 자의식으로 응집되는 경향이라면 동시는 대상을 향한 관찰과 공감이 바탕이 되어 주체 바깥을 향한다. 동시의 시적 주체는 풍경을 묘사하거나 대상을 관찰하며 전해들은 이야기를 어린 독자에게 전달하고자 한다. 다른 동시에서와 마찬가지로 그의 동시에서 느껴지는 발랄함, 관찰하고 발견하는 기쁨, 말하기 - 말 나누기, 말 전하기(중얼거림이나 독백은 시의 것이다) 등은 역시 동시가 외향적이라는 생각을 하게 한다. 그러니까 시적 주체의 강렬한 자의식이나 속 깊은 내면은 동시의 지향점이라기보다는 시에 가깝다.

그는 눈에 보이는 삶의 한 '순간'을 잡아채는 '권법'으로 동시를 낚아 올리는데, 시적 주체는 대상을 해석하지 않는다. 시적인 순간을 발견하여 그것을 언어화하는데, 이때 가장 자주 불려 나오는 대상은 할머니들과 그들의 사연이다. 이 동시집에 등장하는 할머니들은 공동화(空洞化)되어 가는 농촌의 현재 구성원들이다. 자식이 남기거나 맡긴 손자들을 대신 키우며 등은 굽고 허리병을 앓지만 결코 측은의 대상이 아니다.

한때 그들은 밥때가 되도록 안 들어오는 딸에게 "시끄런 소리 말고/ 언능 들어와!"(「땅따먹기」)라고 칼 같은 호령을 한 엄마였으며, 비 맞고 돌아온 딸의 등짝을 때린 데 또 때리는(「비 때문에 더 아파!」) 앙칼진 엄마였다. 아무리 추워도 심부름을 시키는 데 봐주는 법이 없다.

엄마! 그냥 김칫국 묵으면 안 돼?
안 돼!

엄청 추워서 진순이 밥그릇도 얼었당께!

그려, 하두 추워서리 빨랫줄에 걸어 논 니 빤스도 얼었드라!

그러니께 그냥 김칫국 먹자고!

시끄러! 언능 두부 사와라잉!

투덜투덜 걷는데

까치가 꺅, 꺅 웃는다

용용 죽겠지, 용용 꺅꺅!

—「두부 심부름」 전문

그의 산문을 읽어 보면 이 상황의 배역이 늙은 과부 엄마와 노처녀 딸
의 실랑이였을 가능성이 커 보이지만 표면적인 내용 자체만으로도 얼
마든지 아이의 상황으로 받아들일 수 있다. 때마침 울어 대는 까치 소리
가 심통 난 시적 주체의 불난 마음에 부채질하는 것으로 들리는 것은 몹
시 그럴듯해서 독자는 슬며시 웃음이 나는 것이다.

그랬던 엄마들은 나이 들어 따발총 방귀를 뀌고도 태연히 밭을 매고
(「방귀가 뿌웅 뿡뿡」), 밤새 짖어 대 잠을 설치게 한 똥개 욕을 하면서도 떠
돌이 똥개 밥을 챙겨 주는가 하면(「똥개」), 온갖 재미나고 무섭고 슬픈 이
야기를 전해 주는 '기억 전달자'(「뒷간 귀신」 「부엌 귀신」 「저수지 귀신」)로 늙
어 간다. 그런가 하면 "모여, 모여/손자, 손녀 얘기하느라/나팔꽃 주둥
이 오므리는 줄 모르"고 "코도 팽, 풀면서/콧물 묻은 손가락을/치마에
쓱쓱 문질러 가면서" 교통사고로 죽은 손자 생각에 눈물만 닦고 앉아
있기도 한다(「코도 팽, 풀면서」). 잠깐, 나팔꽃 주둥이 오므리는 시간이라
니. 시를 읽는 것은 낯섦을 체험하는 순간이며 기계적 시간에 틈을 내는

것이다. 나팔꽃 주둥이가 오므라드는 시간이라는 표현을 통해 익숙해서 무감각해진 저녁을 전혀 낯선 시간으로 체험하게 된다.

그런 할머니들이 장날 장터에 앉아 있는 모습에는 뜨거운 삶의 한가운데를 이미 지나온 사람의 모습이 저러할까 싶은 마음이 된다. 동시가 포착한 그 삶의 한 순간이 이렇다.

햇빛 쨍쨍 나면
농립 쓰고
비 자박자박 내리면
비닐 봉다리 쓰고
눈 사락사락 내리면
목도리로 칭칭 돌리고

세 자매 할머니
장터에 가면
한자리에 쭈욱 앉아
닭처럼 졸고 있습니다

진창 훑어 잡은 미꾸라지에
환장하는 고양이가
슬쩍슬쩍 앞발로
획획! 아보오오오오!
미꾸라지 건져 올리는 것도 모르고
엉덩이 살짝살짝 들면서

방귀 뿡뿡 뀌면서

닭처럼 졸고 있습니다

—「도둑괭이 앞발 권법」 전문

    할머니들은 도무지 미꾸라지를 팔아 돈을 만드는 일에 관심이 없는 것 같다. 미꾸라지 파는 대신 닭처럼 졸고 있는 할머니들은 돈을 만들려고 장터에 나온 게 아니라 사람을 만나려고 장터에 나온 것 같다. 그 모습을 묘사한 것이 또한 남의 일 보듯 하여 거리를 유지하였는데 견딜 수 없는 졸음, 참을 수 없는 방귀, 장터에 나와 앉아 있어야 하는 세 할머니의 사연, 막을 수 없는 도둑괭이의 환장은 느슨하였다가 조였다가 쫄깃하게 감정을 출렁이게 하면서 장터 한 귀퉁이 장면을 생생하고 극적으로 포착해 놓은 것이다. 세 노년의 느슨함에 도둑괭이의 만행이 극적으로 끼어들었기에 어린 독자는 흥미진진한 장터 풍경을, 어른 독자는 풍경과 함께 삶의 끝에서야 느낄 수 있는 쓸쓸하지만 담담한 존재의 이면을 함께 느낄 수 있게 되었다.

    이렇듯 시인은 장터에 앉은 세 할머니와 할머니 물건을 훔치는 도둑괭이 모습을 관찰하되 현상을 주관적으로 해석하지 않고 시적 주체의 감정을 배제하여 풍경을 완성한다. 농립(여름날 밀짚이나 보릿짚으로 만들어 쓰는 모자)이나 진창이라는 말이 동시에서 그리 편안하게 쓰이는 말이 아니고 게다가 진창을 훑어 미꾸라지를 잡는 방식은 현재의 아이들에게는 낯설다. 하지만 이 동시가 시인의 유년 체험에 기댄 것이 아니라 지금이라도 시골 장터에 가면 볼 수 있는 현재의 장면이라는 점이 내게는 중요하다. 박경희 동시에 어린이 화자가 자주 등장하지 않고 할머니 할아버지 이야기가 거슬리지 않는 것은 그것이 현재의 사건이고 진행 중인 이야기며 풍경으로서 공감하기에 어렵지 않도록 표현되었기 때문이다. 이 동시에서 보듯이 굳이 아이인 척하지 않고 어른을 내세우지도 않는다. 화자는 숨어 있는 경우가 많으며 그것은 시인이 자기 이야기를 하기 위한 적절한 선택으로 보인다.

할머니만큼 등장하는 횟수는 적지만 할아버지의 삶도 할머니와 다르지 않다. 혼자 살다가 혼자 돌아가셨고(「개구리 초상」) 손자를 대신 키우며 오 년 만에 걸려 온 아들 전화를 받고 쓰러지는(「창배 할아버지」) 그는 젊은 아버지였을 때는 아이에게 눈썰매를 만들어 주고(「달리는 함박눈」), 눈 쌓인 등굣길을 먼저 밟아 길을 내 주었던(「학교 가는 길」) 그 아버지였을 것이다.

아이들 삶도 신산스럽기는 매한가지다. 창배는 제 아빠 일로 농약을 먹고 자살을 시도하는 할아버지와 살고(「창배 할아버지」), 정남이 엄마는 오래전 집을 나갔으며(「저수지 귀신」), 영식이는 희귀병을 앓는 동생과 술 마시는 아빠를 두었다(「엄마 기다리는 달팽이」). 그 외에도 이 동시집에 등장하는 아이들은 이민 2세대(「그냥 우리 동네 사람」), 장애인(「세령이는」) 등 사회적·신체적 약자들이다. 공교롭게도 박경희 동시에 등장하는 할머니와 아이들은 결핍으로 슬프고 그래서 할머니는 눈물 바람이고 아이들은 "엎어 놓은 양동이에 빗방울처럼/탕탕 튕긴다"(「청깨구락지」). '시인의 말'을 보면 그가 임길택의 영향을 받았음을 알 수 있는데 그의 동시적 지향은 임길택 동시의 현재적 연속으로서 이미 기울어진 이 시대 농촌 공동체의 현실을 증언하는 것이다. 그런가 하면 박경희 동시가 빛나는 것은 시적 대상이 다음처럼 표현될 때다.

아카시아 꽃 먹고 지고

찔레꽃 먹고 지고
하늘 바람
어둑어둑

아버지 논배미에서
물고랑 내고
풀은 앞으로 엎어지고
풀은 뒤로 자빠지고

물고기는 돌 틈에 숨고
꼬리는 찌르륵 찌르륵
온몸으로 물살을 가르고
물소리는 사납게 콸콸콸콸

한 무리 개미 떼가
새카맣게 움직이고
구멍으로 구멍으로
들어가고

—「장마」 전문

    장마라기보다는 장마철에 한바탕 쏟아지는 장맛비나 휘몰아치는 태풍을 연상하게 하는 동시다. 그런 이유로 「장마」라는 제목이 조금 어색하지만 이 동시는 서술어를 생략하고 '~고'를 반복적으로 사용함으로써 곧 들이닥칠 위기를 긴박한 긴장 상태로 한껏 끌어올렸다. 하늘—

논 - 풀 - 물고기 - 개미로 이어지는 시선의 이동은 이 모든 것들이 장마의 영향권 아래에 놓여 있음을 보여 주었다. 언어로 표현하는 장마가 이렇듯 실감 난다. 이 외에도 배앓이하는 개와 그 개를 온종일 쓰다듬는 스님의 한순간을 그린 「낮달, 반달」, 운동화를 물고 간 강아지를 찾는 과정을 다룬 「아궁이 속에 뜬 푸른 별」, 밤하늘을 날아가는 새를 보고 쓴 「새」 같은 동시들은 다듬고 다듬어 마지막 남은 언어로 된 시들이라고 느껴질 만큼 정교하고 치밀하다.

이런 시들과 더불어 농촌 공동체의 해체와 가족 해체 이후 마지막 남은 구성원들이 겪는 결핍과 불행, 아픔을 다룬 동시가 워낙 강렬한 인상을 주기 때문에, "고모!/내가 자꾸 쳐다보니까/물고기가/부끄러운가 봐!"(「빨간 금붕어」) 같은 동시는 어쩔 수 없이 심심하다. 물론 이러한 유의 동시는 이미 낡았기도 하다. 또한 욕을 쓰고, 게임에서 싸우는 그림과 싸우는 로봇만 그리는 용석이 안에 괴물이 살고 있을 거라는 진술(「동시 쓰기」), 게임 이야기만 하는 내가 전봇대에 부딪혔는데 전봇대에 금이 갔으므로 나를 대갈장군 돌머리라고 놀린다는 것(「대갈장군 돌머리」) 등 몇몇 작품도 비슷하다.

시를 쓰면서 동시를 쓰는 일은 이상하거나 별스럽지 않다. 내게 중요한 것은 시인들이 자신의 유년 시절에 기대지 않고 현재 자기의 삶을 동시로 쓰는 일이다. 창작자인 시인은 아이가 될 수 없으며 아이들의 마음을 대변하는 것으로는 어른인 창작자의 시적 욕구를 채울 수 없다. 어른인 시인과 독자인 어린이가 가장 자유롭고 자연스럽게 만나는 지점이 어디인지 나는 알 수 없고 그것은 작품으로 확인할 일이다. 이 동시집을 통해 본 박경희의 동시들은 아이 목소리를 의식하지 않고 쓰였으나 그래도 어린이 독자와 소통할 수 있는 동시라고 생각한다. 거기에 그가 보여 주는 미학적인 언어 표현에 대한 노력과 시도는 포기할 수 없는 문학의 윤리다.

박경희 동시가 획득한 '권법'은 창작 주체가 독자 대상을 의식하지 않고 자기 앞에서 펼쳐지는 삶의 한 순간을 낚아채 동시로 완성하는 것이다. 아직은 미완의 권법이라고 시인 스스로도 얘기할 것 같다. 이제 동시집 한 채 지어 올렸을 뿐이다. 새로운 집을 지을 수 있도록 시인은 열심히 쓰고 독자는 열렬하게 기다리며 뜨겁게 반응해 줄 일이다.

리얼리즘적 동시와 문학적 상상의 힘

곽해룡 『축구공 속에는 호랑이가 산다』

곽해룡 시인님께!

지나간 봄은 이팝나무의 계절이었습니다. 그때 저는 누군가를 미워하느라 애를 먹던 중이었는데 어느 날 '엄동수'(김륭 「눈이 퉁퉁 붓도록 나무와 싸웠다」, 『동시마중』 2015년 3·4월호)를 만났어요. 싸우기만 하던 친구가 전학을 간 뒤 그 친구를 마음으로부터 떠나보내느라 이팝나무와 해가 질 때까지 싸우는 엄동수를 만나 못된 마음을 '게워 내기' 시작했어요. 엄동수 이야기를 꺼낸 까닭은 동시가 어린 독자만을 감동시키는 것이 아니라는 말을 하고 싶어서랍니다. 무엇보다 시인님 시를 읽고 난 뒤, 저는 중요한 문제 하나를 해결할 수 있었어요. 엄동수를 만났던 그때처럼 기쁘고 짜릿했어요. 그 마음을 전하기 위해 이렇게 편지를 쓰는 지금 이 순간은 몹시 설렙니다.

시인님은 아이들의 삶을 포함한 뭇 생명들의 삶, 실재하는 현실을 시의 무대에 불러들이는 것 같아요. 어떻게 생각하느냐에 따라 삶의 주도

권을 잡거나 끌려다닌다고 볼 때, 시인님의 시적 주체들은 삶의 주도권을 놓치지 않으려는 인물들이었어요.

이번 시집『축구공 속에는 호랑이가 산다』(문학동네 2015)에 실린 시들도 그랬어요. 오히려 작고 여리고 약한 현실의 존재들이 살아가는 데 필요한 것들을 살피고 찾아내려는 마음은 더 강해진 것 같아요. 그만큼 문학적 사랑의 힘도 세졌다고 느꼈어요.

> 때 이른 진달래 핀 산언덕
> 동박새 한 마리 나뭇가지에 앉아
> 씨줄 날줄 씨줄 날줄
> 씨줄 날줄 씨줄 날줄
> 털실보다 따뜻한 울음목도리를 짜서
> 젖살 오른 진달래 하얀 목을 감싸 주고 있다
>
> ——「봄」전문

이렇게 아름다운 시를 읽고 나면 욕심과 자만, 욕망과 이기심으로 찌든 마음이 깨끗해지지 않을 수 없어요. 시를 읽는 것은 감정을 훈련하는 것이기도 하잖아요. 이 시는 동박새의 울음소리라는 청각, 즉 만질 수 없는 소리를 울음목도리라는 사물로 변환시켰어요. 목도리의 따뜻함을 기억하는 독자들이라면 '동박새 울음이 울음목도리가 되어 젖살 오른 진달래'를 감싸 주는 사랑의 행위가 되는 과정을 충분히 느낄 수 있을 것 같아요. 감정은 일일이 설명되지 않지만 덩어리로 마음에 스며드는 법이니까요.

젖살 오른 진달래처럼 이번 시집에는 여리고 약하고 작은 존재들과 그들이 살아가는 데 필요한 것이 무엇일까 곰곰 생각해 보게 하는 시들이 많은 것 같아요.

아직 눈도 못 뜬 어린 새(「털실」), 신발을 잃어버렸는데 말할 수 없어 울기만 하는 아기(「신발 한 짝」), 피어서 한 번도 해를 바라보지 못했던 해바라기(「해바라기」), 가난한 나영이(「메리 크리스마스」), 스스로 옷을 짓지 못하는 소라게(「소라 껍질은」), 꽃이되 꽃이 되지 못한 감자꽃(「감자꽃」), 말도 못하고 알아듣지도 못하는 막내 고모(「눈물」), 가난하고 심심해 제 빈집에 전화 거는 아이(「빈집」), 그것 자체로 가장 연약한 존재인 것 같은 민들레 꽃씨(「민들레 꽃씨」), 아빠 없이 자랐다고 이리저리 축구공처럼 차이는 아이(「축구공 속에는 호랑이가 산다」) 등은 여리고 약하고 작은 존재들이라고 해야겠지요. 이들을 불러내고 위로하는 시인님 말에 마음을 기울일 수밖에 없었어요. 저도 여러 번 봤음에도 불구하고 단 한 번도 시인님처럼 생각해 보지 않았던 사물, 사건, 현상들이었어요. 가령 소라 껍질 같은 것 말이지요.

소라 껍질은
집이 아니라 옷이다
걷지 못하는
아랫도리를 감싸 주는 옷이다

소라는 죽어서
옷 한 벌 남긴다

스스로 옷을 짓지 못하는

소라게를 위해
천년을 입어도 안 떨어지는
옷 한 벌

—「소라 껍질은」 전문

서로에게 급할 때 찾아가는 장소인 '급소'(「급소」)가 되어 주는 것, 죽음 이후에도 누군가에게 무엇이 되어 주는 존재의 발견은 아무리 여러 번 봐도 지겹지 않습니다. 그런 존재의 가능성을 간접적으로라도 체험할 수 있다는 것, 그것이 문학이겠지요.

젖을 주는 것, 털모자를 짜 주는 것, 울음목도리를 걸어 주는 것, 소라 껍질을 주는 것, 민들레 꽃씨를 함부로 후우 불지 않는 것, 눈물을 흘려 주는 것, 그리운 이름을 불러 주는 것은 서로에게 '급소', 즉 사랑의 장소라고 보았어요. 마음이 밝은 시인님 눈을 따라가 보니 '급소'들이 참 많이 있네요.

존재 자체가 자신을 일으켜 세우는 존재들을 발견하고 불러내고 있는 시인님의 말도 인상적이었어요. 우리들의 급소를 찾아내는 것만큼 중요한 것이 자존감이며, 내 삶의 주인이 되는 것이잖아요. "쓰디쓴 꼭지를 빨면서 제 몸을 단물로 가득 채우"는 인내 혹은 살아 냄(「참외」), 스스로 뭉개지면서 씨앗을 키워 내는 절대 사랑(「홍시」), 이리저리 차이는 축구공이지만 그 내면에는 호랑이가 살고 있다는 자의식(「축구공 속에는 호랑이가 산다」)의 발견과 시적 형상화는 시인님 시를 단단하게 구축하는 힘이라고 느꼈어요.

이사를 마치고

엄마도 나도 몸져누웠다

엄마는
혼자 집을 다 옮겨서 아프다지만
한 일도 없는 나는 왜 아플까

맞다,
우리 집보다 더 큰 학교를
나 혼자 다 옮겼으니
엄마보다 내가 더 아픈 거야

—「전학」전문

    아이들은 '신발을 잃어버렸으나 아직 말할 수 없어서 울기만 하는 아기'(「신발 한 짝」)처럼 자기 마음을 설명할 말을 갖지 못한 존재들이지요. 표현할 수는 없으나 분명히 존재하는 감정을 정확하게 대신 말해 주는 것이 「전학」 같은 동시가 아닐까 생각합니다. 익숙한 공간을 떠나는 것도 슬픈 일이지만 친구들과 헤어진다는 것이 더 슬픈 것이 전학이지요. 떠돌아다니는 것이 도시적 삶의 풍경이 되고 전학 혹은 이별은 일상이 되었지만, 혹시 아이들은 반복되는 이별로 인해 반복적으로 아프지 않았을까요? 왜 아픈지 모르지만 아픈 아이의 마음에 마땅한 이유를 찾아 주고 아픈 것이 당연하다고 해 주는 말은 그 자체로 위안이 됩니다.

    이런 시들을 읽으면서 위로를 받는 것은 아마 누군가가 걸어 주는 '울음목도리'를 제가 간절히 바라고 있어서 그런 것 같아요.

    이제 시인님에 대해 말해야 할 때입니다. 앞에서 오래 묵은 고민이 해결되었다고 했던 말을 기억하시지요? 그것은 우리 어린이문학의 정체성에 관한 것이었어요. 현실의 문제를 말하되 있는 그대로의 현실을 극한까지 몰고 가는 것은 어린이문학의 본질이 아니라고 생각해요. 그런데 어느 순간 우리 어린이문학이 어떤 벽에 부딪힌 것 같았어요. 같은 이야기를 반복하고 있다는 느낌이랄까요. 새롭지도 않았어요. 무엇보다 어린이문학은 무엇을, 어떻게 말해야 하는가가 고민이었어요. 알고 있다고 생각했는데 얼마 전부터 길을 잃고 만 것이었지요.

이런 고민을 해결해 준 동시가 「메리 크리스마스」였어요. 그 시를 읽는 시간은 동시와 동화를 포함한 어린이문학이 나아가야 하는 방향과 어린이문학의 창작 주체인 시인과 작가의 존재가 어떤 존재인가에 대해 생각해 보는 순간이었어요.

펑펑 눈 내리던 크리스마스이브였다
산타 할아버지가 정말 있다고 믿는
나영이네 집에 도둑이 들었다

엄마 아빠가 없는 것처럼
산타도 하느님도 사람들이 다 지어낸 거라고
나영이를 울려서 재운 할머니와
잠든 척 눈을 감고 있다가
할머니 몰래 일어나 현관문을 열어 놓은 나영이가
쌔근쌔근 잠든 틈을 도둑은 놓치지 않았다

살금살금 부엌으로 간 도둑은 쌀독을 슬며시 열고

독 안에 가득 찬 공기를 들여다보았다
쌀 냄새가 잘 밴 공기를 보자 도둑은
머리가 어질어질하고 가슴이 콱 막혔다

공기는 바가지로 훔칠 수 없어서
도둑은 가지고 온 쌀자루를 풀어
독 안에 부었다
쌀을 부어 넣자 잘 익은 공기가 몽땅
독 밖으로 밀려 나왔다

자루 가득 공기를 훔친 도둑은
조심조심 나영이네 집을 빠져나왔으나
눈 위에 찍힌 발자국이
컹컹 개 짖는 소리처럼 쫓아왔다

도둑하고 한패인 하느님이
하얀 가루를 마구 뿌려
발자국들을 덮어 주었다

—「메리 크리스마스」 전문

　현실과 상상의 경계가 사라지고 두 영역이 서로에게 스며들어 따뜻
하면서도 아름다운 겨울밤 풍경을 그려 내고 있는 시라고 생각해요.
　나영이의 현실은 어느 정도 익숙한 모습인데요, 이런 현실을 있는 그
대로 표현했다면 참 답답했을 거예요. 문학이 고민해야 하는 것은 이런

현실을 넘어서는 것이잖아요. 이 시는 문학적 상상으로 그 경계를 넘어서고 있어요. 현실에 바탕을 둔 서사, 즉 리얼리즘적 동시가 문학적 상상의 힘으로 단단해진 경우라고 생각해요. 이 동시는 현실의 나영이와 같은 약자들에게 충분히 위안이 될 수 있어요. 시인님 시가 보여 주는 따뜻함, 모성성은 현실에 관여하는 시적 행위이기 때문에 저는 더 특별하다고 생각합니다.

무엇보다 이 시에서 인상적인 인물은 도둑입니다. 도둑은 바로 시인이지요. 시인은 시-문학을 생산하는 주체니까 도둑은 시인이면서 문학이라고 봐야 할 것 같아요.

가난과 소외, 더럽고, 추하고, 오염된 이 땅(독 안)의 나쁜 공기를 훔쳐 가는 존재가 도둑-시인이로군요. 이 시는 어린이문학의 가능성을 의심하던 제 마음을 희망으로 바꿔 주었어요. 게다가 그 도둑-시인은 하느님과 한패라니, 이제 더 이상 도둑-시인-문학을 의심하지 않겠다고 약속합니다.

짧은 시는 날카롭게 핵심을 향하고, 동물에 빗대어 인간 삶을 이야기하는 시들은 서늘하고 날카로웠어요. 물론 달팽이가 집을 내려놓지 않는 것이 땅을 차지하는 게 미안하기 때문이라거나(「달팽이」), "할머니가 꺾어 던진 꽃 주위를/벌들이 아깝다고 잉잉 울며 돈다"(「감자꽃」) 같은 시선은 자칫 착한 아이의 눈으로 보는 세상이라는 오해를 받을 수 있을 것 같아요. 모기장이니까 모기가 자겠다는 것(「모기」)도 좀 심심했고요. 그러나 그것은 애써 찾은 티 같은 것이라고 생각해 주세요.

어느새 쥐똥나무꽃이 피기 시작했어요. '하느님과 한패인 시인 도둑님'! 늘 건강하셔서 이 땅의 나쁜 공기를 향기롭게 바꿔 주세요. 좋은 동시를 읽을 수 있게 해 주셔서 고맙습니다.

가만하고 유순한 연대의 모험

신재섭『시옷 생각』

신재섭 동시는 본새가 간곡한 청유나 격렬한 감탄, 열렬한 의문의 화법이 아니라서 대체로 가만하게 느껴진다. 혼자 보고 듣고 생각하고 깨닫거나 발견한 마음을 공글려 놓은 동시들은 사람으로 치면 난장에 그저 가만히 있는 사람 같다. 짱짱한 힘을 내뱉어야 하는 아이들이 짓고 까부느라 먼지 풀풀 날리는 교실인데, 제자리에서 가만히 "수만 개의 창을 열고"(「비와 자전거와 나」) 있는 조용하고 속 깊은 아이 같다.

실재의 신재섭도 그렇다. 여럿이 모인 자리이든, 두셋이 모인 자리이든, 그는 말을 채거나 보태기보단 듣는 쪽에 가깝다. 우리는 잘 듣는 사람의 의미를 잘 안다.

그는 2013년『어린이와 문학』에 동시가 추천되어 등단했고『시옷 생각』(브로콜리숲 2022)은 그의 첫 동시집이다. 그간의 시간이 오롯이 담긴 도착이며 다음 여정의 출발이다.

『시옷 생각』을 읽는 법으로 세 가지를 제안해 보려고 한다. 브리콜뢰르적 동시 쓰기, 수용과 이후를 생각하게 하는 애도의 형식, 그리고 태도로서의 시 쓰기이다. 시인이 구축 중인 세계를 몇 가지로 가름할 수 없으니 이것은 다만 나의 경험담일 뿐이다.

브리콜뢰르적 동시 쓰기

동시 역시 쓸모없는 것의 쓸모가 주는 재미와 가치를 잘 보여 주는 예술 영역이다. 동시를 포함한 어린이문학의 전복성은 쓸모없다는 생각에 빗금을 긋는 데 있다. 쓸모의 기준을 정하는 주체는 알다시피 가부장적 기성 권력, 인간 중심의 사고, 과학적 사고였다. 전복성, 즉 카니발의 중심에 어린이가 있고 수없이 의인화되는 동식물과 지구별에 존재하는 모든 것들의 소통 가능성을 상상하는 지구적 사유와 상상이 있다. 개성의 차이가 있을 뿐 모든 동시가 여기에 기여하며 신재섭 동시 역시 그렇다.

레비스트로스에 의해 호명된 브리콜뢰르(bricoleur)는 쓸모없는 것들, 판자 조각, 망치, 톱, 돌 등 바로 그 자리에서 얻을 수 있는 것들로 새로운 무언가를 만드는 사람을 가리키는 말이다. 이 멋진 '손재주꾼'은 일상의 사물을 상상하고 언어로 구조해 전에 없던 새로운 무언가를 만드는 시인이기도 하다.

그들은 사물에 고착된 성질 혹은 고정관념을 깨고 전환적 상상을 표현할 언어를 찾아내어 기어이 새로운 동시적 순간을 창조해 낸다. 시적 감흥은 이 작업의 과정에서 발생할 것이며 그것 자체로 충분하다. 동시를 읽는 일이 종종 사건적 체험이 되는 이유다. 그리고 이것은 노는 것 자체가 목적이자 결과인 놀이와 닮았다.

설계도를 따라 의도된 대로 완성되는 게 아니라 이것으로 시작했으나 저것이 되는 시행착오, 그런 시가 주는 쾌감은 동시의 본질적 특성이다. 신재섭의 경우, 그의 시가 가만하게 느껴지는 것은 주로 혼자 놀기 때문이다.

꽃 가꾸기 좋아하는 가정이라면 한두 개쯤 있게 마련인 군자란은 커다란 잎줄기가 꽃대를 중심으로 양옆으로 길게 자라는 수선화과 여러해살이풀이다. 개화기가 되면 짙은 다홍빛 꽃이 피는데 「군자란 수탉」은 관찰하는 놀이에서 태어난 새로운 무엇이다.

양쪽 날개
층층이 펼치고
기다렸다가

서서히 꽃대 올리고
해를 쫓아 길게
목을 빼면

퍼드득 퍼드득
날갯짓하는
수탉이 된다

다홍빛 꽃 벼슬 꿰찬
군자란 수탉

한 마리

꼬끼오, 꽃꽃꽃
꼬끼오, 꽃꽃꽃

—「군자란 수탉」 전문

　여러해살이풀이 동물이 되는 시간, 잎줄기가 날개가 되고 다홍빛 꽃
이 수탉을 상징하는 벼슬이 되는 시간, 다시 꼬끼오 혹은 꼬꼬꼬 닭울음
이 꽃이 되어 군자란과 수탉이 한데 엉켜 닭인지 꽃인지 모를 혼돈의 시
간, 닭이면서 꽃인 순간이 발생했다.

　동시의 특성 중 하나가 운동성, 나아가 생명화 과정이라고도 말하고
싶은데, 무생물을 생명으로 상상하고 움직이게 하는 것(돌에 대한 수많
은 동시들을 떠올려 보라), 비과학적인 이 사유의 본질은 연대의 지향
이며 동시의 경우 연대의 범위는 전지구적이다. 군자란이 식물의 고정
성에서 동물의 운동성으로 변하는 것, 한 번도 소리 내 본 적 없는 꽃이
비로소 소리를 내 보게 되는 것. 이것은 수탉도 마찬가지여서 이런 동시
쓰기 놀이가 아니면 수탉이 꽃이 되어 볼 일은 발생하지 않는다. 이런
동시의 시적 가치는 대상을 대상에 묶어 두지 않고 새로운 가능성을 주
고야 말겠다는 시인의 마음에 있고 동시는 그런 마음의 증명이다.

　「군자란 수탉」을 비롯해 「웃음 꼬리」 「개구리 냉장고」 「단추 꽃」 「에
어컨」 「빨래 따기」 「봄동」 「새싹」 「파맛 사탕」 「말이 씨가 된 감」 「배추
정글짐」 「시옷 생각」 「꽃봉오리」 「헝겊 물고기」 「감귤」 등의 시들도 비
슷한 방식으로 창작되었다.

　제목에서도 보듯 냉장고, 에어컨, 빨래 건조대, 식재료 봄동, 파, 배추,

과일 감, 자음 글자 ㅅ, 꽃, 열쇠고리 등 일상에 널린 것들이다. 이런 것들을 갖고서 이 손재주꾼은 대부분 가만히 혼자 논다.

수용 이후의 애도의 형식

동시집 『시옷 생각』이 가만하다고 느끼게 되는 이유 중 하나가 몇 편의 시들 때문인데, 그 시들에 짙게 밴 것이 이별의 정서인 탓이다. 이 이별은 영영 만날 수 없는 헤어짐이라 슬프기는 한데 이별한 시간이 꽤 흐른 뒤라 격정적으로 부정하거나 깊게 슬퍼하지는 않는다. 이미 부재를 받아들인 후이며 대신 어떤 일을 계기로 부재를 다시 확인하는 상황이다.

학교 가는 버스 안에서 전화받는 어느 아저씨의 말을 눈 감은 채 듣고 가슴에 품고 돌아와 아버지에게 전하지 못한 말을 적어 내려간 「말 되감기」는 그 상황만으로는 매우 슬프다. 하지만 더 늦지 않게 아버지에게 하지 못한 말을 해 보는 일이어서 한편으로는 마음이 놓이고 따뜻해지는 동시다. 「말 되감기」에서처럼 아저씨의 말에서 아버지를 떠올리고, 엄마가 남긴 가계부 글씨가 싱거워진(흐릿해진) 것을 보며 돌아가신 엄마를 생각하고(「글씨가 싱겁다」), 유치원 졸업 날 엄마한테 왜 엉덩이를 맞았는지 묻는 조카(「이모는 알아?」)를 통해 죽음을 받아들인 이후의 마음이 그리움 혹은 기억이라는 것을 체험한다.

이런 시간을 거친 후 시인은 잘 이별하는 것은 잘 잊는 것이라는 진실에 닿은 것일까. 만남과 이별이 일상인 우리 삶에서 잘 헤어지는 법(「포스트잇」)은 매우 중요한 삶의 기술이다. 나이와 성별에 상관없이 잘 헤어지는 법에 대해서 우리는 더 많이, 더 잘 이야기해야 하고, 잘 잊는 법에 대한 사유도 마찬가지다. 화자가 꿈에서 지갑을 잃어버려 난처했던 상황을 떠올리며 "아니야 아니야 버릴 테야/버리면 잃어버리지 않겠지/우는 일 없을 거야/지갑에 있는/마지막 엄마 사진"(「잃어버리지 않게」)이라고 말했을 때, 죽은 자에게 붙들릴 수 없다는 산 자의 의지를 목격한 듯했다.

신재섭 동시에서 이별을 다룬 동시들은 특히 가족의 일이어서 어쩔 수 없이 더 슬프다. 그 대신 날것이 아니라 잘 삭인 후 담담해진 감정, 큰 슬픔을 먼저 겪고 잘 이겨 낸 사람이 하는 말이라 위로가 된다.

언니가 불쑥 내 마음에
뛰어들면

오줌을 누다가도
친구 이야기 듣다가도
밥을 먹다가도
우리는 조용히 끌어안는다
손잡고 가만가만 걷는다

세상을 떠난 언니가 우주 여행길에
내게 잠시 와 주어
다행이다

——「언니 생각」 전문

텔레파시 같은 초자연적 현상을 꼭 믿는 건 아니지만 마음이 통하는 경험은 한두 번쯤 갖고 있다. 지금 이 순간 누군가가 불쑥 생각나는 건 그(무엇)가 나한테 온 것이다. 마음이 시키는 대로 맞이하면 되고 오지 않는다면 여행 중—그(무엇)가 시간에 맞춰 잘 지내고 있다는 것—이라고 생각하는 마음이 되어 보는 것은 의외의 힘이 있다.

가족이나 소중한 사람을 잃고 슬퍼하는 사람에게 전해 주고 싶은 시인데, 저 언니의 자리에 나의 슬픔을 넣어 읽어 본다. 죽음의 형식도 다양하고 애도의 방식이나 시간도 천차만별이겠지만 그 모든 과정이 지난 어느 날 어느 순간이 저러했으면 좋겠다.

태도로서의 시 쓰기

오른손잡이 수영이가
왼손으로 하트를 오린다

삐뚜르 빼뚜르
덜덜대며
색종이에 길을 낸다
한쪽 배가 불룩하다

덜덜거리며 다시 오린다
삐또르 빼또르
한쪽 배가 홀쭉하다

홀쭉이 하트 볼록이 하트에

엇기대어지자

나비처럼 팔랑 날아올랐다

—「수영이가 그린 하트」전문

생명 없는 것에 마음을 두어 기어이 숨을 불어넣어 보는 것, 연약하고 힘없는 것을 구하는 일이라면 만들고 상상하기를 계속하는 것, 약자와 노약자, 소수자, 비인간 자연의 편에 드는 걸 주저하지 않는 것은 분명 동시의 지향이다. 비장애인 중심으로 구조화된 사회의 정상성을 의심해 보는 것도 마찬가지. 그렇기에 타자를 경험하는 것은 의미 있는 행위가 된다. 동시 쓰기는 그런 사건을 만드는 일이고 신재섭 동시 여러 편도 동참한다.

「수영이가 그린 하트」는 보다시피 매끄럽게 균형 잡힌 하트가 아니다. 볼록홀쭉한 하트다. 볼록한 것도 홀쭉한 것도 따로 놓으면 불안하지만 엇기대지는 순간, 팔랑나비가 되었다. 날갯짓하는 데 아무 문제가 없다. 불균형으로 새로운 가능성을 만드는 일은 매우 유용한 놀이가 아닌가. 물론 오른손잡이인 수영이가 왼손잡이 경험을 해 봤다는 게 중요하다.

이 시처럼 『시옷 생각』에서 시적 주체는 상대의 처지와 상황에 자신을 맞춰 주려는 태도를 견지한다. 이것은 신재섭 동시의 본질이라 하겠다. 밤송이가 눈을 하나 달고 있으면 기꺼이 눈 하나를 가리고 마주 본다(「밤송이」). 이 유순한 연대의 세계에서 가장 화나는 일은 '백합 꽃송이를 누군가 몰래 따 가는 것'이다. 나라면 정말 피가 거꾸로 흐를 만큼 화가 날 텐데 꽃 돌보는 경비원 할아버지가 하는 일이란 "누가 내 모가지 꺾어 가셨는가?"라고 적은 이름표 하나 걸어 놓을 뿐이다(「종이 이름표」).

이런 사람들이 사는 세상에서는 사과나 벼, 들깨와 아이들이 가을볕 아래 함께 영글어 간다(「가을볕」). 늙음이 구차하지 않고(「할머니 별」) 누군가의 삶은 존중받고 기억된다(「빨간 신호등」). 그리고 이번 시집에서 가장 아름답고 찬란한 순간이라고 할 만한 일, 즉 엄마 손 놓고 혼자 첫걸음을 뗀 아기를 위해 길을 터 아기 앞에 새 길을 열어 주는 일(「새 길」)에 독자는 기꺼이 동참한다.

돌보고 나누고 맞추는 태도는 만 스물이 안 된 독립유공자를 호명하는 「깃대」나 세월호 참사를 떠올리게 하는 「약속 하나」 「헝겊 물고기」 등에서 보듯 사회적으로 확장될 것이다.

눈 뜨거라 아가야
동그란 단추 눈
달아 줄게

한 땀 한 땀 이어
새 옷 지어 줄게
젖은 옷 갈아입자 아가야

보송보송한 솜 넣어 주마
포근히 지내야 한다

마음 끝 손끝으로 낳은

엄마의 알록달록한 헝겊 물고기

길을 내어 간다
길을 물고 간다

—「헝겊 물고기」 전문

　이 시 끝에는 '4·16 공방에서 유가족 어머니들이 만든 열쇠고리'라고
적혀 있다. 이 헝겊 물고기는 어른 손아귀 안에 폭 안길 만한 크기의 열
쇠고리다. 세게 쥐면 안 될 것 같아 가만히 쥐게 되는데 아닌 게 아니라
까만 단추 눈 두 개가 유난히 반짝한다. 이 헝겊 물고기 열쇠고리를 얻
던 날, 신재섭 시인과 나는 같이 있었다. 어느 날 그가 발표한 이 시를 봤
고 그때 나는 그가 시인일 수밖에 없다는 사실을 새삼 확인했다. 저 시
의 도움이 아니었다면 나는 이 헝겊 물고기에 담았을 세월호 유가족 어
머니들의 마음을 결코 몰랐을 거다. 돌이킬 수 없는 일이 생겼고 그 아
픔은 다 말할 수 없는데 그래도 엄마니까, 엄마만이 할 수 있는 애도가
이 시가 아닐까 싶었던 거다. 내가 하고 싶은 말은 이 시를 통해 나는 할
수 없는 일, 하나의 대상(헝겊 물고기)을 보면서 다르게 느낄 수밖에 없
는 시인의 숙명 같은 것을 경험했다는 것이다. 기뻤고 뿌듯했으며 고마
웠다.
　이제 시의 집 한 채 지었으니 이런저런 시의 집들을 계속 늘려 나가리
라. 삼복 절기를 재밌는 이야기로 풀어낸 「삼복 이야기」나 자귀나무꽃
을 보며 요정담 하나를 완성한 「자귀나무와 속담 요정」처럼 이야기가
나올 것 같지 않은 것들로 만든 이야기들로 계속 즐겁게 탐험하기를 기
대한다.

그가 앞으로 어떤 시의 여정을 따라갈지 기대로만 가득하다. 그게 어떤 길이든 앞에서 살펴본 태도는 변함이 없으리라 확신한다. 물론 독자로서 나의 자리도 변함이 없을 것이다.

무질서의 즐거움

김준현 『토마토 기준』

　김준현 시집 『흰 글씨로 쓰는 것』(민음사 2017)의 해설에서 임지연은 그의 시에 대해 "같은 말을 쓰는데 쓰다 보면 달라지고, 달라진 말은 어느새 같은 지평 위에 있음을 알게 된다. 이상하고 아름다운 도깨비 나라의 글쓰기 같다. (⋯) 차이와 동시에 같음이 내재된 세계는 비공동적 공동체를 형성한다"라고 했다. 시집 속 「쓴 것과 쓰는 것」에서처럼 '양말-발톱-벗다'로 이어지는 '자기 증식적' 운동성은 동시집 『나는 법』(문학동네 2017)을 거쳐 새 동시집 『토마토 기준』(문학동네 2022)에서도 여전하다. 이런 무질서의 운동성은 동음이의, 이음동의 등의 능숙한 활용 변주와 더불어 김준현 동시의 특징이다.

　『토마토 기준』은 도통 맥락이 없었던 사이라 여겼던 대상을 한곳에 동원하기 때문에 자못 어지럽게 읽힌다. 운동회에서 박 터뜨리기, 콩밭에 콩 심기처럼 무관해 보이는 행위 사이에 경계가 사라지기도 하고(「억수로 많은 콩 생각」), 셔틀콕을 "톡" 치는 행위가 메시지 수신음 "톡"으로, 이어서 "톡" "탁" "팡" "탕" 하는 소리와 행위가 감정의 변화로 나아가더니 결국 빗방울과 웅덩이의 대화에 도착하기도 하며(「너와 내가 톡, 톡」), 동음의 교란으로 "입"이 "잎"이 되자 숲은 언젠가 학교였다는 전설을 기록하고(「늘 푸른 학교의 전설」), 냄새 맡을 때 내는 소리인 '킁킁'의 받침소리 'ㅇ'이 형태적 유사성을 빌미로 콧구멍이 되자 말없이 크크 웃기만 하던 아이가 "킁킁" 냄새를 맡는 아이로 변신하기에 이른다(「가을 냄새」).

이상하게도 읽는 동안 어지러운 것은 맞는데, 대상과 대상으로 이어지는 변주가 자연스러워서 억지스럽거나 불편하지는 않다. 그것은 「도」에서처럼 리코더라는 구체적인 대상을 두었기 때문일 것이다. 「도」에서 리코더의 구멍을 다 막은 후에 나는 음인 '도'와, 이것저것 다 해 보면서 마지막까지 멈추지 않는다는 의미인 '아직도'의 '-도'는 동음이의어다. 리코더로 내는 소리 '도'는 구체적이지만 '아직도'의 '-도'는 추상적이다. 이 작품을 읽고 나면 '도'라는 구체적인 음을 통해 불굴의 의지를 담은 '아직도'의 의미를 실감할 수 있다.

「비 오는 운동장」은 무질서의 운동성이 잘 드러난 작품으로, 현상으로서의 질서가 해체될 때 어떤 일이 가능해지는지 보여 준다. 비가 오는 운동장이란 왕복하는 셔틀콕, 운동회 날의 박 터뜨리기처럼 고정된 현상이자 하나의 질서다. 김준현은 이 질서를 흐트러뜨린다. 비는 엄밀히 말하면 빗줄기 '들'이다. 그저 비가 오는 게 아니라 쭈뼛쭈뼛 오는 비, 함께 오는 비, 차렷 자세로 오는 비, 엄마 손 잡고 오는 비, 웃고 우는 비, 더러워진 옷으로 노는 비, 했던 말 또 하는 비, 귀를 틀어막고 오는 비, 살고 싶어서 오는 비, 놀리려고 오는 비, 1처럼 서서 오는 비, 혼자서 오는 비, 좋아서 오는 비, 소리가 나서 오는 비, 즉 수많은 개별 존재로 온다. 우리가 알고 있던 비는 빗줄기들의 공동체였던 것이다. 이렇듯 김준현은 '비'라는 단일하고 질서정연한 현상을 쪼개어, 그것이 개별 주체인 비 '들'의 무질서를 정돈한 것이었음을 드러내 보인다.

「비 오는 운동장」처럼 고정된 질서가 깨질 때면 긴장한 감각이 살아나고, 읽는 이는 익숙한 곳에서 출발했는데 눈 떠 보니 새로운 곳에 도착해 있는 여행과도 같은 시적 체험을 하게 된다. 목적지를 모른 채 출발했지만 도착한 곳이 영 엉뚱하지 않아 혼란스럽거나 불안하지도 않다. 놀고 난 후 어지러워진 상태 자체가 하나의 창조물이라는 듯, 추상의 질서에서 구체의 무질서를 생성하는 김준현 동시는 자유롭게 어지럽다.

이번 동시집에서 또 하나 눈에 띄는 것은 시인이 풍경이나 현상을 언어화한 방식이다. 단어나 문자의 배열을 시각화하여 말로 읽는 그림처럼 표현하는 것은 자주 사용되어 온 표현 기법이라 새롭기 어렵다. 하지만 김준현은 풍경의 의미를 읽어 주는 방식으로 차이를 만든다. 「나무」에서 시인은 "나"와 "무"를 세로로 배열하여 나무의 형태적 특징을 살리고 그 옆에 또 다른 나무를 어느 정도 거리를 두어 세로로 나란히 배치함으로써 그 사이의 공간을 시각적으로 언어화했다. 이때 나무와 나무 사이에 거미의 삶을 배치하여, 사연 혹은 사건이 수렴한 이 풍경의 질서를 해체하고 그 안에 들어 있던 의미를 드러낸다. 「기러기 점선」도 비슷한 방식이다. 시인은 기러기의 모습을 점선, 말줄임표, 마침표 등으로 표현했다. 기러기가 날아가는 모습을 점선으로 표현하고 "여기까지가 가을" "여기서부터는 겨울"이라는 의미를 담았다. 일렬이 아닌 4열로 날아가기도 하는 풍경을 네 행에 걸쳐 말줄임표로 표현하고 험난한 여정을 함께하려는 의지를 읽어 내면서, 동료를 따라가는 기러기 한 마리를 말줄임표 뒤에 붙은 마침표로 표현했다.

단 한 번 온 힘을 다해 호수를 떨리게 하는 눈물 한 방울의 품이고자 하는(「동시의 품」) 그의 다음 동시도 신나고 즐겁게 무질서를 생성해 내면 좋겠다.

관계 맺기의 조건에 대하여

박승우 『힘내라 달팽이!』

자기 존중의 주체들

박승우의 전작 『생각하는 감자』(창비 2014)에는 염소와 감자가 중요한 시적 제재로 등장한다. 염소는 슬프고 가여운 존재라기보다 웃음을 유발하는 풍자의 매개체(김제곤 해설 「순연한 동심에서 우러나온 풍자와 해학」)였고, 감자는 제목처럼 "생각하는" 주체였다. 사유하는 주체로서의 감자가 자기 존재를 증명하는 형식이니, 김제곤의 염려대로 성급한 경구 혹은 일방적 호소로 들릴 때도 있었다. 미학적 완성도와 별개로 박승우의 감자가 흥미로운 이유는 감자가 박승우 시의 시적 자아가 아닐까 하는 생각이 든 탓이다.

감자는 별 개성이 없거나 무던한 캐릭터를 표현할 때 거론되지 않던가. 감자는 도드라진 게 없는 것이 개성이라면 개성이다. 하지만 감자에 대해 꽤 의미 있는 말을 할 수 있는 것도 사실이다. 박승우 동시 속의 감자를 잘 들여다보면 식물이지만 의외로 강단이 있다는 걸 느낄 수 있다.

박승우의 '감자' 연작시에서 감지되는 시적 주체의 태도는 어디에나 있었으나 어디에서도 눈에 띄지 않았던 어떤 존재들에게 매우 큰 위로가 될 수 있다. 감자가 '검정 비닐봉지 속에서 썩으려고 온 것이 아니니어서 제 몫을 할 수 있게 뭐라도 해 보라며, 만약 밥상에 올리지 않으면 썩은 냄새를 줄 것'(「생각하는 감자 6」)이라고 말했을 때나, "줄기 잡아당겨서/나오는 게 다가 아니다//굵은 놈 몇 놈은/땅속에 숨겨 두었다(「생각하는 감자 9」)라고 말했을 때 특히 그렇다. 박승우의 '감자' 연작시는 알게 모르게 감자에 덧씌워진 약자 혹은 부정적인 이미지를 적극적으로 수정해 보려는 의지로 보인다. 이것은 감자와 같은 존재들로 확장이 가능하다.

『나무동네 비상벨』(브로콜리숲 2019)에서도 '감자' 연작시에서 느꼈던 시적 주체의 강단을 엿볼 수 있다. 쓰임에 따라 무한한 가능성을 내장했고, 그런 가능성을 시적 주체가 이미 알고 있다고 당차게 말하는 「연필심 파일」, 조직이나 집단에서 이탈하거나 배제된 존재의 유의미함을 믿고 지지하는 「콩 타작」 등은 자신의 가능성을 믿지 못하거나 나처럼 낮은 자존감으로 우울해 본 적 있는 존재들을 향한 조언이다. 이런 시적 주체의 태도는 박승우 동시의 내면을 이루는 바탕이며, 동시를 통해 세상과 소통하려는 시인의 윤리적 태도일 것이다.

이번 동시집 『힘내라 달팽이!』(상상 2022)에서도 어린이 혹은 타자화된 존재에 대한 자기 규명 의지는 변함이 없다. 다만 이번 시집에서 그 목소리는 조금 더 경쾌하고 발랄하다.

내가 무얼 재냐고요?

난 지구 둘레를 잰답니다

지구 둘레를 다 재려면
하루는 걸릴 거 같아서
지금은 식사하러 가는 중이고요

내일 만난다면
지구 둘레가 얼마인지 알려 드리죠

—「자벌레가 허풍 떠는 사람에게」 전문

듣는 이는 자벌레에게 무슨 말을 했기에 자벌레에게 허풍을 떤다는 핀잔을 들은 것일까. 상상하건대 자벌레의 존재 이유에 관한 질문이 아니라 의문 혹은 업신여김의 말이었을 것 같다. 또는 자벌레의 최선을 사람의 눈으로 판단한 말이었을지 모른다. 웅크렸다 펴기를 반복하며 이동하는 것은 자벌레의 존재 방식이다. 사람이 보기에 그것이 마치 무언가를 측정하는 행위처럼 느껴진다. 자벌레나방의 애벌레인 그가 하루 동안 재는 거리나 길이를 사람의 인식으로 가늠한다면 사람과 자벌레가 느낄 정도 차가 클 게 분명하다.

이 시에서 자벌레는 억울한 오해에 대해 항변하지 않고, 자기 행위의 의미를 당당하게 말한다. 이런 모습은 자벌레의 최선과 사람의 최선은 다르며, 다른 존재의 최선을 인간의 잣대로 재면 안 된다는 사실을 알려 준다. 더 나아가 존재 자체를 있는 그대로 인정해야 함을 요구한다. 자기 확신이 강한 존재가 되돌려 주는 반전의 쾌감이 즐겁다. 자벌레와 닮은 시적 주체인 호박의 말은 또 어떤가.

비록 거름 구덩이에서 태어났지만 태어날 때는 날개를 쫙 펴고 만세 부르며 태어났죠. 멋지게 날아오르려고 날개를 펄럭여 봤지만 날 수가 없었죠. 날 수 없으니 별수 있나요. 기어가며 꽃도 피우고 호박도 달았죠.

가을날 생각해 보니 날개가 없었던 게 정말 다행인 거 있지요. 날아다녔다고 생각해 보세요. 긴 꼬리는 출렁출렁, 호박들은 대롱대롱, 날갯짓하느라 땀을 뻘뻘 흘렸겠죠. 잘 익은 호박들은 땅으로 쿵쿵 떨어질 테고, 내 가슴은 쾅쾅 아팠을 테죠. 땅바닥을 기어 다닌 게 천만다행이에요.

―「어느 호박 이야기」 전문

이 시에서는 저 "기어가며"라거나, "기어 다닌"이라는 말에 어쩔 수 없이 마음을 움직이게 된다. 일상 언어에서 '기다' 혹은 '기어 다니다'라는 동사는 어쩐지 쓸쓸한 말이다. '걷다' 또는 '걸어 다니다'라는 정상성·자율성을 상징하는 동사와 비교하자면, 다리가 해야 하는 일을 못한다는 의미에서 비정상적이고, 억압하는 대상 앞에서 꼼짝 못 한다는 의미에서 비굴함을 담은 말이기 때문이다.

그런데 '기어가며'라거나, '기어 다닌'이라는 단어가 가졌던 이러한 의미의 의식적 전환을 보여 주는 「어느 호박 이야기」는 자못 사건적이다. 자칫 호박의 이야기는 태어난 성정대로 살 수밖에 없다는 말로 들려 숙명론적이라거나 운명론적이라는 비판이 제기될 수도 있겠다. 하지만 이 시에 담긴 호박의 태도는 타고난 대로 순응한다는 말이 아니라 호박으로 태어난 이상, 호박으로서의 본질에 충실하겠다는 능동적인 지향과 의지로 봐야 할 것이다. 기어 다녀서 천만다행이라는 말을 아무나 할 수 있는 게 아니지 않은가.

사전 밖 여러 문맥에서 환대받지 못했던 호박을 시적 대상으로 삼은 것도 감자나 콩, 자벌레를 시적 대상으로 호명한 이유와 비슷할 것이다. 이러한 호명은 편견과 오해 속에서 약자로 배제되거나 소외되는 존재와의 연대로 자연스럽게 확장된다. 앞서 인용한 두 편 외에도 「씨앗과 꽃」 「해바라기」 「플라스틱의 결심」 「막대기」 「사이다」 「비 간다」 「가훈」 「힘내라 달팽이!」 「장사의 법칙」 「길고양이 유언장」 역시 같은 맥락으로 읽을 수 있다. 수사가 화려하지 않고 오히려 심심함에 가깝지만 하고자 하는 말에 방점을 둔 때문인지 더 잘 들린다. 이것은 박승우의 스타일이다.

관계 맺기의 조건

박승우 동시에서 자연이나 시적 대상의 일은 그들의 일이면서 또 그들의 일로 끝나지 않는다. 인간의 눈으로 보는 자연의 일은 결국 인간의 일을 돌아보게 한다. 자연에서 통용되는 일은 사람의 일에도 통용되는데, 가끔 말할 수 없는 사람의 현실을 자연의 일을 통해 가늠해 볼 수 있다. 이번 동시집에서 관계 맺기의 형식 또한 인상 깊은 대목이다.

가령 「모닥불」을 읽다 보면 인정을 주고받는 동등한 관계일 때 조금 더 아름답다는 것을 느낄 수 있다. 일방적인 수혜와 호혜가 아닌 관계는 행위 주체의 자존과도 연결된다.

추운 겨울
시장에서
채소 파는 할머니에겐

"시금치 한 단요"
"부추 한 단요"

이 말이 모닥불이다

할머니 얼굴이
활짝 피어난다

할머니가 덤으로
한 줌 더 넣어 준다

덤도 모닥불이다

손님들 얼굴도
활짝 피어난다

—「모닥불」 전문

　실재의 모닥불은 등장하지 않지만, 제목이 모닥불이므로 독자는 시적 상황을 이해하기 위해 원형의 모닥불을 상상해야 한다. 이제 추운 겨울 날씨와 대비되는 따뜻한 모닥불이 피워졌다면 이 시에서 모닥불과 같다고 말해진 부분을 짚어 보자. 파는 사람과 사는 사람은 교환 관계 이상의 정서적 관계를 맺지 않는 게 보통이다. 그나마도 비대면 온라인 주문으로 만남 자체가 희귀해졌으니 이 시의 상황은 지나가는 풍경이 될지 모르겠다.

그렇다고는 해도 시장 길에서 벌어지는 물품 거래 현장에서 주목해 볼 부분은 사고파는 저 두 사람이 보여 주는 기울지 않은 관계다. 물건을 사는 사람의 인정은 고스란히 보존되고 물건을 파는 사람도 당당하다. 할머니가 덤을 주지 않았다면 호혜 없는 일반적인 거래였을 것이다. 할머니가 덤을 건넴으로써 이들의 거래는 호혜적 관계 맺기가 된다. 이처럼 박승우 동시에서 시적 주체의 당당함은 관계 맺기의 중요한 자질이다. 각자의 몫이 있고 거기에 충실하거나 자신이 가진 힘을 능동적으로 사용할 때, 상생의 관계가 가능하다.

관계 맺기에서 개별 주체의 자존감과 더불어 꼭 필요한 것이 있다. 바로 서로의 입장을 헤아려 볼 줄 아는 이해의 힘 혹은 마음이다. 그런데 이는 훈련이 필요한 영역이다.

> 모과나무에 빨간 모과가 열렸으면 좋겠다는 생각을 해 봤어
> 그 모과가 딱 한 개였으면 좋겠다는 생각을 해 봤어
> 한 개여서 더 외로워질까 더 소중해질까 생각해 봤어
> 그건 빨간 모과의 몫일 거란 생각을 해 봤어
>
> 빨간 모과가 나일 수도 너일 수도 있다는 생각을 해 봤어
>
> ──「빨간 모과」 전문

보편의 세상에서, 보편적이지 않은 존재, 유일의 존재가 나라면 외로울까 소중할까 하는 질문에 답하기 쉽지 않다. 유일한 존재의 유일함이 무엇이냐에 따라 달라질 수도 있기 때문이다.「빨간 모과」는 노란 모과의 세상에 유일한 빨간 모과가 '너'일 수도 있고 '나'일 수도 있다고 가정함으로써 질문을 던진 셈이다. 이 동시에서 중요한 대목은 역지사지의 주체가 나라는 것이다. 이 동시는 생각의 주체가 나고, 내가 바뀌어야 관계가 바뀔 수 있음을 보여 준다. 빨간 모과가 나여서 외로워지거나 소중해지는 것도 결국 내(너) 몫의 일이다.

앞서 박승우 동시의 시적 주체가 타고난 성정이나 운명에 순응하는 게 아니라 적극적인 수용의 주체라고 했다. 건강한 관계 맺음이 가능하기 위해서도 자존과 의지의 주체여야 한다. 각자가 그런 존재일 때 상생의 관계가 가능해지는 것이다.

「참새와 탱자나무」「참새와 허수아비」「나무 의자」「지구 온도」「플라스틱의 결심」「막대기」「담쟁이」「동물나라 옷 가게」 등은 자연을 포함한 우리 모두 상생의 관계도에 얽혀 있는 존재들임을 이야기한다.「담쟁이」를 보면 관계라는 것은 상황에서 생겨나는 것일 뿐, 정해진 관계란 없는 것 같다. 관계라는 것은 관점에 따라 달라진다는 것이다. 관계는 내 관점을 수정하고 교정하면서 만들어 가는 것이기에 내(너) 몫의 일이다. 왜 아니겠는가.

파자 놀이의 시 쓰기

알다시피 '파자(破子) 놀이'는 한자의 자획을 나누거나 합하여 새로운 뜻을 전달하는 언어유희다. 이것은 말의 의미를 새로 새기고 확장하려는 시도로, 말에 숨어 있는 뜻을 발견하거나 말의 의미를 새로 묻는 과정에서 재미가 생긴다.

박승우는 이 파자 놀이를 연상케 하는 동시를 쓴다. 익숙한 말이 전혀 다른 의미로 되새겨지는 파자 놀이식 동시 쓰기는 박승우의 창작 방법 가운데 하나다. 언어유희 부류의 동시 쓰기는 예사로운 일이나 박승우의 방식은 조금 다르다. 글자(문자) 자체를 쪼개거나 합치는 것이 아니라 단어의 의미를 쪼개고 붙이는 과정에서 새로운 가치를 발견한다. 「별이 빛나는 밤」의 경우를 보자.

비 오는 날
비를 빼면 흐린 날이 되지

흐린 날
구름을 빼면 맑은 날이 되지

맑은 날
해를 빼면 깜깜한 날이 되지

깜깜한 날은
뺄 게 없어 별을 하나씩 더하지

총 총
총 총 총 총 총

총 총 총총 총

별이 빛나는 밤이 되지

——「별이 빛나는 밤」 전문

비 오는 날에서 별이 빛나는 밤이 되는 과정을 상황의 변화를 통해 재현하고 있는 이 작품은 실재가 아닐 수도 있다. 비나 구름, 별 같은 것을 빼거나 더하는 행위의 주체가 자연이 아니라는 점에서 동시의 놀이적 성격이 강화되었다. 이 동시의 행위 주체는 비가 멈추기를 바라는 누군가일 가능성이 크다. 실재 자연현상에서도 비가 오는 날이 흐린 날이 되려면 비가 안 오면 되지만 자연의 의지가 이 문장처럼 단순하거나 쉬운 일은 아니다. 그 누구도 구름을 걷어 낼 수 없으며 원하는 만큼 별을 달 수 없다. 하지만 문자를 포함한 의미를 지닌 단어로는 가능하다. 「별이 빛나는 밤」은 단어 혹은 언어가 가진 의미를 해체하거나 더하는 방식으로 원하는 상황을 재구성해 보는 작품이다. 막힘이 없는 이 자연스러운 변화를 이끌어 가는 주체가 되어 보는 일은 의외로 즐겁다. 「풋」도 「별이 빛나는 밤」과 비슷한 방식으로 창작된 동시다.

풋사과는 얼굴에 붙은
풋을 떼어 내기 위해서
온 힘을 다한다

가을이 되어서야
풋을 떼어 내고

붉은 얼굴이 되었다

─「풋」 전문

풋사과와 붉은 사과의 대비가 선명하고 인상적인 「풋」은 「별이 빛나
는 밤」이 단어 혹은 글자를 떼어 내고 붙이면서 날씨의 본질을 생각해
봤듯이 '풋'과 '붉은'의 자리바꿈을 통해 시간의 흐름 혹은 사과의 존재
론적 성장을 생각해 보게 한다. 일상적인 언어를 쪼개 분리된 말에 주목
해 보면 원래의 의미가 비로소 확연하게 드러나기도 한다는 듯, 떼어 낸
'풋'은 사과가 성장하면서 통과하는 의례거나 극복해야 할 단계라는 의
미를 담은 말이 되었다.

파자의 의도가 글자를 해체해 원래 의미를 지우고 하고 싶은 말을 숨
겨 결과적으로 하고 싶은 말을 강조하려는 거였듯, 박승우 동시에서 놀
이로서의 파자는 말이 갖는 중의성을 적극적으로 활용해 재미를 더했다.

엄마와 딸(아들)이 벌이는 한바탕 전쟁 같은 싸움을 그린 「도마뱀 꼬
리와 말꼬리의 전쟁과 평화」는 도마뱀 꼬리의 습성을 지치지 않는 엄마
의 잔소리에 빗대고, 그런 '도마뱀 꼬리=잔소리'에 맞선 전술로 선택
한 말꼬리 잡기로 일상의 전쟁 같은 상황을 그렸다. 이 동시가 재미있는
것은 실재하는 도마뱀 꼬리의 원래 의미를 해체해 '엄마식 잔소리'로
대체했고 말꼬리 역시 말의 뒷부분이라는 원래 의미를 잔소리에 맞서
는 기술로 변환해 말의 재미를 고조시켰다는 점이다.

두 꼬리가 한참을 그러다 보니
배가 고프더라고
그래서

라면을 끓여 먹었지 뭐니

도마뱀 꼬리도 말꼬리도

살짝 숨겨 둔 채로

—「도마뱀 꼬리와 말꼬리의 전쟁과 평화」 부분

거기에 마치 삶이 그대를 속일지라도 배고프니 먹고 다시 싸우자는 듯, 지지고 볶는 게 일상이라는 듯, 이렇게 건강한 싸움이라면 얼마든 싸울 필요가 있다는 듯, 긴장의 끈이 툭 끊어지는 듯한 잠깐의 휴전에 웃음이 번지고 평화로워졌다.「십 분 동안 타는 구름 버스」「엄마 구름」「졸음 접착제」「가훈」 등도 같은 기분으로 읽게 되는 작품이다.

이 작품들뿐만 아니라 이번 동시집에는 파자에 숨겨 놓은 뜻이 있는 것처럼 가만히 웃을 수 있는 작품들이 더 있다는 것을 잊지 말고 말해야겠다.

그러나 혹은 그럼에도 불구하고

박승우 동시는 수사적 치레보다는 하고 싶은 말, 할 말에 집중한다. 대체로 단정한 동시라고 느껴지는데 단정함 속에 깃든 단단함은 시인의 삶의 내력에서 기인하는 지혜와 여유가 아닐까. 그는 "덩굴손이 잡을 곳 없어/손을 휘저을 때/온몸으로 잡아 주는"(「막대기」) 마음으로 시를 쓰는 것 같다. "'그러나'라고 말할 때는/다음 말에 긴장해야 한다//힘 빠지게 하고 쓸쓸하게 하는 말이/뒤따라올 가능성이 많다//그러나, 힘내자!//'그러나'를 말하기 전에/칭찬도 있었을 테니까"(「그러나」)에 담은 마음이 동시를 쓰고자 하는 시인으로서의 그의 정체성일 것이다.

텃밭에만 살던 달팽이의 첫 여행(「힘내라 달팽이!」)은 아마 고난의 연속일 것이다. 실수와 후회, 절망과 공포로 되돌아가고 싶은 순간이 한 걸음 뗄 때마다 닥칠지 모른다. 하지만 우리는 그 여행이 줄 수많은 사건 또한 알고 있다. 달팽이에게 힘내라고 말한 개망초의 응원이 부동의 운명에 묶인 자의 하소연은 아닐 것이다. 개망초 그 역시 자신이 타고난 운명을 받아들이는 최선의 존재일 거라고 믿으며 서로에 기대 조금씩 가 보는 것이다.

수록글 출처

1부

동시, 주기와 말하기 사이에서 『창비어린이』 2019년 겨울호

동시의 북소리 『동시발전소』 2020년 가을호와 2021년 겨울호에 발표한 두 편의 글을
　　재구성한 것임.

2부

당도한 혹은 곧 도래할 주체들: 아동문학의 인물에 대하여 『작가들』 2020년 봄호

비인간, 오래된 문학적 주체들의 재발견 『어린이책이야기』 2019년 가을호

또 하나의 실재, 가상 공간의 동화적 상상 『어린이책이야기』 2018년 가을호

소재를 넘어 이야기로: 아동청소년 문학상 수상작에 나타난 소재주의 『어린이책이야기』
　　2017년 여름호

아동청소년문학의 '신스틸러'를 위하여 『어린이책이야기』 2016년 가을호

분단 상황에 대한 아동문학적 대응: 탈북을 다룬 동화를 중심으로 『어린이와 문학』
　　2015년 6월호

우리 아동문학의 정치성, 세 개의 풍경 2016년(미발표)

9·10월호

삶의 한 순간을 잡아채는 권법: 박경희 『도둑괭이 앞발 권법』 『어린이책이야기』 2016년
　　봄호

리얼리즘적 동시와 문학적 상상의 힘: 곽해룡 『축구공 속에는 호랑이가 산다』 『동시마중』
　　2015년 7, 8월호

가만하고 유순한 연대의 모험: 신재섭 『시옷 생각』 『시옷 생각』, 브로콜리숲 2022

무질서의 즐거움: 김준현 『토마토 기준』 『창비어린이』 2022년 여름호

관계 맺기의 조건에 대하여: 박승우 『힘내라 달팽이!』 『힘내라 달팽이!』, 상상 2022

* 발표 당시의 제목에 덧붙인 부제가 바뀐 경우도 있음을 밝혀 둔다.

찾아보기